U0106640

JPC
HK

粵語（香港話）教程

鄭定歐　張勵妍　高石英　編著

修訂版

錄音掃碼即聽版

序

一九九六年八月中旬，定歐兄和我一起往廣東順德參加經國務院僑辦批准召開的“國際華文教育會議”，在順峯山仙泉酒店有同房之誼。期間，他曾向我提及有意與友人合作編寫一本以操普通話的各地同胞為教學對象的粵語教科書。一向治學勤快的他，在短短不足兩年時間，已經完成了近三百頁的皇皇巨著，並囑咐我為其書寫一篇序文。定歐兄治學勤快，是意料中的事，意料之外是他請我這個對粵語沒什麼研究的人寫序。我只能取巧地把閱讀以後的感想寫出來作為序言而已。我這篇短序恐怕沒有盡責向讀者説完全書的眾多優點。

定歐兄的大作，以“粵語（香港話）教程”為名，教授的是香港人説的粵語。香港人説的粵語與原來廣州人説的粵語，由於接觸面不同，語音、詞彙、語法各方面都出現了不同程度的差距，定歐兄獨具慧眼，旗幟鮮明地提出“香港話”的概念，可見這本“教程”是根據香港粵語發展的實際情況而編寫的。

香港地區的粵語教學歷史悠久，就我所知，學生從前多限於在香港工作生活的外籍人士，所以教材設計大都迎合外籍人士的要求。近些年來，內地移民人口大增，轉以普通話為母語的國人為主。定歐兄的“教程”推陳出新，注重粵語和普通話的對譯，與現存教材比較，更適合香港地區粵語教學的需要。編撰的課文內容，剪裁恰當，有粵語和普通話對譯參考，再加上重點講解粵語的語音、詞彙、語法現象，教學自然能夠有針對性地進行，並取得預期效果。

文化背景不同，説不同語言的人在交談時，即使語言準確無誤，也能產生誤會。以普通話為母語的各地同胞，學說“香港話”，同樣要面對內地與香港文化的差異問題。“教程”的另一特色，是講求實用，編選課文儘量從日常生活和社會情景取材，使學生能一面學習“香港話”，一面學習香港文化和瞭解香港的生活和社會現實。把語文知識和文化知識看作是一個完整的系統，可以充分掌握語文的運用能力。從課文後加插的“傳意項目”來看，介紹“香港話”各類基本的交際用語，編選者的用意又是不言而喻的。

定歐兄是漢語語法專家，從事粵語研究多年，著有粵語語法書及辭書多種，成就驕人；合編者張勵妍、高石英女士，我也認識，都是資深的粵語和普通話教師，寫過不少粵語和普通話教材，都獲得好評。現在他們合作編寫這本以操普通話的各地同胞為對象的粵語教科書，可謂深慶得人，成績是有目共睹的。全書構思縝密，取材妥帖，有教學理想，又配合社會實際需要，值得鄭重向讀者推薦。

李家樹

謹序於香港大學中文系

前言

本書名為《粵語（香港話）教程》，顧名思義，教授的是香港地區的粵語。粵語在香港近幾十年發生了很多變化，香港人口中的語言漸漸形成了自己的特色，以致跟在廣州的粵語出現了相當的距離。正是基於這種語言現實，且為了教學能夠有針對性地進行，我們在此便提出了“香港話”這一概念。

隨着香港跟中國內地交往日益頻繁，以及內地移民香港的人口逐年增加，使得學習香港話的需要，由過去只局限於在香港工作生活的外籍人士，擴大到以操普通話為主的各地同胞。本教程正是主要為這後一類人士而編寫的。

本教程分上、中、下三編，共 30 課。教程的內容包括：課文、普通話對譯、重點詞彙、語音及語法講解、粵語趣談、傳意項目、練習、粵字辨認、會話聆聽、短文朗讀等部分。這三編的設計，循序漸進，各有側重。本教程的課文，前兩編係根據日常生活取材，第三編則根據社會情景取材。課文的説話材料力求切合現今香港社會及生活現實，涉及題材儘量廣泛。通過學習，學員在掌握語言技能的同時，更可從教材中瞭解香港的社會面貌。本教程有系統地介紹香港話語言知識，幫助學員掌握語音系統，認識香港話的各種詞彙和語法現象，同時教程也注重語言的傳意功能，在後兩個單元介紹了道歉、請求等各類基本的交際用語。

本教程的注音，採用“廣州話拼音方案”。此方案是根據 1960 年廣東省教育廳公佈的“廣州話拼音方案”修訂的。對於懂得“漢語拼音方案”的人，可以較快地掌握這套方案，並運用它來學習粵語。

本教程的初期設計，曾作為香港中國語文學會 1989 年開設的粵語課程的試用教材，內容主要是現在的上編，當時亦曾修訂出版。此書就是在這個基礎上修改及補充而成。

本教程由鄭定歐博士負責全書的規劃設計，及主要部分的編寫，張勵妍女士、高石英女士負責語音部分的編寫和注音。

本書附贈 MP3 錄音，請掃描二維碼或登錄網站：https://www.jpchinese.org/cantonese 獲取。

目錄

下編

附錄

每課學習重點

課次	重點理解	語音講解	語法講解	粵語趣談	粵字辨認
1	人稱代詞； “先”字句式； “名”的異讀； 助詞“嘅”； 副詞“好”	聲母	代詞（呢、嗰、邊）	粵語的發展	哋、呢、嗰、佢
2	“早晨”與“早唞”； “唔係幾”＋形容詞／動詞； “好”、“好好”、“好好多”； “呢排”、“呢一排”； “一啲”； 比較句式：“過”； 介詞“幫”	韻母（甲）	疑問句	單音節詞； 佢； 先生／太太	冇、嘅、嚟
3	“搵”和“找”； “行開咗”不等於“走開了”； “一係”； “留低”； “畀”； “幾”； “姓張嘅”	聲調	雙賓語句	冧巴； 孖	搵、啱
4	“會”的音調變化； “去”的位置； “第二”； “第二時先啦”； 動詞“等”的不同用法； “下”； 表示時間的略稱； “喺”＋表示處所名詞	入聲韻母	簡單式語氣助詞	時間的切割	啫、睇、喍
5	疑問詞“點（樣）”； 動詞“行”； 數詞“零”； 疑問詞“定係”； 趨向補語“出”、“入”	韻母（乙）	時間、方位表達法	粒； 孖	唔、嗽、啲

課次	重點理解	語音講解	語法講解	粵語趣談	粵字辨認
6	“件衫”； 用“成”表示數量； “好抵”； “不如”； “……至得”； “都”； “係就係”	韻母（丙）	算錢表達法	揿； 掃	咁、靚、文、揿
7	“點解”； “ ”； “去”； “卅呀文”； “上 / 落”； “嘅”； “先至（好）”	聲調辨別	動補結構	皮	乜嘢、喺
8	句末語氣詞“嚤”； “講”、“話”、“說”； “好似……噉”； “琴日”； “朝早”； “……到死”； “又……過”； “都係……好啲”； 助詞“番”	聲母、 韻母 -e 的辨別	天氣表達方式	颱風信號	嚤、番、係
9	介詞“同”； 處所詞綴“便”； 疑問代詞轉化成泛指代詞（“邊個 / 乜嘢 / 邊度 / 幾時 / 點樣”）； “唔係”； “跟住”； “一”在數量結構中的省略	韻母 o-, i-, -的辨別	複合式語氣助詞	飲食文化詞	枱、樽
10	“啱”； “亦”； “衰”； 動趨結構（動詞＋“落去”）； “試過”； “有冇……先？”； 連詞“同”	韻母 -, u-的辨別	語素序、“將”字句	開埠； 獅子山； 仔	/

課次	重點理解	語音講解	語法講解	粵語趣談	傳意項目
11	“得”； “（係）……至啱”； “是但 / 求其”＋泛指詞； 數詞＋“銀”； 形容詞＋“啲”	ng 聲母	“住”的用法	港幣； 水為財	請求
12	量詞“ ”、“隻”、“揪”； 忌諱詞； “梗係（……）啦”； 數量詞＋“鬆啲”	eo 韻母	單音節形容詞重疊	街市字； 雞	判斷
13	動詞＋“得過 / 唔過”； “又”＋形容詞＋“又盛”； 時間語句＋“嗰陣”； 動詞＋“定……先”	f 聲母	後綴	旅遊習語	相信
14	“做乜嘢”； 嘆詞“喂”、“哦”、“ ”； “唔怪之得”； “掂 / 唔掂”	-m 韻尾	比較句	雙音近義組合	意願
15	動詞重疊（“傾傾 / 傾傾下”）； “冇咁”＋形容詞； 形同義異（“傾”、“嘆”）； “啲”的兩種用法	ou 韻母	數量副詞“多”和“少”在動詞後面的用法	人稱後綴； 人稱前綴	喜愛
16	由“有冇”構成的疑問句； “量詞＋名詞”結構； 複合助詞“個囉嗰”	g 聲母	否定詞	“搏”之六字押韻並列式； 語素異位	要求
17	“流流”； “唔理……都”； 形同異義詞“認真”； “讚”跟“彈”； “預”	u 韻母	關聯詞語	“點……法”	謝意
18	疑問助詞“呀”的異調異義； “跳槽”； “至……”； 名詞＋重疊襯字（“心郁郁”）； “又係嗰”	ng 韻母	表示強調的格式	搵工跳槽的習語	同意

課次	重點理解	語音講解	語法講解	粵語趣談	傳意項目
19	動補助詞"明"; "�植噉"+動詞; "乜咁"+形容詞+"嘅"; "婆"和"佬"	h聲母	量詞小結(粵普對比)	罪案名稱;事故名稱	懊悔
20	"晒"; "好似……噉"; "乜"; "硬係"	入聲	熟語單位	飯桌忌諱;香港潮語	猜測
21	"俗語話齋"; "大大話話"; "啱先"; "滿足唔到"		語素詞	髀	可能
22	"問題多多"; "甚至乎"; "得"; "撞啱"; "郁不得其正";		南北詞	有冇搞錯	必須及無須
23	"查實"; "勻"; "AA 埋埋"; "實"、"夠"; "唔單止";		誤導詞(甲)	生性	囑咐
24	"係人都識"; "噉話喎"; "例牌"; "之(不過)"; "X 位數字";		誤導詞(乙)	沙塵	安慰
25	"出奇"; "下下"; "一下間"; "事關"; "受落";		文化詞(甲)	阿燦	責備
26	"俗語有話"; "爽"; "輸蝕"; "冇花冇假"; "啫";		文化詞(乙)	鑊	讚賞
27	"極之"; "旺"; "令到"; "假假地"; "勝在……";		外來詞	八卦	道歉
28	"交關"; "閒閒地"; "……都有份"; "分分鐘"; "搏";		口語詞	執生	催促
29	"AA 聲"; "咁"; 名詞+"照"+動詞; "心水"; "好 A 唔 A";		慣用語	颱風	抱怨
30	"嗱噉"+動詞; "直情"; "見步行步"; "計起上嚟"; "點講";		四言格	辛苦	懷疑

粵語語音系統

0-1

本教程採用之拼音體系，為“廣州話拼音方案”。

（一）**聲母**（19 個）

b	p	m	f
爸	趴	媽	花
ba	pa	ma	fa
d	t	n	l
打	他	拿	啦
da	ta	na	la
z（j）	c（q）	s（x）	y
渣	叉	沙	也
za	ca	sa	ya
g	k	ng	h
家	卡	丫	蝦
ga	ka	nga	ha
gu	ku	w	
瓜	誇	蛙	
gua	kua	wa	

（二）**韻母**（54 個）

韻尾 元音	-i	-u	-m	-n	-ng	-b	-d	-g
a 呀	ai 唉	ao 拗	am （監）	an （間）	ang （耕）	ab 鴨	ad （壓）	ag （隔）

	ei 矮	eo 歐	em 庵	en （根）	eng 鶯	eb （急）	ed （不）	eg （北）
é （些）	éi （卑）			én* （軚）	éng （廳）			ég （隻）
i 衣		iu 腰	im 淹	in 煙	ing 英	ib 葉	id 熱	ig 益
o 啊	oi 哀	ou 澳		on 安	ong （剛）		od （渴）	og 惡
u 烏	ui 回			un 碗	ung 甕		ud 活	ug 屋
ê （靴）		êu （居）		ên （津）	êng （香）		êd （出）	êg （腳）
ü 於				ün 鴛			üd 月	
	m 唔	ng 吳						

說明：例字外加"（　）"的，只取其韻母。

（三）聲調

調號	1	2	3	4	5	6
調類	陰平 陰入	陰上	陰去 中入	陽平	陽上	陽去 陽入
調值	˥˧ 53 或˥ 55	˧˥ 35	˧ 33	˨˩ 21 或˩ 11	˩˧ 13	˨ 22
例字	詩 色	史	試 錫	時	市	事 食

* 用於外來詞音節的韻母。如："軚仔"，源於英語中的 van，即"小巴"（小型公汽車）。

粵語常用字表 0-2

（一）人稱代詞

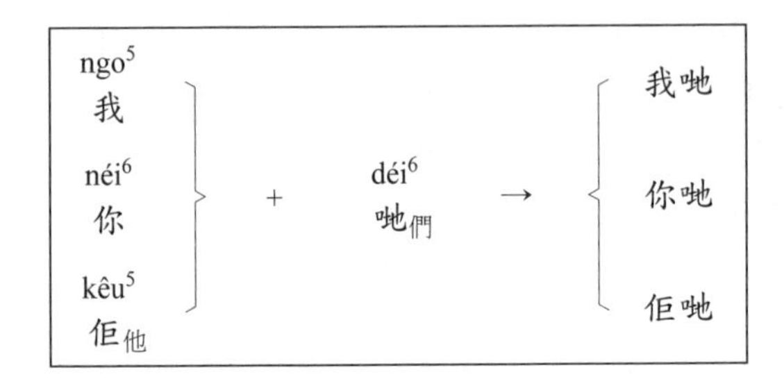

（二）指示代詞

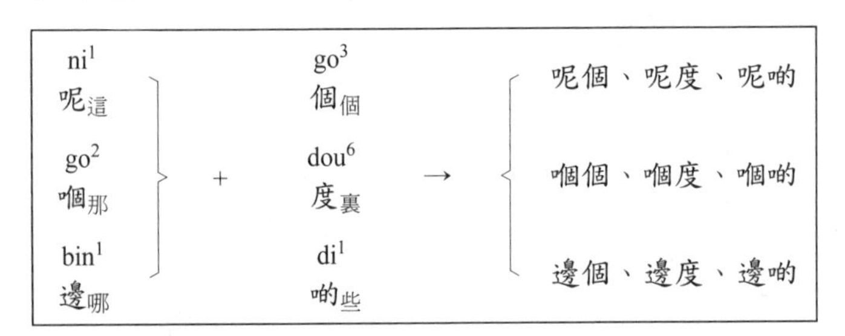

（三）疑問代詞

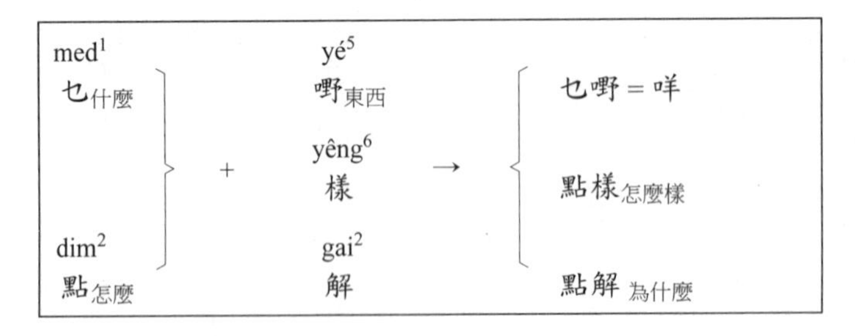

（四）否定詞

粵語	釋義	示例
m[4] 唔	不	唔知，唔使不用，好唔好，係唔係
mou[5] 冇	沒有	有冇，冇睇過，冇意見
méi[6] 未	沒	得未好了嗎，未睇完，未去過
mei[5] 咪	別，不是	咪客氣，咪行咁快別走這麼快

（五）動詞

粵語	釋義	示例
hei[6] 係	是	係唔係，係邊個，定係還是（誰／哪個）
lei[4] 嚟	來	入嚟進來，我嚟先，佢嚟咗他來了
wen[2] 搵	找	搵到，搵乜嘢，搵邊個
béi[2] 畀／俾	給	畀我，畀佢，畀錢我給我錢
kéi[5] 企	站	企出啲往外站，企入啲往裏站，企定啲站穩點
tei[2] 睇	看	睇一睇，睇見佢，睇定啲看準點
nem[2] 諗	想	諗計想辦法，諗住想着，諗唔起，諗清楚
king[1] 傾	談	傾偈聊天，傾（一）傾談（一）談，傾咗好耐談了好久

（六）形容詞

粵語	釋義	示例
péng[4] 平	便宜	好平，平價廉價，平到死便宜得很
léng[3] 靚	漂亮	好靚，靚湯好湯，靚到死漂亮得很
zéng[3] 正	不錯	好正，平靚正便宜美觀又好使（吃）
ngam[1] 啱	適合，正好	唔啱不對，啱啱好剛剛好
dim[6] 掂	好，順利，沒問題	唔掂，搞掂，實掂一定行
gug[6] 焗	悶	好焗，又逼又焗又擠又悶

（七）其他詞類

粵語	釋義	示例
gé[3] 嘅	的	我嘅，你嘅，邊個嘅
hei[2] 喺	在	喺呢度，喺嗰度，喺邊度
geo[6] 嚿	塊	一嚿肉，一嚿蛋糕，一嚿石頭
men[1] 文 / 蚊	元	一文，一文雞一塊錢，三百文

（八）時間表達

粵語	gem[1]yed[6] 今日	ting[1]yed[6] 聽日	kem[4]yed[6] 琴日	jiu[1]zou[2] 朝早	sêng[6]zeo[3] 上晝	an[3]zeo[3] 晏晝
普通話	今天	明天	昨天	早上	上午	中午

粵語	ha6zeo3 下晝	man5heg1 晚黑	yi4ga1 而家	ngam1ngam1 啱啱	ngam1xin1 啱先	zou2pai4 早排
普通話	下午	晚上	現在	剛剛	剛才	前陣子

粵語	ni1pai4/gen6pai4-2 呢排 / 近排	geo6xi4 舊時	go2zen6-2 嗰陣	dei6yi6yed6/dei6yi6xi6 第二日 / 第二時
普通話	近來	從前	那時候	下次，下回，以後

（九）方位表達

粵語	sêng6bin6 上便	ha6bin6 下便	cêd1bin6/ngoi6bin6 出便 / 外便	yeb6bin6/lêu5bin6 入便 / 裏便
普通話	上邊兒	下邊兒	外邊兒	裏邊兒
粵語	qin4bin6 前便	heo6bin6 後便	you6(seo2)bin6 右（手）便	zo2(seo2)bin6 左（手）便
普通話	前邊兒	後邊兒	右邊兒	左邊兒

（十）常用交際語

粵語	zou2sen4 早晨	zou2teo2 早唞	m4goi1 唔該	m4goi1sai3 唔該晒
普通話	早安	晚安	勞駕	勞駕了

粵語	m4sei2hag3héi3 唔使客氣	m4gen2yiu3 唔緊要	mou5men6tei4 冇問題
普通話	不用客氣	不要緊，沒關係	沒問題

上編

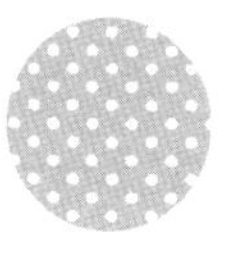

01

Gai^{3} xiu^{6}

介紹

一　課文　1-1

（1）Ngo5déi6 co1 qi3 gin3min6, ying6xig1 yed1 ha5 xin1.

我哋　初次　見面，　認識　一　下　先*。

（2）Néi5 guei3 xing3 a3 ?

你　貴　姓　呀？

（3）Ni1 wei2 xin1sang1 guei3 xing3 a3 ?

呢　位　先生　貴　姓　呀？

（4）Go2 wei2 xiu2zé2 hei6 bin1 go3 a3 ?

嗰　位　小姐　係　邊　個　呀？

（5）Kêu5 giu3 med1yé5 méng2 a3 ?

佢　叫　乜嘢　名　呀？

（6）Ngo5 xing3 Wong4, hei6 sam1 wag6 Wong4, go2 go3 "Wong4" .

我　姓　王，係　三　畫　王，嗰　個　"王"。

（7）Kêu5 xing3 Wong4, hei6 Wong4 Ho4 gé3 "Wong4" .

佢　姓　黃，係　黃　河　嘅　"黃"。

（8）Ngo5 lei4 ji6ngo5 gai3xiu6 yed1 ha5 la1.

我　嚟　自我　介紹　一　下　啦。

（9）Deng2 ngo5 lei4 gai3xiu6 yed1 ha5, ni1 wei2 hei6 Ng4 xin1sang1.

等　我　嚟　介紹　一　下，呢　位　係　吳　先生。

（10）Hou2 gou1hing3 ying4xig1 néi5.

好　高興　認識　你。

普通話對譯

（1）我們初次見面，先認識一下。

（2）您貴姓？

（3）這位先生貴姓？

---

* 為方便閱讀和學習，書內凡表示具有粵語的讀音、特殊意義及用法的字句，均以楷書體排印。

（4）那位小姐是誰？

（5）他叫什麼名字？

（6）我姓王，是三橫王的“王”。

（7）他姓黃，是黃河的“黃”。

（8）我來自我介紹一下。

（9）我來介紹一下，這位是吳先生。

（10）認識您很高興。

二　重點詞彙 * 1-2

（1）（我）哋	(ngo^{5}) déi^{6}	（我）們
（2）呢（位）	ni^{1}/néi^{1} (wei^{2})	這（位）
（3）嗰（位）	go^{2} (wei^{2})	那（位）
（4）係	hei^{6}	是
（5）邊（個）	bin^{1} (go^{3})	哪（個）；誰
（6）乜嘢	med^{1}yé^{5}	什麼
（7）佢	kêu^{5}	他；她；它
（8）嘅	gé^{3}	的
（9）嚟	lei^{4}	來
（10）啦	la^{1}	吧
（11）好	hou^{2}	很

* 凡於“重點詞彙”一節所作的普通話釋義，均以各字、詞在該課文中出現的情境而定，其他意義不在此並列。下同。

三 補充語彙 1-3

（一）常見姓氏

陳 Cen^4	李 $Léi^5$	張 $Zêng^1$	黄 $Wong^4$	何 Ho^4
歐 Eo^1	周 Zeo^1	胡 Wu^4	馬 Ma^5	麥 Meg^6

（二）常用稱謂 / 職稱

小姐 $xiu^2zé^2$	太太 tai^3tai^2	女士 $nêu^5xi^6$
經理 $ging^1léi^2$	秘書 $béi^3xu^1$	會計 wui^6gei^3

四 重點理解

（一）人稱代詞

1. 單數：我　你（粵語不用“您”）　佢

2. 複數：我哋　你哋　佢哋

粵語表示複數的“哋”，用法與普通話相應的“們”（mun^4）不盡相同，主要的區別是：

（1）在日常口語中，粵語用“哋”不用“們”，但如果是演講發言中的起首呼語，則應用“們”不用“哋”，如：“來賓們”（$loi^4ben^1mun^4$），不用“來賓哋”。因為“哋”是人稱代詞詞尾，不能接在名詞後面；

（2）在敍述體中，粵語可用“啲”（di^1）來表示泛指複數，如：“啲來賓”，而用“來賓佢哋”則表示特指複數；

（3）粵語中的“我哋”沒有普通話裏的“我們”/“咱們”的區別；

（4）粵語中的“人哋”，表示普通話裏的“人家”義，而普通話中的“人們”，粵語則用“啲人”來表示。如：

人哋係邊個，　　人家是誰，

你識唔識吖（a¹）？　　你認識不認識？

黃河上啲人。　　黃河上的人們。

（二）“先”字句式

粵語的“先”所能表示的意義是多樣的，這裏僅限於介紹其中一種，即表示時間或順序先後的後置狀語副詞。需注意，粵語和普通話在“先”字句中，各自的語序不同。

我嚟介紹一下先。　　我先來介紹一下。

（三）“名”在粵語中的異讀現象

（1）名 ming⁴　　姓名 xing³ming⁴

（2）名 méng²　　叫乜嘢名 giu¹ med¹yé⁵ méng²

（四）結構助詞：“嘅”

相當於普通話中的“的”，一般表示修飾關係：

初次嘅見面　　初次的見面

及領屬關係：

佢嘅名　　他的名字

在課文中則表示舉例：

黃河嘅黃　　黃河的黃

（五）副詞：“好”

表示程度很高，相當於普通話中的“很”、“非常”、“十分”等。

（1）我好好。　　我很好。

（2）啲嘢好貴。　　東西很貴。

五　講解

（一）語音講解：聲母 1-4

b [ba]（爸）*	p [pa]（扒）	m [ma] 媽	f [fa] 花
d [da]（打）	t [ta] 他	n [na]（拿）	l [la] 啦
z (j) [za] 渣	c (q) [ca] 叉	s (x) [sa] 沙	y [ya]（也）
g [ga] 加	k [ka] 卡	ng [nga]（牙）	h [ha] 哈
gu [gua] 瓜	ku [kua] 誇	w [wa] 蛙	ø [a] 丫

1. 說明：

粵語的聲母有 19 個（連零聲母 20 個）。大部分粵語聲母的發音，與普通話的大體相同，其中 ng 聲母在普通話裏沒有；不過，當連讀"東歐"這樣的詞語時，"歐"會有一個近似 ng 的聲母。gu, ku 是圓唇化聲母，發音大致相當於普通話的 g+u, k+u，只是粵語的 gu, ku 中的 u 是表示圓唇的符號，屬聲母部分，不是元音，不屬介音性質。j, q, x 是舌葉音聲母，與普通話的 j, q, x / z, c, s / zh, ch, sh 這三組音都不相同。另外，j, q, x 主要與 i, ü 或以 i, ü 開頭的韻母相拼，且 ü 上兩點要省寫。

2. 字例：

（1）b	包庇 bao^{1}béi^3	保鏢 bou^{2}biu^1
（2）p	琵琶 péi^{4}pa^4	批評 pei^{1}ping^4
（3）m	文武 men^{4}mou^5	美滿 méi^{5}mun^5
（4）f	分化 fen^{1}fa^3	豐富 fung^{1}fu^3
（5）d	等待 deng^{2}doi^6	打賭 da^{2}dou^2

* 例字外加"(　)"的，聲調非第一聲。

（6）t　太太 tai^{3}tai^{2}　肚痛 tou^{2}tung^{3}

（7）n　男女 nam^{4}nêu^{5}　鬧你 nao^{6}néi^{5}

（8）l　輪流 lên^{4}leo^{4}　料理 liu^{6}léi^{5}

（9）g　見解 gin^{3}gai^{2}　機警 géi^{1}ging^{2}

（10）k　求其 keo^{4}kéi^{4}　強權 kêng^{4}kün^{4}

（11）ng　礙眼 ngoi^{6}ngan^{5}　捱餓 ngai^{4}ngo^{6}

（12）h　稀客 héi^{1}hag^{3}　喜好 héi^{2}hou^{3}

（13）j（z）　致謝 ji^{3}zé^{6}　製造 zei^{3}zou^{6}

（14）q（c）　從此 cung^{4}qi^{2}　親戚 cen^{1}qig^{1}

（15）x（s）　洗手 sei^{2}seo^{2}　書信 xu^{1}sên^{3}

（16）y　醫院 yi^{1}yun^{2}　引誘 yen^{2}yeo^{5}

（17）gu　光棍 guong^{1}guen^{3}　過關 guo^{3}guan^{1}

（18）ku　困（難）kuen^{3}(nan^{4})　攜（帶）kuei^{4}(dai^{3})

（19）w　會話 wui^{6}wa^{2}　維護 wei^{4}wu^{6}

3. 對比：

（1）東 dung^{1}—眼 ngan^{5}　東 dung^{1}—銀 ngen^{4}　東 dung^{1}—我 ngo^{5}
東 dung^{1}—外 ngoi^{6}

（2）家 ga^{1}—瓜 gua^{1}　街 gai^{1}—乖 guai^{1}　根 gen^{1}—軍 guen^{1}
緊 gen^{2}—滾 guen^{2}

（3）卡 ka^{1}—誇 kua^{1}　溪 kei^{1}—虧 kuei^{1}　勤 ken^{4}—裙 kuen^{4}

（4）支 ji^{1}—渣 za^{1}　千 qin^{1}—餐 can^{1}　孫 xun^{1}—鬆 sung^{1}

4. 發音練習：

（1）課文詞語

我哋 ngo^{5}déi^{6}　初次 co^{1} qi^{3}

吳先生 Ng^{4} xin^{1}sang^{1}　你貴姓 néi^{5} guei^{3} xing^{3}

（2）補充練習

❶ Ngo^{5} ngao^{5} ngeo^{4}gued^{1}, gued^{1} ngang^{6}, nga^{4} yun^{5}, ngao^{5} m^{4} yeb^{6}.

我 咬 牛骨， 骨 硬， 牙 軟，咬 唔 入。

❷ Wu^{1}gei^{1} m^{4} tung^{4} wu^{1}guei^{1}, sêu^{2} gen^{2} m^{4} tung^{4} sêu^{2} guen^{2}.

烏雞 唔 同 烏龜， 水 緊（指錢不夠用）唔 同 水 滾。

❸ ma^{5}ngei^{5} ngog^{6}yu^{4} sêu^{2}ngco^{4} tin^{1}ngo^{4}

螞蟻 鱷魚 水牛 天鵝

（二）語法講解：代詞——“呢”；“嗰”；“邊”

1. 充當指示代詞：

（1）呢位小姐。	這位小姐。
（2）嗰三位先生。	那三位先生。

2. 充當關係代詞：

（1）初次見面嘅嗰位小姐。	初次見面的那位小姐。
（2）介紹我認識王先生嗰位吳太太。	介紹我認識王先生的那位吳太太。

3. 充當疑問代詞：

（1）邊位係黃先生呀？	哪一位是黃先生？
（2）黃先生係邊度（bin^{1}dou^{6}）人呀？	黃先生是哪裏人？

4. 充當泛指代詞，一般用在帶“都”（dou^{1}）的否定句式中：

（1）邊個都唔識佢。	誰也不認識他。
（2）邊度都唔去。	哪兒都不去。

注意：粵語代詞中的“呢”、“嗰”、“邊”，一般來説，用法上跟普通話相應的“這”、“那”、“哪”相同。但在實際運用中，要注

意細微的差別。如：粵語中的“呢”、“嗰”，不能直接地放在繫詞前面，之間須加上相關的量詞。如：

這是誰？　　　　呢係邊個？　　☒
　　　　　　　　呢個係邊個？　☑

遇上泛指的情況，就用“啲”表示：

那些是什麼？　　嗰啲係乜嘢？

留意下列對譯的詞語：

（1）這些　　　　呢啲 ni^{1}di^1
（2）那些　　　　嗰啲 go^{2}di^1
（3）哪些　　　　邊啲 bin^{1}di^1
（4）這會兒　　　而家 yi^{4}ga^1
（5）那會兒　　　嗰陣 go^{2}zen^6
（6）哪會兒　　　幾時 géi^{2}xi^4

（三）粵語趣談

一般認為，粵語的發展經歷了五個時期。一、雛形期出現於秦漢，中原漢語開始進入嶺南地區。二、成長期出現於魏晉南北朝，中原人第一次大規模南遷，拉近了古粵語與中原漢語的差別。三、定型期出現於唐宋。隨着中原人第二次大規模南遷，粵語開始成為一種既能對應中古漢語發音（如《廣韻》）而又擁有獨立語言體系的語言。四、獨立發展期始於清初。中原漢語急劇地向北方官話的方向發展而處在南方的粵語則繼續平穩而緩慢地按照自己獨特的規律發展。滿清中末期，粵語首次逆向傳播到中原，這是由於當時的廣州成為唯一能接觸外來的人和物的地區。於此同時，粵人大量移民海外，致使粵語開始向外傳播。五、平行發展期出現於上世紀中葉，粵語開始演變為廣州粵語和香港粵語等方言片。

六　練習

（一）試根據下列各組粵語注音，正確指出所屬詞語。

（1）Sa^{1}tin^{4}　　（2）ngan^{5}géng^{2}　　（3）kéi^{4}guai^{3}

（4）giu^{1}ngou^{6}　　（5）qin^{4}tou^{4}　　（6）gua^{3}hou^{6}

（二）先正確讀出下列句子，然後把各字的聲母填入括號中。如：都（dou^{1}），聲母為 d。

（　）（　）（　）（　）（　）（　）（　）（　）（　）（　）（　）

而　家　啲　細　路　都　未　捱　過　肚　餓　。

（三）辨音練習（注意 h 聲母字的發音，不要混同於 s 聲母的字）。

h—s　喜—死　係—細　顯—洗　香—箱　興—姓

（1）喜 héi^{2}　　喜事　歡喜

（2）係 hei^{6}　　係數　關係

（3）顯 hin^{2}　　顯著　明顯

（4）香 hêng^{1}　　香港　檀香

（5）興 hing^{3}　　興趣　高興

（四）對譯練習（用粵語說出下面的句子）。

（1）我來自己介紹一下。

（2）吳先生的名字叫什麼？

（3）人家都認識他是誰。

（4）是那個，不是這個。

（五）說話練習（互相詢問姓名、籍貫）。

甲：我係 ＿＿＿＿＿＿＿＿。請問，你貴姓呀？

乙：我姓 ＿＿＿＿＿＿＿＿，我嘅名係 ＿＿＿＿＿＿＿＿。

甲：______________ 先生，你好！

乙：______________ 小姐，你好！

甲：______________ 先生，你係邊度人呀？

乙：我係 ___________ 人。

七　粵字辨認

（1）哋 déi⁶　　我哋　　你哋　　佢哋

（2）呢 ni¹　　呢個　　呢位

（3）嗰 go²　　嗰個　　嗰位

（4）佢 kêu⁵　　佢哋　　佢先

八　短文朗讀 1-5

高小姐介紹一位黃河先生同一位王貴初先生畀我認識。黃河先生就係黃河嗰個黃，王貴初先生嘅王係三畫王嗰個王。原來廣東話（粵語）嘅黃、王係同音，唔知就好容易（yung⁴yi⁶）搞錯（gao²co³）人哋嘅姓喇。

02

Men^{6} heo^{6}

問候

一　課文　2-1

（1）Zou^{2}sen^{4}!

早晨！

（2）Zou^{2}sen^{4}! Hêu^{3} bin^{1} (dou^{6}) a^{3} ?

早晨！ 去 邊（度）呀？

（3）Néi^{5} lei^{4} ni^{1}dou^{6} guan^{3} m^{4} guan^{3} a^{3} ?

你 嚟 呢度 慣 唔 慣 呀？

（4）Co^{1}xi^{4} m^{4} hei^{6} géi^{2} guan^{3}, yi^{4}ga^{1} hou^{2} hou^{2} do^{1}.

初時 唔 係 幾 慣，而家 好 好 多。

（5）Gung^{1}xi^{1} mong^{4} m^{4} mong^{4} a^{3} ?

公司 忙 唔 忙 呀？

（6）Ni^{1}pai^{2} ngo^{5}déi^{6} mong^{4} di^{1}.

呢排 我哋 忙 啲。

（7）Yud^{6} mong^{4} yud^{6} yiu^{3} ju^{3}yi^{3} sen^{1}tei^{2} wo^{3}.

越 忙 越 要 注意 身體 喎。

（8）Ji^{1} lag^{3}. Hei^{6} lé^{1}, néi^{5} tai^{3}tai^{2} géi^{2} hou^{2} ma^{3} ?

知嘞。係 咧，你 太太 幾 好 嗎？

（9）Kêu^{5} féi^{4} guo^{3} yi^{5}qin^{4} di^{1}, jing^{1}sen^{4} hou^{2} hou^{2}.

佢 肥 過 以前 啲，精神 好 好 。

（10）Hou^{2} noi^{6} mou^{5} gin^{3} kêu^{5} la^{3}, bong^{1} ngo^{5} men^{6}heo^{6} yed^{1} séng^{1} a^{1}.

好 耐 冇 見 佢 喇，幫 我 問候 一 聲 吖。

普通話對譯

（1）早上好！

（2）早上好！上哪兒去？

（3）你到這裏來習慣嗎？

（4）剛開始不太習慣，現在好多了。

（5）公司忙不忙？

（6）這一陣子還是相當忙。

（7）越忙越要注意身體呀。

（8）知道了。對了，你太太挺好的吧？

（9）她比以前胖了點兒，精神不錯。

（10）好久沒見她了，替我問個好。

二　重點詞彙 2-2

（1）早晨	zou2sen4	早上好（問候語和問候應答語）
（2）嚟呢度	lei4 ni1dou6	來這兒 / 到這兒來
（3）慣	guan3	習慣
（4）唔係幾	m4 hei6 géi2	不太
（5）而家	yi4ga1	現在
（6）好好多	hou2 hou2 do1	〔副詞〕很
（7）呀？	a3	〔疑問助詞〕
（8）呢排	ni1pai2/pai4	這些日子
（9）啲	di1	點兒（表少量）
（10）喎	wo3	〔語氣詞〕啊（表敦促或提醒）
（11）嗎	ma3	〔疑問助詞〕
（12）知嘞	ji1 lag3	知道了（應答語）
（13）係咧	hei6 lé1	對了（話題轉折語）
（14）肥	féi4	胖（指人）
（15）過	guo3	〔比較助詞〕
（16）好耐冇……喇	hou2 noi6 mou5 …… la3	好久沒有……了
（17）幫	bong1	〔介詞〕替
（18）問候一聲	men6heo6 yed1 séng1	問個好
（19）吖	a1	〔語氣詞〕吧（表建議）

三　補充語彙 2-3

（1） Néi^5 ug^{1}kéi^{2}yen^4 géi^2 hou^2 ma^3？

你　屋企人　幾　好　嗎？

家裏挺好吧？

（2） Gin^3 dou^2 néi^5 hou^2 hoi^{1}sem^1. – Ngo^5 dou^1 hei^6.

見　到　你　好　開心。——我　都　係。

很高興見到你。——我也是。

（3） Gen^{6}pai^2 mong^4 di^1 med^{1}yé^5 a^3？

近排　忙　啲　乜嘢　呀？

近來忙些什麼？

（4） Néi^5 go^3 zei^2 cêd^{1}lei^4 zou^{6}yé^5 méi^6 a^3？

你　個　仔　出嚟　做嘢　未　呀？

你兒子參加工作了嗎？

（5） Zug^1 néi^5 xi^{6}yib^6 yeo^{5}xing^4. – Dai^{6}ga^1 gem^2 wa^6.

祝　你　事業　有成。—— 大家　噉　話。

祝你事業有成。——彼此彼此。

四　重點理解

（一）"早晨"與"早唞（teo^2）"

"早晨"，在粵語中是早上的問候語；與之相對的是"早唞"，表示"晚安"；"唞"，意思是"休息"。"早唞"即"早點休息"，是睡覺前或晚上跟人道別的客套話。需要注意的是，"早唞"有時會被用作罵人（意即咒人"早死"）。

（二）否定詞："唔係幾"＋形容詞 / 動詞

粵語有兩個基本否定詞："唔"和"冇"。"唔"在普通話中指"不"；而"冇"，指"沒有"。

唔高興　　不高興

冇精神　　沒精神

"唔係幾"＋形容詞 / 動詞，表示有所保留的；普通話用"不太"來表示。

1. 跟形容詞連用的例子：

（1）佢肥唔肥呀？——唔係幾肥（不太胖）。

（2）你忙唔忙呀？——唔係幾忙（不太忙）。

（3）啲嘢貴唔貴呀？——唔係幾貴（不太貴）。

2. 跟動詞連用的例子：

（1）你識唔識佢呀？——唔係幾識（不太認識）。

（2）佢注唔注意身體呀？——唔係幾注意（不太注意）。

（三）"好"；"好好"；"好好多"

1. 這三項意義相關的詞語，我們先從"好"說起。

（1）與普通話相近的用法

❶ 與"壞"相對：

阿陳係好人，佢時常幫我哋。　阿陳是好人，他經常幫我們。

❷ 表示同意的話語標記：

好，就噉啦（la^1）。　好，就這樣吧。

❸ 表示性質，與動詞連用：

生食至好食（xig^6）。　生吃才好吃。

❹　組成動補結構，表結果：

單車整好咗嘞。　　自行車修好了。

（2）與普通話不同的用法

❶　用作助動詞，表應該：

三點鐘嘞，好走嘞。　　三點了，該走了。

❷　用作副詞，表程度高：

先生好瘦，太太好肥。　　丈夫很瘦，妻子很胖。

2. 至於“好好”，就是“副詞＋形容詞”結構。

佢喺（hei²）香港好好，唔使擔心。　　他在香港挺好的，不必擔心。

3. “好好多”，就是“好＋好多”，即“形容詞＋補語”結構，表示情況大有改善。

前兩日病（béng⁶）咗，　　前兩天病了，

而家好咗好多。　　現在好多了。

（四）“呢排”；“呢一排”

“呢排”跟“呢一排”同義，口語中常省略“一”字。粵語中的“排”，這裏不能獨立使用，是泛指某段時間。“呢排”即常指最近一段時間。相對早一段時間用“嗰排”或“早（一）排”。注意，沒有“邊排”的說法；但可用“幾時”來表示“什麼時候”。

試用普通話譯出下列句子：

（1）**呢排忙唔忙呀？**

（2）**呢排有乜嘢做呀？**

（3）**嗰排我身體唔係幾好，呢排好番（fan¹）好多喇。**

（五）“一啲”的用法

“一啲”表示“一點”或“一些”。

1. 用在名詞前作泛指數量詞：

（1）**食咗（一）啲嘢。**　　吃了一點東西。

（2）識咗（一）啲人。　　認識了一些人。

（3）寫咗（一）啲信。　　寫了一些信。

2. 用在形容詞 / 動詞之後作數量補語：

（1）呢排我哋忙（一）啲。　　最近我們（稍微）忙了一點兒。

（2）呢排啲嘢貴咗（一）啲。　　最近東西（稍微）貴了一點兒。

（3）唔該你快（fai^3）（一）啲啦。　　請你快點兒。

（4）以後（yi^{5}heo^6）注意（一）啲喇。　　以後（稍微）注意點兒。

（六）比較句式："過"

粵語與普通話的比較格式，在用詞及語序上都有所不同，即：

粵語	普通話
A+ 形容詞 + 過 +B	A+ 比 +B+ 形容詞
（1）佢瘦過我。	他比我瘦。
（2）佢而家瘦過以前。	他現在比以前瘦。
（3）日本（Yed^{6}bun^2）啲嘢貴過香港（Hêng^{1}gong^2）。	日本的東西比香港的貴。

再看下列各句，注意句中的修飾成分：

（1）佢瘦過你一啲。

（2）佢瘦過你唔係幾多。

（3）佢瘦過你好多。

（4）嗰度啲嘢貴過呢度一啲。

（5）嗰度啲嘢貴過呢度唔係幾多。

（6）嗰度啲嘢貴過呢度好多。

（七）　介詞："幫"

普通話裏的"幫"沒有介詞的用法，粵語介詞中的"幫"，在意義上有兩種情況。

1. 與動詞義有聯繫。

粵語	普通話
唔該你幫我做啲嘢吖！	麻煩你幫（替）我做點事情。

2. 與動詞義沒有聯繫。

粵語	普通話
（1）我唔得閒（deg^{1}han^4），你幫我去吖！	我沒空，你替我去吧！
（2）我幫你一齊（cei^4）去。	我跟你一起去。

五　講解

（一）語音講解：韻母（甲）

	-i	-o	-m	-n	-ng
a 阿	ai（擺）	ao（包）	am（擔）	an（丹）	ang（烹）
	ei（梯）	eo（偷）	em（今）	en（根）	eng（燈）

1. 說明：

粵語 a, ai, ao, am, an, ang 幾個韻母，與普通話 a, ai, ao, an, ang 發音大致相同；ei, eo, em, en, eng 中的 e 與普通話 e 近似，只是開口度要大些，如："根（gēn）"、"燈（dēng）" 在普通話、粵語的發音差不多。am, em 兩個韻母收 -m 韻尾，普通話沒有這類韻母。

2. 字例：

（1）ai	買賣	mai^{5}mai^6	鞋帶	hai^{4}dai^2
ei	抵制	dei^{2}zei^3	擠提	zei^{1}tei^4
（2）ao	貓爪	mao^{1}zao^2	吵鬧	cao^{2}nao^6
eo	逗留	deo^{6}leo^4	手頭	seo^{2}teo^4
（3）am	貪婪	tam^{1}lam^4	三站	sam^{1}zam^6
em	甘心	gem^{1}sem^1	琴音	kem^{4}yem^1

(4) an	晚飯 man5fan6	難產 nan4can2
en	婚姻 fen1yen1	均勻 guen1wen4
(5) ang	生硬 sang1ngang6	生猛 sang1mang5
eng	贈燈 zeng6deng1	耿耿 geng2geng2

3. 對比：

(1) en—ei	根 gen1—雞 gei1	吻 men5—米 mei5
	吞 ten1—梯 tei1	溫 wen1—威 wei1
(2) en—eo	很 hen2—口 heo2	墳 fen4—浮 feo4
	引 yen5—友 yeo5	親 cen1—秋 ceo1
(3) en—em	斤 gen1—金 gem1	新 sen1—心 sem1
	陳 cen4—沉 cem4	勤 ken4—琴 kem4
(4) ai—ei	太 tai3—替 tei3	街 gai1—雞 gei1
	買 mai5—米 mei5	壞 wai6—胃 wei6
(5) ao—eo	找 zao2—走 zeo2	搞 gao2—狗 geo2
	矛 mao4—謀 meo4	稍 sao2—手 seo2
(6) an—am—em	奸 gan1—監 gam1—金 gem1	
	閒 han4—咸 ham4—含 hem4	
	蘭 lan4—藍 lam4—林 lem4	
	殘 can4—蠶 cam4—沉 cem4	

4. 發音練習：

(1) 課文詞語

早晨 zou2sen4　但係 dan6hei6　唔係 m4 hei6　身體 sen1tei2

瘦 seo3　精神 jing1sen4　問候 men6heo6

(2) 補充練習

❶ A3 Cen2 dam1 dei1 kem4gou1, hem2cen1 go3 teo4.

阿 陳 擔 梯 擒高， 砍親 個 頭。

❷ Fei¹zei² mun⁵sen¹ sêng¹hen⁴ zeo² fan¹lei⁴.

輝仔　滿身　傷痕　走　返嚟。

❸ Gem²seo³ Fa¹yun²　Kei²deg¹　Seo¹dên² Keo⁴cêng⁴

錦繡　花園　啟德　修頓　球場

（二）語彙講解

1. 粵語疑問詞體系相當豐富。

（1）呀？（用於正反問句，表強調）

慣唔慣呀？　　習慣不習慣？

（2）嗎？（期待正面答覆）

好食嗎？　　好吃，是吧？

2. 粵語語氣詞體系十分豐富，語意細膩且使用頻率甚高。在普通話裏面往往難於找到合適的對應詞。我們只能依據每一課的具體語境點到即止，讓學習者自行體會，自行積累。

（1）喎（表敦促或提醒）

你快啲喎。　　你快點兒（別讓我等那麼久）。

（2）吖（表建議）

你做完嘢先去吖。　　你把活兒幹完才去吧。

（三）語法講解：疑問句

一般說來，疑問句可分選擇問和特指問。所謂“選擇問”，即句中列出兩項發問，讓對方擇一作答。粵語選擇問的格式為正反問式：“動詞＋‘唔’＋動詞”，相等於普通話的“動詞＋‘不’＋動詞”。

（1）你去唔去呀？　　你去不去？

（2）你識唔識佢呀？　　你認不認識他？

上述粵語疑問句的答案便是：“去”（肯定）/“唔去”（否定），以及“識”（肯定）/“唔識”（否定）。而粵語特指問一般由疑問詞引出，讓對方就提出的問題作答。

1. 就“人”發問：“邊個”

（1）邊個嚟咗呀？　　誰來了？

（2）佢係邊個呀？　　他是誰？

（3）你見到邊個呀？　　你見到了誰？

2. 就“物”發問：“乜嘢”

（1）乜嘢最（zêu³）好食呀？　　什麼最好吃？

（2）你食乜嘢呀？　　你吃什麼？

（3）你叫乜嘢名呀？　　你叫什麼名字？

3. 就“方式”發問：“點樣”

（1）你點樣嚟㗎？　　你怎麼來的？

（2）你個名點樣寫（sé²）㗎？　　你的名字怎樣寫？

4. 就“處所”發問：“邊度”

（1）你係邊度人呀？　　你是哪裏人？

（2）佢去咗邊度呀？　　他到哪兒去了？

5. 就“時間”發問：“幾時”

（1）你幾時嚟呀？　　你什麼時候來？

（2）你幾時見佢呀？　　你什麼時候見他？

（四）粵語趣談

1. 粵語保留古漢語的傳統，單音節詞在口語體的使用頻率較高。如“知—知道”（只用普通話的第一成分）、“慣—習慣”（只用普通話的第二成分）。初學者要注意積累，稍不留意，很難在對方的口語語流中聽出單音成詞的成分。

2. 粵語的“佢”，不分“他 / 她”。只能依據上下文認定，如：佢定係佢（他〔她〕還是她〔他〕）？由此，“佢哋”可指“他們”或

"她們"，甚至"它們"。

3. 粵語的"先生"或"太太"作為一般稱謂時，在姓氏後可省略為"生"或"太"，如"梁先生"可簡稱為"梁生"，"王太太"可簡稱為"王太"。向陌生成年男子搭訕時，可簡稱"阿生"，但不允許叫"阿太"，可以用模糊語"唔該"。

六　練習

（一）試根據下列各組粵語注音，正確寫出所屬詞語。

（1）mai⁵mai⁶　（2）ben¹zeo²　（3）yeo¹seo³

（4）Eo¹zou¹　（5）sen¹tei²　（6）sei²teo⁴

（二）先正確讀出下列句子，然後把黑體字的韻母填入空格中。如：晚（man⁵），韻母為 an。

（1）你**問**賣**橙**嗰個小**販**啦。

（2）**投**資移民最**近**大量**增**加。

問 m_____⁶　橙 c_____²　販 f_____²

投 t_____⁴　近 g_____⁶　增 z_____¹

（三）辨音練習（注意 eo 韻母字的發音，不要混同於 ou 韻母的字）。

eo—ou　喉—豪　候—浩　救—告　酒—早　瘦—掃

（1）喉 heo⁴　水喉　喉嚨

（2）候 heo⁶　時候　等候

（3）救 geo³　救命　救傷車

（4）酒 zeo²　飲酒　酒店

（5）瘦 seo³　瘦肉　肥瘦

（四）實況問答練習。

（1）最近忙唔忙呀（a³）？
（2）最近身體好唔好呀？
（3）邊個嚟咗呀？
（4）邊個去咗灣仔呀？
（5）邊個姓吳呀？
（6）佢係邊個呀？
（7）佢介紹邊個你識呀？
（8）乜嘢最好食呀？
（9）你食乜嘢呀？
（10）佢姓乜嘢呀？
（11）佢識講（gong²）乜嘢話（wa²）呀？
（12）你點樣嚟㗎（ga³）？
（13）你個名點樣寫呀？
（14）你係邊度人呀？
（15）你去咗邊度呀？
（16）你喺邊度見到佢呀？
（17）你幾時嚟呀？
（18）你幾時見佢呀？
（19）你幾時識佢㗎？
（20）你幾時喺佢公司（gung¹xi¹）做嘢㗎？

七　粵字辨認

（1）冇 mou⁵　　有冇　　冇人
（2）嘅 gé³　　我嘅　　你嘅　　邊個嘅
（3）嚟 lei⁴　　嚟唔嚟　　我嚟先

八　短文朗讀　2-5

我好耐冇見王生喇。識得佢嘅吳生話我知，王生好忙，精神唔錯，但身體唔好，仲越嚟越瘦。王太好緊張，成日要佢先生注意休息。我同吳生講，下次見到王生，幫我問候佢一聲。

03

Da² din⁶ wa²
打電話

一 課文 3-1

（1）Wei^{2}, ni^{1}dou^{6} hei^{6} m^{4} hei^{6} yi^{6}-ced^{1}-ling^{4}-ced^{1}-séi^{3}-yi^{6}-ng^{5}-ling^{4} a^{3} ?
喂，呢度 係 唔 係 2 7 0 7 4 2 5 0 呀？

（2）M^{4}goi^{1} néi^{5} wen^{2} Zêng^{1} xin^{1}sang^{1} téng^{1} din^{6}wa^{2}.
唔該 你 搵 張 先生 聽 電話。

（3）Kêu^{5} ngam^{1}ngam^{1} hang^{4}hoi^{1}zo^{2}.
佢 啱啱 行開咗。

（4）Deng^{2} yed^{1}zen^{6} néi^{5} zoi^{3} da^{2}lei^{4} la^{1}.
等 一陣 你 再 打嚟 啦。

（5）Yed^{1}hei^{6} néi^{5} leo^{4}dei^{1} go^{3} heo^{2}sên^{3} béi^{2} kêu^{5} a^{1}.
一係 你 留低 個 口信 畀 佢 吖。

（6）Néi^{5} gé^{3} din^{6}wa^{2} hei^{6} géi^{2}do^{1} hou^{6} a^{3} ?
你 嘅 電話 係 幾多 號 呀？

（7）Deng^{2} kêu^{5} fan^{1}lei^{4}, ngo^{5} giu^{3} kêu^{5} béi^{2} din^{6}wa^{2} néi^{5} la^{1}.
等 佢 返嚟，我 叫 佢 畀 電話 你 啦。

（8）Dêu^{3}m^{4}ju^{6}, ngo^{5}déi^{6} ni^{1}dou^{6} mou^{5} xing^{3} Zêng^{1} gé^{3}bo^{3}.
對唔住，我哋 呢度 冇 姓 張 嘅噃。

（9）Néi^{5} da^{2}co^{3} din^{6}wa^{2} la^{3}.
你 打錯 電話 喇。

（10）M^{4} hou^{2} yi^{3}xi^{3}, da^{2}gao^{2} sai^{3}.
唔 好 意思，打攪 晒。

普通話對譯

（1）喂，這裏是不是 2707 4250？

（2）勞駕請找張先生聽電話。

（3）他剛出去了。

（4）待一會兒你再打來吧。

（5）要麼，你留個口信給他吧。

(6) 你的電話是幾號？

(7) 等他回來，我叫他給你回電話。

(8) 對不起，我們這裏沒有姓張的。

(9) 你撥錯號了。

(10) 真抱歉，打擾了。

二　重點詞彙 3-2

(1) 搵	wen^{2}	找
(2) 啱啱	ngam^{1}ngam^{1}	剛
(3) 行開咗	hang^{4}hoi^{1}zo^{2}	出去了
(4) 等一陣	deng^{2} yed^{1}zen^{6}	待一會兒
(5) 一係	yed^{1}hei^{6}	要麼
(6) 留低	leo^{4}dei^{1}	留下
(7) 畀 / 俾	béi^{2}	給
(8) 幾多	géi^{2}do^{1}	多少
(9) 返嚟	fan^{1}lei^{4}	回來
(10) 對唔住	dêu^{3}m^{4}ju^{6}	對不起
(11) 唔好意思	m^{4} hou^{2} yi^{3}xi^{3}	真抱歉；不好意思
(12) 打攪晒	da^{2}gao^{2} sai^{3}	打擾了

三　補充語彙 3-3

(一) 詞語

數目字：零 ling^{4}　一 yed^{1}　二 yi^{6}　三 sam^{1}　四 séi^{3}　五 ng^{5}
六 lug^{6}　七 ced^{1}　八 bad^{3}　九 geo^{2}　十 seb^{6}

（二）句子

（1） Kêu^5 m^4 hei^2 dou^6, néi^5 da^2 kêu^5 seo^{2}géi^1 la^1.

佢 唔 喺 度，你 打 佢 手機 啦。

他不在，你打他的手機吧。

（2） Néi^5 yeo^5 mou^5 kêu^5 gé^3 seo^{2}géi^1 lem^{1}ba^2 a^3 ?

你 有 冇 佢 嘅 手機 冧巴 呀？

你有他的手機號碼嗎？

（3） Geo^2 ced^1 ma^1 ng^5 bad^3 sam^1 ma^1 séi^3.

9 7 孖 5 8 3 孖 4。

9755 8344。

（4） Bei^6, ngo^5 seo^{2}géi^1 zeo^{6}lei^4 mou^5 din^6.

弊，我 手機 就嚟 冇 電。

糟了，我手機快沒電了。

（5） Zo^{2}gen^2 ced^1-seb^{6}yed^1 yeo^5 din^{6}wa^2 da^2.

左近 7-11 有 電話 打。

附近 7-11 便利店有電話可以打。

四　重點理解

（一）"搵"和"找"

普通話裏的動詞"找"有兩個意思，其中之一是"尋找"；與此義相對的是粵語的"搵"。

（1）搵人	找人
（2）搵工	找事
（3）搵嘢食	找東西吃
（4）搵電話號碼	找電話號碼

普通話的"找"的第二個意思，是"把超過應收的部分退還"，如："找錢"。粵語相對此義的説法跟普通話的一樣，也説"找錢（zeo²qin²）"。而"搵錢"，卻不能説成"找錢"。因為粵語中的"搵錢"是指"掙錢"，表示"用勞力或其他手段換取"的意思。

（二）"行開咗"不等於"走開了"

粵語慣用語的"行開咗"，不能直譯為普通話的"走開了"。這其實是回答尋人詢問的一種委婉説法，表示"被尋者離開了答話人所在的處所，而無法滿足尋人者求見的要求"。

（1）佢行開咗， 你早啲嚟就好嘞（lag³）！	他不在呀， 你早點兒來就好了！
（2）佢行開咗， 你等等佢好嗎？	他出去了， 你等一等他好嗎？

粵語"行開咗"一般暗示被尋者不在，但不會離開太久。

（三）"一係"

粵語中的"一係"，為表示選擇的關聯詞，基本格式為"一係甲，一係乙"，在普通話裏即為"或者甲，或者乙"，兩者任選其一：

一係你去，一係我去。	要麼你去，要麼我去。

因應不同的語境，"一係"不一定成對地出現，但選擇的意念基本不變。

（1）你去啦，一係我去嘞。	你去吧，要不然我去。
（2）你好忙呀（a⁴）， 噉，一係我去嘞！	你很忙是吧， 那，要麼我去吧！

（四）"留低"

粵語、普通話同樣有動補結構，但充當動詞補語的成分卻大有差別。如："低"字在普通話裏不能充當補語，而在粵語裏卻可以。

（1）寫低　　寫下
（2）記低　　記下
（3）留低　　留下
（4）講低　　留言
（5）錄低　　錄下來

（五）“畀”的動詞用法和介詞用法

粵語“畀”字大致與普通話的“給”字用法上相似，既有動詞用法，也有介詞用法。

1.“畀”字的動詞用法：

（1）佢唔肯（heng²）畀電話號碼我。　他不肯給我電話號碼（＝說出來、寫出來）。
（2）點解（gai²）畀佢，唔畀我呀？　為什麼給他不給我？

但最常見的是，動詞“畀”運用在雙賓句之中（見本課第五節之“語法講解”）。

2.“畀”字的介詞用法：引出動作的受惠者。

（1）王先生打咗個電話畀我。　王先生給我打了個電話。
（2）李小姐寫低個地址（déi⁶ji²）畀我。　李小姐寫下了地址給我。

跟普通話的不同，粵語的“畀”字結構不可置於動詞之前。

（六）“幾”

粵語副詞中的“幾”用在單音節形容詞前構成疑問詞，及表示詢問程度、數量。

（1）貴—（有）幾貴？　（有）多貴？
（2）忙—（有）幾忙？　（有）多忙？
（3）好—（有）幾好？　（有）多好？
（4）肥—（有）幾肥？　（有）多胖（指人）？

（5）耐—（有）幾耐？	（有）多久？
（6）多—（有）幾多？	（有）多少？

例：

（1）你等咗幾耐呀？	你等了多久？
（2）你要幾多錢呀？	你要多少錢？
（3）嚟咗幾多個人呀？	來了多少人？

（七）“姓張嘅”

粵語中的“嘅”字短語代替名詞，跟普通話帶“的”之短語代替名詞，在用法上是一樣的。

（1）佢係姓王嘅。	他是姓王的。
（2）啱啱搵你嘅係邊個呀？	剛才找你的是誰？
（3）我哋有兩個姓李嘅， 你搵邊一個呀？	我們有兩個姓李的， 你找哪一個？

五　講解

（一）語音講解：聲調 3-4

調號	1	2	3	4	5	6
調類	陰平 陰入	陰上	陰去 中入	陽平	陽上	陽去 陽入
調值	˥˧53, ˥55	˧˥35	˧33	˨˩21, ˩11	˩˧13	˨22
例字	分 忽	粉	訓 發	墳	憤	份 佛

1. 說明：

粵語的聲調有九個，其中凡韻尾為 b, d, g 的，叫“入聲”。粵語的入聲調值有三個，分別與陰平、陰去、陽去相等。因此，就調值而言，粵語的聲調實際只有六類。粵語陰平調有高平（55）和高降（53）兩個調值，高平調與普通話陰平調一樣，高降調有點像普通話的去聲。粵語陰上調與普通話的陽平相同，而陽平與普通話的上聲（半上）近似，比較下例：

	粵語	普通話
（1）	分數（陰平˥$_{55}$）	分（陰平˥$_{55}$）
（2）	粉（陰上˧˥$_{35}$）	墳（陽平˧˥$_{35}$）
（3）	墳（陽平˨˩$_{21}$）	粉（上聲˨˩˦$_{214}$）
（4）	分類（陰平˥˧$_{53}$）	份（去聲˥˩$_{51}$）

粵語的其他幾個調：陰去、陽上、陽去，普通話沒有與他們相近的調值。至於入聲，説普通話的人更難掌握（詳見第四課）。

2. 字例：

（1）陰平（第一聲）

先生 xin^{1}sang^{1}　　返工 fan^{1}gung^{1}

開開心心 hoi^{1}hoi^{1}-sem^{1}sem^{1}　　輕輕鬆鬆 hing^{1}hing^{1}-sung^{1}sung^{1}

（2）陰上（第二聲）

小姐 xiu^{2}zé^{2}　　點解 dim^{2}gai^{2}

好好睇睇 hou^{2}hou^{2}tei^{2}tei^{2}　　搵錢使錢 wen^{2}qin^{2} sei^{2}qin^{2}

（3）陰去（第三聲）

聖誕 xing^{3}dan^{3}　　放假 fong^{3}ga^{3}

快快趣趣 fai^{3}fai^{3}-cêu^{3}cêu^{3}　　富富貴貴 fu^{3}fu^{3}-guei^{3}guei^{3}

（4）陽平（第四聲）

平時 ping^{4}xi^{4}　　唔同 m^{4}tung^{4}

麻麻煩煩 ma^{4}ma^{4}-fan^{4}fan^{4}　　吟吟沉沉 ngem^{4}ngem^{4}-cem^{4}cem^{4}

（5）陽上（第五聲）

永遠 wing^{5}yun^{5}　　老友 lou^{5}yeo^{5}

有理無理 yeo^{5}léi^{5} mou^{5}léi^{5}　　你你我我 néi^{5}néi^{5}ngo^{5}ngo^{5}

（6）陽去（第六聲）

是是但但 xi^{6}xi^{6}-dan^{6}dan^{6}　　大大話話 dai^{6}dai^{6}-wa^{6}wa^{6}

上上下下 sêng^{6}sêng^{6}ha^{6}ha^{6}　　論論盡盡 lên^{6}lên^{6}-zên^{6}zên^{6}

3. 對比：

調值	1	2	3	4	5	6
	fu^{1}	fu^{2}	fu^{3}	fu^{4}	fu^{5}	fu^{6}
	夫	苦	富	扶	婦	負
	yun^{1}	yun^{2}	yun^{3}	yun^{4}	yun^{5}	yun^{6}
	淵	阮	怨	元	遠	願
	sam^{1}	geo^{2}	séi^{3}	ling^{4}	ng^{5}	yi^{6}
	三	九	四	零	五	二
	gua^{1}	guo^{2}	coi^{3}	wo^{4}	mei^{5}	dou^{6}
	瓜	果	菜	禾	米	稻
	gei^{1}	geo^{2}	tou^{3}	ngeo^{4}	ma^{5}	zêng^{6}
	雞	狗	兔	牛	馬	象

4. 發音練習：

（1）課文詞語

唔^{4}該^{1}　　我^{5}你^{5}佢^{5}　　對^{3}唔^{4}住^{6}　　口^{2}信^{3}

（2）補充練習

❶ 你^{5}我^{5}兩^{5}個^{3}，夠^{3}晒^{3}老^{5}友^{5}。

❷ 入^{6}試^{3}場^{4}考^{2}完^{4}歷^{6}史^{2}，再^{3}去^{3}街^{1}市^{5}買^{5}包^{1}豆^{6}豉^{6}。

❸ 香^{1}港^{2}、九^{2}龍^{4}、新^{1}界^{3}、大^{6}嶼^{4}山^{1}。

（二）語法講解：雙賓語句

表示給予意義的動詞用作述語時，常帶雙賓語。一個可叫做“事物賓語”，指所給的事物；另一個可叫做“人稱賓語”，指接受者。因為接受者多半是人，這裏我們僅限於介紹粵語以“畀”字為中心，而普通話以“給”字為中心的雙賓結構的比較，在普通話裏雙賓的排列順序是固定的。如：給我一本書。

當中，“我”（人稱賓語）是接受者，“書”（事物賓語）是所給的事物，那就是說，在普通話以“給”字為中心的雙賓結構中，接受者在先，所給予的事物在後，而在粵語裏，這個先後順序則通常是倒過來的。

（1）我啱啱畀電話佢。　　我剛剛給他電話。

（2）畀啲錢我。　　給我點錢。

（3）畀佢嘅咭片我。　　把他的名片給我。

（三）粵語趣談

1. 冧巴（lem^{1}ba^{2}）。香港話中有大量音譯的英借詞，已完全進入社會語言。冧巴源自英語的 number（號碼），就是其中之一個。例如：“八”呢個冧巴我鍾意（“八”這個號碼我喜歡）。注意，廣州話的用法略有不同，説成：“八”呢個冧。不用“巴”。

2. 孖（ma^{1}）。香港人什麼都講求快，連相同的雙位數字都習慣用“孖”來表示，如：11 會説成“孖 1”，22 會説成“孖 2”，如此類推。大家的耳朵要儘快習慣。

六　練習

（一）試根據下列各組粵語注音，正確指出所屬詞語。

（1）léi^{5}yeo^4　　（2）yeo^{1}seo^3　　（3）yi^{3}ji^3

（4）lei^{6}yeo^5　　（5）yeo^{6}seo^2　　（6）yi^{1}ji^6

（二）先正確讀出下列詞句，然後把各字的聲調值填入括號中。如：放（fong^3），聲調值為 3。

（1）我住喺　紅　　磡。

　　　　　（　）（　）

（2）普　　通話、廣　　州話、香　　港話

　（　）（　）（　）（　）（　）（　）

（三）辨音練習（注意下列各組字不同的聲調）。

市 ^{5}— 是 ^{6}　　境 ^{2}— 敬 ^{3}　　導 ^{6}— 倒 ^{2}　　雌 ^{1}— 慈 ^{4}

（1）市 xi^5　　街市　城市

（2）境 ging^2　　環境　出境

（3）導 dou^6　　導遊　報導

（4）雌 qi^1　　雌雄　雌性

（四）對譯練習（用粵語說出下面的句子）。

（1）王先生是不是在你們那裏？

（2）他剛剛給我打了個電話。

（3）從這裏到灣仔要多長時間？

（4）這封信是給誰的。

（5）不是他的，是張先生的。

（五）實況問答練習。

（1）呢度係邊度呀？

（2）佢喺唔喺嗰度呀？

（3）你哋嗰度有幾多個人呀？

（4）你哋嗰度忙唔忙呀？

（5）佢哋嗰度嘅電話係幾多號呀？

（6）請問你係唔係李先生呀？

（7）你哋係唔係喺灣仔做嘢呀？

（8）張小姐係唔係你嘅朋友呀？

（9）係唔係佢介紹吳小姐嚟你哋公司做嘢呀？

（10）打電話要等幾耐呀？

（11）佢哋兩個識咗幾耐呀？

（12）張先生幾多歲呀？

（13）呢度嘅電話係幾多號呀？

（14）啲嘢買咗幾多錢呀？

（15）打電話畀邊個呀？

（16）呢本書畀邊個呀？（畀 _______，唔係畀 _______。）

（17）呢本係邊個嘅書呀？（係 _______。）

（18）呢個係唔係佢嘅電話號碼呀？（唔係 _____ ，係 _____。）

（19）呢封信係邊個嘅？

（20）啱啱搵你嘅係邊個呀？

七　粵字辨認

（1）搵 wen²	搵邊個？	找誰？
	搵乜嘢？	找什麼？
	搵到	找到
	搵唔到	找不到

（2）啱 ngam[1]	啱	對
	唔啱	不對
	啱唔啱？	對不對？
	啱啱	剛剛

八　短文朗讀 3-5

呢度係唔係九龍（Geo²lung⁴）27984250 呀？係。我哋呢度有兩位姓李嘅，你要搵邊一位？哦，李晨先生呀（a⁴）？請你等一等，我叫佢嘅秘書（béi³xu¹）嚟聽你嘅電話。我係吳小姐，李晨先生啱啱行開咗。佢三點鐘（zung¹）返嚟，到時你再打嚟啦。好嘅，等我記低你嘅口信，請講啦。

04

Yêg^{3} wui^{6}
約 會

Ni^{1}go^{3} lei^{5}bai^{3}yed^{6}
呢個 禮拜日
deg^{1} m^{4} deg^{1}han^{4} a^{3} ?
得 唔 得閒 呀？

一　課文 4-1

（1）Ni1go3 lei5bai3yed6 deg1 m4 deg1han4 a3 ?

呢個　禮拜日　得　唔　得閒　呀？

（2）Mou5 med1yé5, sêng2 yêg3 néi5 yed1cei4 hêu3 Wui6jin2

冇　乜嘢，想　約　你　一齊　去　會展

Zung1sem1 tei2 cé1jin2 zé1 .

中心　睇　車展　啫。

（3）M4 hou2 yi3xi3, ngo5 yeo5 yêg3 wo3. Dei6yi6xi4 xin3 la1.

唔　好　意思，我　有　約　喎。第二時　先　啦。

（4）Dei6yi6xi4 jig1hei6 géi2xi4 a3 ?

第二時　即係　幾時　呀？

（5）Deng2 ngo5 tei2 ha5 go3 géi3xi6bou2 xin1.

等　我　睇　下　個　記事簿　先。

（6）Ha6 go3 lei5bai3yed6 geo2yud6 ya6ng5 hou6, néi5 deg1 m4 deg1 ?

下　個　禮拜日　九月　廿五　號，你　得　唔　得？

（7）Deg1, bed1guo3 néi5 mei5 wa6 lei4 yeo6 m4 lei4 bo3.

得，不過　你　咪　話　嚟　又　唔　嚟　嗜。

（8）Cé1jin2 dou3 yud6dei2 za3, hêu3 m4 dou2 zeo6 yiu3 deng2 cêd1nin2.

車展　到　月底　咋，去　唔　到　就　要　等　出年。

（9）Ying1xing4 deg1 néi5, ngo5 sed6 wui5 dou3. Gem2, géi2

應承　得　你，我　實　會　到。噉，幾

dim2zung1 hei2 bin1dou6 deng2 ?

點鐘　喺　邊度　等？

（10）Ha6zeo3 sam1 dim2, Wan1zei2 Déi6tid3zam6 éi1 cêd1heo2,

下晝　三　點，灣仔　地鐵站　A　出口，

yu4ho4 ?

如何？

普通話對譯

（1）這個星期天有空兒嗎？

（2）沒什麼，想約你一塊兒去會展中心看車展罷了。

（3）很抱歉，我另有約會，改天吧。

（4）改天就是什麼時候？

（5）讓我看一下我的記事本兒。

（6）下個星期天九月二十五日，你行嗎？

（7）行，不過你可別說了來又不來。

（8）車展只到月底，去不了就要等明年。

（9）答應了你，我準會到。那幾點鐘在哪兒等？

（10）下午三點，灣仔地鐵站 A 出口，怎麼樣？

二　重點詞彙　4-2

（1）禮拜日　lei^{5}bai^{3}yed^6　星期天

（2）得閒　deg^{1}han^4　有空兒

（3）冇乜嘢　mou^5 med^{1}yé^5　沒什麼

（4）唔好意思　m^4 hou^2 yi^{3}xi^3　很抱歉

（5）第二時　dei^{6}yi^{6}xi^4　改天

（6）先　xin^1　〔語助詞〕（用於緩和語氣）

（7）幾時　géi^{2}xi^6　什麼時候

（8）等……先　deng^2……xin^1　讓……吧（表示委婉請求）

（9）睇下　tei^2 ha^5　看一下

（10）記事簿　géi^{3}xi^{6}bou^2　記事本兒

（11）廿　ya^6　〔數詞〕二十

（12）得唔得？　deg^1 m^4 deg^1　行不行？（詢問可行性）

（13）咪　mei^5　〔助動詞〕別（表示勸阻）

(14) 咋　za^{3}　句末助詞，表示數量限制的“只”

(15) 出年　cêd^{1}nin^{2}　明年

(16) 應承　ying^{1}xing^{4}　答應

(17) 得　deg^{1}　〔結構助詞〕相當於“既然能夠”

(18) 實　sed^{6}　準，一定

(19) 噉　gem^{2}　〔連詞〕那（表示順應）

(20) 喺　hei^{2}　在（與處所詞連用）

(21) 邊度　bin^{1}dou^{6}　哪裏（詢問地點）

(22) 下晝　ha^{6}zeo^{3}　下午

三　補充語彙 4-3

（一）詞語

1. 月份

月 yud^{6}　一月　二月　三月　四月　五月　六月
七月　八月　九月　十月　十一月　十二月

2. 周日

禮拜 lei^{5}bai^{3}　禮拜日　禮拜一　禮拜二　禮拜三
禮拜四　禮拜五　禮拜六

3. 鐘點

點（鐘）dim^{2} (zung^{1})　一點（鐘）　兩點（鐘）　三點（鐘）
四點（鐘）　五點（鐘）　六點（鐘）
七點（鐘）　八點（鐘）　九點（鐘）
十點（鐘）　十一點（鐘）　十二點（鐘）

（二）句子

（1）Ngo^{5} hei^{6} geo^{6}nin^{2} sam^{1}yud^{6}teo^{4} dou^{3} Hêng^{1}gong^{2} gé^{3}.

我 係 舊年 三月頭 到 香港 嘅。

我是去年三月初到香港的。

（2）Gem^{1}yed^{6} hei^{6} lei^{5}bai^{3}yi^{6} ding^{6}hei^{6} lei^{5}bai^{3}sam^{1} a^{3} ?

今日 係 禮拜二 定係 禮拜三 呀？

今天是星期二還是星期三？

（3）Ngo^{5} ha^{6}zeo^{3} dim^{2} bun^{3} dou^{3} néi^{5} go^{2}dou^{6}, deg^{1} m^{4} deg^{1} ?

我 下晝 點 半 到 你 嗰度，得 唔 得？

我下午一點半到你那裏，行不行？

（4）Ngai^{1}man^{1} fong^{3}zo^{2} gung^{1} lei^{4} jib^{3} néi^{5}.

挨晚 放咗 工 嚟 接 你。

傍晚下了班來接你。

（5）Ngo^{5} yi^{4}ga^{1} hou^{2} mong^{4}, ni^{1} gin^{3} xi^{6} qi^{4} di^{1} xin^{1} king^{1}.

我 而家 好 忙，呢 件 事 遲 啲 先 傾。

我現在很忙，這件事往後再談。

四　重點理解

（一）"會"的音調變化

注意"會"字的變調現象：

（1）會 wui^{6}　　大會堂　　會議　　會客　　會所

（2）會 wui^{2}　　開大會　　音樂會

（3）會 wui^{5}　　會唔會　　我會去

（二）"去"的位置

趨向動詞中的"去"字，在粵語和普通話中的位置不同。

（1）去灣仔　　到灣仔去
（2）去香港　　到香港去
（3）去寫字樓　　到辦公室去
（4）去我度　　到我那裏去
（5）去高先生度　　到高先生那裏去

（三）"第二"

"第二"泛指"下一（個）"、"另一（個）"或"別的"。

粵語中由"第二"組成的名詞性結構，並不表示次序排列，而是泛指"下一（個）"、"另一（個）"或"別的"。

（1）今日太忙，第二日好唔好？　　今天太忙，改天吧。
（2）呢個禮拜唔得，
第二個禮拜得。　　這個星期不行，
下個星期可以。
（3）我唔知道佢嘅名，
你問第二個啦！　　我不知道他的名字，
問別人去吧！
（4）呢啲嘢我唔識做，
有冇第二啲嘢做？　　這個活，我不懂怎麼幹，有
沒有別的活幹？
（5）呢個號碼打唔通（tung1），
試（xi3）下第二個號碼啦！　　這個號碼打不通，
撥另外的號碼試試看吧！

（四）"第二時先啦"

粵語"先"字有多種有別於普通話的用法。此句中的"先"與"啦"結合，成為複合語氣詞。置於句末，用來緩和語氣，帶有商量的意味。

（1）聽日先啦。　　明天吧。
（2）聽日唔得，就後日先啦。　　明天不行，那就後天吧。
（3）今日有約，第二時先啦。　　今天有約，改天再說吧。

（4）月底我要返（fan[1]）北京，下個月先啦。	月底我要回北京，下個月再說吧。
（5）月底好忙，噉就過咗呢個月先啦。	月底很忙，那就過了這個月吧。

（五）動詞"等"的不同用法

在句子"等我睇下佢係唔係仲（zung[6]）喺嗰度等緊（gen[2]）。"（"讓我看看他是否還在那裏等着"）中，第一個"等"相當於普通話"讓"的意思，表示容許；第二個"等"則表示"等待"的意思。"等"字作"讓"字用，一般只出現在祈使句當中。置於句首"等"可以跟置於句末的"先"互相呼應。

（1）等我介紹李先生畀你識。

（2）等我睇下嗰日得唔得閒。

（3）等我幫你去問下佢先。

（4）等我打個電話畀佢先。

（5）等我打完電話先。

（六）"下"

"下"（有時也寫作"吓"）相當於普通話的"一下"，表示動量的量詞，用於動詞後面作補語。

（1）叫下佢	喊喊他
（2）搵下佢	找找他
（3）（得閒）打下電話畀佢	（有功夫）打個電話給他
（4）注意下佢嘅身體	注意一下他的（身體）健康
（5）介紹你識下我啲朋友	介紹你認識我的朋友

（七）表示時間的略稱

粵語"七點三"全稱為"七點踏三"。粵語習慣把一小時切分為十二個“字”，每個“字”即為五分鐘，而在口語中又往往把“字”字省略掉。七點十五分有時也可說成“七點三個字”。另外，“一”字在口語中往往省略，例如：“點半”（一點半），“點七”（一點三十五分）。下面是其他例子：

（1）三點（踏）二	三點十分
（2）五點（踏）五	五點二十五分
（3）七點（踏）八	七點四十分

注意：“× 點十分”可說成“× 點二”或“× 點兩個字”。

（八）“喺”＋表示處所名詞

“喺”跟普通話的“在”字於用法上大致一樣，既有動詞的用法，也有介詞的用法。

1. 動詞用法：

（1）王太喺唔喺度呀？

（2）王太喺邊度呀？

（3）王太喺呢度。

（4）王太唔喺呢度，喺嗰度。

（5）王太喺佢先生嘅寫字樓度。

2. 介詞用法：

（1）王（先）生喺嗰度做乜嘢？

（2）王（先）生喺佢嗰度做乜嘢？

（3）王（先）生喺佢哋嗰度打電話。

（4）王（先）生喺我哋寫字樓打電話。

（5）王（先）生喺我哋寫字樓打電話畀佢太太。

五　講解

（一）語音講解：入聲韻母 4-4

	-b	-d	-g
a 阿	ab 鴨	ad（押）	ag（客）
	eb（急）	ed（不）	eg（德）
é（些）			ég（尺）
i 衣	ib 葉	id 熱	ig 翼
o 柯		od（渴）	og（惡）
u 烏		ud 活	ug 屋
ü 於		üd 月	
ê（靴）		êd（律）	êg（約）

1. 說明：

粵語中以 -b, -d, -g 為韻尾的韻母，稱為"入聲韻"；普通話沒有。入聲韻 -b, -d, -g 韻尾的發音，舌頭位置與聲母 b, d, g 一樣，只是它屬於"不破裂"音，即發音時只作發這些音的姿勢，而不必發出這些音，如 ab 韻：先發元音 a，然後雙唇突然緊閉，作發 b 的姿勢即停止，其餘類推。入聲分陰入、中入、陽入三類，調值與陰平（˥$_{55}$）、陰去（˧$_{33}$）、陽去（˨$_{22}$）相當。

2. 字例：

（1）ab　垃圾 lab^{6}sab^{3}　夾雜 gab^{3}zab^{6}

（2）ad　發達 fad^{3}dad^{6}　紮紮（跳）zad^{3}zad^{3}(tiu^{3})

（3）ag　伯伯 bag^{3}bag^{3}　策劃 cag^{3}wag^{6}

（4）eb　十粒 seb^{6} neb^{1}　執拾 zeb^{1}seb^{6}

（5）ed　七日 ced^{1} yed^{6}　實質 sed^{6}zed^{1}

（6）eg　默默 meg^{6}meg^{6}　得（到）deg^{1}(dou^{3})

（7）ég	（一）尺(yed^{1})cég^{3}	（一）隻(yed^{1})zég^{3}
（8）ib	貼（服）tib^{3}(fug^{6})	（重）疊(cung^{4})dib^{6}
（9）id	熱烈 yid^{6}lid^{6}	節節（勝利）jid^{6} jid^{6}(xing^{3}léi^{6})
（10）ig	極力 gig^{6}lig^{6}	息息（相關）xig^{1} xig^{1}(sêng^{1}guan^{1})
（11）od	割（裂）god^{3}(lid^{6})	頸渴 géng^{2}hod^{3}
（12）og	角落 gog^{3}log^{6}	博學 bog^{3}hog^{6}
（13）ud	活潑 wud^{6}pud^{3}	（興致）勃勃(hing^{3}ji^{3})bud^{3} bud^{3}
（14）ug	目錄 mug^{6}lug^{6}	局促 gug^{6} cug^{1}
（15）üd	拙劣 jud^{6}lüd^{6}	（風花）雪月(fung^{1}fa^{1})xud^{3}yud^{6}
（16）êd	出術 cêd^{1}sêd^{6}	（法）律(fad^{6})lêd^{6}
（17）êg	約略 yêg^{3}lêg^{6}	削弱 sêg^{3}yêg^{6}

3. 對比：

收 -b, -d, -g 入聲韻尾的字是普通話所沒有的，要發好入聲韻尾可以藉助帶 p, t, k 聲母的字來引導。

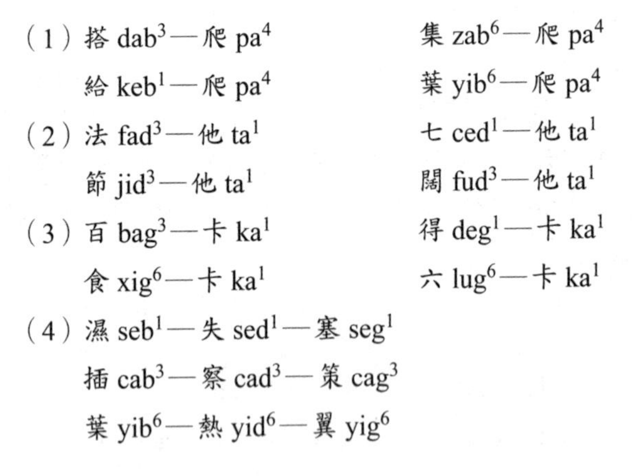

（1）搭 dab^{3}—爬 pa^{4}　　集 zab^{6}—爬 pa^{4}

給 keb^{1}—爬 pa^{4}　　葉 yib^{6}—爬 pa^{4}

（2）法 fad^{3}—他 ta^{1}　　七 ced^{1}—他 ta^{1}

節 jid^{3}—他 ta^{1}　　闊 fud^{3}—他 ta^{1}

（3）百 bag^{3}—卡 ka^{1}　　得 deg^{1}—卡 ka^{1}

食 xig^{6}—卡 ka^{1}　　六 lug^{6}—卡 ka^{1}

（4）濕 seb^{1}—失 sed^{1}—塞 seg^{1}

插 cab^{3}—察 cad^{3}—策 cag^{3}

葉 yib^{6}—熱 yid^{6}—翼 yig^{6}

4. 發音練習：

（1）課文詞語

禮拜日 lei^{5}bai^{3}yed^{6}　　得唔得 deg^{1} m^{4} deg^{1}　　乜嘢 med^{1}yé^{5}

有約 yeo^{5} yêg^{3}　　十一月 seb^{6}yed^{1}yud^{6}　　七點 ced^{1} dim^{2}

（2）補充練習

❶ Gem^{1}yed^{1} dab^{3} déi^{6}tid^{3} yeo^{6} big^{1} yeo^{6} gug^{6}.

今日　搭　地鐵　又　逼　又　焗。

❷ Yeb^{6} sed^{6}yim^{6}sed^{1} gem^{6} gen^{2}geb^{1} zei^{3}.

入　實驗室　撳　緊急　掣。

❸ ab^{3}gêg^{3} zad^{3}　ju^{1}yug^{6} zug^{1}　yud^{6}béng^{2}

鴨腳　紮　豬肉　粥　月餅

（二）語法講解：簡單式語氣助詞

粵語的語氣助詞遠較普通話的數量為多，而且意念豐富，一般可分為“簡單式”和“複合式”。本課集中介紹前幾課所出現過的簡單式語氣助詞，以為小結。

例詞	意義	普通話相應詞	例釋
喎 wo^{3}	強調句中所陳述事項的重要或嚴重程度	呀	· 成（séng^{4}）六百文（men^{1}）喎！ 差不多要六百塊錢的呀！
吖 a^{1}	表示徵詢	怎麼樣	· 我請你食飯吖？ 我請你吃飯怎麼樣？
啦 la^{1}	表示商量、提議、請求、命令	吧	· 你打電話先啦。 你就先打個電話吧。
嘅 gé^{3}	表示陳述、判斷	的	· 我嘅名係噉寫嘅。 我的名字是這樣寫的。
啫 ze^{1}	表示數量小，不以為意	才	· 唔貴，十文啫。 不貴，才十塊錢。

嘞 lag3	表示肯定	了	· 你記錯時間嘞。 你記錯時間了。
㗎 ga3	表示查詢（在疑問句中）；表示肯定（在陳述句中；語氣比“嘅”要重些）	的	· 佢幾時行開咗㗎？ 他什麼時候離開的？ · 佢七點三個字走㗎。 他是七點一刻走的。

填空（請將適當的語氣助詞填上）：

（1）我係初次識佢（　）。

（2）你記錯咗佢嘅名（　）。

（3）佢嘅名係唔係噉寫（　）？

（4）佢嘅名係噉寫（　）。

（5）佢話禮拜二唔得閒（　）。

（6）你想約佢幾時（　）？

（7）就約佢禮拜三（　）。

（8）禮拜三我唔得閒（　）。

（三）粵語趣談

南北方言對時間的切割往往存在着同形異義的現象。如“晝”，北方話裏指的是“從天亮到天黑的一段時間”，而粵語則指“一天以內的一段時間”。可是，“一天以內的一段時間”，北方話用“晌”。上半晌兒，相當於上晝；下半晌兒，相當於下晝。晌午，相當於晏晝（注意加上“晏”字）。晌飯，就是晏晝飯。晌覺，就是晏晝覺。另外，“晌”可以單用：工作了一晌兒。粵語的“晝”卻不能單用，上面那句話應該翻譯成：做咗半日嘢。

六　練習

（一）請根據下列各組粵語注音，正確寫出所屬詞語。

（1）Fad^{3}guog^{3}　　（2）lab^{6}zug^{1}　　（3）küd^{3}jig^{6}

（4）yid^{6}hüd^{3}　　（5）yêg^{6}med^{6}　　（6）yed^{6}lig^{6}

（二）先正確讀出下列句子，然後把黑體字的入聲韻韻尾填入空格中。如：夾（gab^{3}），入聲韻韻尾為 b。

（1）佢入息咁高，身家以億計。

（2）銀行有特惠利率，按揭唔止八成。

入 ye____^{6}　　息 xi____^{1}　　億 yi____^{1}

特 de____^{6}　　率 lê____^{6}　　揭 ki____^{3}　　八 ba____^{3}

（三）辨音練習（注意以下入聲韻字的發音，不要混同於非入聲字）。

入聲—非入聲	質—制	粥—周	腳—繳
	攝—射	實—時	陸—路
（1）質 zed^{1}	品質	素質	
（2）粥 zug^{1}	白粥	粥水	
（3）腳 gêg^{3}	腳趾	褲腳	
（4）攝 xib^{3}	攝影	拍攝	
（5）實 sed^{6}	事實	實在	
（6）陸 lug^{6}	大陸	陸地	
（7）制 zei^{3}	限制	制度	
（8）周 zeo^{1}	圓周	周期	
（9）繳 giu^{2}	上繳	繳交	
（10）射 sé^{6}	放射	射擊	
（11）時 xi^{4}	暫時	時代	
（12）路 lou^{6}	道路	路途	

（四）**實況問答練習**。

（1）下個禮拜你邊日得閒呀？

（2）呢個禮拜日你得唔得閒呀？

（3）邊個禮拜日你得閒呀？

（4）十一月十九號嗰個禮拜日你得唔得閒呀？

（5）十一月廿六號嗰個呢？

（6）你哋邊個喺下個禮拜日得閒呀？

（7）十一月六號係禮拜幾呀？

（8）十一月二十號係唔係禮拜日呀？

（9）下個星期五係幾號呀？

（10）你邊個禮拜六去澳門（Ou^{3}mun^{2}）呀？

（11）佢約你呢個月幾號去聽音樂呀？

（12）你約咗邊個去大會堂聽音樂呀？

（13）你約咗李小姐去邊度玩（wan^{2}）呀？

（14）你禮拜日約咗邊個去玩呀？

（15）你禮拜日約咗李先生去邊度玩呀？

（16）佢哋有冇約你哋禮拜日去佢哋嗰度玩呀？

七　粵字辨認

（1）啫 zé^{1}　　十文啫，唔係貴。

等一陣啫，唔會好耐。

行兩個字啫，唔會好遠（yun^{5}）。

（2）睇 tei^{2}　　睇見佢。

睇唔見佢。

睇下佢喺唔喺度先。

（3）㗎 ga^3　　佢好肥㗎。

佢好瘦㗎。

佢好高㗎。

八　短文朗讀

4-5

一年一度嘅車展就喺灣仔會展中心舉行。我想約埋發燒友鄭生呢個禮拜日去睇下。點知佢話嗰日有約。唯有改到下禮拜日，即係九月廿五號至去。個車展開到月底咋，去唔到就要等到出年㗎喇。我驚佢話嚟又唔嚟，快快趣趣叫佢定好大家碰頭嘅時間同地點。

05

Men^{6} lou^{6}
問路

Céng^{2}men^{6} déi^{6}tid^{3}zam^{6}
請問　地鐵站
dim^{2} hêu^{3} a^{3}?
點　去　呀？

Hêng^{3} qin^{4} hang^{4}.
向　前　行。

一　課文 5-1

（1）Céng2men6 Beg1gog3 Déi6tid3zam6 dim2 hêu3 a3 ?

請問　北角　地鐵站　點　去　呀？

（2）Hêng3 qin4 hang4 .

向　前　行。

（3）Léi4 ni1dou6 yun5 m4 yun5 a3 ?

離　呢度　遠　唔　遠　呀？

（4）M4 hei6 géi2 yun5, hang4 go3 léng4 ji6 zeo6 dou3 la3.

唔　係　幾　遠，行　個　零　字　就　到　喇。

（5）Gem2, Beg1gog3 Ma5teo4 né1 ?

噉，北角　碼頭　呢？

（6）Néi5 hêu3 déi6tid3zam6 ding6hei6 hêu3 ma5teo4 ga3 ?

你　去　地鐵站　定係　去　碼頭　㗎？

（7）Men6 ha5 zé1 .

問　下　啫。

（8）Néi5 sên6ju6 ni1 tiu4 ma5lou6 yed1jig6 hang4 ,

你　順住　呢　條　馬路　一直　行，

（9）hang4dou3 dei6sam1 go3 gai1heo2 ,

行到　第三　個　街口，

（10）yeo6seo2bin6 zeo6hei6 déi6tid3zam6, zo2seo2bin6 hang4

右手便　就係　地鐵站，　左手便　行

cêd1di1 zeo6hei6 ma5teo4 lag3 .

出啲　就係　碼頭　嘞。

普通話對譯

（1）請問，到北角地鐵站怎麼走？

（2）往前走。

（3）離這兒遠不遠？

（4）不太遠，走那麼五六分鐘就到了。

（5）那，北角碼頭呢？

（6）你是去地鐵站還是去碼頭的呀？

（7）隨便問問就是了。

（8）你沿着這條馬路一直走，

（9）走到第三個十字路口，

（10）右邊就是地鐵站，左邊往外走走就是碼頭了。

二　重點詞彙

（1）點（樣）	dim2(yêng2)	〔疑問詞〕怎樣
（2）向	hêng3	〔介詞〕向、朝、往
（3）行	hang4	走
（4）零	léng4	〔約數詞〕左右
（5）定係	ding6hei6	〔疑問詞〕還是
（6）順住	sên6ju6	〔介詞〕沿着
（7）街口	gai1heo2	路口
（8）右手便	yeo6seo2bin6	右邊
（9）左手便	zo2seo2bin6	左邊
（10）行出啲	hang4 cêd1di1	往外走走、往外挪挪；靠外一點

三　補充語彙

（一）詞語

請看圖讀出下列名詞：

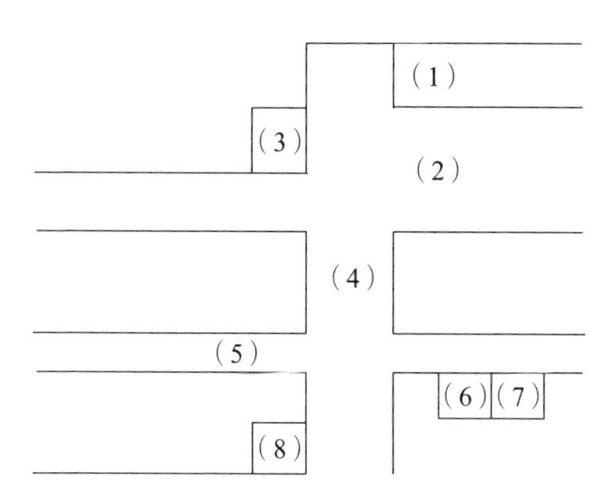

（1）	北角碼頭	Beg^{1}gog^{3} Ma^{5}teo^{4}	
（2）	巴士總站	ba^{1}xi^{2} zung^{2}zam^{6}	公共汽車終點站
（3）	郵政局	yeo^{4}jing^{3}gug^{6}	郵局
（4）	書局街	Xu^{1}gug^{6} Gai^{1}	
（5）	渣華道	Za^{1}wa^{4} Dou^{6}	
（6）	北角地鐵站	Beg^{1}gog^{3} Déi^{6}tid^{3}zam^{6}	
（7）	便利店	bin^{6}léi^{6}dim^{3}	
（8）	戲院	héi^{3}yun^{2}	電影院

（二）句子

（1） Gem^{1}yed^{6} di^{1} ba^{1}xi^{2} léi^{4} sai^{3} pou^{2}.

今日 啲 巴士 離 晒 譜。

今天的公共汽車亂了套了。

（2） Deng^{2}zo^{2} bun^{3} neb^{1} zung^{1} dou^{1} mou^{5} ga^{3} lei^{4}.

等咗 半 粒 鐘 都 冇 架 嚟。

等了半小時竟然一輛也沒來。

（3） Néi^{5} geb^{1} kêu^{5} m^{4} geb^{1} a^{1}ma^{3}.

你 急 佢 唔 急 吖嘛。

這叫：你急他不急。

（4） M⁴ lei⁴ zeo⁶ m⁴ lei⁴, yed¹ lei⁴ zeo⁶ da² ma¹ lei⁴.

唔 嚟 就 唔 嚟，一 嚟 就 打 孖 嚟。

不來就不來，一來就一輛接一輛地來。

（5） Ha¹, zen¹ hei⁶ mou⁵ kêu⁵ fu⁴.

哈，真 係 冇 佢 符！

嘿，真是拿它沒轍。

四　重點理解

（一）疑問詞："點（樣）"

1. 相當於"怎麼"，"怎麼樣"；可以單獨使用。

（1）呢排點呀？	近來可好？
（2）王小姐點呀？	王小姐怎麼了？（視語氣及語境而定，此句可理解為詢問王小姐的身體、工作、她本人對某事的看法，同意或不同意，或別人對她的看法，等等）

也可以跟動詞連用。

（1）點至搵到佢呀？	怎樣才能找到他？
（2）點叫佢好呢？	怎樣稱呼他好？
（3）啲嘢點做？	這些活怎樣幹？
（4）個電話點打？	電話怎樣使用？

2. 相當於"怎麼辦"。

佢唔嚟，噉點呀？　　他不來，那怎麼辦？

（二）動詞："行"

粵語動詞中的"行"與普通話的"走"字同義：

（1）行路	走路
（2）行錯路	走錯路
（3）行開	走開！滾開！
（4）行快啲	走快點兒

但，“行街”在普通話是“逛街”。

粵語的“走”字在普通話裏有兩層意思：

1.“離開”

（1）佢啱啱走咗。	他剛剛走了。
（2）王先生走咗冇幾耐，就有人嚟搵佢。	王先生走了沒多久，便有人找他。

2.“跑了，逃了”

畀佢走咗。	讓他跑了。

（三）數詞：“零”

1.“零”字的異讀：

基數詞“零”讀 ling^{4}，有下列 5 種用法：

（1）放在兩個數量中間，表示較大的量之下附有較少的量：

一千零三文（一千零三塊錢）

（2）表示數的空位（在數碼中，多作“0”）：一九九零年

（3）表示沒有數量：考（hao^{2}）得個零蛋（dan^{2}）

（4）溫度表上的零度：零上 / 零下五度

（5）指午夜十二時：零時

2. 約數詞“零”（léng^{4}）表示零（ling^{4}）頭，零數。有三種用法：

（1）數詞 + 零 + 名詞

❶ 十零人	十來個人
❷ 百零文	一百多塊錢

（2）量詞＋“零”＋名詞

❶ 個零字	五分多鐘（不超過十分鐘）
❷ 斤零米	一斤稍多一點的大米（不超過兩斤）

（3）數詞＋量詞＋“零”＋名詞

❶ 三點零鐘	三點多（不超過四點鐘）
❷ 兩個零禮拜	兩個多星期（不超過三個星期）

（四）疑問詞：“定係”

句式“甲定係乙”，表示限定性選擇，對應普通話的“甲還是乙”。

（1）邊個去，王小姐定係吳小姐？	誰去，王小姐還是吳小姐？
（2）去邊度，去灣仔定係去北角？	上哪兒去，上灣仔還是上北角？
（3）幾點去，三點去定係四點去？	什麼時候去，三點鐘去還是四點鐘去？
（4）點樣去，行路去定係坐車（co⁵ cé¹）去？	怎樣去，走路去還是坐車去？
（5）做乜嘢，打字定係打電話？	幹什麼，打字還是打電話？

（五）趨向補語：“出”；“入”

1.“出”字有“往外”的意思。

（1）行出啲	往外走走，往外靠靠
（2）企出啲	往外站站

2.“入”字有“往裏”的意思。

（1）行入啲	往裏走走，往裏靠靠
（2）企入啲	往裏站站

下面還有其他例子：

（1）唔該你行出啲， 畀人哋入嚟。	勞駕您往外靠靠， 好讓別人進來！
（2）唔該企入啲， 畀人哋出去。	勞駕您往裏靠靠， 好讓別人出去！
（3）喺渣華道嗰度， 行出啲係碼頭。	在渣華道那裏， 往外走是碼頭。
（4）門口人多，行入啲喇！	門口人挺多，往裏走走吧！
（5）快落車喇，企出啲喇！	快下車了，往外站站吧！

五　講解

（一）語音講解：韻母（乙） 5-4

	-i	-u	-m	-n	-ng
é（些）	éi（卑）				éng（聽）
i 衣		iu 腰	im 淹	in 煙	ing 英
o 柯	oi 哀	ou 奥		on 安	ong（剛）
ü 於				ün 冤	

1. 説明：

粵語中，é, i, o, ü 四個音，與現代漢語拼音中的 ê, i, o, ü 發音大致相同；而用這些音開頭的其他韻母，有部分卻與普通話差別較大，如：粵語的 éng, ing, ong 三韻，與普通話的 eng, ing, ong 發音很不相同。im, oi, on 這三個韻母，在普通話中並沒有跟它們發音相近的韻母。另外，ü 或以 ü 開頭的韻母，與 j, q, x 或 y 相拼時，ü 上兩點要省寫。

2. 字例：

（1）é	姊姊 zé^{4}zé^{1}	車嘢 cé^{1}yé^{5}
（2）éi	氣死 héi^{3}séi^{2}	避忌 béi^{6}géi^{6}

（3）éng　聽（話）téng^1(wa^6)　青靚（白）淨 céng^{1}léng^3-(bag^6) zéng^6

（4）i　司儀 xi^{1}yi^4　芝士 ji^{1}xi^2

（5）iu　嬌小 giu^{1}xiu^2　照料 jiu^{3}liu^6

（6）im　奄尖 yim^{1}jim^1　沾染 jim^{1}yim^5

（7）in　見面 gin^{3}min^6　天然 tin^{1}yin^4

（8）ing　應承 ying^{1}xing^4　清蒸 qing^{1}jing^1

（9）o　囉嗦 lo^{1}so^1　婆婆 po^{4}po^2

（10）oi　開枱 hoi^{1}toi^2　內在 noi^{6}zoi^6

（11）ou　粗魯 cou^{1}lou^5　好做 hou^{2}zou^6

（12）on　乾旱 gon^{1}hon^5　流汗 lau^{4}hon^6

（13）ong　當堂 dong^{1}tong^4　幫忙 bong^{1}mong^4

（14）ü　侏儒 ju^{1}yu^4　乳豬 yu^{5}ju^1

（15）ün　完全 yun^{4}qun^4　轉圈 jun^{3}hün^1

3. 對比：

（1）é—éng　爹 dé^1—釘 déng^1　姐 zé^2—井 zéng^2

謝 zé^6—鄭 zéng^6　爺 yé^4—贏 yéng^4

（2）o—on—ong　哥 go^1—乾 gon^1—剛 gong^1

何 ho^4—寒 hon^4—航 hong^4

賀 ho^6—汗 hon^6—項 hong^6

（3）in—im　典 din^2—點 dim^2　天 tin^1—添 tim^1

箭 jin^3—佔 jim^3　言 yin^4—嚴 yim^4

（4）éng—ing　餅 béng^2—丙 bing^2　腥 séng^1—星 xing^1

4. 發音練習：

（1）課文詞語

地鐵 déi^{6}tid^3　點去 dim^2 hêu^3

幾遠 géi^2 yun^5　個零字 go^3 léng^4 ji^6

左手便 zo^{2}seo^{2}bin^6

（2）補充練習

❶ Ni^{1} go^{3} sei^{3}lou^{6} yeo^{6} jing^{1}ling^{1}, yeo^{6} xing^{2}mug^{6}, yeo^{6} léng^{3}zei^{2}.

呢 個 細路 又 精靈 ，又 醒目 ，又 靚仔。

❷ Hei^{2} Wong^{6}gog^{3} gon^{2} lei^{4}, zeo^{2} dou^{3} dai^{6}hon^{6} deb^{6} sei^{3}hon^{6}.

喺 旺角 趕 嚟，走 到 大汗 揼 細汗。

❸ yim^{1}jim^{1} gim^{2}dim^{2} lim^{4}gid^{3} him^{1}hêu^{1}

奄尖 檢點 廉潔 謙虛

（二）語法講解：時間、方位表達法

1. 粵語時間表達法：

粵語	朝早	上晝	晏晝	下晝	夜晚
普通話	早上	上午	中午	下午	晚上

（1）舊陣時　從前

（2）前嗰排　前些日子

（3）呢排　這些日子

（4）啱啱　剛剛

（5）而家　現在

（6）第二日、第二時　下次、下回、以後

（“二”可省略，變成“第日”、“第時”，表示不確定的將來）

2. 粵語方位表達法：

方位概念一般由方位詞加上方位詞尾來表達，下面僅以粵語的“便”（相當於普通話的“邊”）為例加以說明。

（1）上便　上邊兒

（2）下便　下邊兒

（3）出便、外便　外邊兒

（4）入便、裏便　裏邊兒

（5）前便　前邊兒

（6）後便　後邊兒

（7）右（手）便　右邊兒

（8）左（手）便　左邊兒

3. 練習：

請用粵語回答以下問題：

（1）佢幾時再返嚟呢度呀？

（2）你舊時住喺邊度呀？

（3）你朝早去搵佢定係夜晚去搵佢呀？

（4）張枱上便有乜嘢呀？

（5）王小姐喺唔喺出便呀？

（三）粵語趣談

這裏介紹一下香港粵語量詞的特殊用法。

1. 粒，除了表示“小圓珠體”之外，還有兩種特殊用法。

（1）用於人，如：**兩公婆結婚十幾年得一粒仔**（兩夫婦結婚十多年只有一個兒子）。

（2）用於物，如：**我等佢等咗三粒鐘**（三個小時）。

2. 孖，表示成對，如：**一孖臘腸**（頂端相連的兩根臘腸）；**一孖油炸鬼**（相連的兩根油條）。至於“打孖”，作副詞用，如：**啲書點包？——打孖喇**（書怎麼包？——兩本兩本地包吧）；**啤酒打孖放**（啤酒兩瓶一對兒地放好）；**我哋打孖上**（我們兩人一組行動）。

六　練習

（一）試根據下列各組粵語注音，正確指出所屬詞語。

（1）qing¹co²　　（2）xiu¹yé²　　（3）king⁴yu⁴

（4）zéng⁶zung⁶　　（5）hoi¹fong³　　（6）hon³yu⁵

（二）先正確讀出下列句子，然後把黑體字的正確的韻母填入空格中。如：當（dong¹），韻母為 ong。

（1）啲**浪**好**勁**，我好**驚**。

（2）今期周刊封面好靚。

浪 l______6　　勁 g______6　　驚 g______1

刊 h_____^{1}　面 m_____^{2}　靚 l_____^{3}

（三）**辨音練習**（注意 -m 韻尾字的發音，不要混同於 -n 韻尾的字）。

-m — -n　耽 — 丹　減 — 揀　金 — 巾　藍 — 欄　簽 — 千

（1）耽 dam^{1}　耽誤　耽擱

（2）減 gam^{2}　減價　減肥

（3）金 gem^{1}　金黃　白金

（4）藍 lam^{4}　藍色　藍領

（5）簽 qim^{1}　簽名　簽證

（四）**看圖問答**（參看本課第三節圖示）。

（1）北角地鐵站喺渣華道定係喺書局街？

（2）便利店喺地鐵站嘅左便定係右便？

（3）戲院呢？

（4）北角郵政局喺唔喺渣華道嗰度？

（5）巴士總站近唔近（gen^{6}）地鐵站？

（6）戲院近唔近碼頭？

（7）北角離你做嘢嗰度遠唔遠？

（8）由你住（ju^{6}）嗰度去北角要幾耐？

（9）去灣仔呢？

（10）坐地鐵兩三個字得唔得？

（11）由戲院行去北角碼頭要幾耐？

（12）北角離灣仔遠唔遠？

（五）**試將下列陳述句改為疑問句。**

（1）佢行路去灣仔。　佢 __________ 去灣仔？

（2）你叫佢李先生就得嘞。　__________ 叫佢好呢？

（3）呢排佢身體唔係幾好。　__________？

（4）李先生去。　　　　　邊個去，李先生去 ________ 王先生去？

（5）而家去。　　　　　　幾時去，而家去 __________？

（6）食飯喇。　　　　　　食乜嘢 ________，________？

七　粵字辨認

（1）唔 m⁴　　唔好　唔啱　唔錯　唔係幾遠　唔喺嗰度

（2）噉 gem²　　噉就唔好嘞　噉就唔係幾啱嘞　噉就去啦

（3）啲 di¹　　多啲　快啲　好啲　遠啲　近啲　早啲　遲啲

八　短文朗讀　5-5

李先生唔識路去北角郵政局。佢問張小姐點去。張小姐叫佢順住渣華道一直行，行個零字就到街口，見到北角地鐵站，就轉（jun³）左手便，入書局街，行出啲就睇到郵政局㗎嘞。嗰度有巴士總站，有北角碼頭，人好多，問邊個都會話你知嘅。

06

Geo^{3} med^{6}

購 物

Hei^{2} Tung^{4}lo^{4}wan^{1} Guong^{2}cêng^{4},
喺 銅鑼灣 廣場，
zong^{6}ngam^{1} dai^{6}gam^{2}ga^{3}.
撞啱 大減價。

一　課文 6-1

（1）Néi^{5} gin^{6} sam^{1} gem^{3} léng^{3}, hei^{2} bin^{1}dou^{6} mai^{5} ga^{3} ?

你 件 衫 咁 靚，喺 邊度 買 㗎？

（2）Hei^{2} Tung^{4}lo^{4}wan^{1} Guong^{2}cêng^{4}, zong^{6}ngam^{1} dai^{6}gam^{2}ga^{3}.

喺 銅鑼灣 廣場，撞啱 大減價。

（3）Géi^{2}do^{1} qin^{2} a^{3} ?

幾多 錢 呀？

（4）Yun^{4}ga^{3} séng^{4} lêng^{5}qin^{1} men^{1}, da^{2}zo^{2} bad^{3}bad^{3}jid^{3} zung^{6} yiu^{3} qin^{1} ced^{1}.

原價 成 兩千 文，打咗 八八折 仲 要 千 七。

（5）Hou^{2} dei^{2} wo^{3}.

好 抵 喎。

（6）Bed^{1}yu^{4} fong^{3}zo^{2} gung^{1}, ngo^{5}déi^{6} yed^{1}cei^{4} hêu^{3} miu^{1} ha^{5} a^{1}.

不如 放咗 工，我哋 一齊 去 瞄 下 吖。

（7）Ngo^{5} mou^{5} med^{1} qin^{2} hei^{2} sen^{1},

我 冇 乜 錢 喺 身，

（8）Deng^{2} ngo^{5} guo^{3} zeo^{6}gen^{2} go^{2} gan^{1} Heng^{4}seng^{1} gem^{6} di^{1} qin^{2} ji^{3} deg^{1}.

等 我 過 就近 嗰 間 恒生 撳 啲 錢 至 得。

（9）Sei^{2}med^{1} deg^{6}deng^{1} hang^{4} yed^{1} tong^{3} zé^{1}, lug^{1}kad^{1} dou^{1} deg^{1} ga^{3}.

使乜 特登 行 一 趟 啫，轆咭 都 得 㗎。

（10）Hei^{6} zeo^{6} hei^{6}, ji^{1}bed^{1}guo^{3} lug^{1}kad^{1} zeo^{6} mou^{5} jid^{3}teo^{4} ga^{3}la^{3}.

係 就 係，之不過 轆咭 就 冇 折頭 㗎喇。

普通話對譯

（1）你這件衣服真漂亮，在哪兒買的？

（2）在銅鑼灣廣場，碰巧大減價。

（3）多少錢呀？

（4）原價要兩千塊，打了八八折還得一千七。

（5）挺值的。

（6）我說呀，咱們下了班一塊兒去看看，怎麼樣？

（7）我身上沒什麼錢，

（8）就讓我上附近那家恆生取點兒現錢。

（9）犯不着特意跑一趟，刷卡不行嗎？

（10）倒也是，不過刷卡就沒有打折優惠了。

二　重點詞彙　6-2

（1）衫	sam^{1}	衣服，尤指上衣
（2）咁	gem^{3}	〔副詞〕這麼、那麼（表示程度）
（3）㗎	ga^{3}	〔語氣詞〕用於句末，表示肯定
（4）撞啱	zong^{6}ngam^{1}	碰巧
（5）成	séng^{4}	與數詞連用，表示差不多、略為超過
（6）文	men^{1}	塊錢
（7）仲要	zung^{6} yiu^{3}	還得（表示強調）
（8）抵	dei^{2}	值
（9）不如……吖	bed^{1}yu^{4}……a^{1}	呼應結構，用於句子首尾，表示建議
（10）放工	fong^{1}gung^{1}	下班
（11）一齊	yed^{1}cei^{4}	一塊兒
（12）睄	miu^{1}	看看（尤指快速環視）
（13）冇乜	mou^{5} med^{1}	用於名詞前面，表示數量不足
（14）等……至得	deng^{2}……ji^{3}deg^{1}	呼應結構，用於句子首尾，表示需要做某事

（15）使乜	sei^{2}med^{1}	犯不着
（16）特登	deg^{6}deng^{1}	〔副詞〕特意
（17）都得	dou^{1} deg^{1}	用於句末，表示某動作行為可行
（18）係就係	hei^{6} zeo^{6} hei^{6}	話雖如此（表示讓步）
（19）之不過	ji^{1}bed^{1}guo^{3}	不過（“之”為古漢語殘留，粵語通用）

三　補充語彙 6-3

（一）詞語

港幣 gong^{2}bei^{6} / 港紙 gong^{2}ji^{6}　　人民幣 yen^{4}men^{4}bei^{6}

美金 méi^{5}gem^{1}　　毫子 hou^{4}ji^{2}（角）　　大減價 dai^{6}gam^{2}ga^{3}

銀行 ngen^{4}hong^{4}　　存摺 qun^{4}jib^{3}　　平 péng^{4}（便宜）

生意 sang^{1}yi^{3}　　舖頭 pou^{3}teo^{2}（商店）

（二）句子

（1）Ngo^{5} go^{3} mui^{5} ji^{3} zung^{1}yi^{3} hang^{4}gai^{1} mai^{5}yé^{5}.

我 個 妹 至 鍾意 行街 買嘢。

我妹妹最喜歡逛街買東西。

（2）Kêu^{5} hei^{6} fung^{4} sêng^{1}cêng^{4} bid^{1} yeb^{6}.

佢 係 逢 商場 必 入。

她什麼商場都要進去。

（3）Zong^{6}ngam^{1} dai^{6}gam^{2}ga^{3}, zeo^{6} hêu^{3} sou^{3}fo^{3}.

撞啱 大減價， 就 去 掃貨。

碰上大甩賣，就使勁買。

（4）Hei^{6} yeo^{6} mai^{5}, m^{4} hei^{6} yeo^{6} mai^{5}.

係 又 買，唔 係 又 買。

合適的買，不合適的也買。

（5）Ngo^{5} dou^{1} sou^{2} m^{4} sai^{3} kêu^{5} yeo^{5} géi^{2}do^{1} dêu^{3} hai^{4},

我 都 數 唔 晒 佢 有 幾多 對 鞋，

géi^{2}do^{1} go^{3} seo^{2}doi^{2}.

幾多 個 手袋。

我也數不清她有多少雙鞋子，多少個包。

四　重點理解

（一）“件衫”

在粵語的名詞性結構中，指示詞“呢”、“嗰”往往可以省略，而它們在普通話相應的“這”、“那”則不能省略。

（1）衫→件衫→件衫係佢嘅

（2）書→本書→本書係佢嘅

（3）公司→間公司→間公司係佢嘅

（二）用“成”表示數量

1. 在格式“‘成’＋數詞”中，有兩種情況：

（1）當數量非整數而有零頭時，“成”相當於普通話的“整整”。

呢件衫成三百幾文㗎。	這件上衣要整整三百塊呀。
去北京一個禮拜要成四千幾文㗎。	到北京一個星期要整整四千元呀。

（2）當數量是整數，沒有零頭時，“成”相當於普通話的“上”、“差不多”。

呢件衫成三百文咁貴，　　這件上衣上三百塊那麼貴，
唔買嘞。　　不買嘍。
去北京一個禮拜要成四千文咁貴，唔去嘞。　　到北京一個星期要差不多四千塊那麼貴，不去嘍。

2. 在格式"'成'＋表數量意念的名詞"中，"成"相當於普通話的"整整"。

（1）我等咗佢成日。　　我等了他整整一天。
（2）我身體唔好，成晚冇瞓（fen³）。　　我身體不好，整宿沒睡。
（3）要行成條街㗎。　　要走整整一條街（那麼遠）啊！

（三）"好抵"

"好抵"是一種省略結構。省略成分可根據上下文補出。課文中的"好抵"指的是"好抵買"（很值得買）的意思。

（1）好抵食，指的是飯菜、食品等物美價廉。
（2）好抵去，指的是不虛此行。
（3）好抵玩，指的是費用相宜、安排滿意的旅行或活動等。

（四）"不如"

在普通話裏，副詞"不如"有兩種用法：其一，用在一般句式，表示"比不上"的意思（如：論手巧，大家都不如他）；其二，用在關聯句式，跟連詞"與其"配對構成"與其……不如……"的格式，表示捨前取後的有定的選擇關係（如：與其這樣空着等，不如出去找找看）。粵語副詞"不如"都沒有上述兩項的用法，但所表達的意義跟第二項接近。粵語的"不如"一般單獨用，委婉地表示建議。

（1）（佢身體唔好，）不如我哋一齊去睇下佢吖！　　（他身體不好，）不如我們一起去看看他嘍！

（2）（佢咁忙，）不如我哋去幫下佢吖！	（他那麼忙，）不如我們去幫他個忙嘍！
（3）（佢唔識路，）不如我哋帶佢去吖！	（他不懂路，）不如我們領他去嘍！

（五）"……至得"

粵語"至得"後置於短句的末尾，表示實現某種結果的必須條件，相當於普通話裏的"才行"。

（1）呢件事（xi⁶）要搵佢至得。	這件事要請他才行。
（2）呢件事，要等佢返嚟至得。	這件事，要等他回來才行。
（3）呢件事，要打電話問佢至得。	這件事，要打電話問他才行。

（六）"都"

粵語和普通話裏，"都"字的用法不盡相同。一般地説，粵語"都"字包含了普通話的"都"和"也"的用法，而在口語中，粵語是不用"也"字的。

1. 粵語的"都"翻譯成普通話的"也"的例子：

（1）佢都識李小姐。	他也認識李小姐。
（2）我都好忙。	我也很忙。
（3）搵第二個都得。	找別人也行。

2. 粵語的"都"翻譯成普通話的"都"的例子：

（1）佢哋都返嚟嘞。	他們都回來了。
（2）佢哋都肥咗啲。	他們都胖了些。
（3）佢哋都住喺灣仔。	他們都住在灣仔。

（七）“係就係”

表示讓步，預示轉折。預設承認上文所表述的某一事實，然後由“係就係”引出不一致的情況，相當於普通話的副詞“倒（dào）”。

（1）我係就係識佢，　　　　我跟他認識倒是認識，
　　不過唔係幾熟（sug^{6}）。　　就是不太熟。

（2）件衫係就係幾靚，　　　那件衣服倒是挺好看，
　　不過一啲都唔平。　　　就是價錢貴了點。

（3）佢係就係想去，　　　　他倒想去，
　　不過唔想一個人去。　　就是不想一個人去。

五　講解

（一）語音講解：韻母（丙） 6-4

	-i	-ü	-n	-ng
ê（靴）		êu（最）	ên（津）	êng（香）
u 烏	ui 回		un 碗	ung 甕

1. 說明：

粵語的 ê 音，普通話中沒有。它的發音，與普通話中的 ê（如：欸）讀作圓唇時差不多。u 音在普通話及粵語中大致相同，但用 u 開頭的韻母 ui,un，與漢語拼音中的 ui (uei), un (uen) 並不一樣：ung 韻母中的 u 元音較短，開口度較大，發音近似漢語拼音中的 ong。

2. 字例：

（1）ê　（長）靴 (cêng^{4}) hê^{1}　□（滑梯）sê^{4} (wad^{6}tei^{1})

（2）êu　追隨 zêu^{1}cêu^{4}　累贅 lêu^{6}zêu^{6}

（3）ên　論盡 lên^{6}zên^{6}　遵循 zên^{1}cên^{4}

（4）êng　商場 sêng^{1}cêng^4　　張揚 zêng^{1}yêng^4

（5）u　夫婦 fu^{1}fu^5　　辜負 gu^{1}fu^6

（6）ui　妹妹 mui^{4}mui^2　　徘徊 pui^{4}wui^4

（7）un　判官 pun^{3}gun^1　　盆滿缽滿 pun^{4}mun^5-bud^3 mun^5

（8）ung　通風 tung^{1}fung^1　　縱容 zung^{3}yung^4

3. 對比：

（1）ê—êu

靴 hê^1—虛 hêu^1　　□ zê^1—追 zêu^1　　□ sê^4—誰 sêu^4

（2）ê—ên

□ sê^4—唇 sên^4　　□ zê^1—樽 zên^1　　□ cê^1—春 cên^1

（3）u—ui

夫 fu^1—灰 fui^1　　富 fu^3—悔 fui^3　　胡 wu^4—回 wui^4

户 wu^6—匯 wui^6

（4）u—un

夫 fu^1—歡 fun^1　　姑 gu^1—官 gun^1　　固 gu^3—罐 gun^3

户 wu^6—換 wun^6

4. 發音練習：

（1）課文詞語

一張 yed^1 zêng^1　　窗口 cêng^{1}heo^2　　換個位 wun^6 go^3 wei^2

一樽 yed^1 zên^1　　兩罐 lêng^5 gun^3

（2）補充練習

❶ Lou^5 Yêng^2 bong^1 Lêng^2 zei^2 tung^4 sen^{1}nêng^2 ying^{2}fan^1 lêng^5 zêng^1 sêng^2.

老 楊 幫 梁 仔 同 新娘 影番 兩 張 相。

❷ Deg^1 pui^4 gêu^{6}fun^2, pun^{4}mun^5-bud^{3}mun^5 .

得 賠 巨款， 盆滿 缽滿。

❸ hou² mun⁶ 好悶　hou² gui⁶ 好攰　hou² cên² 好蠢　hou² sêu¹ 好衰

hou² cêu³ 好脆　hou² hêng¹ 好香　hou² mui⁴ 好霉

（二）語法講解：算錢表達法

1. 粵語、普通話的貨幣單位名稱對照表：

粵語	文、個（銀錢）	毫、毫子	仙
普通話	元、塊	角、毛	分

2. 粵語、普通話習慣說法對照：

粵語	兩文十兩個銀錢	十文五毫	十個半（bun³）
普通話	二元十兩塊錢	十元五角	十塊半

3. 練習：請將以下的普通話譯成粵語。

（1）七塊九 ____________

（2）十來塊 ____________

（3）百多塊 ____________

（4）上千塊 ____________

（5）八十四塊七毛五 ____________

（三）粵語趣談

1. 動詞"撳"（gem⁶），大致上與"按"對等，如：**撳鐘**（按鈴）；**撳佢個頭落水**（把他的頭按在水裏）。但用在理財方面則需要注意了。如"撳錢"，意思指（1）到自動櫃員機（2）用提款卡 / 信用卡（3）按密碼（4）取錢。我們可以說："**撳唔到錢**"（取不了錢）；"**撳咗三千文**"（取了三千塊錢）。就是說，"撳"的特有義是"取（錢）"。

2. 動詞"掃"有一形象的用法，表示"甩"，如：**嬲到將枱面嘅嘢掃晒落地**（氣得把桌面的東西統統甩在地上）；**將枱面嘅嘢掃埋一**

邊（把桌面的東西迅速地挪到一旁）。動詞組合“掃貨”，大家都熟悉，而“掃街”則指打掃街道。“做掃街”，指做街道清潔工。

六　練習

（一）**試根據下列各組粵語注音，正確指出所屬詞語。**

（1）gun³guen¹　　（2）pui⁴bun⁶　　（3）zên²hêu²

（4）zêng⁶fu¹　　（5）lêng⁵pui⁵　　（6）fun¹zêu⁶

（二）**先正確讀出下列句子，然後把各字的正確聲韻填入括號中**。如：通（tung¹），聲韻為 tung。

佢　為　香　港　文　化　中　心

（　）5（　）6（　）1（　）2（　）4（　）3（　）1（　）1

繪　製　舞　台　背　景。

（　）2（　）3（　）5（　）4（　）3（　）2。

（三）**辨音練習**（請準確讀出下列 êu 韻母的各組同音字）。

êu：聚—罪　趣—翠　需—雖　徐—隨　絮—睡

（1）聚 zêu⁶　　聚餐　團聚

（2）趣 cêu³　　趣事　興趣

（3）需 sêu¹　　需要　需求

（4）徐 cêu⁴　　徐先生　徐小姐

（5）絮 sêu⁵　　花絮　絮絮不休

（四）**快速問答。**

1.“喺邊度”

（1）你喺邊度打電話呀？

（2）你喺邊度搵到李先生呀？

（3）你喺邊度買到呢本書呀？

（4）你喺邊度識佢呀？

2. “攞”

（1）你嚟攞乜嘢呀？

（2）你想攞乜嘢走呀？

（3）你去嗰度想攞啲乜嘢嚟呀？

3. 疑問詞

（1）你件衫喺邊度買㗎？

（2）喺邊間百貨公司呀？

（3）幾多錢買嚟㗎？

（4）原價係幾多呀？

（5）打咗幾多折呀？

（6）你幾點返工㗎？

（7）放咗工做乜嘢呀？

4. 替換練習

（1）

<table>
<tr><td rowspan="2">件衫</td><td>咁貴，</td><td>唔好</td><td rowspan="2">買啦！</td></tr>
<tr><td>咁平，</td><td>快啲</td></tr>
<tr><td rowspan="2">條路</td><td>咁遠，</td><td>唔好</td><td rowspan="2">去啦！</td></tr>
<tr><td>咁近，</td><td>快啲</td></tr>
<tr><td rowspan="2">佢</td><td>咁忙，</td><td>唔好</td><td rowspan="2">搵佢啦！</td></tr>
<tr><td>咁得閒</td><td>快啲</td></tr>
</table>

（2）

問：喺邊間	鋪頭？ 公司？ 房？
答：喺	呢間。 嗰間。 右手便嗰間。 前便嗰間。 對面嗰間。

七　粵字辨認

（1）咁 gem³　咁好　咁肥　咁瘦　咁高興

（2）靚 léng³　佢個人好靚　佢件衫好靚

（3）文 men¹　十文　十零文　十幾文　幾十文

（4）撳 gem⁶　撳機攞錢　撳鐘叫門（mun⁴）

八　短文朗讀 6-5

呢排銅鑼灣廣場大減價，全場八折。我哋放咗工一齊去掃貨。啲衫真係好靚，打咗折真係好抵。仲有好多新款嘅鞋呀，手袋呀，化妝品呀……唔買直情覺得對自己唔住。唔淨只買畀自己，仲買畀屋企人，買畀朋友。買到大家都唔記得返屋企食飯。要等老公打電話嚟催至識得收手。計下條數，大家係噉意使咗三四千文。

07

Gao[1] tung[1]
交通

一 課文 7-1

（1）Bei^{6} lag^{3}, deb^{3} co^{3}zo^{2} cé^{1} lag^{3}.

嘣 嘞，搭 錯咗 車 嘞。

（2）Fai^{3} di^{1} gem^{6}zung^{1} log^{6}cé^{1} la^{1}.

快 啲 撳鐘 落車 啦。

（3）M^{4}goi^{1}, zé^{3}mé^{2}, ngo^{5}déi^{6} log^{6}cé^{1}.

唔該，借歪，我哋 落車。

（4）Hêu^{3} Cég^{3}qu^{5} yiu^{3} co^{5} lug^{6} hou^{6} cé^{1}, m^{4} ji^{1} dim^{2}gai^{2} sêng^{5}zo^{2} ga^{3} seb^{6}ng^{5} hou^{6} tim^{1}.

去 赤柱 要 坐 六 號 車，唔知 點解 上咗 架 十五 號 㖭。

（5）Ni^{1}dou^{6} hei^{6} bin^{1}dou^{6} lei^{4} ga^{3} ? Hang^{4} fan^{1}jun^{3}teo^{4} la^{1}.

呢度 係 邊度 嚟 㗎？行 番轉頭 啦。

（6）Hang^{4} med^{1}yé^{5} a^{1}, yed^{6}teo^{2} gem^{3} mang^{5}, co^{5} dig^{1}xi^{2} ba^{2}la^{1}.

行 乜嘢 吖，日頭 咁 猛，坐 的士 罷啦。

（7）Co^{5} dig^{1}xi^{2} hou^{2} cung^{5}péi^{2} gé^{3}wo^{3}.

坐 的士 好 重皮 嘅喎。

（8）Ha^{1}, yeo^{5} wén^{1}zei^{2} lei^{4}, séi^{3} go^{3} yen^{4} sa^{1} a^{6} géi^{2} men^{1} geo^{2}dim^{6}.

吓，有 van 仔 嚟，四 個 人 卅呀 幾 文 搞掂。

（9）M^{4}goi^{1} qin^{4}bin^{6} lug^{6} hou^{6} cé^{1}zam^{6} yeo^{5} log^{6}.

唔該 前便 六 號 車站 有 落。

（10）Ni^{1} qi^{3} tei^{2} ding^{6}di^{1} xin^{1}ji^{6} hou^{2} sêng^{5}cé^{1} la^{3}.

呢 次 睇 定啲 先至 好 上車 喇。

普通話對譯

（1）糟了，坐錯車了。

（2）快點兒按鈴下車吧。

（3）勞駕勞駕，咱們下車。

（4）上赤柱得坐六路汽車，怎麼會上了這十五路的呢？

（5）這是哪兒？往回走吧。

（6）走什麼呀？太陽正毒，打的得了。

（7）打的挺貴的。

（8）瞧，有小巴來，四個人三十來塊錢就行了。

（9）勞駕前面六路車站停一下。

（10）這回可要留點兒神才上車啊！

二　重點詞彙 7-2

（1）弊嘞	bei^{6} lag^{3}	〔嘆詞〕糟糕
（2）搭錯車	dab^{3}co^{3} cé^{1}	坐錯車
（3）撳鐘	gem^{6}zung^{1}	按鈴
（4）落車	log^{3}cé^{1}	下車
（5）唔該	m^{4}goi^{1}	勞駕
（6）借歪	zé^{3}mé^{2}	〔客套語〕借光（用於請別人讓路）
（7）號	hou^{6}	路（指公共交通路線）
（8）唔知點解	m^{4} ji^{1} dim^{2}gai^{2}	不知為什麼
（9）架	ga^{3}	〔量詞〕輛
（10）㖭	tim^{1}	〔語氣詞〕呢（表示詰責）
（11）行番轉頭	hang^{4} fan^{1}jun^{3}teo^{4}	往回走
（12）猛	mang^{5}	猛烈
（13）喺	hei^{2}	〔介詞〕打；從（表示處所的起點）
（14）卅呀幾文	sa^{1}a^{6} géi^{2} men^{1}	三十來塊錢
（15）吓	ha^{1}	〔嘆詞〕瞧；喲（表示驚訝）
（16）𨋢 /van 仔	wén^{1}zei^{2}	〔外來音譯詞〕小型公共汽車，又簡稱“小巴”
（17）緊	gen^{2}	〔體貌助詞〕表示進行
（18）呢次	ni^{1} qi^{3}	這次；這回

（19）睇定啲　tei2ding6 di1　看準點兒；留點神

（20）先至（好）　xin1ji3（hou2）　〔副詞〕才

三　補充語彙　7-3

（一）詞語

逼車 big1cé1（擠車）　轉車 jun3cé1（倒車 dǎochē）

塞車 seg1cé1（堵車）　電車 din6cé1　火車 fo2cé1

隧巴 sêu6ba1（行走路線通過海底隧道的公共汽車）

買飛 mai5féi1（買票）　儲值飛 qu5jig6féi1（儲值車票）

"八達通" bad3dad6tung1（目前香港通用的智能卡付費系統）

排隊上車 pai4dêu2 sêng5cé1

繁忙時間 fan4mong4 xi4gan3（〔交通〕高峰時間）

（二）句子

（1）Ngo5 ju6guan3 ju6sug6 Beg1gog1.

我　住慣　住熟　北角。

我住慣北角，非常熟悉了。

（2）Log6leo2 hang4 géi2 bou6 zeo6 yeo5 din6cé1 dab3.

落樓　行　幾　步　就　有　電車　搭。

離家走幾步就可以乘搭電車。

（3）Zoi3 hang4 cêd1hêu3 yeo5 ba1xi2, déi6tid3 tung4mai4 wén1zei2.

再　行　出去　有　巴士、地鐵　同埋　van 仔。

再往前走一點兒，有巴士、地鐵和小巴。

（4）Yé2yé6 fan1 ug1kéi2 dou1 mou5 yeo5 pa3.

夜夜　返　屋企　都　冇　有　怕。

無論多晚回家也用不着擔心。

（5）Cêd[1] dou[3] ma[5]teo[4] go[2]bin[6], zung[6] yeo[5] géi[1]cêng[4] ba[1]xi[2] dab[3] tim[1].

出 到 碼頭 嗰便，仲 有 機場 巴士 搭 㖭。

走到碼頭那邊，還有往機場的巴士服務。

四　重點理解

（一）“點解”

1. 粵語“點解”按字面意義為“怎樣解釋”，可拆開組成習慣說話。

（1）呢個字點解？　　這個字是什麼意思？

（2）呢個字係咁解。　　這個字的意思是這樣的。

2. “點解”轉化為特指疑問詞：“為什麼”。

（1）點解佢唔嚟？　　為什麼他不來？

（2）唔知點解佢唔嚟。　　不知為什麼他不來。

3. “唔知點解”也可表示不可理喻的事情。

噉都有嘅？真係唔知點解。　這樣的事情也會發生？真不明白。

（二）“㖭”

1. 句末語氣詞“㖭”的基本義表示附加，往往跟副詞“再”連用。

（1）（再）等兩分鐘㖭。　　再多等兩分鐘吧。

（2）打個電話畀佢㖭。　　再撥一個電話給他。

2. “㖭”的另一個意義，表示輕微的詰責或懊惱。

我唔知佢喺度㖭。　　我不知道他在這兒。

言下之意，是表示如果我早知他在這兒，我就不會做某事。

（三）“去”

粵語動詞“去”表示趨向，跟目的地的語彙結合一般是動賓式。如：“去灣仔”，“去公司”。在普通話裏，則須用由介詞“到”加目的地所組成的介賓詞組，修飾動詞“去”，而構成偏正關係。如：“到灣仔去”，“到公司去”。

（四）“卅呀文”

埶字。粵語數詞從二十開始，讀音上由於合音的緣故，有明顯變化。如“二十”，可讀成“二”跟“十”的合音，即“廿”（ya6）。“四十”至“九十”各組組合中的“十”，讀音上可唸成“a6”，如五呀（ng5a6）五間屋、八呀（bad3a6）六架車。而正式行文時仍保留“十”的寫法。“三十”是個例外，讓音上為“sa1a6”，書寫上可保留“三十”也可合併為“卅”。普通話“三十輛車”，在粵語裏為“卅架車”，讀作“sa1a6”，而“三十一輛車”，讀音上仍保留“sa1a6yed1”，而不是“sa1yed1”。故為準確反映其讀音，我們仍作“卅呀一”，當中“呀”字小寫，以示跟四十至九十的組別不同。

（1）廿（ya6）一	二十一
（2）卅（sa1a6）七	三十七
（3）卅（sa1a6）九個四	三十九塊四
（4）五呀（ng5a6）五間屋	五十五間房子

（五）“上 / 落”

粵語表趨向的動詞“上”和“落”，跟普通話相應的動詞（“上”和“下”），在用法上並不完全一致。

1. 一致的情況：

（1）上班 / 落班	上班 / 下班
（2）上樓 / 落樓	上樓 / 下樓
（3）上車 / 落車	上車 / 下車

2. 不一致的情況：

（1）粵語的“上”表示往高處走；“落”表示往低處走。

❶ **上去山頂***（déng[2]）　　上山頂去

❷ **落返嚟灣仔**　　回到灣仔去

（2）粵語的“上”表示往出發點的北面；“落”表示往出發點的南面。

❶ **上去廣州**（Guong[2]zeo[1]）　　上廣州去

❷ **落返嚟香港**　　回到香港來

（六）“嘅”

粵語助詞“嘅”跟普通話的“的”，對應關係十分複雜。下面僅簡略地列舉兩者比較一致的情況，主要是修飾和代替名詞的功能。

1. 構成“嘅”字短語，修飾名詞：

（1）**佢嘅名**　　他的名字

（2）**下晝嘅會**　　下午的會

（3）（**佢哋**）**搭嘅車**　　（他們）坐的車

（4）**貴嘅嘢**　　貴的東西

2. 構成“嘅”字短語，代替名詞：

（1）**搭車嘅喺呢度排隊。**　　坐車的在這兒排隊。

（2）**呢兩件衫，大嘅九十文，**　　這兩件衣服，大的九十塊錢，

（3）**細嘅七十文。**　　小的七十塊錢。

（4）**佢搭嘅係十號車。**　　他坐的是十路汽車。

（5）**佢講嘅我聽唔明。**　　他講的我聽不明白。

（七）“先至（好）”

粵語副詞短語中的“先至（好）”跟普通話的“才”的用法相仿。

---

* 香港人稱“上山頂”，如在本地則大多專指上太平山山頂（香港島最高峰，著名遊覽勝地）。

下面僅限於介紹其中一種用法，即表示只有在某種條件下，或由於某種原因、目的，才怎麼樣（參看第六課第四節“重點理解”的第五點“⋯⋯至得”）。兩者意義上沒有多大區別，在用法上，“⋯⋯至得”一般置於句末；而“先至（好）”可置於句末（表示強調），也可以與動詞連用。

（1）噉先至好。	這才好呢。
（2）你幫我問候佢先至好。	你想着點兒替我問他好。
（3）你打咗電話先至好去搵佢呀。（表示條件）	你打了電話才好去找他。
（4）你搵唔到王先生先至好搵李小姐呀。（表示原因）	你找不到王先生才好去找李小姐。

五　講解

（一）語音講解：聲調辨別

1. 說明：

粵語有九個調，但實際只有六個調值。六個調值之中，陰平（第一聲）、陰上（第二聲）及陽平（第四聲）較容易掌握。其他三個，普通話中沒有近似的調，因此較難。陰去（第三聲）和陽去（第六聲）都是平調（˧$_{33}$，˨$_{22}$），陰調較高，陽調較低，而陽上（第五聲）是升調（˩˧$_{13}$），它與陰去（˧$_{33}$）調的字有時也會混淆，要小心分辨。入聲調分陰入、中入、陽入三類，調值的特點是高（˥$_{5}$）、中（˧$_{3}$）、低（˨$_{2}$），與陰平、陰去、陽去相同，只是讀得較短促些。

2. 發音練習：

（1）課文詞語

搭車 dab^{3}cé^{1}　　落車 log^{6}cé^{1}　　赤柱 Cég^{3}qu^{2}

六號 lug^{6} hou^{6}　　　的士 dig^{1}xi^{2}

（2）補充練習

星光熠熠 xing^{1}guong^{1} yeb^{1} yeb^{1}　　升職三級 xing^{1}jig^{1} sam^{1} keb^{1}

送禮過節 sung^{3}lei^{5} guo^{3}jid^{3}　　踢跌個罐 tég^{3}did^{3} go^{3} gun^{3}

私家車 xi^{1}ga^{1}cé^{1}　　的士 dig^{1}xi^{2}

保姆車 bou^{2}mou^{5}cé^{1}　　貨𨋢 fo^{3}wén^{1}

輕鐵 hing^{1}tid^{3}　　港穗直通車 Gong^{2}-Sêu^{6} jig^{6}tung^{1}cé^{1}

（二）語法講解：動補結構

動補結構指的是動詞述語和補語之間的種種語義上聯繫。一般説來，是後一部分（補語）對前一部分（動詞述語）的動作行為或性狀作補充説明。本課出現的“睇定啲”屬動補結構，説明動作行為的結果。“睇定啲”中的“定”相當於普通話“看準點兒”中的“準”，就是一個例子。下面舉一些以“定”字為補語的例子。

1.“定”字表示“準確，穩當”。

（1）睇定啲　　看準點兒

（2）坐定啲　　坐穩點兒

（3）企定啲　　站穩點兒

2.“定”字表示“預先”。

（1）問定條路　　預先問好路線

（2）等定佢嚟　　早就等着他來

（3）叫定的士　　預先找好出租汽車

（4）約定啲朋友　　預先約好些朋友

（5）攞定啲錢　　預先準備好鈔票

（三）粵語趣談

香港粵語的“皮”的特殊用法。首先須區分兩個讀音。

1. 讀 péi^{4}。可以指（1）等級，一般用於“大一皮”、“細一皮”；如：**買個大一皮嘅煲就啱用**（買個大點兒的鍋合適）。（2）可與別人比較的資質，一般用否定式：**你唔係佢嗰皮**（你不是他的對手）。（3）一塊錢為一皮：**食餐飯百零皮喇**（吃頓飯百來塊錢吧）。（4）至於“皮費”則延伸為經營的正常開支：**而家開間公司仔皮費都唔輕**（現在經營一家小公司開支可不少）。

2. 變調讀 péi^{2}。（1）皮革：**個銀包係皮嚟嘅**（那錢包是皮子做的）。（2）皮衣：**你件皮幾多錢？**（3）與前述的經營費用相關，只用於“重皮”（開銷不少）：**去一轉歐洲都幾重皮㗎**。（4）至於“收皮”，乃坊間口語，即“住口！”

六　練習

（一）　試讀下列各個不同聲調的音節，然後以粵語說出用這些音節組成的下列詞語。

wei^{1}	wei^{2}	wei^{3}	wei^{4}	wei^{5}	wei^{6}
fen^{1}	fen^{2}	fen^{3}	fen^{4}	fen^{5}	fen^{6}
sé^{1}	sé^{2}	sé^{3}	sé^{4}	sé^{5}	sé^{6}
yiu^{1}	yiu^{2}	yiu^{3}	yiu^{4}	yiu^{5}	yiu^{6}
hon^{1}	hon^{2}	hon^{3}	hon^{4}	hon^{5}	hon^{6}
xun^{1}	xun^{2}	xun^{3}	xun^{4}	xun^{5}	xun^{6}
geb^{1}		geb^{3}			geb^{6}
bid^{1}		bid^{3}			bid^{6}
jig^{1}		jig^{3}			jig^{6}
bog^{1}		bog^{3}			bog^{6}
log^{1}		log^{3}			log^{6}
jud^{1}		jud^{3}			jud^{6}

必要 bid^{1}yiu^{3}　　圍繞 wei^{4}yiu^{5}　　積分 jig^{1}fen^{1}

寒酸 hon^{4}xun^{1}　　席位 jig^{6}wei^{6}　　急瀉 geb^{1}sé^{3}

（二）試根據下列各組粵語注音，正確指出所屬詞語。

（1）yêg^{3}cug^{1}　　（2）fug^{1}héi^{3}　　（3）yi^{1}xig^{6}

（4）yêg^{6}cug^{1}　　（5）fug^{6}héi^{3}　　（6）yi^{3}xig^{1}

（三）正確以粵語讀出下列句子及自己的名字，並把聲調填入括號中。如：席（jig^{6}），聲調為 6。

（1）“（　）·（　）（　）”（　）（　）（　）（　）（　）（　）（　）

“七 · 十 一” 便 利 店 即 將 開 幕。

（2）（　）（　）（　）（　）

姓名：____ ____ ____ ____

（四）實況問答練習。

（1）喺中環去赤柱要坐幾號車呀？

（2）十五號車係去邊度㗎？

（3）十五號巴士經唔經你哋公司㗎？

（4）十五號巴士站近唔近你哋公司㗎？

（5）朝頭早坐車逼唔逼人㗎？

（6）今日有冇日頭呀？

（7）坐的士貴唔貴呀？

（8）坐 van 仔貴唔貴呀？

（9）下一架巴士幾耐到㗎？

（10）搭下一架巴士要等幾耐㗎？

（11）喺呢度去北角，要行幾耐㗎？

（12）喺呢度去北角，搭地鐵要幾耐㗎？

（13）你有冇“八達通”呀？

（14）坐火車上廣州要幾多錢呀？

（五）**句子擴展。**

1. "嬲嘞"

（1）冇帶錢。→ 嬲嘞，冇帶錢嚟。→ 冇帶錢嚟就嬲嘞。

（2）搵唔到佢。→

（3）冇打電話畀佢。→

（4）佢唔得閒。→

2. "錯"

（1）搭車。→ 搭錯車。→ 佢搭錯咗車。

（2）落車。→

（3）撳鐘。→

（4）行路。→

七　粵字辨認

（1）乜嘢 med[1]yé[5]	姓乜嘢；搵乜嘢人；買乜嘢衫；搭乜嘢車
（2）喺 hei[2]	喺邊度；喺呢度去嗰度；喺呢度去邊度；喺嗰度去邊度

八　短文朗讀 7-4

上個禮拜日晚，李先生約我聽音樂，講好七點三喺中環恒生銀行嗰度等。點知我搭錯巴士，搭咗去灣仔先至落車。我住喺九龍，香港嘅路唔係幾識行。當時我想行番轉頭，又唔知要行幾耐。想搭 van 仔，人又逼，只好搭的士啦。結果又塞車，等到七點半先至去到。

08

Tin1 héi3
天氣

Tin1héi3 yu6bou3 wa6 ting1yed6 yeo5 yu5 bo3 .
天氣 預報 話 聽日 有 雨 嗐。

一　課文 8-1

（1）Ting^{1}yed^{6} hêu^{3} m^{4} hêu^{3} pa^{4}san^{1} a^{3} ?
聽日　去　唔　去　爬山　呀？

（2）Tin^{1}héi^{3} yu^{6}bou^{3} wa^{6} ting^{1}yed^{6} yeo^{5} yu^{5} bo^{3} .
天氣　預報　話　聽日　有　雨　噃。

（3）Zung^{6} hei^{6} deng^{2} hou^{2}tin^{1} xin^{1}ji^{3} hêu^{3} la^{1} .
仲　係　等　好天　先至　去　啦。

（4）Ni^{1} go^{3} tin^{1}xi^{4} wa^{6} m^{4} mai^{4} ga^{3} , wa^{6} bin^{3} zeo^{6} bin^{3} .
呢　個　天時　話　唔　埋　㗎，話　變　就　變。

（5）Hou^{2}qi^{5} kem^{4}yed^{6} gem^{2} ,
好似　琴日　噉，

（6）jiu^{1}zou^{2} zung^{6} yeo^{5} yed^{6}teo^{2}, yi^{4}cé^{2} sai^{3} dou^{3} séi^{2} ,
朝早　仲　有　日頭，而且　曬　到　死，

（7）ha^{6}zeo^{3} zeo^{6} log^{6} héi^{2} yu^{5} lei^{4} .
下晝　就　落　起　雨　嚟。

（8）Yi^{2} , néi^{5} tei^{2} , yeo^{6} log^{6}guo^{3} la^{3} .
咦，你　睇，又　落過　喇。

（9）Ai^{3} , m^{4}ji^{1} go^{3} tin^{1} yiu^{3} log^{6} dou^{3} géi^{2}xi^{4} tim^{1} ,
唉，唔知　個　天　要　落　到　幾時　㖭，

（10）cêd^{1}gai^{1} dou^{1} hei^{6} dai^{3}fan^{1} ba^{2} zé^{1} hou^{2} di^{1} .
出街　都　係　帶番　把　遮　好　啲。

普通話對譯

（1）明天去爬山嗎？

（2）天氣預報説明天可能有雨。

（3）還是等天晴再去吧！

（4）這種天氣很難捉摸，説變就變。

（5）拿昨天來説吧，

（6）早上還有大太陽，曬得夠嗆，

（7）下午就嘩嘩下起雨來了。

（8）咦，你瞧，又掉雨點兒了。

（9）唉，不知這回兒又要下到什麼時候呢？

（10）出門兒還是把雨傘帶上好。

二　重點詞彙　8-2

（1）聽日	ting^{1}yed^{6}	明天
（2）噃	bo^{3}	〔語氣詞〕表示強調
（3）仲（係）	zung^{6} (hei^{6})	還（是）
（4）天時	tin^{1}xi^{4}	天氣
（5）話唔埋	wa^{6} m^{4} mai^{4}	説不好；説不定；難以預料
（6）好似……噉	hou^{2}qi^{5} …… gem^{2}	好像……一樣
（7）朝早	jiu^{1}zou^{2}	早上
（8）曬到死	sai^{3} dou^{3} séi^{2}	曬得要命；曬得夠嗆
（9）下晝	ha^{6}zeo^{3}	下午
（10）落起雨嚟	log^{6} héi^{2} yu^{5} lei^{4}	下起雨來
（11）你睇！	néi^{5} tei^{2}	你瞧！
（12）過（如：雨又落過）	guo^{3}	〔體貌助詞〕表示繼續
（13）出街	cêd^{1}gai^{1}	出門
（14）番	fan^{1}	〔體貌助詞〕表示回覆
（15）遮	zé^{1}	雨傘

三 補充語彙 8-3

（一）詞語

（1）個 go^{3}　　個天　個天好番（天又轉晴了）

（2）支 ji^{1}　　一支啤酒（一瓶啤酒）

（3）間 gan^{1}　　一間學校（一所學校）

（4）架 ga^{3}　　一架巴士（一輛公共汽車）

（5）隻 zég^{3}　　一隻船　搭邊隻船上廣州（坐什麼船上廣州去）

（6）條 tiu^{4}　　一條鎖匙（一把鑰匙）

（7）張 zêng^{1}　　一張櫈（一把椅子）

（8）裔 po^{1}　　一裔樹（一棵樹）

（9）嚿 geo^{6}　　一嚿磚頭（一塊磚頭）

（10）枝 ji^{1}　　一枝竹（一根竹子）

（二）句子

（1）Gem^{1}yed^{6} tin^{1}yem^{1}yem^{1}, lêng^{4}zem^{3}zem^{3}.

今日　天陰陰，　涼浸浸。

今天大陰天，涼颼颼的。

（2）Gem^{1}yed^{6} cêd^{1} yid^{6}teo^{2}, géi^{3}ju^{6} dai^{3}fan^{1} déng^{2} mou^{5}.

今日　出　熱頭，記住　戴番　頂　帽。

今天大太陽，別忘了戴頂帽子。

（3）Ni^{1}pai^{2} wui^{4}nam^{4}, séng^{4}yed^{6} hoi^{1}ju^{6} ceo^{1}seb^{1}géi^{1}.

呢排　回南，　成日　開住　抽濕機。

近來返潮，抽濕機整天都開着。

（4）Ni^{1}pai^{2} fan^{1}fung^{1} log^{6}yu^{5}, zêg^{3}fan^{1} gin^{6} fung^{1}leo^{1} la^{1}.

呢排　翻風　落雨，着番　件　風褸　啦。

這陣子颳風下雨，穿上風衣吧。

（5）Log[6] di[1] yu[5]méi[1] zé[1], m[4] sei[2] dam[1]zé[1].

落 啲 雨溦 啫，唔 使 擔遮。

下點兒毛毛雨罷了，不用打傘。

四　重點理解

（一）句末語氣詞："嚕"

作為句末語氣詞，"嚕"是表示提醒或強調；試比較：

（1）唔係—唔係嚕	不是—才不是呢
（2）三十文—三十文嚕	三十塊錢—得三十塊錢哪
（3）聽日唔得閒—聽日唔得閒嚕	明天沒空—明天沒空呀
（4）佢啱啱走咗—佢啱啱走咗嚕	他剛走了—他剛走了啊

（二）"講"；"話"；"說"

無論在粵語，抑或在普通話裏，"講"、"話"、"說"三者皆為近義詞，但在實際運用中，粵語一般用"講"和"話"，而普通話則用"講"和"說"。

（1）佢講乜嘢？	他說什麼？
（2）係佢講嘅，唔係我講嘅。	是他說的，不是我說的。
（3）佢話今日晏啲返嚟喎（wo[2]）。	他說今天晚一點兒回來。
（4）佢有冇話（低）幾點鐘返嚟呀？	他有沒有說什麼時候回來？
（5）佢講完我就話唔係噉。	他說完我就說不是這樣的。

（三）"好似……噉"

此關聯格式表比況，由前部"好似"引出，由後部"噉"結束。中嵌部分可為：

1. 名詞

佢好似琴日噉，朝早九點嚟，下晝五點走。　　他跟昨天一樣，上午九點來，下午五點走。

2. 代詞

我好似佢噉，禮拜六朝早要返工。　　我跟他一樣，星期六上午要上班。

3. 動詞 / 形容詞（須帶程度副詞）

（1）形容詞

今日好似好熱噉。　　今天好像挺熱的。

（2）動詞

佢好似好唔得閒噉。　　他好像忙得不可開交似的。

4. 短句

架巴士好似有好多人噉。　　公共汽車裏好像擠滿了人。

（四）“琴日”

“琴日”（昨天）一詞的“琴”字又可換作“噚（cem4）”，故又可讀作“噚日”，二者同義。

（五）“朝早”

1. “朝早”可擴展為“朝頭早”。

2. “朝早”與表示日子的名詞連用時，有省略式。

（1）琴日→琴日朝早→琴日朝（昨天早上）

（2）今日→今日朝早→今朝（今早）

（3）聽日→聽日朝早→聽朝（明早）

（六）“……到死”

表示程度的誇張詞語，與形容詞連用，相當於普通話的“……得很”、“要命 / 厲害”、“夠嗆”的意思。

（1）忙→好忙→忙到死
（2）瘦→好瘦→瘦到死
（3）平→好平→平到死
（4）熱→好熱→熱到死
（5）靚→好靚→靚到死

（七）“又……過”

體貌助詞“過”在粵語裏的用法比普通話要多。“又……過”格式表繼續；即所涉及的動作行為或事件重新開始或出現，如：“又做過”，指做了一次，現在做第二次；此外，還有：又寫過、又忙過、又買過、又走過……。

（八）“都係……好啲”

表示判斷，相當於普通話的“還是……好”的意思。

（1）都係你去好啲。　　還是你去好。
（2）都係朝頭早去好啲。　　還是早上去好。
（3）都係轆咭好啲。　　還是用信用咭付款好。
（4）都係搭地鐵好啲。　　還是坐地鐵好。
（5）都係打個電話先好啲。　　還是先打個電話好。

（九）助詞：“番”

助詞“番”的用法相當多，下面僅談兩點：

1. 第七課中的“行番轉頭”跟本課出現的“帶番把遮”的“番”字性質上並不相同。“行番轉頭”中的“番”字帶有趨向意念，如：“行返嚟”（走回來）、“攞返嚟”（拿回來）；而“帶番把遮”中的“番”

字絲毫沒有趨向意念。

2.“帶番把遮”中的“番”字表示語勢上的強調：

（1）天時唔好，帶番把遮。　天氣不好，可得帶上雨傘。
（2）啱啱出糧，買番件衫。　剛發工資，買件衣服得了。

3.“帶番把遮”中的“番”字表示回復意念；在普通話中沒有對應的用法，所謂回復，指的是中斷的動作又恢復進行：

飲番啤酒	又喝上啤酒（特指“喝啤酒”的行為中斷了一段時間又恢復了）
醒咗又瞓番	醒了又睡着

五　講解

（一）語音講解：聲母、韻母 e- 的辨別

1. 說明：

（1）本書使用的粵語語音系統（廣州話拼音方案），對於懂漢語拼音的人來說，聲母的音標認識很容易。發音方面，也與普通話大同小異，稍要注意的是：ng 聲母，在普通話中是沒有的；j (z), q (c), x (s) 聲母，粵語同屬一個發音部位而並非像普通話那樣分成兩類。

（2）在粵語的 ei, eo, em, en, eng 等韻母中，e 元音是短元音，如“雞（gei¹）”不同於“街（gai¹）”和“基（géi¹）”。這組韻母發音比較難，其中尤以 ei, eo, em 為甚。

2. 發音練習：

（1）課文詞語

琴日噉 kem^{4}yed^{6} gem^{2}

下晝 ha^{6}zeo^{3}

仲有日頭 zung^{6} yeo^{5} yed^{6}teo^{2}

曬到死 sai^{3} dou^{3} séi^{2}

帶番把遮 dai^{3} fan^{1} ba^{2} zé^{1}

（2）補充練習

❶ Ngeo^{4} m^{4} yem^{2}sêu^{2} dim^{2} gem^{6} deg^{1} ngeo^{4}teo^{4} dei^{1} .

牛 唔 飲水 點 撳 得 牛頭 低。

❷ Hang^{4}dou^{3} tin^{1}gêg^{3} dei^{2} dou^{1} yiu^{3} wen^{2} néi^{5} fan^{1}lei^{4} .

行到 天腳 底 都 要 搵 你 返嚟。

（二）語法講解：天氣表達方式

好天（晴天）　天陰（陰天）　落雨天（雨天）

回南（轉暖）　熱天（熱天）　冷天（寒天）

涼爽（涼快）　凍冰冰（冷冰冰）　出猛日頭（出大太陽）

落大雨（下大雨）　落雨溦（下小雨）

翻風（颳風）　打風（颱風）

（三）粵語趣談

香港夏天不時遭遇颱風來襲，屆時天文台會發出颱風信號，以示警告，目的在於讓廣大市民及時做好防風準備，減少損失。舊時颱風信號的發佈，是在各信號站懸掛標誌，即“風球”，口語稱“波”（源自英語的 ball）。常見的有一號波（戒備信號），三號波（特別戒備信號）和八號波（颱風登陸信號）。屆時政府要求全港市民儘快回家，以策安全。學校停課，機構停止辦公，商店飯館關門，公共交通逐步停止運作。颱風信息除了通過電台電視台發放之外，天文台會在戶外懸掛不同形狀的風球，以供遠處漁民識辨。懸掛風球，叫“扯波”；落下風球，叫“落波”。落波之後四小時之內，全港行政、經濟、交通等服務全面恢復。2002 年天文台停止在信號站懸掛“風球”，改為

“發出信號”，“除下風球”改為“取消信號”。

天文台話打風喎（wo^2）。	氣象台說颱風來襲。
係呃，最好掛八號波，	是呀，最好是八號風球，
唔使返工吖嘛。	不用上班嘛。

六　練習

（一）試讀下列音節，然後以粵語準確說出下列詞語。

bei	pei	mei	fei	beo	peo	meo	feo
dei	tei	nei	lei	deo	teo	neo	leo
zei	cei	sei	yei	zeo	ceo	seo	yeo
gei	kei	ngei	hei	geo	keo	ngeo	heo
guei	kuei	wei					

偷睇 teo^1tei^2　低頭 dei^1teo^4　留位 leo^4wei^2

米酒 mei^5zeo^2　雞批 gei^1pei^1　輝仔 fei^1zei^2

（二）試根據下列各組粵語注音，正確指出所屬詞語。

（1）$peng^4yeo^5$　（2）kem^4seo^3　（3）$heng^4yen^4$

（4）zeo^2gei^1　（5）heo^2ceo^3　（6）zem^2teo^4

（三）將正確的音標填入空格中。

（1）對鞋太細唔啱着。

（2）最近胃口好差。

鞋______ 4　細______ 3　啱______ 1

胃______ 6　口______ 2　差______ 1

（四）實況問答練習。

（1）聽日去邊度玩呀？

（2）去爬山定係去游水（yeo^{4}sêu^2）呀？

（3）你有冇聽天氣預報呀？

（4）天氣預報講乜嘢呀？

（5）聽日嘅天氣點樣呀？

（6）你哋幾時先至去爬山呀？

（7）而家你話唔話得埋幾時去呀？

（8）琴日香港有冇落雨呀？

（9）聽朝早好唔好天呀？

（10）使唔使帶番把遮呀？

（11）仲有邊個一齊去呀？

（12）去完灣仔仲去邊度呀？

（13）我等咗三個字，仲要等幾耐呀？

七　粵字辨認

（1）嚸 bo^3　有雨嚸　好貴嚸　唔識嚸

（2）番 fan^1　帶番把遮　着番件衫　好番　笑番　瞓番

（3）係 hei^6　仲係　唔係　係噉　係乜嘢

八　短文朗讀 8-4

聽日仲去爬山？天氣預報話有雨，你哋仲係等好天先至去啦。呢個天時話變就變，朝早出日頭，下晝話唔定就落大雨。你哋去爬山，到時避（béi^6）都冇得避，邊度有人帶把遮去爬山㗎？落起雨上嚟，冇乜用㗎，都係小心啲好。冇地方去，就留喺屋企（kéi^2）睇下電視啦。

09

Yem2 xig6
飲 食

Zeo6 xig6 ni1go3 tou3can1 la1, tei2 lei4 géi2 hou2 a1.
就 食 呢個 套餐 啦，睇 嚟 幾 好 吖。

一　課文 9-1

（1）Ngo^{5}déi^6 zung^{2}gung^6 ng^5 wei^2 .
　　我哋　總共　五　位。

（2）M^{4}goi^1 béi^2 zêng^1 gen^6 cêng^{1}heo^2 gé^3 toi^2 ngo^{5}déi^6 .
　　唔該　畀　張　近　窗口　嘅　枱　我哋。

（3）Ni^{1}dou^6 lang^{5}héi^3 hou^2 dung^3, ngo^5 tung^4 néi^5 diu^6 go^3 wei^2 a^1.
　　呢度　冷氣　好　凍，我　同　你　調　個　位吖。

（4）Gem^2 néi^5 co^5 mai^{4}bin^6, ngo^5 co^5 hoi^{1}bin^6 la^1 .
　　噉　你　坐　埋便，我　坐　開便　啦。

（5）Yeo^5 bin^{1}go^3 m^4 zung^{1}yi^3 xig^6 med^{1}yé^5 gé^3, wa^6 béi^2 ngo^5 ji^1.
　　有　邊個　唔　鍾意　食　乜嘢　嘅，話　畀　我　知。

（6）M^4 hei^6 ngo^5 zeo^6 dim^{2}coi^3 ga^{3}la^3 .
　　唔　係　我　就　點菜　㗎喇。

（7）Zeo^6 xig^6 ni^{1}go^3 tou^{3}can^1 la^1, tei^2 lei^4 géi^2 hou^2 a^1 .
　　就　食　呢個　套餐　啦，睇　嚟　幾　好　吖。

（8）Zung^6 lei^4 sam^1 zên^1 bé^{1}zeo^2, lêng^5 gun^3 ho^{2}log^6 .
　　仲　嚟　三　樽　啤酒，兩　罐　可樂。

（9）M^{4}goi^1 béi^2 wu^4 yid^{6}ca^4 ngo^{5}déi^6, gen^{1}ju^6 mai^{4}dan^1 .
　　唔該　畀　壺　熱茶　我哋，跟住　埋單。

（10）Gem^{1}man^1 éi^{1}éi^{1}zei^3, lin^{4}mai^4 tib^{1}xi^2, yed^1 yen^4 bag^3 ng^5 men^1.
　　今晚　AA制，連埋　貼士，一　人　百　五　文。

普通話對譯

（1）我們一共五位。

（2）勞駕給我們一張靠窗户的桌子。

（3）這裏的冷氣真衝，我跟你換個座吧。

（4）那麼，你往裏坐，我靠邊坐吧。

（5）你們告訴我有什麼不吃的。

（6）不然我這就點菜啦。

（7）就要這個套餐吧，看來挺好的。

（8）還來三瓶啤酒，兩罐可樂。

（9）勞駕給我們一壺熱茶，跟着請結賬。

（10）今晚這頓咱們分攤，加上小費，每人付一百五十塊。

二　重點詞彙 9-2

（1）窗口	cêng^{1}heo^{2}	窗户
（2）枱	toi^{2}	桌子
（3）調位	diu^{6}wei^{2}	換座
（4）埋便	mai^{4}bin^{6}	裏邊
（5）開便	hoi^{1}bin^{6}	外邊
（6）鍾意	zung^{1}yi^{3}	喜歡
（7）話畀我知	wa^{6} béi^{2} ngo^{5} ji^{1}	告訴我
（8）唔係	m^{4} hei^{6}	要不然
（9）樽	zên^{1}	〔量詞〕瓶
（10）跟住	gen^{1}ju^{6}	跟着
（11）埋單	mai^{4}dan^{1}	結賬
（12）AA 制	éi^{1}éi^{1}zei^{3}	平均分攤費用

三　補充語彙 9-3

（一）詞語

中菜 zung^{1}coi^{3}　　　西餐 sei^{1}can^{1}

飲茶 yem^{2}ca^{4}（在香港上館子喝茶吃點心，一般限於早 / 午市）

加位 ga^{1}wei^{2}（加座）　　　　　　訂位 déng^{6}wei^{2}（訂座）

搭枱 dab^{3}toi^{2}（在飯館跟早已在座的人共用一張桌子進食）

霸位 ba^{3}wei^{2}（佔座）　　　　　　貼士 tib^{1}xi^{2}（小費）

簽咭 qim^{1}kad^{1}（簽署信用卡付賬）　　洗手間 sei^{2}seo^{2}gan^{1}（廁所）

（二）句子

（1） Ni^{1}dou^{6} m^{4} qid^{3} dab^{3}toi^{2}, m^{4}goi^{1} néi^{5} pai^{4}dêu^{2} lo^{2} wei^{2}.

呢度 唔 設 搭枱，唔該 你 排隊 攞 位。

這裏不許與別人共用餐桌，請你排隊拿號入座。

（2） Ni^{1}dou^{6} m^{4} qid^{3} keb^{1}yin^{1}kêu^{1}, m^{4}goi^{1} néi^{5} m^{4} hou^{2} xig^{6}yin^{1}.

呢度 唔 設 吸煙區，唔該 你 唔 好 食煙。

這裏不設立吸煙區，請你不要吸煙。

（3） Ngo^{5} guan^{3}sai^{3} jiu^{1}zou^{2} yem^{2}ca^{4}, tei^{2} bou^{3}ji^{2}.

我 慣晒 朝早 飲茶，睇 報紙。

早上飲茶看報紙，我已非常習慣。

（4） Ngo^{5} xig^{6} an^{3} hou^{2} keo^{4}kéi^{4}, zed^{1} bao^{2} go^{3} tou^{5} zeo^{6} xun^{3}.

我 食 晏 好 求其，枳 飽 個 肚 就 算。

午飯我十分隨便，填滿肚子就行。

（5） Man^{5}heg^{1} xig^{3} ju^{6}ga^{1}fan^{6}, yem^{2} tong^{1} m^{4} xiu^{2} deg^{1}.

晚黑 食 住家飯，飲 湯 唔 少 得。

晚上在家做飯，喝湯是少不了的。

四　重點理解

（一）介詞："同"

1. 相當於普通話的"跟"：

（1）我同你調個位，好嗎？　　　　我跟你換下位子，好嗎？

（2）我同你一齊影（ying^{2}）張相（sêng^{2}）吖（a^{1}）。　　我跟你一塊照個相吧。

2. 相當於普通話的“替”：

（1）唔該你同我問候佢一聲啦。　　麻煩你替我問候他一聲吧。

（2）你同我影張相吖。　　你替我照張相吧。

（二）處所詞綴：“便”

（參看第五課“語法講解”第二項“粵語方位表達法”）

補充：

（1）開便	外邊兒	靠外邊
（2）埋便	裏邊兒	靠裏邊
（3）邊便	哪邊	
（4）東便	東邊	
（5）西便	西邊	
（6）南便	南邊	
（7）北便	北邊	

但粵語不說“對便”，而說“對面”。

（三）　疑問代詞轉化成泛指代詞：“邊個”；“乜嘢”；“邊度”；“幾時”；“點樣”

（參看第一課“語法講解”第三項“充當疑問代詞”）

補充：

（1）佢邊個都唔識	他誰也不認識
（2）佢乜嘢都唔食	他什麼也不吃
（3）佢邊度都去過	他哪兒都去過
（4）佢幾時都咁忙	他什麼時候都那麼忙
（5）佢點樣做都可以	他怎麼幹都可以

（四）"唔係"

粵語短語"唔係"有兩種用法：

1. 作否定判斷：

（1）佢唔係香港人， 係北京（Beg^{1}ging^{1}）人。	他不是香港人，是北京人。
（2）你應該（ying^{1}goi^{1}）轉（jun^{3}） 左手便，唔係轉右手便。	你應該向左拐，不是向右拐。

2. 相當於"要不然"，表示詢探、揣度：

（1）你三點鐘之前嚟， 唔係我就唔喺度㗎嘞。	你三點以前來， 要不然我就不在這兒了。
（2）你要準時（zên^{2}xi^{4}）呀， 唔係我就唔等你㗎嘞。	你要準時呀， 要不然我就不等你了。

（五）"跟住"

1. 作動詞用，相當於"跟着"：

（1）一個跟住一個， 唔好亂（lün^{6}）。	一個跟着一個， 不要亂。
（2）你唔識路，就跟住佢啦。	你不認得路，就跟着他吧。

2. 作副詞用，表示動作的承接、連續，相當於"接着"：

（1）佢跟住話："……。"	他接着說："……。"
（2）佢打咗一個電話， 跟住又打第二個。	他打了一個電話， 接着又打第二個。

（六）數詞"一"在數量結構中的省略現象

在口語習慣上，當泛指品類時，粵語數詞"一"可以省略，普通話亦然。

（1）帶把遮　　帶把傘
（2）畀支筆我　　給我支筆
（3）買本簿　　買個本子

但普通話裏，這種現象不及粵語那麼廣泛、普遍。

五　講解

（一）語音講解：韻母 o-, i-, é- 的辨別

1. 說明：

（1）粵語的 o 音與漢語拼音的 o 大致相同。用 o 開頭的韻母有 oi, ou, on, ong, od, og。對說普通話的人來說，只有 ou 較熟悉，oi, on 雖不算難，但漢語拼音中沒有，ong 在漢語拼音中的發音與粵語 ong 完全不同，反而與粵語的 ung 相近。

（2）粵語的 i 音開頭韻母有 iu, im, in, ing, ib, id, ig，其中 im 是合口韻尾，發音時要注意。ing 在普通話、粵語中發音明顯不同；在粵語中，ing 的 i 音開口度較大，接近漢語拼音的 ê 音。

（3）粵語的 é 開頭的韻有 éi, éng, ég，要注意 éng 韻與普通話中的 eng 有明顯不同。粵語的 éng 中，é 的發音是漢語拼音中的 ê 音。

2. 發音練習：

（1）課文詞語

咁靚 gem[3] léng[3]　　成三百文 séng[4] sam[1]bag[3] men[1]
二百零文 yi[6]bag[3] léng[4] men[1]　　放咗工 fong[3]zo[2] gung[1]
外套 ngoi[6] tou[3]

（2）補充練習

❶ Bag^{6}léng^{5} ling^{5}dou^{6} lam^{4}léng^{5} .

白領　　領導　　藍領。

❷ Ding^{6}fen^{1} déng^{6} zeo^{2}jig^{6} yiu^{3} log^{6}déng^{6} .

訂婚　　訂　　酒席　　要　　落定。

❸ xun^{1}lad^{6}tong^{1}　Lung^{4}zéng^{2}ca^{4}　gon^{1}xiu^{1} yi^{1}min^{6}　tim^{4}ben^{2}

酸辣湯　　龍井茶　　乾燒　伊麵　　甜品

（二）語法講解：複合式語氣助詞

㗎喇	（1）表示徵詢，語氣輕	• 仲有乜嘢事，唔係我走㗎喇（ga^{3}la^{3}）。 還有什麼事情沒有，不然我這就走了。
	（2）表示容許，語氣較重	• 有啲嘢係咁㗎喇。 有些事情就是這樣的了。
	（3）表示不滿，語氣重	• 冇晒㗎喇，仲想要！ 全沒有了，還想要！
㖭嘸	常帶揶揄的意味	• 佢仲話會準時到㖭嘸（tim^{1}bo^{3}）。 他還說會準時到呢。
嘅啫	常帶勸慰的意味	• 噉，你又可以有多啲時間嘅啫（gé^{3}zé^{1}）。 那你可以有更多時間支配了嗎。
之嘛	常帶不屑的意思	• 啤（ché^{1}），十文雞之嘛（ji^{1}ma^{3}）。 嗤，十塊錢罷了。
個喎	表示強調	• 嘩（wa^{3}），成五百文個喎（go^{3}wo^{3}）。 嘩，得五百塊錢哪。

（三）粵語趣談

飲食文化代表着各種方言的核心價值，香港粵語毫不例外。

1. 食品名稱不能望文生義。（1）“南乳肉”不是肉，是特製甘香的花生米。（2）“糯米雞”不是雞，是用荷葉層層包成方方正正的、蒸着吃的糯米糰子，內含雞塊、香菇、臘腸、叉燒、蝦肉等餡料。（3）“菠蘿油”不是菠蘿牌食用油，是夾着黃油的圓形小麵包。

2. 動詞“走”在飲食文化中的特有義，用於提醒製作者免去某種佐料。（1）“走糖”，奶茶走糖，即茶和牛奶混合的飲料裏不擱糖。（2）“走青”，魚生粥走青，即魚片粥裏不擱蔥花。（3）“走色”，火腩飯走色，即烤豬腹腔肉飯不擱醬油。

六　練習

（一）試讀下列音節，然後以粵語讀出由這些音節組成的詞語。

béng	péng	méng	/	bing	ping	ming	/
déng	téng	/	léng	ding	ting	ning	ling
zéng	céng	séng	yéng	jing	qing	xing	ying
				ging	king	hing	
géng	/	héng		guing	/	wing	

病徵 béng^{6}jing^{1}　　驚青 géng^{1}céng^{1}

性命 xing^{3}ming^{6}　　整餅 jing^{2}béng^{2}

doi	toi	noi	loi				
zoi	coi	soi					
goi	koi	ngoi	hoi	gon	/	ngon	hon

看台 hon^{3}toi^{4}　　外來 ngoi^{6}loi^{4}

菜乾 coi^{3}gon^{1}　　再開 zoi^{3} hoi^{1}

（二）**試根據下列各組粵語注音，正確指出所屬詞語。**

（1）xiu^{2}zé^{2}　（2）gong^{2}toi^{4}　（3）fo^{2}cé^{1}

（4）xi^{3}yim^{6}　（5）léng^{4}yu^{2}　（6）gung^{1}cong^{2}

（三）**先用粵語正確讀出下列詞語，然後寫出它們的粵語拼音。**

（1）大家（　　　）　（4）離譜（　　　）

（2）英文（　　　）　（5）推遲（　　　）

（3）中國（　　　）　（6）日本（　　　）

（四）**辨音練習**（注意下列各組粵語的不同發音，在發普通話音時，卻是同音字）。

（1）	基 géi^{1}	基本	géi^{1}bun^{2}	基礎	géi^{1}co^{2}
	雞 gei^{1}	公雞	gung^{1}gei^{1}	雞蛋	gei^{1}dan^{2}
	激 gig^{1}	刺激	qi^{3}gig^{1}	激氣	gig^{1}héi^{3}
（2）	急 geb^{1}	心急	sem^{1}geb^{1}	急事	geb^{1}xi^{6}
	即 jig^{1}	即刻	jig^{1}heg^{1}	即時	jig^{1}xi^{4}
	及 keb^{6}	及格	keb^{6}gag^{3}	及時	keb^{6}xi^{4}
（3）	幾 géi^{2}	幾多	géi^{2}do^{1}	幾時	géi^{2}xi^{4}
	擠 zei^{1}	擠擁	zei^{1}yung^{2}	排擠	pai^{4}zei^{1}
	脊 zég^{3}	背脊	bui^{3}zég^{3}	脊骨	zég^{3}gued^{1}
（4）	計 gei^{3}	計劃	gei^{3}wag^{6}	設計	qid^{3}gei^{3}
	寄 géi^{3}	寄信	géi^{3}sên^{3}	寄望	géi^{3}mong^{6}
	濟 zei^{3}	濟南	Zei^{3}nam^{4}	救濟	geo^{3}zei^{3}

（五）**實況問答練習。**

（1）佢哋總共有幾多個人去食飯呀？

（2）佢哋想要邊張枱呀？

（3）邊個坐埋便？邊個坐開便呀？

（4）洗手間喺左手便定係右手便呀？

（5）嗰度啲冷氣足唔足呀？

（6）佢點解想同你調位呀？

（7）你鍾意食廣東菜定係北京菜呀？

（8）邊個話畀你知唔使收開瓶費㗎？

（9）你鍾意點菜定係食套餐呀？

（10）你飲唔飲啤酒呀？

（11）你鍾意飲邊隻啤酒呀？

（12）邊個埋單呀？

（13）畀幾多貼士好呀？

（14）食唔晒啲嘢，可唔可以打包呀？

七　粵字辨認

（1）枱 toi^{2}　枱布 $toi^{2}bou^{3}$　桌布

枱面 $toi^{2}min^{2}$　桌面

（2）樽 $zên^{1}$　樽枳 $zên^{1}zed^{1}$　瓶塞

樽裝 $zên^{1}zong^{1}$　瓶裝

按樽 $on^{3}zên^{4}$　押瓶（指某些以瓶子盛載的飲料售出時，需要買方先付抵押金，待交回瓶子時才發還的買賣行為。）

八　短文朗讀 9-4

嗰晚我哋五個人去灣仔酒家食飯。我哋攞咗張近窗口嘅枱。大家坐落後，張先生攞住菜牌（pai^{2}）睇嚟睇去，唔知點乜嘢菜好。最後吳小姐話，不如食個套餐啦，大家都話好，王先生仲叫咗兩樽啤酒、一罐可樂。嗰晚大家食得好開心，總共食咗二百九呀文，加埋貼士，啱啱好三百文。

10

Hêng[1] gong[2]

香港

Zêng[1] Hêng[1]gong[2] gin[3]qid[6] xing[4] ji[6]yeo[4] hoi[1]fong[3] gé[3] dai[6]dou[1]wui[6].
將 香港 建設 成 自由 開放 嘅 大都會。

一 課文

（1）Néi^5 gong^2 deg^1 ngam^1, Hêng^{1}gong^2 hei^6 fai^3 fug^{1}déi^6.
你 講 得 啱， 香港 係 塊 福地。

（2）Ji^6 hoi^{1}feo^6 yi^{5}lei^4, tin^{1}zoi^1 yeo^5, yen^{4}wo^6 yig^6 yeo^5,
自 開埠 以嚟，天災 有，人禍 亦 有，

（3）dan^{6}hei^6, tin^{1}zoi^1-yen^{4}wo^6 ji^{1}heo^6 yid^{1}jig^6 gem^2 sêu^1 log^6
但係，天災 人禍 之後 一直 噉 衰 落
hêu^3 zeo^6 méi^6 xi^{6}guo^3.
去 就 未 試過。

（4）Néi^5 yeo^5 mou^5 téng^{1}guo^3 “Xi^{1}ji^2 San^1 ha^6” ni^1 zég^3 go^{1}zei^2 xin^1 ?
你 有 冇 聽過《獅子 山 下》呢 隻 歌仔 先？

（5）Zég^3 go^{1}zei^2 cêng^3 gé^3 jing^{3}jing^{3}hei^6 Hêng^{1}gong^{2}yen^4 gé^3
隻 歌仔 唱 嘅 正正係 香港人 嘅
ping^{3}bog^3 jing^{1}sen^4.
拚搏 精神。

（6）Hei^2 Hêng^{1}gong^{2}yen^4 sem^{1}mug^6 zung^1, zêu^3 gen^{2}yiu^3 hei^6
喺 香港人 心目 中，最 緊要 係
ping^{3}bog^3 jing^{1}sen^4 tung^4 fad^{3}ji^6 jing^{1}sen^4,
拚搏 精神 同 法治 精神，

（7）ga^{1}sêng^5 guo^{3}zei^3 xi^{6}yé^5, zou^6 med^1 dou^1 xin^1 yen^4 yed^1 bou^6.
加上 國際 視野，做 乜 都 先 人 一 步。

（8）Zeo^6 gem^2 zêng^1 Hêng^{1}gong^2 gin^{3}qid^6 xing^4 ji^{6}yeo^4 hoi^{1}fong^3
就 噉 將 香港 建設 成 自由 開放
gé^3 dai^{6}dou^{1}wui^6.
嘅 大都會。

（9）Yed^1-geo^2-geo^2-ced^1 nin^4 Hêng^{1}gong^2 wui^{4}guei^1 zou^{2}guog^3,
一 九 九 七 年 香港 回歸 祖國，

（10）cung^{4}qi^2 dab^{6}sêng^{5}zo^2 sen^1 gé^3 lig^{6}xi^2 lou^{6}qing^4.
從此 踏上咗 新 嘅 歷史 路程。

普通話對譯

（1）你說得對，香港是塊福地。
（2）自開埠以來，天災有，人禍也有，
（3）但是，天災人禍之後一蹶不振就從未發生。
（4）你到底聽過《獅子山下》這首歌沒有？
（5）這首歌唱的正是香港人的拚搏精神。
（6）在香港人心目中，最要緊是拚搏精神和法治精神，
（7）加上國際視野，幹什麼都搶先一步。
（8）就這樣把香港建設成自由開放的大都會。
（9）一九九七年香港回歸祖國，
（10）從此踏上了新的歷史路程。

二　重點詞彙 10-2

（1）啱	ngam^{1}	對，表正確
（2）開埠	hoi^{1}feo^{3}	指發展為商業城市
（3）亦	yig^{6}	〔連詞〕也
（4）一直噉	yid^{1}jig^{6} gem^{2}	一直（含強調的意味）
（5）衰	sêu^{1}	衰敗
（6）落去	log^{6}hêu^{3}	〔複合趨向補語〕下去
（7）試過	xi^{3}guo^{3}	〔動詞〕曾經發生
（8）有冇……先？	yeo^{5} mou^{5}……xin^{1}	反問句，表深究
（9）歌仔	go^{1}zei^{2}	歌曲（帶“仔”後綴，表親切）
（10）正正係	jing^{3}jing^{3} hei^{6}	正是（“正正”重疊，表強調）
（11）緊要	gen^{2}yiu^{3}	要緊

（12）同	tung^4	〔連詞〕和
（13）乜	med^1	泛指東西，為“乜嘢”的縮略詞
（14）先人一步	xin^1 yen^4 yed^1 bou^6	“先”用作動詞，這是固定說法，（比其他人）搶先一步
（15）就噉	zeo^6 gem^2	〔句首副詞〕就這樣

三　補充語彙 10-3

（一）詞語

廣東省 Guong^{2}dung^1 Sang^2　　廣州市 Guong^{2}zeo^1 Xi^5

深圳 Sem^{1}zen^3　　羅湖 Lo^{4}wu^4

新界 Sen^{1}gai^3　　澳門 Ou^{3}mun^2

九龍 Geo^{2}lung^4　　獅子山 Xi^{1}ji^2 San^1

太平山 Tai^{3}ping^4 San^1　　維多利亞港 Wei^{4}do^{1}léi^{6}a^3 Gong^2

（二）句子

（1）Hêng^{1}gong^2 xing^3 zoi^6 yeo^5 lim^{4}jing^3 gung^{1}qu^5.

香港　勝　在　有　廉政　公署。

香港優越之處是有廉政公署。

（2）Hêng^{1}gong^2 hei^6 sem^{1}sêu^{2}gong^2, Ou^{3}mun^2 hei^6 qin^{2}sêu^{2}gong^2.

香港　係　深水港，　澳門　係　淺水港。

香港是深水港，澳門是淺水港。

（3）Ngo^5 jiu^{1}jiu^1 co^5 xiu^{2}ba^1, yin^{4}heo^6 jun^3 déi^{6}tid^3 fan^{1}gung^1.

我　朝朝　坐　小巴，　然後　轉　地鐵　返工。

我每天早上乘小巴，然後轉乘地鐵上班。

（4） Néi^{5} yeo^{5} mou^{5} hêu^{3}guo^{3} "yeo^{5}keo^{4}bid^{1}ying^{3}" gé^{3}

你 有 冇 去過 "有求必應" 嘅

Wong^{4}dai^{6}xin^{1} a^{3}？

黃大仙 呀？

你有沒有去過"有求必應"的黃大仙？

（5） Hei^{2} Hêng^{1}gong^{2} féi^{1} hêu^{3} Beg^{1}ging^{1}, dou^{1} m^{4} sei^{2} sam^{1} go^{3} zung^{1}.

喺 香港 飛 去 北京， 都 唔 使 三 個 鐘。

從香港飛到北京，用不了三個小時。

四 重點理解

（一）"啱"的用法

"啱"字的基本意義是表示肯定，相當於普通話的"對"、"不錯"、"正確"。可用作：❶ 形容詞；❷ 副詞。

1. 形容詞："啱"

（1）佢啱，你唔啱。	他對，你不對。
（2）佢哋兩個，邊個啱呢？	他們兩個，誰對？
（3）你哋邊個都唔啱。	你們誰也不對。
（4）佢噉樣講好啱吖。	他這樣講一點兒沒錯。
（5）去香港仔行呢條路唔啱嚹！	到香港仔去走這條路不對呀！

2. 形容詞作補語

（1）佢講得啱，你講得唔啱。	他講得對，你講得不對。
（2）佢哋兩個，邊個講得啱？	他們兩個，誰講得對？
（3）佢哋邊個都講得唔啱。	你們誰也講得不對。
（4）明明係唔啱，邊個話啱？	明明是不對，誰說對？

3. 副詞："啱"

（1）佢哋喺香港啱食啱住。	他們在香港吃住都挺習慣的。
（2）啱啱好，一百文，唔使搵。	剛剛好一百塊，用不着找錢。
（3）呢句話好啱聽。	這句話説得在理。

"啱"的這個意義，又可引申為：

（1）呢個菜好啱我哋食。	這個菜挺適合我們的口味。
（2）呢間屋好啱我哋住。	這間房子我們住挺合適。

上兩個例中，"啱"字的意思則為"合適"。

注意："啱"字重疊作副詞用，可表時間，相當於普通話的"剛剛"。

佢啱啱走咗冇幾耐。	他剛剛走了不久。

（二）"亦"的用法

在粵語裏，連詞"亦"往往與"都"連用，以加強語氣，相當於普通話的"也"。

（1）佢係上海人， 佢太太亦都係上海人。	他是上海人， 他太太也是上海人。
（2）佢姓王，佢嘅秘書亦都姓王。	他姓王，他的秘書也姓王。
（3）我去澳門，佢亦都去澳門。	我去澳門，他也去澳門。

（三）"衰"的用法

"衰"的基本意義為"衰落"，但在粵語口語中，"衰"的意思較輕，若以"物"為適用對象，"衰"相當於普通話的"失敗"：

（1）行衰運。	走背運。
（2）呢件事畀佢搞（gao²）衰晒。	這件事全給他搞糟了。

若以"人"為適用對象，"衰"相當於普通話語的"差勁"：

（1）最衰係你，話嚟又唔嚟。	最差勁是你，説來又不來。

（2）佢嗰個人好衰㗎，你唔好乜都信佢呀！ 他那個人糟透了，你別什麼都相信他呀！

（四）動趨結構：動詞＋"落去"

本教程第七課提及的動補結構，主要包括"動結式"及"動趨式"。前者特指主要動詞加表示結果的形容詞或動詞所構成的短語式動詞，而後者特指主要動詞加表示趨向的動詞所構成的短語式動詞。本文出現的"動詞＋'落去'"，屬動趨式，有具體義，也有抽象義，但多數屬貶義。

（1）佢身體越嚟越差，一路係噉瘦落去。 他身體越來越壞，持續不斷地消瘦下去。

（2）我想聽落去，睇佢有乜嘢新嘅想法。 我想聽下去，看他有什麼新的想法。

（3）係噉等落去，等到幾時喎？ 就這樣等下去，要等到什麼時候？

（五）"試過"

1.“動詞＋經驗”結構：

（1）對鞋試過，唔啱。 那雙鞋我試穿過，不合適。

（2）呢幾種方法我都試過，冇用。 這幾種方法我也嘗試過，沒用。

2. 助動詞，多引出負面的結果：

（1）我試過打電話畀佢，冇人接。 我曾經（嘗試）打電話給他，沒人接聽。

（2）我試過自己揸車去，結果蕩失路。 我曾經（嘗試）自己開車去，結果迷了路。

3. 動詞，表示某種情況曾經發生過：

（1）飛機遲起飛，試過。 飛機晚點起飛，有。

（2）香港地震未試過。　　香港從未發生過地震。

（六）“有冇……先？”

反問句式。預設懷疑，表示深究，含有普通話裏的“到底”、“究竟”的意味：

（1）你有冇打電話畀佢先？　　你到底有沒有打電話給他？
（2）你琴日有冇去過澳門先？　　你昨天究竟有沒有到澳門去？

（七）連詞：“同”

相當於普通話的“和”，表示聯合關係：

（1）我同佢一齊上廣州。　　我和他一起去廣州。
（2）香港同澳門都經已回歸祖國嘞。　　香港和澳門都已經回歸祖國了。

這裏的“同”有其複合形態：“同埋”，如“我同埋你一齊去”。但如果“同”包含比較義，句子則不能用“同埋”：

（1）我同（* 同埋）佢同年。　　我和他同年（出生）。
（2）我哋同（* 同埋）佢哋唔同。　　我們和他們不一樣。

五　講解

（一）語音講解：韻母 ê-, u- 的辨別

1. 說明：

（1）ê, êu, ên, êng, êd, êg 一組韻母，在普通話中沒有。ê 是圓唇的 é，ê 開頭的其他韻母，因為是圓唇音，要注意，勿用普通話 u 介音的發音來代替。不要把 êu, ên 讀作普通話的 ui, un。其實，ê 開口度比 u 大，且不是介音而是主要元音；另外，êu 中的 u 受圓唇的影響，發音實際接近 ü。

（2）u 開頭的韻母有：u, ui, un, ung, ud, ug。粵語沒有介音，ui, un, ung 中的 u 都是主要元音。ung 與普通話 ong 發音大致相同，而 ui, un 與普通話 ui, un 發音卻不一樣，u 是主要元音，i, n 是韻尾。ui 中的 i 受前面圓唇 u 的影響，發音實際接近 ü。

2. 發音練習：

（1）課文詞語

香港 Hêng^{1}gong^{2}	衰落去 sêu^{1} log^{6}hêu^{3}
迅速 sên^{3}cug^{1}	最緊要 zêu^{3} gen^{2}yiu^{3}
本身 bun^{2}sen^{1}	出名 cêd^{1}méng^{2}

（2）補充練習

❶ Fo^{3}med^{6} cêd^{1}mun^{4}, xu^{3} bed^{1} têu^{3}wun^{6} .
貨物 出門，恕 不 退換。

❷ Cêu^{1} kêu^{5} fai^{3} di^{1} hêu^{3} pai^{4}dêu^{2} lo^{2}fan^{1} go^{3} yug^{6}zêu^{2} .
催 佢 快 啲 去 排隊 攞番 個 玉墜。

❸ xiu^{2}têu^{2} seo^{2}wun^{2} seo^{2}zêng^{2} bui^{3}zêg^{3} zêu^{2}sên^{4}
小腿 手腕 手掌 背脊 嘴唇

（二）語彙講解

語素序比較：有一些詞，雖然粵語和普通話用的都是相同的兩個語素（字），可是排列順序剛好相反，即（粵語）AB →（普通話）BA，如：

（1）雞公	公雞	（6）經已	已經
（2）宵夜	夜宵	（7）取錄	錄取
（3）人客	客人	（8）菜乾	乾菜
（4）齊整	整齊	（9）暢順	順暢
（5）擠擁	擁擠	（10）緊要	要緊

（三）語法講解："將"字句

粵語的"將"字句可跟普通話的"把"字句相比較，兩者主要功能在於強調句中動詞所表示的動作對其對象怎樣"處置"。試比較：

（1）將吳小姐介紹畀高先生。	把吳小姐介紹給高先生。
（2）將記事簿留低喺辦公室度。	把記事簿留在辦公室裏。
（3）將嗰件衫買咗落嚟。	把那件上衣買下來。
（4）將錢存入銀行。	把錢存入銀行。
（5）將架車停喺呢度。	把車子停在這裏。

注意：粵語的"將"字句的使用頻率遠低於普通話的"把"字句。普通話裏不少必須運用"把"字句的地方，粵語是不用相應的"將"字句句式，而用別的方式來表達。所以不能把普通話的把字句機械地"對譯"成粵語的"將"字句。

把張先生找來	將張先生搵嚟 ☒	搵張先生嚟 ☑
把雨傘帶上	將把遮帶番 ☒	帶番把遮 ☑

普通話裏的"把"字句是一個很複雜的語言現象，在粵語裏如何表達，同樣是一個很複雜的比較現象，只能通過大量的練習才能瞭解、掌握。

（四）粵語趣談

1."開埠"為香港話歷史詞。特指從原來的小漁村開發成商業城市。"埠"原指碼頭，轉指有碼頭的城鎮。近代香港人習慣指南洋（新加坡，等等）及澳門為"埠"。

2. 香港有太平山，九龍有獅子山，彼此遙望相對，都是大香港的地標。獅子山，山頂崎嶇，形同獅子頭部，故名。

3. 歌仔。"仔"為後綴，帶有親切色彩，如對小朋友可以說：

唱隻歌仔嚟聽下吖。	給我們唱首歌聽聽，好嗎？

帶親切感的“仔”，還有：

老婆仔（新婚年輕丈夫對妻子的昵稱），今晚食乜呀？

不如搵啲生意仔做下咧？　　我說，咱們做點兒小買賣，好嗎？

注意：“冇呢隻歌仔唱嘞”是一句俗語，意味“老一套，不中用了”。

六　練習

（一）試讀下列音節，然後以粵語讀出由這些音節組成的詞語。

dê	tê	/	lê	dêu	têu	nêu	lêu
/	/	/	hê	zêu	cêu	sêu	yêu
/	/	/	/	gêu	kêu	hêu	/
dên	tên	/	lên	/	/	nêng	lêng
zên	cên	sên	yên	zêng	cêng	sêng	yêng
/	/	/	/	gêng	kêng	hêng	/

強搶 kêng^{4}cêng^2　　論據 lên^{6}gêu^3

相聚 sêng^{1}zêu^6　　長靴 cêng^{4}hê^1

bui	pui	mui	fui	bun	pun	mun	fun
gui	kui	wui	/	gun	/	wun	/

背叛 bui^{3}bun^6　　半碗 bun^{3}wun^2

會館 wui^{6}gun^2　　賠款 pui^{4}fun^2

（二）試根據下列各組粵語注音，正確指出所屬詞語。

（1）fung^{1}cêu^3　（2）zên^{3}gung^1　（3）fu^{5}nêu^5

（4）zêng^{1}wu^4　（5）gêu^{6}fun^2　（6）zêng^{1}yêng^4

（三）先正確讀出下列句子，然後把每個字的粵語音標寫出來。

（1）我今年二十三歲，＿＿＿＿＿＿＿＿＿＿＿＿＿＿＿＿
係秘書。＿＿＿＿＿＿＿＿＿＿＿＿＿＿＿＿＿＿＿＿

（2）我返朝九晚五，＿＿＿＿＿＿＿＿＿＿＿＿＿＿＿＿＿
星期六休息。＿＿＿＿＿＿＿＿＿＿＿＿＿＿＿＿＿＿

（四）實況問答練習。

（1）"香港係塊福地"，呢句話啱唔啱呢？

（2）香港係喺邊年開埠嘅呢？

（3）自開埠以嚟，香港發展係唔係好順利（sên⁶léi⁶）呢？

（4）打擊（da²gig¹）香港最慘係喺邊個時期呀？

（5）日本係喺幾時佔領香港嘅呢？

（6）光復之後，香港係點樣發展呢？

（7）香港嘅發展有乜嘢好嘅因素呢？

（8）最緊要嘅因素係乜呢？

（9）你喺邊方面最鍾意香港人呢？

（10）你喺邊方面最唔鍾意香港人呢？

七　短文朗讀 10-4

香港係塊福地，呢句話講得好啱。點解呢？睇下歷史就知。天災人禍香港都試過有，之但係喺香港人嘅心目中，優越嘅地理條件同埋可遇不可求嘅歷史因素固然重要，至緊要仲係拚搏精神同法治精神。加上國際視野，做乜都先人一步，唔發達都幾難。

中編

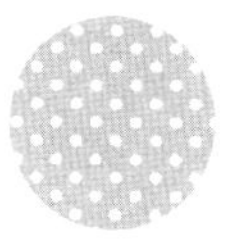

11

Hoi1 wu6 heo2

開戶口

M4goi1 tin4sé2 ni1 fen6 biu2, ling6ngoi6
唔該 填寫 呢 份 表，另外
béi2 go3 sen1fen2jing3 ngo5 ying2yen3 a1.
畀 個 身份證 我 影印 吖。

一　課文 11-1

（1）Céng^{2}men^{6} dim^{2}yêng^{2} hei^{2} dou^{6} hoi^{1} wu^{6}heo^{2} a^{3} ?

請問　點樣　喺　度　開　户口　呀？

（2）Hoi^{1} go^{3} qu^{5}cug^{1} wu^{6}heo^{2}, hei^{6} m^{4} hei^{6} a^{3} ?

開　個　儲蓄　户口，係　唔　係　呀？

（3）Hou^{2} gan^{2}dan^{1} zé^{1}, yed^{1}bag^{3} men^{1} zeo^{6} ho^{2}yi^{5} lag^{3}.

好　簡單　啫，一百　文　就　可以　嘞。

（4）M^{4}goi^{1} tin^{4}sé^{2} ni^{1} fen^{6} biu^{2}, ling^{6}ngoi^{6} béi^{2} go^{3} sen^{1}fen^{2}jing^{3}

唔該　填寫　呢　份　表，另外　畀　個　身份證

ngo^{5} ying^{2}yen^{3} a^{1}.

我　影印　吖。

（5）Na^{4}, néi^{5} yi^{4}ga^{1} lo^{2}ju^{6} ni^{1} fen^{6} tin^{4} hou^{2} gé^{3} biu^{2} hêu^{3} go^{2}bin^{6}

嗱，你　而家　攞住　呢　份　填　好　嘅　表　去　嗰便

guei^{6}toi^{2} ban^{6}léi^{5} zeo^{6} deg^{1} ga^{3}la^{3}.

櫃枱　辦理　就　得　㗎喇。

（6）Hei^{6} hêu^{3} bin^{1}go^{3} guei^{6}toi^{2} ji^{3} ngam^{1} a^{3} ?

係　去　邊個　櫃枱　至　啱　呀？

（7）Dei^{6}-sam^{1} ji^{3} dei^{6}-bad^{3} hou^{6} guei^{6}toi^{2}, xi^{6}dan^{6} bin^{1}go^{3} dou^{1}

第三　至　第八　號　櫃枱，是但　邊個　都

deg^{1} gé^{3}.

得　嘅。

（8）Céng^{2} guo^{3}lei^{4} ni^{1}bin^{6} la^{1}.

請　過嚟　呢便　啦。（櫃枱小姐）

（9）Hei^{6}, ngo^{5} sêng^{2} hoi^{1} go^{3} wu^{6}heo^{2}.

係，我　想　開　個　户口。

（10）Néi^{5} sêng^{2} yeb^{6} géi^{2}do^{1} qin^{2} né^{1} ?

你　想　入　幾多　錢　呢？

（11）Yeb^{6} ng^{5}qin^{1} men^{1}.

入　五千　文。

（12）M4goi1 néi5 hei2 ni1dou6 dai6lig6 di1 qim1 go3 méng2.
唔該 你 喺 呢度 大力 啲 簽 個 名。

（13）Ni1go3 hei6 néi5 gé3 yen3gam3, sé2 qing1co2 di1 wo3.
呢個 係 你 嘅 印鑑，寫 清楚 啲 喎。

（14）M4goi1 héi2 go2bin6 deng2 yed1zen6, zou6hou2 ngo5 wui5
唔該 喺 嗰便 等 一陣，做好 我 會
giu3 néi5 ga3lag3.
叫 你 㗎嘞。

（15）Na4, néi5 gé3 qun4jib3 deg1 lag3.
嗱，你 嘅 存摺 得 嘞。

普通話對譯

（1）請問怎樣在這兒開户口？

（2）是開個儲蓄户口嗎？

（3）很簡單，存一百塊錢就可以了。

（4）請把這份表格填上，另外，把身份證給我，我去複印一下。

（5）好，你現在拿着這份填寫好的表格上那邊櫃枱辦理就可以了。

（6）上哪個櫃枱辦理的呀？

（7）第三至第八號櫃枱，隨便哪個都行。

（8）（櫃枱小姐）請上這邊來。

（9）唉，我想開個户口。

（10）你想存多少錢呢？

（11）存五千塊吧。

（12）勞駕你在這兒使點兒勁簽個名。

（13）這是你的印鑑，得寫清楚點兒。

（14）請你在那邊兒稍等一下，辦好了我會叫你的。

（15）好，你的存摺，辦妥了。

二　重點詞彙 11-2

（1）喺度	hei2 dou6	在這
（2）影印	ying2yen3	複印
（3）嗱	na4	〔語氣詞〕表示承接
（4）而家	yi4ga1	現在
（5）攞住	lo2ju6	拿
（6）嗰便	go2bin6	那邊
（7）得	deg1	行；可以
（8）（係）……至啱	(hei6)……ji3 ngam1	……才對
（9）是但	xi6dan6	隨便
（10）入（錢）	yeb6 (qin2)	存（錢）
（11）文 / 蚊	men1	塊錢
（12）大力	dai6lig6	使勁；用力

三　補充語彙 11-3

（一）詞語

利息 léi6xig1　　支票 ji1piu3

簽仄 qim1cég1（簽署支票。“仄”，英文 cheque 的中文譯音）

過數 guo3sou3（對方款項轉入己方户口，或相反）

打簿 da2bou2（到銀行櫃枱或打簿機查核户口結存情況）

港幣存款 gong2bei6 qun4fun2　　外幣存款 ngoi6bei6 qun4fun2

自動轉賬 ji6dung6 jun2zêng3　　銀行貸款 ngen4hong4 tai3fun2

銀行月結單 ngen4hong4 yud6gid3dan1

（二）句子

（1）Sen^{1}qing^{2} sên^{3}yung^{6}kad^{1} yiu^{3} ng^{5} go^{3} gung^{1}zog^{3}yed^{6}.

申請 信用咭 要 五 個 工作日。

申請信用卡要五個工作天。

（2）Néi^{5} zêng^{1} kad^{1} zung^{6} jing^{6}fan^{1} sam^{1} go^{3} yud^{6} dou^{3}kéi^{4}.

你 張 咭 仲 剩番 三 個 月 到期。

你的卡還有三個月就到期了。

（3）Nem^{5} m^{4} nem^{5}ju^{6} yi^{4}ga^{1} zeo^{6} wun^{6} zêng^{1} sen^{1}kad^{1} a^{3}?

諗 唔 諗住 而家 就 換 張 新咭 呀？

現在就給你換新卡好嗎？

（4）Wun^{6} yed^{1}man^{6} yen^{4}men^{4}bei^{6} yiu^{3} géi^{2}do^{1} gong^{2}ji^{2} a^{3}?

換 一萬 人民幣 要 幾多 港紙 呀？

換一萬人民幣，港幣要多少？

（5）Qun^{4} seb^{6}man^{6} men^{1} méi^{5}gem^{1} yud^{6}xig^{1} yeo^{5} géi^{2}do^{1} dou^{2}?

存 十萬 文 美金 月息 有 幾多 度？

存十萬塊美金月息大約是多少？

四　重點理解

（一）"得"的用法

粵語的"得"相當於普通話的"行"、"可以"，經常由副詞的"就"、"都"（＝"也"）等引出置於句末。

（1）**你去搵吳先生辦理就得㗎嘞。** 你去找吳先生辦理就可以了。

（2）**行呢條路去灣仔都得。** 去灣仔走這條路也行。

（二）"（係）……至啱"

"（係）……至啱"相當於普通話的"（是）……才對"，表示調整原有的判斷。

（1）係去邊便至啱呀？　　是到哪邊兒才對呀？
（2）你去問高小姐至啱。　　你去問高小姐才對。
（3）找番二十文（先）至啱。　　找回二十塊才對。

用“係”字開頭的無主句，“係”字起強調的作用。

（三）“是但 / 求其”＋泛指詞

“是但 / 求其”即“隨便”。於其後加泛指詞表示開放性的選擇。

（1）是但邊個都得。　　隨便哪個都行。
（2）是但幾時去都得。　　隨便什麼時候去都可以。
（3）食乜嘢好呀？　　吃什麼好啊？
——求其乜都好啦。　　——隨便 / 什麼都可以。

（四）數詞＋“銀”

表示金錢數目，一般用“文”作單位，“文”即“元”或“塊錢”。

三百五十文　　三百五十元

若金額為整數“百”、“千”、“萬”，可以用“銀”代替“文”。

兩萬文 / 兩萬銀　　兩萬塊

（五）形容詞＋“啲”

在粵語形容詞之後加詞尾“啲”，表示程度稍微加深。“清楚啲”，意思就是“清楚點兒”。

（1）今日忙啲。　　今天有點兒忙。
（2）呢度好危險，小心啲。　　這裏很危險，小心點兒。

五　講解

（一）語音講解：關於 ng 聲母

1. ng 聲母發音複習：

在普通話中，沒有 ng 這個聲母。粵語 ng 聲母是後鼻音，發音部位與 g 音相同。如：“銀 ngen^{4}” 一字，發音時，若連讀 “滙豐銀行” 一詞，較容易感覺 ng 的位置。

滙豐銀行 Wui^{6}fung^{1} Ngen^{4}hong^{4}

ng 聲母的常用字舉例如下：

（1）牙　整牙 jing^{2}nga^{4}　　以牙還牙 yi^{5} nga^{4} wan^{4} nga^{4}

（2）眼　冷眼 lang^{5}ngan^{5}　　有眼光 yeo^{5} ngan^{5}guong^{1}

（3）咬　狂咬 kuong^{4}ngao^{5}　　咬實牙根 ngao^{5} sed^{6} nga^{4}gen^{1}

（4）我　同我 tung^{4}ngo^{5}　　我哋 ngo^{5}déi^{6}

（5）外　中外 zung^{1}ngoi^{6}　　外國 ngoi^{6}guog^{3}

2. 哪些字是 ng 聲母的字？

粵語 ng 聲母的字，主要是普通話的 y、w 聲母和零聲母的字：

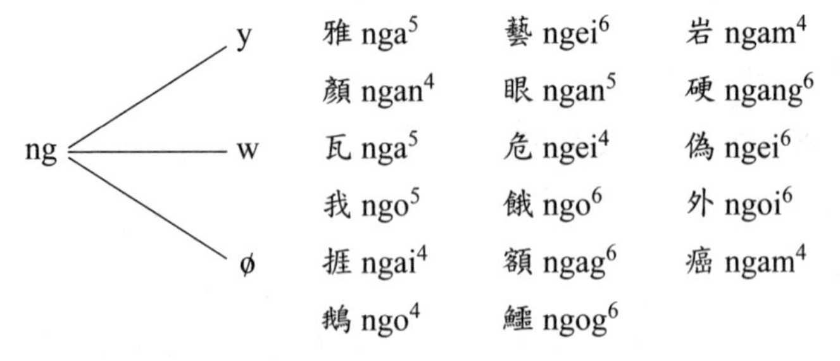

要特別注意，下面這幾組字在粵語裏是同音字：

（1）瓦—雅　　缸瓦 gong^{1}nga^{5}—文雅 men^{4}nga^{5}

（2）癌—岩　　生癌 sang^{1}ngam^{4}—岩石 ngam^{4}ség^{6}

（3）偽—藝　　　虛偽 hêu^{1}ngei^6—藝術 ngei^{6}sêd^6

（4）餓—臥　　　肚餓 tou^{5}ngo^6—臥底 ngo^{6}dei^2

（5）鱷—岳　　　鱷魚 ngog^{6}yu^4—岳父 ngog^{6}fu^2

試練習下面兩句：

（1）Ngo^5 hei^2 Ou^{3}mun^2 ngai^{4}ngo^6, ngeo^{5}yin^4 gin^{3}dou^2 yeo^5 yen^4
　　我　喺　澳門　捱餓，　偶然　見到　有　人
　　mai^6 xiu^{1}ngo^2, ngam^1 ngo^5.
　　賣　燒鵝，　啱　我。

（2）Yim^4 xin^{1}sang^1 hei^6 nga^{4}yi^1, Ngeo^4 xin^{1}sang^1 hei^6 yin^{2}ngei^{6}gai^3
　　嚴　先生　係　牙醫，牛　先生　係　演藝界
　　yen^{4}xi^6, Ngan^4 xin^{1}sang^1 yin^{4}geo^3 ngam^{4}ség^6, Ngei^6 xin^{1}sang^1
　　人士，顏　先生　研究　岩石，魏　先生
　　yeo^6 wan^2 yem^{1}ngog^6 yeo^6 zou^6 xi^{1}yi^4.
　　又　玩　音樂　又　做　司儀。

（二）語法講解："住"的用法

粵語裏的"住"字用法很多，主要的有：

1. 可充當述語動詞。如：佢住喺灣仔。　他住在灣仔。
2. 可與某些述語動詞連接，充當結果補語。

（1）接住個波　　　把球接着

（2）閂住度門　　　把門閂上

注意：普通話裏的"住"字也可以充當補語，表示牢固或穩當。在粵語裏的"住"字，其意思較輕，僅限於強調結果本身。如要強調牢固或穩當的意思，粵語多用"實"字。在下面的例子中得視上下文來決定哪一種對譯更合適：

（1）把球接住　　　接住個波 / 接實個波

（2）把門閂住　　　閂住度門 / 閂實度門

3. 可充當體貌助詞，表示述語動詞所表示的動作仍在進行中，停留於一種存續靜止的狀態中，相當於普通話的“着”。

（1）佢攞住把遮	他拿着雨傘
（2）我一路跟住佢	我一路跟着他
（3）辦公室開住度門	辦公室的門開着
（4）一便做嘢，一便聽住音樂	一邊幹活，一邊聽着音樂
（5）佢差唔多七點鐘就喺嗰度等住你	他差不多七點鐘就在那裏等着你

（三）**粵語趣談**

1. 港幣的坊間稱呼。一千面額的紙幣，叫金牛。五百面額的，叫大牛。一百的，叫紅衫魚。舊版的十元，叫青蟹；新版的叫花蟹。這些都是依據鈔票的顏色和圖案而得名的。

2. 香港有句俗語：水為財。由此衍生出不少有“水”在其中的複合詞組。

佢大把水。	他很有錢。
佢冇乜水。	他錢不多。
喂，磅水呀！	喂，給錢啊。
貨不對辦，梗係叫佢回水。	到貨跟樣品不符，當然要他退錢。
佣金要五百文，食水深啲喎！	佣金要五百塊，賺得太狠了吧！

六　傳意項目介紹：請求

傳意用語	例句
（1）唔該你	• 唔該你遞一遞畀我。
（2）麻煩你	• 麻煩你話聲畀佢知，我聽日會去搵佢。

（3）我想拜託你（做某事）	• 我想拜託你幫我帶啲嘢畀佢，方唔方便呢？
（4）我想求你（做某事）	• 我想求你畀個機會佢。
（5）有件事想你幫（下）忙	• 有件事想你幫下忙，你代我去接佢得唔得？

七　練習

（一）請選出適當的答案。（√）

（1）電話　$\text{din}^{6}\text{wa}^{2}$（　）　$\text{tin}^{6}\text{wa}^{2}$（　）
$\text{tin}^{6}\text{waa}^{2}$（　）　$\text{ding}^{6}\text{wa}^{2}$（　）

（2）姓張　xing^{3} Zéng^{1}（　）　xing^{3} Zêng^{1}（　）
séng^{3} Zêng^{1}（　）　xing^{3} Cêng（　）

（3）嗰度　$\text{goi}^{1}\text{du}^{6}$（　）　$\text{go}^{2}\text{du}^{6}$（　）
$\text{gu}^{2}\text{dou}^{6}$（　）　$\text{go}^{2}\text{dou}^{6}$（　）

（4）得閒　$\text{dég}^{1}\text{han}^{4}$（　）　$\text{dég}^{1}\text{hen}^{4}$（　）
$\text{deg}^{1}\text{han}^{4}$（　）　$\text{dag}^{1}\text{han}^{4}$（　）

（5）三個　sam^{1} go^{3}（　）　sem^{1} go^{3}（　）
san^{1} go^{3}（　）　sam^{1} go^{2}（　）

（二）下列句子中，用粵語拼音寫出的詞語是什麼？請準確讀出，並寫上漢字。

（1）呢度冇姓 Cen^{4}。

（2）我哋喺 $\text{Tin}^{1}\text{xing}^{1}$ 碼頭度等啦。

（3）你哋去灣仔 $\text{ding}^{6}\text{hei}^{6}$ 去北角呀？

（4）件衫 $\text{lug}^{6}\text{a}^{6}$ léng^{4} 文。

（5）今日太陽咁 mang^{5}，坐 $\text{dig}^{1}\text{xi}^{2}$ 罷啦。

（三）**請認讀下列拼音，學習幾個新詞語。**

（1）咧啡 lé^{5}fé^5　　吊兒郎當、不修邊幅

（2）擒青 kem^{4}céng^1　　魯莽、忽忽忙忙

（3）核突 wed^{6}ded^6　　難看、難聽、肉麻

（4）蠱惑 gu^{2}wag^6　　詭計多端

（四）**請回答下列問題。**

（1）要幾多錢先至可以喺銀行開個户口呀？

（2）開銀行户口要填寫啲乜嘢資料呀？

（3）使唔使填埋屋企嘅電話同地址呢？

（4）銀行職員攞你嘅身份證做乜？

（5）你今日喺銀行入咗幾多錢呀？

（6）你今日喺銀行攞咗幾多錢出嚟呀？

（7）你喺邊間銀行有户口？

（8）你有冇提款咭？

（9）你知唔知利息點計？

（10）出外便食飯簽咕得唔得？

八　短文朗讀 11-4

阿新返工嗰度左近有間銀行，佢貪方便就喺嗰度開咗個户口。嗰日佢去銀行問啲職員點開户口，有位小姐幫佢一一填妥啲資料，個人姓名，通訊地址啦，公司名稱同埋地址啦，仲要寫埋電話號碼；又攞咗佢嘅身份證去影印。之後阿新就行埋櫃枱辦理手續。其實手續好簡單啫，個零兩個字就攞到本新簿仔。而家阿新有三本唔同銀行嘅簿仔，一張提款咭，存錢攞錢都好方便。

12

Mai^{5} sung^{3}
買餸

Di^{1} tei^{4}ji^{2} dim^{2} mai^{6} a^{3}?
啲 提子 點 賣 呀？

Seb^{6}bad^{3} men^{1} yed^{1} bong^{6}.
十八 文 一 磅。

一　課文 12-1

（1）M^{4}goi^1 tung^4 ngo^5 qing^3 bun^3 gen^1 seo^{3}yug^6 a^1.

唔該 同 我 稱 半 斤 瘦肉 吖。

（2）Ni^1 geo^6 hou^2 m^4 hou^2 ?

呢 嚿 好 唔 好？

（3）M^4 hou^2, m^4 hou^2, féi^{4}ten^{4}ten^4, yiu^3 geo^6 seo^3 di^1 gé^3.

唔 好，唔 好， 肥騰騰 ，要 嚿 瘦 啲嘅。

（肉店職員稱了稱）

（4）Ni^1 geo^6 lag^3, do^{1}zo^2 di^1 wo^3, ya^{6}sam^1 men^1 la^1.

呢 嚿 嘞，多咗 啲 喎，廿三 文 啦。

（5）Néi^{5}déi^6 di^1 ju^{1}yên^2 sen^1 m^4 sen^{1}xin^1 a^3 ?

你哋 啲 豬膶 新 唔 新鮮 呀？

（6）Geng^{2}hei^6 sen^{1}xin^1 la^1, néi^5 ji^{6}géi^2 tei^2 lag^3.

梗係 新鮮 啦，你 自己 睇 嘞。

（7）Yeo^6 hei^6 lei^4 bun^3 gen^1 la^1, do^1 di^1 mou^{5}so^{2}wei^6.

又 係 嚟 半 斤 啦，多 啲 冇所謂。

（8）Jing^2 géi^2 geo^6 bou^{1}tong^{1}gued^1 lé^4 ? Dab^3 geo^3 yed^{1}bag^3 men^1.

整 幾 嚿 煲湯骨 咧？搭 夠 一百 文。

（9）Deg^1, zeo^6 ni^1 géi^2 geo^6 la^1.

得，就 呢 幾 嚿 啦。

（在水果攤販面前）

（10）Di^1 tei^{4}ji^2 dim^2 mai^6 a^3 ?

啲 提子 點 賣 呀？

（11）Seb^{6}bad^3 men^1 yed^1 bong^6.

十八 文 一 磅。

（12）Tim^4 m^4 tim^4 ga^3 ?

甜 唔 甜 㗎？

（13）Ni^1 zég^3 xun^{1}xun^{1}déi^2, hou^2 hou^{2}xig^6 ga^3.

呢 隻 酸酸地， 好 好食 㗎。

（14）Tung4 ngo5 tei2ha5 ni1 ceo1 géi2 cung5？
同 我 睇下 呢 揪 幾 重？

（15）Yed1 bong6 sung1 di1, ya1 men1 béi2 néi5 la1.
一 磅 鬆 啲，廿 文 畀 你 啦。

普通話對譯

（1）勞駕給我約半斤瘦肉吧。

（2）這塊怎麼樣？

（3）不要不要。太肥了，要精瘦的。

（4）這塊怎麼樣？（肉店職員稱了稱）稍多了一點兒，二十三塊錢吧。

（5）你們的豬肝新鮮嗎？

（6）當然新鮮，你自己瞧瞧吧。

（7）還是來半斤吧，多點兒也行。

（8）來點兒熬湯骨好嗎？湊夠一百塊。

（9）行，就這幾塊好了。

（在水果攤販面前）

（10）葡萄多少錢？

（11）十八塊錢一磅。

（12）甜不甜呀？

（13）這種稍帶酸味。挺好吃的。

（14）給我稱稱這一嘟嚕看看。

（15）一磅多一點兒，二十塊錢賣給你吧。

二　重點詞彙　12-2

（1）稱	qing3	〔動詞〕稱
（2）嚿	geo6	〔量詞〕塊

（3）唔好	m4 hou2	不好；不要
（4）肥騰騰	féi4ten4ten4	肥實（指脂肪多）
（5）豬膶	ju1yên2	豬肝
（6）梗係	geng2hei6	當然（是）
（7）搭夠	dab3 geo3	湊夠
（8）找番	zao2fan1	找回（零錢）
（9）提子	tei4ji2	葡萄
（10）隻	zég3	〔量詞〕指商品的種類
（11）酸酸地	xun1xun1déi2	稍微帶酸味
（12）揪	ceo1	〔量詞〕串；嘟嚕
（13）鬆（啲）	sung1 (di1)	稍微多一點

三　補充語彙 12-3

（一）詞語

斤 gen1　　魚 yu2　　牛肉 ngeo4yug6

青菜 céng1coi3　　生果 sang1guo2

膠袋 gao1doi2（塑料袋）　　整餸 jing2sung3（做菜）

煮飯 ju2fan6（做飯）　　鍾意 zung1yi3（喜歡）

（二）句子

（1） Ngo5déi6 lêng5 go3, kêu5 mai5sung3, ngo5 ju2fan6.

我哋　兩　個，佢　買餸，　我　煮飯。

我們倆，他買菜，我做飯。

（2） Ma1mi4 jing2sung3 hou2 seo2sei3, hei6 ngo5déi6 gé3 ngeo5zêng6.

媽咪　整餸　好　手勢，係　我哋　嘅　偶像。

老媽燒菜手藝好，是我們的偶像。

（3） Nam⁴yen² m⁴ xig¹ jing²fan¹ lêng⁵ méi², hou² nan⁴ wen² lou⁵po⁴.
男人　唔　識　整番　兩　味，好　難　搵　老婆。
男人不會燒幾個拿手菜，很難找老婆。

（4） Nêu⁵yen² seo²xin¹ yiu³ xig¹ bou¹ lêng³tong¹.
女人　首先　要　識　煲　靚湯。
女人首先要精於熬湯。

（5） Xig¹ mai⁵sung³ gé³ yen⁴ hêu³ gai¹xi⁵, m⁴ xig¹ gé³ hêu³ qiu¹xi⁵.
識　買餸　嘅　人　去　街市，唔　識　嘅　去　超市。
會買菜的人上菜市場，不會的上超市。

四　重點理解

（一）量詞：“嚿”；“隻”；“揪”

1. “嚿”，基本義相當於普通話的“塊”，指“成塊、成團的東西”。

（1）一嚿肉	一塊肉
（2）一嚿蛋糕	一塊蛋糕
（3）一嚿石頭	一塊石頭

但，普通話的“塊”卻並不一定跟粵語的“嚿”一一對應，它可以相當於粵語的其他量詞：

（1）一塊手絹兒	一條毛巾仔
（2）一塊糖	一粒糖
（3）一塊板	一件板

2. 粵語“隻”的用法跟普通話比較有很多地方不相同。

（1）呢隻提子	這種葡萄
（2）一隻牛	一頭牛
（3）一隻手錶	一塊手錶

3. 粵語的“揪”，基本意義相當於普通話的“嘟嚕”或“串”。

（1）一揪提子　　　　一嘟嚕葡萄

（2）一揪鎖匙　　　　一串鑰匙

（二）粵語的忌諱詞

在粵語中有少量常用的詞語是由於忌諱、迷信心理而產生的。如：“豬膶”指的是“豬肝”。粵語中“肝”、“乾”同音，“乾”有“窮”的意思，而“膶”與“潤”是諧音；因此，取“家肥屋潤”的“潤”字代替。其他的例子還有：

（1）豬脷　豬舌頭（“舌”跟“蝕”有諧音，避而改用跟“利”同音的“脷”）

（2）豬紅　豬血（見“血”不祥）

（3）通勝　通書（“書”跟“輸”同音）

（4）吉屋　空屋子（“空”跟“凶”同音）

（三）“梗係（……）啦”

“梗係啦”相當於普通話的“當然嘍”。

（1）梗係新鮮啦。　　　　當然新鮮（嘍）。

（2）呢味餸係佢整嘅，　　　　這道菜是他做的，
梗係好食啦。　　　　當然好吃嘍。

（3）你有冇打電話畀佢呀？　　　　你有沒有給他打電話？
——梗係有啦。　　　　——當然有嘍。

（四）數量詞＋“鬆啲”

“……鬆啲”表示數量上稍微超逾一點。

（1）而家七點鬆啲。　　　　現在七點多一點兒。

（2）呢件衫好平，一百文鬆啲。　　這件衣服很便宜，才一百多一點兒。

比較“……零……”（參看第五課），“零”字所表示的超逾數量比“鬆啲”為多。

（1）而家七點零鐘。　　現在七點多。

（2）百零文。　　一百多塊。

五　講解

（一）語音講解：關於 eo 韻母

1. eo 韻母的發音：

粵語 eo 韻母的主要元音是短元音 e[ɐ]，有點像普通話中的 e 音，而不同於長元音 a[a]，要小心區分長短元音 a 的不同。試比較以下兩字的不同：搞 gao^2 — 狗 geo^2

有關 eo 韻母的常用字舉例如下：

（1）抽	抽筋 ceo^{1}gen^1	抽水 ceo^{1}sêu^2
（2）夠	夠晒 geo^{3}sai^3	唔夠 m^{4}geo^3
（3）後	前後 qin^{4}heo^6	後便 heo^{6}bin^6
（4）周	周小姐 Zeo^1 xiu^{2}zé^2	周期 zeo^{1}kéi^4
（5）走	走咗未 zeo^{2}zo^2 méi^6	走人 zeo^{2}yen^4
（6）求	追求 zêu^{1}keo^4	求人 keo^{4}yen^4
（7）樓	樓下 leo^{4}ha^6	酒樓 zeo^{2}leo^4
（8）手	助手 zo^{6}seo^2	手指 seo^{2}ji^2

2. 哪些字是 eo 韻母的字？

粵語 eo 韻母的字，主要是普通話的 ou,iu 兩個韻母的字：

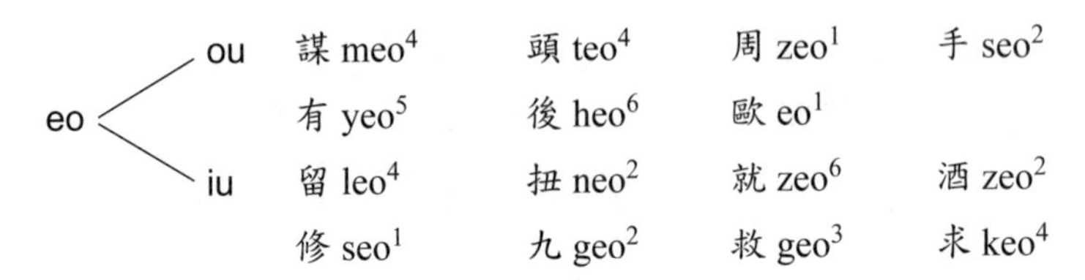

要特別注意，下面這幾組字在粵語裏是同音字：

（1）收—修　　收信 seo^{1}sên^3—修理 seo^{1}léi^5

（2）夠—救　　夠力 geo^{3}lig^6—救命 geo^{3}méng^6

（3）走—酒　　偷走 teo^{1}zeo^2—飲酒 yem^{2}zeo^2

（4）抽—秋　　抽獎 ceo^{1}zêng^2—秋天 ceo^{1}tin^1

有少數 eo 韻母的字較特別，它們並不是來自普通話 ou, iu 兩個韻母的，這些字要特別小心認記：

畝 meo^5　浮 feo^4　埠 feo^6　→在普通話為 u 韻

貿 meo^6　茂 meo^6　→在普通話為 ao 韻

（二）語法講解：單音節形容詞重疊

粵語單音節形容詞的重疊式有兩種情況：

1. 單音節形容詞（A）重疊後加詞尾“地”，變成“AA 地”式，表示程度的輕微。請注意重疊後的讀音變化。

（1）前一個音節唸原調，後一個音節唸“高升變調”，比前一個音節長而且重。

凍凍地	稍微冷些
今日有啲凍凍地	今天有點兒冷
甜甜地	稍微甜些
呢隻提子甜甜地	這種葡萄有點兒甜

（2）如果前一個音節是陰平調（或上陰入調），後一個音節的聲調不變。

光光地	稍微亮些，或禿些
佢個頭開始有啲光光地	他開始有點兒禿頂
黑黑地	稍微黑些
個天開始黑黑地	天開始暗下來了

2. 單音節形字詞（A）加上一組重疊音節的詞尾（BB），變成“ABB”式，增強詞的形象色彩，表示程度上的加深。

肥騰騰	肥實
嚿豬肉肥騰騰	這塊豬肉很肥實
靜英英	寧靜
辦公室靜英英，一個人都冇。	辦公室裏靜悄悄的，一個人也沒有。

（三）**粵語趣談**

1. 中國內地菜市場用來表示數目的符號已經規範化，但港澳地區還沿用豎着寫的“街市字”，形似“蘇州碼子”。細心觀察，虛心查問，很快會掌握。

2. 香港人節慶日吃飯可謂“無雞不成宴”或“無雞不歡”。下面介紹一下與“雞”相關的四言格。

（1）“雞碎咁多”，比喻數量極小。例：你估佢會畀好多錢你呀？雞碎咁多㗎咋（你以為他會給你許多錢啊，丁點兒而已）。

（2）“雞啄唔斷”，比喻跟別人沒完沒了地聊。例：兩個人坐埋角落頭，雞啄唔斷（他倆坐在角落裏，沒完沒了地聊起來）。

香港供食用的家禽，首選雞鴨鵝。下面是雞鴨連用的四言格。

（1）“雞手鴨腳”，比喻做事笨手笨腳的。例：睇你雞手鴨腳，等我嚟嘞（瞧你毛手毛腳，讓我來吧）。

（2）“雞同鴨講”，比喻言語不同，無法溝通。例：佢講上海話，我講廣州話，雞同鴨講。

六　傳意項目介紹：判斷

傳意用語	例句
（1）就係	• 啯棟樓就係政府大樓。
（2）即係	• 媽媽個細佬即係你邊個呀？
（3）梗係	• 佢咁晏都未到，梗係又搭錯車啦。
（4）實	• 個天咁好，實睇到日出嘅。
（5）呢個咪就係……囉	• 呢個咪就係郭教授囉。

七　練習

（一）請選出適當的答案。（√）

（1）首領　sao2ling5（　）　seo2ling5（　）
　　　　　sou2ling5（　）　xiu2ling5（　）

（2）歐遊　eo1you4（　）　ou1you4（　）
　　　　　eo1yeo4（　）　ao1yeo4（　）

（3）求救　keo4gou3（　）　keo4jiu3（　）
　　　　　keo4geo3（　）　kou4gou4（　）

（4）逃走　tao4zou2（　）　tou4zeo2（　）
　　　　　tou4zou2（　）　teo4zeo2（　）

（二）下列句子中，用粵語拼音寫出的詞語是什麼？請準確讀出，並寫上漢字。

（1）去 déi6tid3 站定係去 ma5teo4？

（2）唔好意思，da2gao2 晒。

（3）佢飲 bé1zeo2，我飲 yid6ca4 得嘞。

（4）Cêd1gai1 最好帶番把 zé1。

（5）打咗 bad3jid6，係六百 léng4 men1 啫。

（三）請順序讀出下面幾組音標。

（1）ba da ta ca za

（2）néi léi héi kéi géi

（3）go ngo ngoi ngon

（4）guen kuen wen yen

（5）ji jiu qiu qin xin xing ying

（四）請回答下列問題。

（1）你要買幾多錢豬肉？

（2）要瘦啲定係要肥啲？

（3）佢稱多咗啲，你要唔要？

（4）豬膶炒（cao^2）乜嘢好食？

（5）你點睇得出啲豬膶新鮮㗎？

（6）畀一千文，用咗七百卅呀四個九，應該找番幾多錢？

（7）你知唔知而家啲提子點賣？

（8）你鍾意食邊隻提子，酸酸地嗰隻定係甜甜地嗰隻？

（9）你有冇買過餸？

（10）你識唔識自己整餸食？

八　短文朗讀 12-4

嗰日阿新嫂去街市（gai^{1}xi^5）買餸。佢先去買啲半肥瘦嘅豬肉，又買咗啲豬膶同埋蕃茄（fan^{1}ké^2）番去滾（guen^2）湯；呢隻湯好有益㗎，大人細路都啱飲。佢仲買咗啲新界嚟嘅青菜，貴係貴啲，但係貪佢新鮮吖嘛。佢喺街市行咗半個鐘頭，就買咗卅呀文鬆啲嘅餸。臨番屋企嗰陣又買啲生果。佢好鍾意食提子，特別係酸酸地嗰隻。佢買咗一揪細細揪嘅，十文啫。阿新哥鍾意食橙（cang^2），佢又同佢買咗六個。噉，買一次餸就使咗成五呀文有多嘞。

13

Ngoi^{6} cêd^{1} lêu^{5} yeo^{4}

外出旅遊

Ni^{1} zung^{2} tün^{4} hou^{2} seo^{6} fun^{1}ying^{4} ga^{3}.
呢 種 團 好 受 歡迎 㗎。
Néi^{5}déi^{6} géi^{2} do^{1} go^{3} yen^{4} hêu^{3}?
你哋 幾 多 個 人 去？

一　課文 13-1

（1）Xin^{1}sang^1 sêng^2 hêu^3 bin^{1}dou^6 wan^2 né^1 ?

先生　想　去　邊度　玩　呢？

（2）Sêng^2 hêu^3 Guei^{3}lem^4.

想　去　桂林。

（3）Ngo^{5}déi^6 lêu^{5}heng^{4}sé^3 yeo^5 Guei^{3}lem^4 ng^{5}yed^{6}yeo^4 tung^4

我哋　旅行社　有　桂林　五日遊　同

ced^{1}yed^{6}yeo^4 lêng^5 zung^2 tün^4. Na^4, ni^{1}di^1 dan^{1}zêng^1 céng^2

七日遊　兩　種　團。嗱，呢啲　單張　請

néi^{5}déi^6 tei^{2}ha^5.

你哋　睇下。

（4）Dou^1 m^4 hei^6 hou^2 guei^3, heng^{4}qing^4 dou^1 géi^2 hou^2, hêu^3

都　唔　係　好　貴，　行程　都　幾　好，去

deg^1 guo^3 a^1.

得　過　吖。

（5）Ni^1 zung^2 tün^4 hou^2 seo^6 fun^{1}ying^4 ga^3. Néi^{5}déi^6 géi^2 do^1 go^3

呢　種　團　好　受　歡迎　㗎。你哋　幾　多　個

yen^4 hêu^3 ? Sêng cam^{1}ga^1 bin^{1}go^3 tün^4 ?

人　去？想　參加　邊個　團？

（6）Ngo^{5}déi^6 lug^6 go^3 yen^4, séi^3 go^3 dai^{6}yen^4, lêng^5 go^3 sei^{3}lou^6.

我哋　六　個　人，四　個　大人，兩　個　細路。

Di^1 sei^{3}lou^6 yeo^6 sei^3 yeo^6 xing^6, dou^1 hei^6 bou^3 ng^{5}yed^{6}yeo^4

啲　細路　又　細　又　盛，都　係　報　五日遊

hou^2 lag^3. Bou^3 ni^{1}go^3 yed^{1}yud^6 ya^{6}geo^2 hou^6, nin^{4}co^{1}sam^1

好　嘞。報　呢個　一月　廿九　號，　年初三

gé^3 la^1.

嘅　啦。

（7）Yi^{4}ga^1 zung^6 yeo^5 wei^2, bed^{1}guo^3 sen^{1}nin^4 go^{2}zen^6, lêu^{5}yeo^4

而家　仲　有　位，不過　新年　嗰陣，旅遊

gé3 yen4 do1, zou2 di1 bou3méng2 wen2zen6 di1.
嘅 人 多，早 啲 報名 穩陣 啲。

（8）Xiu2tung4 gam2 seo1 géi2do1 qin2 ?
小童 減 收 幾多 錢？

（9）Gam2 seo1 sam1bag3.
減 收 三百。

（10）Néi5déi6 ni1go3 seo1fei3 bao1zo2 di1 med1yé5 gé3 né1 ?
你哋 呢個 收費 包咗 啲 乜嘢 嘅 呢？

（11）Bao1 gao1tung1fei3, lêu5yeo4dim2 gé3 yeb6cêng4fei3, qun4bou6
包 交通費， 旅遊點 嘅 入場費， 全部
xig6sug1, zung6 yeo5 yi3ngoi6 bou2him2; bed1guo3 géi1cêng4sêu3
食宿，仲 有 意外 保險； 不過 機場稅
tung4 dou6yeo4 tib1xi2 zeo6 yiu3 ling6ngoi6 béi2.
同 導遊 貼士 就 要 另外 畀。

（12）Ngo5déi6 yi4ga1 bou3méng2 la1.
我哋 而家 報名 啦。

（13）Ma4fan4 néi5déi6 tin4 yed1 ha5 ni1di1 ji1liu2.
麻煩 你哋 填 一 下 呢啲 資料。

（14）Hei6 m4 hei6 yi4ga1 log6ding6 di1 déng6 xin1 a3 ?
係 唔 係 而家 落定 啲 訂 先 呀？

（15）Hei6. Cêd1fad3 qin4 yi6seb6 yed6, céng2 néi5déi6 lei4 gao1mai4
係。 出發 前 二十 日，請 你哋 嚟 交埋
di1 méi5sou3. Dou3xi4 ngo5déi6 wui5 tung1ji1 néi5déi6 hoi1
啲 尾數。 到時 我哋 會 通知 你哋 開
ca4wui2 ga3la3.
茶會 㗎喇。

普通話對譯

（1）先生想上哪兒去玩？

（2）想上桂林。

（3）我們旅行社有桂林的五天和七天團，請你們看一下。

（4）還不算貴，行程也不錯，合算合算。

（5）這種團很受歡迎呢。你們多少人去？想參加哪個團？

（6）我們六個人，四個大人，兩個小孩兒。孩子小，事多，還是報五天團好了。就一月二十九號，年初三這個團吧。

（7）現在還有位子。不過，新年的時候旅遊的人多，早點報名比較保險。

（8）小孩兒減收多少？

（9）減收三百。

（10）費用裏都包括什麼？

（11）費用包括交通費、門票、住宿、膳食，還有意外保險；不過不包括機場稅和導遊的小費。

（12）我們現在就報名吧。

（13）請你們填一下這些資料。

（14）是不是現在先付定金？

（15）對。出發前二十天，請你們來把全部費用付清。到時我們會通知你們來開茶會。

二　重點詞彙 13-2

（1）又（……）又盛	yeo^{6} (……) yeo^{6} xing^{6}	又（……）怎麼的
（2）穩陣	wen^{2}zen^{6}	穩當，保險
（3）去得過	hêu^{3} deg^{1} guo^{3}	值得去
（4）細路 / 細路哥	sei^{3}lou^{6} /sei^{3}lou^{2}go^{1}	小孩子
（5）點計法？	dim^{2} gei^{3} fad^{3}	怎麼計算的？
（6）嗰陣	go^{2}zen^{6}	那時候
（7）落定啲訂	log^{6} ding^{6} di^{1} déng^{6}	預先付點定金

三　補充語彙 13-3

（一）詞語

訂位 déng^{6}wei^2（訂座）　護照 wu^{6}jiu^3　簽證 qim^{1}jing^3

回鄉證 wui^{4}hêng^{1}jing^3　海關 hoi^{2}guan^1　打稅 da^{2}sêu^3

免稅物品 min^{5}sêu^3 med^{6}ben^2　旅行團 lêu^{2}heng^{4}tün^4　團友 tün^{4}yeo^5

（二）句子

（1）Toi^{4}wan^1 qi^{2}zung^1 hei^6 Hêng^{1}gong^{2}yen^4 gé^3 lêu^{5}yeo^4 yid^{6}dim^2.

台灣 始終 係 香港人 嘅 旅遊 熱點。

台灣總是香港人的旅遊熱點。

（2）Lêu^{5}yeo^4 xing^{4}bun^2 dei^1, kêu^{5}léi^4 ken^2 gim^{1}gab^3 hong^{4}ban^1 do^1.

旅遊 成本 低，距離 近 兼夾 航班 多。

旅遊成本低，距離近而且航班多。

（3）Héi^{3}heo^6 xig^{1}yi^3, fung^{1}ging^2 yi^4 yen^4.

氣候 適意， 風景 宜 人。

氣候適意，風景宜人。

（4）Deg^{6}xig^1 coi^3 m^4 xiu^2, hou^{2}qi^5 “gun^{1}coi^{4}ban^2” gem^2.

特色 菜 唔 少， 好似 “棺材板” 噉。

特色菜不少，譬如說“棺材板”。

（5）M^4 wa^6 néi^5 ji^1 hei^6 med^{1}dung^{1}dung^1 ? Ji^{6}géi^2 hêu^3 xi^{3}ha^5 la^1.

唔 話 你 知 係 乜東東？ 自己 去 試下 啦。

不告訴你是什麼玩意兒，自己去嚐嚐吧。

四　重點理解

（一）動詞＋“得過／唔過”

這種格式用於判斷某種行為是否划得來。

（1）餐飯咁平，食得過。 這頓飯那麼便宜，挺合算的。

（2）要坐成三個鐘頭嘅車先至到，去唔過咯。 要坐整整三個鐘頭的車才到，不值得。

（二）“又”＋形容詞＋“又盛”

“又……又盛”是一種形容詞重疊的格式，中嵌的形容詞一般為中性或帶貶義，表示對所述事物的不喜歡以至討厭的態度。“盛”是一種特殊的省略手法，用作延續或加強前一個形容詞的意思。

（1）啲細路又細又盛，跟住去好麻煩。 孩子小，事多，跟着去很麻煩。

（2）呢啲提子又酸又盛，唔好食嘅！ 這葡萄怪酸的，不好吃！

中嵌的成分也可以是動詞。

你又咳又盛，仲食炸嘢？ 你咳嗽得厲害，還吃炸的東西？

（三）時間語句＋“嗰陣”

“……嗰陣”相當於“……的時候 / 那個時候”。

（1）我細個嗰陣。 我小時候。

（2）我喺北京嗰陣。 我在北京的時候。

（四）動詞＋“定……先”

這個格式常常用來表示“預先做好某件（些）事”。

（1）落定啲訂先。 先給些定金。

（2）下晝要去買嘢，撳定啲錢先。 下午要去買東西，先到提款機那兒取點錢。

（3）開會前睇定啲文件先。 開會前先看看文件。

“睇定（啲）先”有另一種意思，即“先別急，看看再作打算”。這種用法，“定（啲）”和“先”之間不能插其他詞語。

睇定啲先，唔好咁快應承佢住。 先看看，別那麼快答應他。

五　講解

（一）語音講解：關於 f 聲母

1. f 聲母在普通話、粵語中的發音相同，因此很容易掌握。試讀出下面的句子，請注意：黑體字是 f 聲母的字。

Fong^{1} Ming^{4}fei^{1} hoi^{1} fai^{3}cé^{1} béi^{6} fed^{6}fun^{2}

方　明輝　開　快車　被　罰款

要很自然地讀出 f 聲母，除了要學會發音之外，還需記住字音。

2. 哪些字是 f 聲母的字？

粵語 f 聲母的字，大部分在普通話中同樣是 f 聲母，但也有好一部分是普通話 h 聲母和 k 聲母的字：

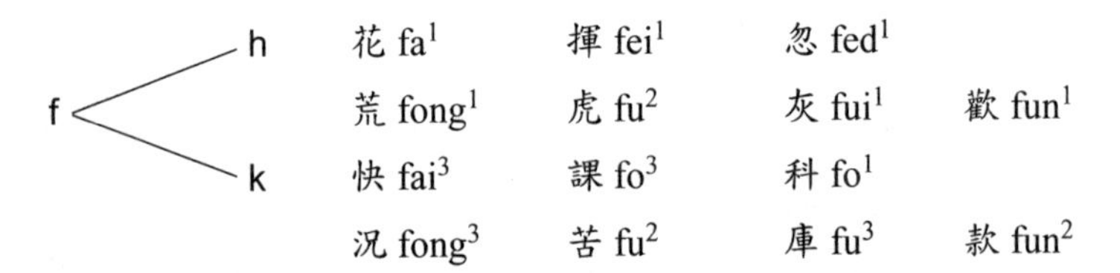

要特別注意，下面幾組字在粵語裏是同音字：

（1）分—昏　　滿分 mun^{5}fen^{1}—黃昏 wong^{4}fen^{1}

（2）方—荒　　方便 fong^{1}bin^{6}—荒涼 fong^{1}lêng^{4}

（3）放—況　　放工 fong^{3}gung^{1}—情況 qing^{4}fong^{3}

（4）夫—枯　　夫人 fu^{1}yen^{4}—枯燥 fu^{1}cou^{3}

（5）富—庫　　富貴 fu^{3}guei^{3}—水庫 sêu^{2}fu^{3}

（6）貨—課　　貨車 fo^{3}cé^{1}—課程 fo^{3}qing^{4}

（7）歡—寬　　歡樂 fun^{1}log^{6}—寬大 fun^{1}dai^{6}

（8）府—斧—苦　　政府 jing^{3}fu^{2}—斧頭 fu^{2}teo^{2}—痛苦 tung^{3}fu^{2}

有少數幾個字，在普通話不是 f 聲母或 h,k 聲母，需小心認記：

（1）辦 fan[2]　　→在普通話為 b 聲母

（2）剖 feo[2]　　→在普通話為 p 聲母

（3）訓 fen[3]　勳 fen[1]　　→在普通話為 x 聲母

（二）語法講解：後綴

1. 名詞後綴：

置於名詞詞根之後，構成簡單名詞的常見後綴。

（1）"仔"（多用於表示年紀、體積、規模細小的意思或昵稱）

❶ 女仔　小女孩　　❻ 仔仔　昵稱家中小孩

❷ 男仔　小男孩　　❼ 老婆仔　昵稱年青的妻子

❸ 雞仔　小雞　　❽ 哥哥仔　對不相識的年青人的禮貌稱呼

❹ 枱仔　小桌子　　❾ 師傅仔　對年青師傅禮貌稱呼

❺ 衫仔　小衣裳　　❿ 生意仔　小生意

（2）"哥"（無特殊意義）

❶ 鼻哥　鼻子　　❷ 膝頭哥　膝蓋　　❸ 細路哥　小孩子

2. 動詞後綴：

置於形容詞或動詞之後，構成簡單名詞的常見後綴："法"。

（1）形容詞 + "法"

❶ 嗰件衫好貴㗎。　那件衣服挺貴的。

點貴法？　何以見得？（指需要具體説明貴之所貴的道理）

❷ 嗰件衫靚。點靚法？

❸ 嗰件衫好抵買。點抵買法？

（2）動詞 + "法"

❶ 呢味菜點食法？　這道菜怎麼吃？（指具體的吃的方式，如：熱吃，冷吃等等）

❷ 呢隻酒點飲法？

❸ 呢味餸點整法？

（三）粵語趣談

香港人喜歡旅遊，一有長假期，出境的人動不動上百萬。下面介紹幾則旅遊習語。

1.“飛”，源自英語的 fare，大致上等同於“票”，如：**車飛、船飛**，但不適用於機票，不能説 * **機飛**。動詞搭配有：**撲飛**（到處折騰弄票）、**訂飛、退飛**。

2.“趕車尾”，比喻最後一刻趕不上剛剛離去的車子。例：**嘥在趕車尾，不得已坐下一班**（麻煩的是人剛到車就走，只好坐下一班）。

3.“手信”，在外旅遊買的當地特產作為贈送給親朋戚友的禮物（多為食品類）。例：**去澳門梗係買啲牛肉乾、杏仁餅返嚟做手信**（去澳門當然買點兒烤牛肉片兒、杏仁餅之類回來當小禮物）。

4.“一揪二𧘹（leng³）”，比喻外出時身旁的人或物太多，行動不便。例：**佢仔女多，一揪二𧘹噉去邊都唔方便**（他小孩兒多，拖兒帶女的上哪兒也不方便）。**佢買咗好多嘢，一個人一揪二𧘹噉拎（ling¹）返嚟**（他買了不少東西，自己大包小包地提了回來）。

六　傳意項目介紹：相信

傳意用語	例句
1. 肯定	
（1）相信	• 我相信佢會守信用嘅。
（2）我敢擔保	• 我敢擔保呢幅畫唔係仿製品。
（3）肯定	• 我肯定佢係今日嚟。
（4）百分之百肯定	• 我百分之百肯定仲有飛賣。
2. 否定	
信你（佢）至奇	• 佢講嘢冇句真嘅，信佢至奇啦。

七　練習

(一) 請選出適當的答案。(√)

(1) 請問　qing^{2}wen^{6} (　)　qing^{2}men^{6} (　)
　jing^{2}men^{6} (　)　jing^{2}wen^{6} (　)

(2) 碼頭　ma^{5}tou^{4} (　)　maa^{5}tou^{4} (　)
　ma^{5}teo^{4} (　)　ma^{5}tao^{4} (　)

(3) 佢哋　gêu^{5}déi^{6} (　)　gui^{5}déi^{6} (　)
　kêu^{5}déi^{6} (　)　kui^{5}dei^{6} (　)

(4) 公司　gong^{1}xi^{1} (　)　gung^{1}xi^{1} (　)
　gêng^{1}xi^{1} (　)　gon^{1}xi^{1} (　)

(5) 睇下　tei^{2}haa^{5} (　)　tai^{2}haa^{5} (　)
　téi^{2}haa^{5} (　)　tei^{2}ha^{5} (　)

(二) 在下列句子中，用粵語拼音寫出的詞語是什麼？請準確讀出，並寫上漢字。

(1) 等 hou^{2}tin^{1} 先至去啦。

(2) Héi^{3}yun^{2} 離呢度好 yun^{5}。

(3) 聽日去唔去 pa^{4}san^{1} 呀？

(4) 就食呢個 tou^{3}can^{1} 啦。

(5) 唔該，前面 yeo^{5} log^{6}。

(三) 請認讀下列拼音，學習這些地名怎麼讀。

(1) 麥理浩徑　Meg^{6}léi^{5}hou^{6} Ging^{3}

(2) 黃竹坑　Wong^{4}zug^{1}hang^{1}

(3) 大嶼山　Dai^{6}yu^{4} San^{1}

(4) 赤柱　Cég^{3}qu^{5}

(5) 西貢　Sei^{3}gung^{5}

（四）請回答下列問題。

（1）佢哋想去邊度玩呢？

（2）你哋邊個去過桂林？

（3）去桂林五日夠唔夠玩？

（4）成千八文去桂林玩五日，抵唔抵呀？

（5）佢哋約埋幾多個人去旅行？

（6）而家訂位去桂林仲有冇機？

（7）點解旅行社加咗五百文價？

（8）旅行社一般要求落幾多錢訂㗎？

（9）由香港飛桂林要幾耐㗎？

（10）你最鍾意去邊度旅行？

八　短文朗讀 13-4

阿新佢哋睇報紙見到有間旅行社有桂林五日團，於是就約埋三個朋友一齊想趁住農曆年假期去嗰度玩下。平時桂林五日遊一個人都要成千八文左右，但係農曆年嗰陣每個人要加五百文，即係加到二千二百九呀文。五個人就要萬幾銀，香港旅行社多，難做，係咁㗎喇。阿新佢哋惟有報名落訂。佢哋搭嗰架係中航（中國國際航空）班機。上晝十一點起飛，十個字就到咗桂林，真係快嘞。

14

Tei^{2} yi^{1} seng^{1}
睇醫生

Tung^{4} yi^{5}qin^{4} yed^{1}yêng^{6},
同 以前 一樣，
jing^{3}sêng^{4} a^{1}.
正常 吖。

Yi^{1}seng^{1}, ngo^{5} gé^{3} hüd^{3}ngad^{3}
醫生，我 嘅 血壓
dim^{2}yêng^{2} a^{3}?
點樣 呀？

一　課文 14-1

（一）

（1）Wei^{3}, néi^{5} zég^{3} zo^{2}ngan^{5} zou^{6} med^{1}yé^{5} a^{3} ?

喂，你 隻 左眼 做 乜嘢 呀？

（2）O^{5}, hoi^{1}zo^{2} dou^{1} zé^{1}.

哦，開咗 刀 啫。

（3）M^{4}guai^{3} (ji^{1}) deg^{1} ni^{1}pai^{4} m^{4} gin^{3} néi^{5} la^{1}.

唔怪（之）得 呢排 唔 見 你 啦。

（4）Yi^{4}ga^{1} gog^{3}deg^{1} dim^{2} a^{3} ?

而家 覺得 點 呀？

（5）Yi^{4}ga^{1} béi^{2} héi^{2} ngam^{1}ngam^{1} hoi^{1}yun^{4} dou^{1} go^{2}zen^{2}

而家 比 起 啱啱 開完 刀 嗰陣

hou^{2} hou^{2}do^{1} la^{3}.

好 好多 喇。

（二）

（1）Wei^{3}, néi^{5} sêng^{6} go^{3} lei^{5}bai^{3}sam^{1} dim^{2}gai^{2} m^{4} lei^{4} ngo^{5}

喂，你 上 個 禮拜三 點解 唔 嚟 我

ug^{1}kéi^{2} a^{3} ?

屋企 呀？

（2）Sêng^{6} go^{3} lei^{5}bai^{3} ngo^{5} di^{1} nga^{4} m^{4} dim^{6}.

上 個 禮拜 我 啲 牙 唔 掂。

（3）Dim^{2} a^{3} ? Nga^{4}tung^{3} a^{4} ?

點 呀？ 牙痛 呀？

（4）Hai^{4}, m^{4} ji^{1} géi^{2} sen^{1}fu^{2}, yeo^{6} da^{2}zem^{1} yeo^{6} xig^{6}yêg^{6}.

嗤，唔知幾 辛苦，又 打針 又 食藥。

（5）Nga^{4}tung^{3} cam^{2} guo^{3} dai^{6} béng^{6} a^{1}ma^{3}.

牙痛 慘 過 大 病 吖嘛。

（三）

（1）Yi^{1}seng^{1}, ngo^{5} gé^{3} hüd^{3}ngad^{3} dim^{2}yêng^{2} a^{3}?

醫生，我 嘅 血壓 點樣 呀？

（2）Tung^{4} yi^{5}qin^{4} yed^{1}yêng^{6}, jing^{3}sêng^{4} a^{1}.

同 以前 一樣，正常 吖。

（3）Ngo^{5} hou^{2}qi^{5} zung^{6} yeo^{5}di^{1} xiu^{1} wo^{3}.

我 好似 仲 有啲 燒 喎。

（4）Hei^{6}, sa^{1}a^{6}ced^{1} dou^{6} geo^{2}, mou^{5} kem^{4}yed^{6} gem^{3} gou^{1} lag^{3}.

係，卅呀 七 度 九，冇 琴日 咁 高 嘞。

（5）Na^{4}, ni^{1}dou^{6} yeo^{5} lêng^{5} bao^{1} yêg^{6}yun^{2}, bag^{1}xig^{1} go^{2}di^{1} yed^{1}

嗱，呢度 有 兩 包 藥丸，白色 嗰啲 一

yed^{6} séi^{3} qi^{3}, mui^{5}qi^{3} lêng^{5} neb^{1}, wong^{4}wong^{2}déi^{2} go^{2}di^{1} yed^{1}

日 四 次，每次 兩 粒，黃黃地 嗰啲 一

yed^{6} sam^{1} qi^{3}, mui^{5} qi^{3} yed^{1} neb^{1}.Yem^{2} do^{1} di^{1} sêu^{2}, zou^{2} di^{1}

日 三 次，每 次 一 粒。飲 多 啲 水，早 啲

fen^{3}, yed^{1}-lêng^{5} yed^{6} zeo^{6} mou^{5} xi^{6} ga^{3}la^{3}.

瞓，一兩 日 就 冇 事 㗎喇。

普通話對譯

（一）

（1）你左眼怎麼啦？

（2）噢，開了刀唄。

（3）難怪這些日子見不着你哪。

（4）現在覺得怎麼樣？

（5）現在比剛開完刀那會兒好多了。

（二）

（1）你上星期三為什麼不上我家來？

（2）上星期我的牙疼，來不了。

（3）怎麼回事？

（4）唉，可受罪了，又打針又吃藥的。

（5）牙疼不是病，疼起來要你的命呵。

（三）

（1）大夫，我的血壓怎麼樣？

（2）跟以前一樣，正常。

（3）我好像還有點兒發燒。

（4）對，三十七度九，沒昨天那麼高了。

（5）好，這兒有兩包藥丸，白色那些一天四回，每回兩粒。淺黃色那些一天三回，每回一粒。喝多點兒水，早點兒睡，一兩天就會好。

二　重點詞彙

（1）做乜嘢？	zou^6 med^{1}yé^5	幹什麼？為什麼？幹嗎？
（2）唔怪之得	m^{4}guai^3 (ji^1) deg^1	難怪
（3）好好多	hou^2 hou^{2}do^1	好很多；好得多
（4）點解？	dim^{2}gai^2	為什麼？
（5）屋企	ug^{1}kéi^2	家
（6）掂	dim^6	好；沒事；順利
（7）牙痛	nga^{4}tung^3	牙疼
（8）嚡	hai^4	〔嘆詞〕唉
（9）吖嘛	a^{1}ma^3	〔句末助詞〕表示事態
（10）同……一樣	tung^4……yed^{1}yêng^6	跟……一樣
（11）黃黃地	wong^{4}wong^{2}déi^2	淺黃色
（12）飲水	yem^{2}sêu^2	喝水
（13）瞓（覺）	fen^3 (gao^3)	睡（覺）
（14）冇事	mou^5 xi^6	沒事

三　補充語彙 14-3

（一）詞語

頭痛 teo^{4}tung^3（頭疼）　發燒 fad^{3}xiu^1　傷風 sêng^{1}fung^1

感冒 gem^{2}mou^6　嘔 eo^2（嘔吐）　咳 ked^1（咳嗽）

睇醫生 tei^2 yi^{1}seng^1（看病）　醫院 yi^{1}yun^2　護士 wu^{6}xi^6

預約 yu^{6}yêg^3　藥水 yêg^{6}sêu^2　好番 hou^{2}fan^1（病好了，痊癒）

（二）句子

（1）Néi^5 co^5 hei^2 dou^6 deng^2, gu^{1}nêng^4 yed^{1}zen^6 zeo^6 lei^4.

你 坐 喺 度 等， 姑娘 一陣 就 嚟。

你坐這兒等，護士一會兒過來。

（2）Tei^2 gai^{1}jing^3, lên^{4}heo^6 xi^{4}gan^3 cêng^4.

睇 街症， 輪候 時間 長。

看政府門診醫生，等候時間長。

（3）Xi^{1}ga^1 cen^{2}so^2 seo^{1}fei^3 m^4 péng^4 ga^3.

私家 診所 收費 唔 平 㗎。

私立診所收費可不便宜。

（4）Kêu^5 yeb^{6}zo^2 yun^2, hei^{2}dou^6 diu^{3}gen^2 yim^{4}sêu^2.

佢 入咗 院， 喺度 吊緊 鹽水。

他住了院，正在打點滴。

（5）Yeo^5 yen^4 wen^{4}zo^2, fai^{3}di^1 giu^3 seb^{6}ji^{6}cé^1.

有 人 暈咗， 快啲 叫 十字車。

有人暈倒，快點兒叫救護車。

四　重點理解

（一）"做乜嘢"的用法

從字面意義，"做乜嘢"相當於"做／幹什麼"、答案引出代表具體動作行為的動詞述語。

（1）你喺房間度做乜嘢？	你在房間裏幹什麼？
——我（喺度）打字。	——我正在打字。
（2）你聽日晏晝做乜嘢？	你明天下午幹什麼？
——冇乜嘢做。	——沒什麼可幹的。

另外，"做乜嘢"也可以充當疑問詞，意思是"幹嗎"、"為什麼"，後面接動詞述語。

（1）做乜嘢你會喺度？	為什麼你會在這兒？
（2）你做乜嘢唔打電話畀佢？	你幹嗎不給他打電話？

作為疑問詞，"做乜嘢"用於詢問某種狀態產生的原因時，意思是"怎麼啦"，這時，"做乜嘢"的"做"本身是動詞述語。

（1）你隻眼做乜嘢呀，腫晒嘅？	你這隻眼睛怎麼啦，腫成這樣？
（2）你架車做乜嘢，撻唔着嘅？	你的車子怎麼啦，開不動了？

（二）嘆詞："喂"；"哦"；"嚿"

本課出現的嘆詞有三個：

1."喂"（唸第三聲），相當於普通話的"喂（wèi）"，表示呼喚。

喂，你唔好再嘈囉喎！	喂，你不要再吵了！

2."哦"（唸第五聲），表示應答。

你隻眼做乜嘢呀？	你的眼睛怎麼啦？
——哦，開咗刀啫。	——噢，開了刀唄。

3. “嚡”（唸第四聲），也可用“唉”，表示懊喪。

嚡，病咗幾日。　　　　唉，病了幾天。

（三）“怪唔之得”

“怪唔之得”又可以說成“唔怪得之”，相當於普通話的“難怪”，表示對事情的來龍去脈瞭解之後不再覺得奇怪：有“原來是這麼回事”的語氣。

（1）佢病咗，唔怪之得唔嚟啦。　　他病了，難怪不來了。

（2）我唔夠錢，所以冇買到。　　我錢不夠，所以沒有買。

——唔怪得之啦。　　——怪不得。

（四）“掂 / 唔掂”的用法

“掂”表示“順當”，可以單獨充當動詞述語，也可以置於動詞述語後面當補語。

（1）呢排我啲牙唔掂。　　最近我的牙犯毛病。

（2）呢排佢好掂。　　最近他事事順暢 / 很有點兒錢。

（3）我同佢講掂咗。　　我跟他商議好（妥）了。

五　講解

（一）語音講解：關於 -m 韻尾

1. 帶 -m 韻尾的韻母發音複習：

在普通話中，沒有韻尾 -m。-m 是合口鼻韻尾，發音方法與部位都同 m 作為聲母時一樣，如“三 sam^1”一字若與“三米”連讀，較容易感覺 -m 的位置：三米 sam^1-mei^1

-m 韻尾的常用字舉例如下：

（1）沉　　沉悶 cem^{4}mun^6　　深沉 sem^{1}cem^4

（2）金　　金門 Gem^{1}Mun^4　　金針 gem^{1}zem^1

（3）鹹　　鹹味 ham^{4}méi^6　　鹹欖 ham^{4}lam^5

（4）尖　　尖尾 jim^{1}méi^5　　奄尖 yim^{1}jim^1

（5）臨　　臨門 lem^{4}mun^4　　臨急 lem^{4}geb^1

（6）甜　　甜蜜 tim^{4}med^6　　甘甜 gem^{1}tim^4

（7）陰　　陰謀 yem^{1}meo^4　　陰險 yem^{1}him^2

（8）心　　心魔 sem^{1}mo^1　　擔心 dam^{1}sem^1

2. 哪些字是 -m 韻尾的字？

粵語中，-m 韻母的字，絕大部分都是普通話 -n 韻尾的字。下面這幾組字普通話是同音的，但粵語分別收 -m 韻尾和 -n 韻尾：

（1）談—彈　　談判 tam^{4}pun^3—彈琴 tan^{4}kem^4

（2）減—梘　　減價 gam^{2}ga^3—番梘 fan^{1}gan^2

（3）針—真　　針對 zem^{1}dêu^3—真正 zen^{1}jing^3

（4）感—緊　　感動 gem^{2}dung^6—緊要 gen^{2}yiu^3

（5）簽—千　　簽名 qim^{1}méng^2—千萬 qin^{1}man^6

（6）鹽—研　　鹽份 yim^{4}fen^6—研究 yin^{4}geo^3

（7）廉—憐　　廉潔 lim^{4}gid^3—憐憫 lin^{4}men^5

（8）點—典　　點心 dim^{2}sem^1—字典 ji^{6}din^2

有少數幾個字，在普通話不是 -n 韻尾的，而在粵語卻是收 -m 韻尾的，這些字要小心認記：

癌 ngam^4　　眨 zam^2　　乒 bem^1　　泵 bem^1

（二）語法講解：比較句

比較句指表示事物之間相同或高下比較關係的句子。下面分別介紹平比句及差比句。

1. 平比句："同……一樣"。

（1）我隻手錶同佢隻一樣。	我的手錶跟他的一樣。
（2）呢隻提子同嗰隻提子一樣咁甜。	這種葡萄跟那種葡萄一樣甜。
（3）呢隻歌同嗰隻歌一樣咁好聽。	這首歌跟那首歌一樣好聽。

2. 差比句：

（1）由"過"字引出。

❶ 王先生大過吳先生。	王先生比吳先生（年齡）大。
❷ 呢嚿肉肥過嗰嚿。	這塊肉比那塊肥實。
❸ 佢而家住嗰度遠過佢舊時住嗰度。	他現在住的地方比他以前住的地方要遠。

（2）由"比"字引出。

普通話差比句中最常用的比詞是"比"字，而粵語則分兩種情況：❶ 句中主語並列相比時用"比"字；❷ 其他情況皆用"過"字。如把上述"過"字句變換成比字句，即為：**王先生比吳先生大**。等等。

（3）由"'冇……咁'+形容詞/動詞"引出。

❶ 吳先生冇王先生咁大。	吳先生沒有王先生（年齡）那麼大。
❷ 今日冇琴日咁凍。	今天沒有昨天那麼冷。
❸ 佢今日冇琴日咁咳嘞。	他今天沒有昨天咳嗽得那麼厲害。

（4）由"形容詞+'啲'"引出。（參看第十一課）

（三）粵語趣談

有一類詞，其雙音近義組合在共同語或在方言中都能接受，但在口頭語單音化中卻"分道揚鑣"，如"疼痛"。共同語運用第一個語素：疼，而方言則運用第二個語素：痛。

你邊度痛（你哪兒疼）？
我撳你呢度痛唔痛（我按你這兒疼不疼）？
唔痛就假（當然疼嘍，還用說）。
痛到我死死下（可把我疼死了）。
痛到佢哽哽聲（把他疼得直哼哼）。

相反的情況，如粵語雙音近義的“嘈吵”，“嘈”和“吵”都表示“聲音大而雜亂”而單獨使用時，方言運用第一個語素：嘈，而共同語則運用第二個語素：吵。

嘈到死（吵得慌）。
嘈到冇法子瞓（吵得沒法睡）。
電視開到咁大聲好嘈（電視開那麼大聲吵死了）。

六　傳意項目介紹：意願

傳意用語	例句
（1）我想	• 我想放暑假去北京玩。
（2）我點都要	• 我點都要試下玩過山車嘅滋味。
（3）我寧願……都唔	• 我寧願肚餓都唔食狗肉。
（4）恨不得	• 我恨不得而家就識講香港話。
（5）……就好喇	• 你教我講就好喇。

七　練習

（一）請選出適當的答案。（√）

（1）箍頸　　gu¹ging²（　）　　gu¹géng²（　）
　　　　　　ku¹geng²（　）　　ku¹géng²（　）

（2）蹺妙　kiu^{2}miu^6（　）　kiu^{2}miu^2（　）
　　　　　kiu^{2}meo^6（　）　kiu^{2}meo^2（　）

（3）立雜　leb^{6}zeb^6（　）　lab^{6}zeb^6（　）
　　　　　lab^{6}zab^6（　）　leb^{6}zab^6（　）

（4）靚妹　léng^{1}mui^1（　）　léng^{3}mui^2（　）
　　　　　léng^{3}mui^6（　）　ling^{1}mui^1（　）

（5）𢳂尾　lei^{1}mei^1（　）　lai^{1}méi^1（　）
　　　　　lai^{1}méi^6（　）　lai^{1}méi^3（　）

注：上面各項普通話的意思分別為：（1）用手箍着人家的脖子；（2）巧妙；（3）繁雜；（4）小女孩；（5）最後。

（二）下列句子中，用粵語拼音寫出的詞語是什麼？請準確讀出，並寫上漢字。

（1）你 gin^6 sam^1 咁靚，喺 bin^{1}dou^6 買㗎？

（2）過 sêu^{6}dou^6 好 seg^{1}cé^1 㗎。

（3）呢 po^1 xu^6 係我種嘅。

（4）我哋 co^{1}qi^3 gin^{3}min^6。

（5）下個禮拜日 mou^5 men^{6}tei^4。

（三）請順序讀出下面幾組音標。

（1）a　ai　an　en　ei　eo

（2）o　on　ong　ung　ug

（3）u　ui　un　ün　üd

（4）i　im　ib　in　id　ing　ig

（四）請回答下列問題。

（1）佢隻左眼做乜嘢呀？

（2）佢喺邊度開刀呀？

（3）點解呢排成日唔見佢嘅？

（4）開咗刀之後佢覺得點？

（5）你話上個禮拜三晚嚟我屋企嘅，點解冇嚟呀？

（6）啲牙痛起上嚟好辛苦個噃，你有冇睇下醫生呀？

（7）你有冇高血壓呀？

（8）佢話發燒，點燒法呀？

（9）醫生畀嘅嗰兩包藥丸係點食法㗎？

（10）喺香港睇醫生貴唔貴㗎？

八　短文朗讀 14-4

上個禮拜日個天突然凍番，阿新唔覺意（gog^{3}yi^3）冷嚫，夜晚發燒燒到成卅呀九度幾。阿新嫂即刻同佢睇醫生，醫生同佢量血壓，探熱（tam^{3}yid^6），之後同佢打咗一針，仲開咗啲藥丸畀佢。白色嗰啲一日食四次，每次三粒，黃黃地嗰啲一日食三次，每次一粒。臨走嗰陣，醫生叫阿新嫂畀多啲水佢飲，等佢瞓好啲。第二日，阿新請病假喺屋企休息咗足足一日先至好番晒。

15

Qing¹ gid³ Hêng¹ gong²

清潔香港

衞生署

DEPARTMENT OF HEALTH

Ting⁴cé¹ m⁴ xig¹xi⁴,
停車 唔 熄匙，
néi⁵ geng²hei⁶ tan³ la¹,
你 梗係 嘆 啦，
sei³gai³ zeo⁶ hou² nan⁴seo⁶.
世界 就 好 難受。

一　課文　15-1

（1）Kem^{4}man^5 hei^2 ug^{1}kéi^2 céng^2 géi^2 wei^2 hei^2 Beg^{1}ging^1 lei^4 gé^3
琴晚　喺　屋企　請　幾　位　喺　北京　嚟　嘅
peng^{4}yeo^5 xig^{6}fan^6.
朋友　食飯。

（2）Dai^{6}ga^1 yed^{1}bin^6 xig^6, yed^{1}bin^6 king^{1}gei^2.
大家　一便　食，一便　傾偈。

（3）King^{1}king^{1}ha^5, king^{1}dou^3 Hêng^{1}gong^2 gé^3 wan^{4}bou^2 men^{6}tei^4.
傾傾下，　傾到　香港　嘅　環保　問題。

（4）Gai^{1}dou^6 né^1, dig^{1}yi^{4}cé^{2}kog^3 mou^5 yi^{5}qin^4 gem^3 wu^{1}zou^1.
街道　呢，的而且確　冇　以前　咁　污糟。

（5）Dan^{6}hei^6 hung^{1}héi^3 wu^{1}yim^5 zeo^6 keo^3 sai^3 fen^1 lag^3.
但係　空氣　污染　就　扣　晒　分　嘞。

（6）Gem^3 ngam^1 deg^1 gem^3 kiu^2, din^{6}xi^6 bo^{3}fong^{3}gen^2 jing^{3}fu^2 gé^3
咁　啱　得　咁　蹻，電視　播放緊　政府　嘅
xun^{1}qun^{4}pin^2:
宣傳片：

（7）“Ting^{4}cé^1 m^4 xig^{1}xi^4, néi^5 geng^{2}hei^6 tan^3 la^1, sei^{3}gai^3 zeo^6 hou^2
“停車　唔　熄匙，你　梗係　嘆　啦，世界　就　好
nan^{4}seo^6”.
難受”。

（8）Gem^2 jig^{1}hei^6 giu^3 dai^{6}ga^1 ji^{6}gog^3 di^1, yiu^3 yi^{3}xig^1 dou^3 héi^{3}cé^1
噉　即係　叫　大家　自覺　啲，要　意識　到　汽車
fei^{3}héi^3 gou^1 pai^{4}fong^3 gé^3 yim^{4}zung^{6}xing^3.
廢氣　高　排放　嘅　嚴重性。

（9）M^4 sên^3, hêu^3 Gong^{2}dou^2 gé^3 Tung^{4}lo^{4}wan^4 wag^{6}jé^2 Geo^{2}lung^4
唔信，去　港島　嘅　銅鑼灣　或者　九龍
gé^3 Wong^{4}gog^3 da^2 go^3 lang^1.
嘅　旺角　打　個　呤。

（10）M^{4} hei^{6} wa^{6} jing^{3}fu^{2} mou^{5} nem^{2}gei^{2}, mou^{5} zou^{6}yé^{5},
唔 係 話 政府 冇 諗計 冇 做嘢，

（11）dan^{6}hei^{6} ngang^{2}hei^{6} man^{6} sam^{1}pag^{3}.
但係 硬係 慢 三拍。

（12）Cêu^{4}zo^{2} gam^{2}fei^{3}, zeo^{6}hei^{6} lab^{6}sab^{3} men^{6}tei^{4}.
除咗 減廢，就係 垃圾 問題。

（13）Hei^{6} lab^{6}sab^{3} jing^{1}fei^{3} né^{1}, dêu^{1}tin^{4} né^{1} ding^{6}hei^{6} fen^{4}fa^{1} né^{1},
係 垃圾 徵費 呢，堆填 呢 定係 焚化 呢，

（14）ni^{1}go^{3} men^{6}tei^{4} m^{4} to^{1}deg^{1}, m^{4} to^{5}xin^{6} gai^{2}küd^{3} dêu^{3} men^{4}seng^{1}
呢個 問題 唔 拖得，唔 妥善 解決 對 民生
gé^{3} ying^{2}hêng^{2} hou^{2} dai^{6}.
嘅 影響 好 大。

（15）Qing^{1}gid^{3} Hêng^{1}gong^{2}, Hêng^{1}gong^{2} qing^{1}gid^{3}, jud^{6}dêu^{3} m^{4}
清潔 香港， 香港 清潔， 絕對 唔
hei^{6} yed^{1} gêu^{3} heo^{2}hou^{6}.
係 一 句 口號。

普通話對譯

（1）昨晚在家裏請幾位從北京來的朋友吃飯。

（2）大夥兒一邊吃，一邊聊天。

（3）説着説着就説到香港的環保問題。

（4）街道呢，的確沒有以前那麼髒了。

（5）可是空氣污染就扣了不少分了。

（6）恰巧這時候電視在播放政府的宣傳片：

（7）"停車不熄火，你當然挺愜意的，可別人就難受極了"。

（8）這正是叫大家自覺點兒，要意識到汽車廢氣高排放的嚴重性。

（9）不信你不妨去港島的銅鑼灣或者九龍的旺角走走。

（10）不是説政府沒有想辦法，沒有採取行動，

（11）可是總是慢半拍。

（12）除了減廢，還有垃圾問題。

（13）是垃圾徵費呢，堆埋呢還是焚燒呢，

（14）這個問題不能拖，不妥善解決對民生的影響很大。

（15）清潔香港，香港清潔，可不是一句口號而已。

二　重點詞彙 15-2

（1）一便……一便	yed¹bin⁶……yed¹bin⁶	一邊……一邊
（2）傾（偈）	king¹ (gei²)	聊天
（3）的而且確	dig¹yi⁴cé²kog³	的的確確
（4）污糟	wu¹zou¹	髒
（5）咁啱得咁蹺	gem³ ngam¹ deg¹ gem³ kiu²	恰巧這時候
（6）打個吟	da² go³ lang¹	外面走走；溜達溜達
（7）諗計	nem²gei²	想辦法
（8）垃圾	lab⁶sab³	垃圾

三　補充語彙 15-3

（一）詞語

lab⁶sab³sêng¹ 垃圾箱（垃圾箱）

lab⁶sab³cung⁴ 垃圾蟲（貶稱亂扔垃圾的人）

lün⁶ dem² lab⁶sab³ 亂揼垃圾（亂扔垃圾）

qu²léi⁵ qu⁴yu⁴ 處理廚餘（處理廚餘垃圾）

gao¹doi² jing¹fei³ 膠袋徵費（塑料袋費用自付）

heg¹yin¹cé¹ 黑煙車（排放有色污染物的車輛）

bag⁶yin¹cé¹ 白煙車（排放無色污染物的車輛）

（二）句子

（1）Lün^6 pao^1 lab^{6}sab^3, yen^4 gin^3 yen^4 zeng^1.

亂 拋 垃圾，人 見 人 憎。

亂扔垃圾，誰都討厭。

（2）Qing^{1}gid^3 Hêng^{1}gong^2, yen^4 gin^3 yen^4 oi^3.

清潔 香港， 人 見 人 愛。

清潔香港，誰都歡迎。

（3）Lab^{6}sab^3 fen^{1}lêu^6, ting^{4}cé^1 xig^{1}xi^4, yen^4 gin^3 yen^4 zan^3.

垃圾 分類， 停車 熄匙，人 見 人 讚。

垃圾分類，停車就關掉引擎，誰都稱讚。

（4）Yiu^3 yeo^5 gung^{1}men^4 yi^{3}xig^1, m^4 hou^2 zou^6 lab^{6}sab^{3}cung^4.

要 有 公民 意識，唔 好 做 垃圾蟲。

別當反面人士，而要當清潔大使。

（5）Qin^{1}kéi^4 m^4 hou^2 gu^{3}ju^6 ji^{6}géi^2 tan^3,

千祈 唔 好 顧住 自己 嘆，

yi^4 m^4 léi^5 sei^{3}gai^3 nan^{4}seo^6 a^3.

而唔 理 世界 難受 呀。

千萬別只顧自己舒適，而讓世界難受呀。

四　重點理解

（一）動詞重疊："傾傾 / 傾傾下"

單音節動詞重疊，一般表示時間的短暫，如"傾（一）傾"即"談（一）談"，有時也有"嘗試"的意味。

（1）我去睇睇，好快就返嚟。　　我去看看，很快就回來。

（2）等我同佢傾一傾先，　　讓我先跟他談談，
睇下得唔得。　　看看行不行。

單音節動詞+“下”，則表示動作正在進行，如“傾傾下”就是“談着談着”或“正談着”。

（1）行行下行到北角碼頭都唔知。	走着走着到了北角碼頭都不知道。
（2）我食食下飯佢打電話嚟畀我。	我正吃飯的時候他給我來電話。

（二）“冇咁”＋形容詞

“冇咁……”相當於普通話的“沒那麼……”，表示程度的相對弱化。如，“冇咁肥”、“冇咁平”、“冇咁近”、“冇咁好食”……。其他例子還有：

（1）呢度冇以前咁污糟嘞。	這裏沒以前那麼髒了。
（2）呢排冇咁忙。	這陣子沒那麼忙。

（三）形同義異：“傾”；“嘆”

粵語詞彙體系中，有些詞素，字形屬方言字，在普通話中沒有，如“咁”、“佢”等；而有些字，在普通話中雖有相應的形態，如：“傾”和“嘆”，但彼此在語義上用法卻有別。

1.“傾”字於普通話和粵語裏意思完全不同。在現代漢語中，“傾”有多種意義，但沒有一個跟粵語的“傾”相符，在語言運用中容易誤導使用者。粵語的“傾”或“傾偈”僅指“交談”。

佢兩個傾咗好耐。	他們倆談了很久。

2.“嘆”字在普通話裏的基本義是“心裏感到不痛快而呼出長氣，發出聲音”，如：嘆了一口氣。粵語除了也有此用法之外，還有另一與此毫無關聯的常用義，泛指“享受”。注意如下搭配：

嘆茶（細細品茗）。

嘆報紙（細心閱讀報刊，從中取樂）。

嘆冷氣（屋外很熱，屋裏由於開了空調而感覺舒適自在）。

嘆世界（享受生活）。

（四）"啲"的兩種用法

1. "啲" + 名詞，"啲"表示複數，相當於"這些"或"那些"，放在句首，表示確定指稱（在普通話中指示詞可省略）。

（1）啲宣傳都幾有效。	那些宣傳都挺有效。
（2）啲人去晒街。	（這裏的）人都出去了。

2. 形容詞 + "啲"，表示程度稍有加深。

呢隻提子甜啲。（參看第二課）	這種葡萄比較甜。

五　講解

（一）語音講解：關於 ou 韻母

1. ou 韻母的發音：

ou 韻母在普通話和粵語中的發音都相同，因此很容易掌握。試讀出下面的句子，請注意其中黑體字是 ou 韻母的字。

Sou^{1} lou^{5}xi^{1} hei^{2} dou^{6} dou^{1} zou^{6} deg^{1} m^{4} hou^{2}.

蘇　老師　喺　度　都　做　得　唔　好。

要很自然地讀出 ou 韻母，除了要學會發音之外，還需記住字音。

2. 哪些字是 ou 韻母的字？

粵語 ou 韻母的字，主要是普通話 ao,u 兩韻的字：

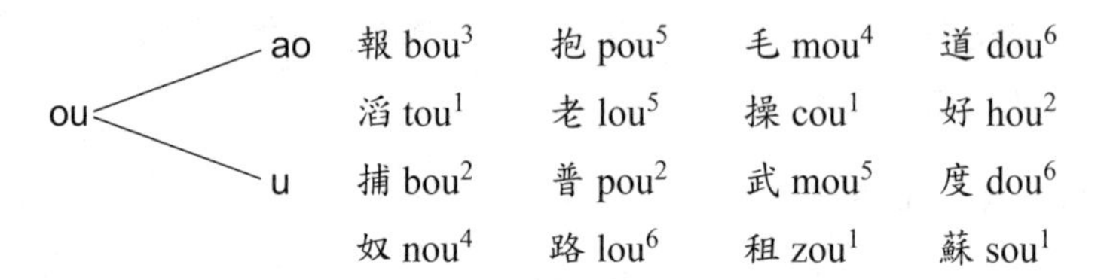

要特別注意，下面這幾組字在粵語裏是同音字：

（1）保—補　　保護 bou^{2}wu^{6}—補養 bou^{2}yêng^{5}

（2）冒—慕　　冒充 mou^{6}cung^{1}—羨慕 xin^{6}mou^{6}

（3）道—度　　道理 dou^{6}léi^{5}—溫度 wen^{1}dou^{6}

（4）早—祖　　早晨 zou^{2}sen^{4}—祖先 zou^{2}xin^{1}

（5）操—粗　　操心 cou^{1}sem^{1}—粗口 cou^{1}heo^{2}

有少數 ou 韻字較特別，它們並不是來自普通話 ao,u 韻母的，這些字要特別小心認記：

措 cou^{3}　做 zou^{6}　　→在普通話為 uo 韻。

模 mou^{4}　　→在普通話為 o 韻。

都（都是）dou^{1}　　→在普通話為 ou 韻。

（二）語法講解：數量副詞“多”和“少”在動詞後面的用法

在粵語裏，“多”，“少”常放在動詞的後面，其句式是：動詞＋多（少）＋賓語。

（1）食多碗飯　　多吃一碗飯

（2）飲多杯酒　　多飲一杯酒

（3）着少件衫　　少穿一件衣服

（4）買少本書　　少買一本書

（5）找多咗兩文　　多找了兩塊錢

（6）找少咗兩文　　少找了兩塊錢

（三）粵語趣談

1. 粵語生動活潑，坊間有不少含詼諧義乃至厭惡義的人稱後綴：

（1）蟲：垃圾蟲（亂扔垃圾的人）；鼻涕蟲（老拖着鼻涕的小孩）。
（2）貓：病貓（病包兒）；醉貓（醉鬼）。
（3）鬼：孤寒鬼（吝嗇鬼）；哇鬼（調皮鬼）。
（4）鑊：煙鑊（煙癮很重的人）；奸鑊（心術不正的人）。
（5）精：大話精（愛撒謊的人）；狐狸精（勾引別人丈夫的女性）。

2. 最常見的人稱前綴是"老"：

（1）老頂，"頂"即頂頭上司。
（2）老番，"番"即外來者，指外國人。
（3）老死，"死"即死黨，指非常要好的朋友。
（4）老記，"記"即記者。

六　傳意項目介紹：喜愛

傳意用語	例句
（1）好 / 幾鍾意	• 我好鍾意食韓國菜。
（2）好 / 幾喜歡	• 放假我都幾喜歡帶佢哋去沙灘玩㗎。
（3）⋯⋯真係冇得彈	• 如果日日都可以去游水就真係冇得彈喇。
（4）⋯⋯好好	• 呢個位好好，又光猛，又通氣。
（5）⋯⋯好開心	• 同你一齊玩好開心，我哋幾時再玩過？

七　練習

（一）請選出適當的答案。（√）

（1）粗暴　cou1bao6（　）　cao1bou6（　）

cou1bou6（　）　cao1bao6（　）

（2）報告　bao3gou3（　）　bou3gou3（　）

bao3gao3（　）　bou3gao3（　）

（3）告訴　gao3su3（　）　gao3sou3（　）

gou3su3（　）　gou3sou3（　）

（4）搞好　gao2hao2（　）　gao2hou2（　）

gou2hou2（　）　gou2hao2（　）

（5）租務　zu1mou6（　）　zu1mu6（　）

zou1mou6（　）　zou1mu6（　）

（二）下列句子中，用粵語拼音寫出的詞語是什麼？請準確讀出，並寫上漢字。

（1）我要去 gem6géi1 lo2qin2。

（2）呢度 lang5héi3 好凍，我同你 diu6 go3 wei2。

（3）我哋 zung5gung6 ng5 wei2。

（4）喺 din6wa2ting4 嗰度 deng2 啦。

（5）我係 Zeo1 先生嘅 ging1léi5 人。

（三）請認讀下列粵語拼音，學習幾個新詞語。

（1）猴急　heo4geb1　性急

（2）鹹濕　ham4seb1　下流、淫穢的

（3）谷氣　gug1héi3　憋氣

（4）光脫脫　guong1tüd1tüd1　光禿禿、赤裸的

（四）請回答下列問題。

（1）琴晚喺屋企請邊啲朋友食飯？

（2）琴晚喺邊度請你啲朋友食飯？

（3）你哋傾啲乜嘢？

（4）你哋傾偈嗰陣，電視播緊乜嘢？

（5）點解停車最好熄匙呢？

（6）你覺得香港邊區空氣污染最嚴重？

（7）你認為減廢嘅源頭喺邊？

（8）你屋企有冇實行垃圾分類？

（9）減廢、堆填、焚化，你贊成邊樣？

（10）你認為應該點樣對付垃圾蟲？

八　短文朗讀 15-4

香港係個大城市。大城市有大城市嘅問題，交通啦，房屋啦，環保啦，等等。上個世紀八十年代起香港搞咗個“清潔香港”運動，成效唔錯。不過，卅年之後嘅香港，環保問題越嚟越突出，空氣污染，垃圾圍城，直接噉影響到香港居民嘅日常生活。特區政府唔係冇諗計冇做嘢，決策者推出三管齊下嘅措施：減廢、堆填、焚化。但係，一嚟，缺乏長期嘅規劃，二嚟，缺乏諮詢民意嘅信心、決心同耐心，唔敢順應主流民意適時推出啲硬招，甚至係辣招。長遠嚟講，噉就嚊嚊（bei^2 bei^6）都冇咁嚊（bei^6）。

16

Wen² hog⁶ hao⁶

搵學校

Néi⁵ go³ zei² dug⁶
你 個 仔 讀
géi² nin⁴ ban¹ a³?
幾 年 班 呀？

Cêd¹nin² zeo⁶ dug⁶
出年 就 讀
yed¹ nin⁴ ban¹ lag³.
一 年 班 嘞。

一　課文 16-1

（1）Néi5 yeo5 mou5 sei3lou6 a3 ?

你 有 冇 細路 呀？

（2）Yeo5, yed1 go3 zei2, yed1 go3 nêu5.

有，一 個 仔，一 個 女。

（3）Gem3 hou2 a4, zei2 dai6 ding6hei6 nêu5 dai6 a3 ?

咁 好 呀，仔 大 定係 女 大 呀？

（4）Nêu5 dai6, seb6 sêu3 lag3, dug6 ng5 nin4 ban1.

女 大，十 歲 嘞，讀 五 年 班。

（5）Go3 zei2 né1 ? Dug6 géi2 nin4 ban1 a3 ?

個 仔 呢？讀 幾 年 班 呀？

（6）Dou1 méi6 dug6 yed1 nin4 ban1, kêu5 gem1nin2 xin1ji3 ng5 sêu3.

都 未 讀 一 年 班，佢 今年 先至 五 歲。

（7）O3, gem2, cêd1nin2 zeo6 dug6 yed1 nin4 ban1 go3lo3bo3.

噢，噉，出年 就 讀 一 年 班 個囉噃。

（8）Gem2 m4 hei6! Yi4ga1 zeo6 yiu3 tung4 kêu5 wen2 hog6hao6,

噉 唔 係！而家 就 要 同 佢 搵 學校，

fan4 dou3 séi2.

煩 到 死。

（9）Med1 yiu3 ji6géi2 wen2 hog6hao6 gé3mé1 ? M4hei6 jing3fu2

乜 要 自己 搵 學校 嘅咩？唔係 政府

pai3wei2 gé3mé1 ?

派位 嘅咩？

（10）Hei6 zeo6 hei6, men6tei4 hei6 pai3dou2 gé3 hog6hao6 m4 ngam1

係 就 係，問題 係 派到 嘅 學校 唔 啱

sem1sêu2, gem2 dim2 ban6 ?

心水，噉 點 辦？

（11）Dim2gai2 wui5 m4 sêng2 hêu3 né1 ?

點解 會 唔 想 去 呢？

（12）Hai4, dim2 tung4 néi5 gong2 né1 ? Yeo5 hao6fung1 men6tei4,
嚡，點 同 你 講 呢？有 校風 問題，
gao3hog6 zed1sou3 men6tei4, zung6 yiu3 tei2mai4 zêng1loi4 xing1
教學 質素 問題，仲 要 睇埋 將來 升
zung1 hei6 m4 hei6 yung4yi6 yeb6 dou2 hou2 gé3 zung1hog6.
中 係唔係 容易 入 到 好 嘅 中學。

（13）Gem2, néi5 wen2dou2 hog6hao6 méi6 a3 ?
噉，你 搵到 學校 未 呀？

（14）Wen2dou2 géi2 gan1 tim1, tung1tung1 dou1 tung4 go3 zei2
搵到 幾 間 㖭，通通 都 同 個 仔
bou3zo2 méng2 xin1. Yu4guo2 jing3fu2 pai3wei2 pai3 deg1 m4
報咗 名 先。如果 政府 派位 派 得 唔
hou2, dou1 yeo5deg1 zeo2zan2 a1.
好，都 有得 走盞 吖。

（15）Gem2 yeo6 hei6 bo3.
噉 又 係 噃。

普通話對譯

（1）你有小孩兒吧。

（2）有，一個男孩，一個女孩。

（3）挺好的嘛，男孩大還是女孩大？

（4）女孩大，十歲了，唸五年級。

（5）男孩呢？唸幾年級呀？

（6）還沒有上一年級哪，他今年才五歲。

（7）啊，那麼明年他就唸一年級嘍。

（8）可不是嗎，現在就得給他找學校，煩死人哪。

（9）怎麼要自己找學校呀？不是政府給指派學校嗎？

（10）沒錯，問題是指派到的學校不合心願，那該怎麼辦？

（11）為什麼會不願意去呢？

（12）唉，該怎麼跟你説呢？有校風問題，教學質量問題，還要看將來升中是否容易考入好的中學。

（13）那麼，你找到學校了嗎？

（14）找了好幾所呢，統統都給我兒子報了名。如果政府指派的學校不合適，咱們還有迴旋的餘地呵。

（15）這倒也是。

二　重點詞彙 16-2

（1）細路 / 細蚊仔	sei^{3}lou^{6} / sei^{3}men^{1}zei^{2}	小孩子
（2）仔	zei^{2}	兒子
（3）女	nêu^{5}	女兒
（4）五年班	ng^{5} nin^{4} ban^{1}	四年級
（5）都未……	dou^{1}méi^{6}	還沒……
（6）出年	cêd^{1}nin^{2}	明年
（7）個囉噃	go^{3}lo^{3}bo^{3}	〔語氣詞〕用於提醒，帶有叮囑的口吻。
（8）噉唔係	gem^{2} m^{4} hei^{6}	可不是嗎
（9）嘅咩？	gé^{3}mé^{1}？	〔疑問詞〕表示對以為肯定了的事情提出質疑，相當於普通話的“不是……嗎？”
（10）派位	pai^{3}wei^{2}	指香港特區政府每年給適齡入讀小學一年級的學生分配學校的制度
（11）點辦？	dim^{2} ban^{6}？	怎麼辦？
（12）添	tim^{1}	〔語氣助詞〕指範圍擴充
（13）有得走盞	yeo^{5} deg^{1} zeo^{2}zan^{2}	有迴旋餘地

三　補充語彙

（一）詞語

幼稚園 yeo3ji6yun2（幼兒園）

中學 zung1hog6

大學 dai6hog6

專上學院 jun1sêng6 hog6yun2

招生 jiu1seng1

考試 hao2xi3

合格 heb6gag3

成績 xing4jig1

補考 bou2hao2

錄取 lug6cêu2

（二）句子

（1）Tung4 zei2nêu5 wen2 hog6hao6, yiu3 liu5gai2 qing1co2 di1
同　仔女　搵　學校，要　瞭解　清楚　啲
hog6hao6 gé3 ji1liu5 xin1.
學校　嘅　資料　先。
給兒女找學校，要先瞭解清楚學校的資料。

（2）Tung4 kêu5déi6 yed1cei4 gan2 hog6hao6, tin4 hou2 zêng1
同　佢哋　一齊　揀　學校，填　好　張
yeb6hog6 sen1qing2biu2.
入學　申請表。
跟他們一起選學校，填好入學申請表。

（3）Yin4ji1heo6 deng2 gao3yug6gug2 geo2ju1 gid3guo2.
然之後　等　教育局　攪珠　結果。
然後等待教育局搖號的結果。

（4）M4 ngam1 sem1sêu2 gé3, zeo6 zên6fai3 hêu3 keo3mun4.
唔　啱　心水　嘅，就　儘快　去　叩門。
如果不合心願就儘快去別的學校看看有沒有後備學位。

（5）Wei6 zei2nêu5 zeng1cêu2 yed1 go3 cêu2lug6 gé3 géi1wui6,
為　仔女　爭取　一　個　取錄　嘅　機會，

dim^{2} dou^{1} yiu^{3} bog^{3}ha^{5} gé^{3}.

點　都　要　搏下　嘅。

為了兒女得到一個錄取的機會，不管怎樣還是要爭取的。

四　重點理解

（一）由“有冇”構成的疑問句

粵語裏由“有冇”構成的疑問句，有一種格式是“主語 + 有冇 + 動詞述語”。

（1）你有冇去過澳門呀？	你有沒有去過澳門？/ 你去過澳門沒有？
（2）你頭先有冇食西瓜呀？	你剛才有沒有吃西瓜 / 吃西瓜了嗎？
——我有食。	——吃了。

粵語裏這種疑問格式，在普通話裏可以有不同的說法（見上例）；至於回答“有冇”的提問，粵語用“有 / 冇 + 動詞述語”，而在普通話，這種格式一般只用於否定，如可以說“沒吃”，卻不說“有吃”。

（二）“量詞 + 名詞”結構

粵語裏“量詞 + 名詞”的結構可以用於句首，而在普通話裏，這種用法的量詞前面一定要有指示代詞“這”、“那”，或只單獨用名詞來表示，粵語裏卻可省略“呢”、“嗰”。

（1）枝筆係邊個㗎？	這（枝）筆是誰的？
（2）個仔幾大呀？	孩子多大？
（3）架車開走咗。	（那部）車子開走了。

普通話的“指示代詞＋量詞＋名詞”結構，量詞有時可省略，粵語卻不能省。

（三）複合助詞“個囉噃”

粵語裏有很多複合助詞，除了兩個連用，也有三個連用的。

（1）乜你咁遲嘅啫！（“嘅啫”表示抱怨語氣）
（2）你估我實鍾意佢㗎喇咩？（“㗎喇咩”表示反問語氣）

“個囉噃”帶有提醒、叮囑口吻，具體用法如下：

❶ 催促

你好起身（個）囉噃！　　你該起床了！

❷ 叮囑

你聽日唔好遲到個囉噃。　　你明天可別遲到了。

❸ 重提確認

無問題就係咁定個囉噃。　　如果沒問題就這樣吧。

五　講解

（一）語音講解：關於 g 聲母

1. g 聲母的發音：

g 聲母在普通話和粵語中的發音均相同，較容易學會。試讀出下面的句子，請注意：其中黑體字是 g 聲母的字。

Gem^{1}yed^{6} ngo^{5} yeo^{4} Beg^{1}gog^{3} hêu^{3} géi^{1}cêng^{4} jib^{3} go^{3} Beg^{1}ging^{1}
今日　我　由　北角　去　機場　接 個　北京

lei^{4} gé^{3} geo^{6} tung^{4}hog^{6}.
嚟 嘅 舊　同學。

要很自然地讀出 g 聲母，除了要學會發音之外，還需記住字音。

2. 哪些字是 g 聲母的字？

粵語 g 聲母的字，部分在普通話中同樣是 g 聲母的，但大部分卻來自普通話 j 聲母：

g	j	交	gao^1	舊	geo^6	今	gem^1	近	gen^6
		急	geb^1	機	géi^1	鏡	géng^3	叫	giu^3
		京	ging^1	江	gong^1	居	gêu^1	卷	gün^2
	g	搞	gao^2	夠	geo^3	敢	gem^2	根	gen^1
		更	geng^3	告	gou^3	哥	go^1	該	goi^1

要特別注意，下面幾組字在粵語是同音字：

（1）搞—餃　　搞好 gao^{2}hou^2—餃子 gao^{2}ji^2

（2）夠—救　　夠晒 geo^{3}sai^3—救命 geo^{3}méng^6

（3）缸—江　　魚缸 yu^{4}gong^1—江水 gong^{1}sêu^2

（4）港—講　　海港 hoi^{2}gong^2—演講 yin^{5}gong^2

（5）谷—菊　　山谷 san^{1}gug^1—菊花 gug^{1}fa^1

（6）各—角—覺　　各位 gog^{3}wei^2—北角 Beg^{1}gog^3—覺得 gog^{3}deg^1

試練習下面兩句，其中黑體字容易讀錯，請特別注意：

（1）Gong^{1}xi^1 ying^{1}goi^1 jing^{1}gan^2 géi^{1}geo^3,

公司　應該　精簡　機構，

cung^4 ging^{1}léi^5 keb^1 hoi^{1}qi^2.

從　經理　級　開始。

（2）Zêng^{1}guen^1 Gong^1 Gid^6 wa^6 béi^2 gim^3,

將軍　江　傑　話　比　劍，

zên^{2}xi^3 Jiu^3 Gin^6 wa^6 béi^6 jin^6.

進士　焦　建　話　比　箭。

（二）語法講解：否定詞

粵語否定詞一般有四個："唔"、"冇"、"未"、"咪"。

1. "唔"，相當於普通話的"不"。

（1）我唔知	我不知道
（2）佢唔使去	他不用去
（3）佢唔好去	他不要去
（4）佢唔係王小姐	她不是王小姐

2. "冇"，相當於普通話的"沒有"。

（1）我冇聽見	我沒聽見
（2）我冇睇過今日嘅報紙	我沒看今天的報紙
（3）大家冇意見就通過	大家沒意見便通過

3. "未"，相當於普通話的"沒"。

（1）我未去過美國	我沒去過美國
（2）我未見過王小姐	我沒見過王小姐
（3）今日嘅報紙我仲未睇完	今天的報紙我還沒看完

4. "咪"，相當於普通話的"別"。

（1）咪住先	先別這樣
（2）咪行咁快	別走得那麼快
（3）咪唔記得呀	別忘記了

（三）粵語趣談

1. 香港人之"搏"，無非是爭取機會。折射到語言，坊間流行六字押韻並列式。下面介紹相關的幾組。

手快有，手慢冇。 比喻行動快可得益，行動慢招損失。

擔凳仔，霸頭位。 排隊時準備小板凳，以佔據頭幾名的位置。

出嚟威，識搶咪。 "威"表示"強者"；"咪"即麥克風，"搶咪"為"搶麥克風"，即搶着發言，搶着表現自己。

行得快，好世界。 比喻行動迅速，方有收穫。

走得摩，冇鼻哥。 比喻行動遲緩，毫無收益。

2. 粵語與共同語有不少近義的雙音節詞，其特點是語素異位；如"取錄"和"錄取"。別的還有（前者為粵語，後者為共同語）：

找尋／尋找
齊整／整齊
私隱／隱私
怪責／責怪
擠擁／擁擠，等等。

六　傳意項目介紹：要求

傳意用語	例句
1. 建議性要求	
（1）可唔可以……呀？	• 你可唔可以話畀我知點解呀？
（2）畀我……得唔得？	• 表演嗰陣，畀我跟埋你去得唔得？
（3）唔好……	• 聽日八點開車，唔好遲到。
（4）……好唔好呀？	• 我想再睇多一次，好唔好呀？
2. 暗示性要求	
（1）不如你……	• 不如你都一齊去吖？
（2）唔知你想唔想	• 唔知你想唔想食日本菜呢？
（3）如果你……就好喇	• 如果你識呢度個老闆就好喇。

七　練習

（一）請選出適當的答案。（√）

（1）（發）啷捩　long^{1}léi^{2}（　）　long^{1}lai^{2}（　）
　　　　　　　long^{1}lei^{2}（　）　lêng^{1}lei^{2}（　）

（2）碌柚　lo^{1}yeo^{4}（　）　lu^{1}yeo^{2}（　）
　　　　　　lug^{1}yeo^{2}（　）　lug^{1}yeo^{4}（　）

（3）攣毛　lun^{1}mo^{1}（　）　lün^{1}mou^{1}（　）
　　　　　　lun^{1}mou^{1}（　）　lün^{1}mo^{1}（　）

（4）密斟　med^{1}zem^{1}（　）　med^{3}zem^{1}（　）
　　　　　　med^{6}zem^{1}（　）　med^{4}zem^{1}（　）

（5）匿埋　néi^{1}mei^{4}（　）　léi^{1}mei^{4}（　）
　　　　　　léi^{1}mai^{4}（　）　néi^{1}mai^{4}（　）

注：上面各項普通話的意思分別為：（1）橫蠻無理地發脾氣；（2）柚子；（3）鬈髮；（4）密談；（5）藏起來。

（二）下列句子中，用粵語拼音寫出的詞語是什麼？請準確讀出，並寫上漢字。

（1）我姓 Léi^{5}，係 mug^{6} ji^{2} Léi^{5}。

（2）喺呢度去 Cég^{3}qu^{2}, 坐 dig^{1}xi^{2} 要幾多錢？

（3）聽日 Sung^{4}guong^{1} 公司 dai^{6}gam^{2}ga^{3}。

（4）對唔住 ngo^{5}déi^{6} 呢度冇 xing^{3} Meg^{6}.

（5）Yem^{1}ngog^{6}wui^{2} 幾點鐘 hoi^{1}qi^{2} 呀？

（三）請順序讀出下面幾組音標。

（1）am　em　ang　eng　ag　eg

（2）seg　ség　xig　sog　sug　sung　séng

（3）é　ê　êu　ên　éng　êng　êg

（4）oi　ou　gou　gon　gong　tong　tog

（四）請回答下列問題。

（1）你有冇細蚊仔呀？

（2）你有細蚊仔未呀？

（3）你個仔大定係個女大呀？

（4）大幾多呀？

（5）個女今年幾多歲呀？

（6）佢今年讀幾年班呀？

（7）你個仔讀書勤唔勤力呀？

（8）你啲仔女讀嗰間學校離屋企近唔近呀？

（9）佢哋搭乜嘢車返學呀？

（10）同啲同學仔好唔好呀？

八　短文朗讀　16-4

阿新結咗婚三年先至有個女，之後又有咗個仔。而家佢個女已經成十歲，讀四年班。個仔啱啱五歲，出年先至讀一年班，阿新嫂已經同佢到處搵學校，話怕政府派位派得唔合適嗰，乜嘢地點遠近啦，交通方唔方便啦，先生教得好唔好啦，仲有同啲同學仔夾唔夾得埋啦，呢啲噉嘅問題都要考慮到。結果阿新嫂同個仔搵咗唔止一間學校，又同佢報埋名，個心先至安樂啲。

17

Sen^{4} wen^{6}
晨 運

Yed^{1}yu^{1} ting^{1}yed^{6} yêg^{3}mai^{4} ban^{1} lou^{5}yeo^{5}
一於 聽日 約埋 班 老友
hêu^{3} sen^{4}wen^{6}, hang^{4}san^{1} la^{1}.
去 晨運 、 行山 啦。

一　課文 17-1

（1）“Sen4wen6” ni1go3 qi4 dêu3 Hêng1gong2yen4 lei4 gong2 yed1di1
“晨運” 呢個 詞 對 香港人 嚟 講 一啲
dou1 m4 meg6seng1.
都 唔 陌生。

（2）Xi6guan1 hou2 do1 yen4 dou1 yeo5 gem2 gé3 zab6guan3.
事關 好 多 人 都 有 噉 嘅 習慣。

（3）Fan4hei6 sen4zou2-leo4leo4 hei2 wu6ngoi6 zên3heng4 gé3
凡係 晨早 流流 喺 户外 進行 嘅
yed1cei3 wen6dung6, dou1 ho2yi5 giu3zou6 “sen4wen6”.
一切 運動， 都 可以 叫做 “晨運”。

（4）Bed1guo3, hou2 do1 xi4 sen4wen6 zeo6 deng2yu1 hêu3 hang4san1.
不過，好 多 時 晨運 就 等於 去 行山。

（5）Hêng1gong2 tin1hei3 yi4yen4, séi3guei3yu4cên1.
香港 天氣 宜人， 四季如春。

（6）Cêu4zo2 fan1fung1-log6yu5 ji1ngoi6, m4 léi5 bin1 yed6 dou1
除咗 翻風 落雨 之外，唔 理 邊 日 都
ho2yi5 hêu3 hang4san1.
可以 去 行山。

（7）Hêng1gong2dou2 gé3 san1 ying2zen1 mou5 deg1 tan4.
香港島 嘅 山 認真 冇 得 彈。

（8）Néi5 yiu3 hang4san1, sêng2 wen2 tiu4 yi6 hang4 gim1gab3 yeo5
你 要 行山， 想 搵 條 易 行 兼夾 有
lug6yem3 zé1teo4 gé3 san1lou6 a4, yeo5 ag3;
綠蔭 遮頭 嘅 山路 呀，有 呃；

（9）Néi5 yiu3 pa4sêng5 pa4log6, hei2 san1lem4-lün6ség6 zung1
你 要 爬上 爬落，喺 山林 亂石 中
cem4zao2 ning4jing6 gé3 yed1 gog3 a4, yig6 yeo5 ag3.
尋找 寧靜 嘅 一 角 呀，亦 有 呃。

(10) Yeo^6 wag^{6}zé^2 néi^5 yiu^3 hêu^3 gao^{1}yé^5 gung^{1}yun^2 xiu^{1}hao^1,

又 或者 你 要 去 郊野 公園 燒烤、

ying^{2}sêng^2 leo^{4}nim^6 a^4, yed^{1}yêng^6 mou^5 men^{6}tei^4.

影相 留念 呀，一樣 冇 問題。

(11) Hei^2 Hêng^{1}gong^2 hang^{4}san^1 zung^6 yeo^5 go^3 deg^{6}dim^2,

喺 香港 行山 仲 有 個 特點，

(12) zeo^6 hei^6 hêu^3 hang^4 sêu^{2}tong^4.

就 係 去 行 水塘。

(13) Hei^2 go^3 sêu^{2}ba^3 sêng^{6}bin^6 man^{6}bou^6 san^{3}sem^1, zen^1 hei^6 hou^2

喺 個 水壩 上便 漫步 散心，真 係 好

xu^{1}fug^6 ga^3.

舒服 㗎。

(14) Yed^{1}yu^1 ting^{1}yed^6 yêg^{3}mai^4 ban^1 lou^{5}yeo^5 hêu^3 sen^{4}wen^6,

一於 聽日 約 埋 班 老友 去 晨運、

hang^{4}san^1 la^1.

行山 啦。

(15) Yu^{6}mai^4 néi^5 go^{3}lo^{3}bo^3.

預埋 你 個囉嗐。

普通話對譯

(1)"晨運"這個詞對香港人來説，一點也不陌生。

(2)因為很多人都有這個習慣。

(3)凡是清早在户外進行的一切運動，都可以叫做"晨運"。

(4)不過，往往晨運就是去登山。

(5)香港天氣宜人，四季如春。

(6)除了颱風下雨之外，不論什麼時候都可以去登山。

(7)香港島的山棒極了。

(8)你要登山，又想找一條容易走的、有綠蔭遮陽的山路來走麼，有呀；

（9）你要上山下山在山林亂石中尋找寧靜的一角麼，也有呀。
（10）又或者你要上郊野公園去燒烤、拍照留念麼，也沒問題。
（11）在香港登山還有一個特點，
（12）就是到蓄水庫那邊走走。
（13）在大壩上面漫步散心很愜意。
（14）那麼明天約我們一幫朋友去晨運、登山。
（15）你得來呀。

二　重點詞彙 17-2

（1）一啲都唔	yed^{1}di^{1} dou^{1} m^{4}	一點兒也不
（2）事關	xi^{6}guan^{1}	因為
（3）晨早流流	sen^{4}zou^{2}-leo^{4}leo^{4}	大清早的
（4）好多時	hou^{2} do^{1} xi^{4}	很多時候
（5）行山	hang^{4}san^{1}	登山；步行上山走走
（6）除咗……之外	cêu^{4}zo^{2}……ji^{1}ngoi^{6}	除了……之外
（7）唔理	m^{4} léi^{5}	不管
（8）認真	ying^{2}zen^{1}	的確
（9）冇得彈	mou^{5} deg^{1} tan^{4}	棒極了；無可挑剔
（10）攰／瘡	gui^{6}	累；疲倦
（11）遮頭	zé^{1}teo^{4}	遮陽
（12）爬上爬落	pa^{4}sêng^{5} pa^{4}log^{6}	上山下山（登山）
（13）影相	ying^{2}sêng^{2}	拍照
（14）掂	dim^{6}	沒問題
（15）行水塘	hang^{4} sêu^{2}tong^{4}	到蓄水庫周圍走走
（16）一於	yed^{1}yu^{1}	〔連詞〕說定了（表示作出了決定）

（17）班	ban1	〔量詞〕群；夥；幫
（18）老友	lou5yeo5	好朋友
（19）預埋你	yu6mai4 néi5	把你算作參加的一分子

三　補充語彙 17-3

（一）詞語

春夏秋冬 cên1-ha6-ceo1-dung1　健美操 gin6méi5cou1

野火會 yé5fo2wui2　影相機 ying2sêng2géi1（照相機）

菲林 féi1lem2（膠捲）　緩步跑 wun4bou6pao2

（二）句子

（1） Sen4wen6 ? Gan3zung1 dou1 log6leo2 pao2ha5 bou6 gem2 gé3.

晨運？　間中　都　落樓　跑下　步　噉　嘅。

晨練？偶爾也會下樓跑跑步的。

（2） Dim2 gan3zung1 fa3 ?

點　間中　法？

偶爾？這怎麼説？

（3） Yed1bun1 lei5bai3sam1 jiu1zou2 la1, zeo6 wei4ju6 yeo1héi3 gung1yun2 man6pao2 bun3 neb1 zung1.

一般　禮拜三　朝早　啦，就　圍住　休憩　公園　慢跑　半　粒　鐘。

一般在星期三清早，圍着休憩公園慢跑半小時吧。

（4） Bed1guo3 lei5bai3yed6 zeo6 lei6pai2 hêu3 hang4 gong2dou2ging3.

不過　禮拜日　就　例牌　去　行　港島徑。

不過星期天我們習慣沿着港島徑走走。

（5） Yed[1] ga[1] dai[6]sei[3] dou[1] hêu[3], gem[2]gog[3] géi[2] hou[2] ga[3].

一　家　大細　都　去，　感覺　幾　好　㗎。

一家大小都去，感覺挺舒服的。

四　重點理解

（一）“流流”

粵語詞綴富於感情色彩，有時更運用特殊詞綴。“……流流”，強調相關時段之早，或某時段內不適宜做某種活動。

（1）晨早流流，你去邊度呀？　　大清早的，你上哪兒去？

（2）新年流流，唔好講埋啲衰嘢。　　過年不要說那些不吉利的話。

這種雙音後綴，在粵語中為數不多，還有如：老友鬼鬼（指老朋友）、官仔骨骨（指容貌端正，舉止大方）、禮貌周周（指招待周到）。

（二）“唔理……都”

“唔理”相當於普通話的“不管”。“佢乜都唔理”即“他什麼都不管”，“唔理……都”就是“不管……都”。

（1）唔理係邊個都唔畀入。　　不管是誰都不能進。

（2）唔理落唔落雨佢都會嚟。　　不管是不是下雨他都會來。

粵語中，又常常用“話之你 / 佢”來表示“唔理”的意思，“話之你 / 佢”更可以獨用。

（1）話之你要使幾多錢，　　不管要花多少錢，

佢都唔會放棄㗎喇。　　他都不會放棄。

（2）你仲唔去佢唔等你㗎喇。　　你再不去他就不等你了。

——話之佢吖！　　——管他呢！

（三）形同義異詞："認真"

在粵語中，"認真"可以用於修飾形容詞，表示"的確"、"實在"的意思。

（1）認真靚	的確漂亮
（2）認真好睇	的確好看
（3）認真抵買	實在便宜 / 划得來
（4）認真唔錯	的確不錯

（四）"讚"跟"彈"

"讚"指"稱讚"，普通話裏"讚"字一定要組成雙音節詞或固定詞組，不能單獨運用。如："讚許"、"讚不絕口"；"彈"指"抨擊"、"批評"，也是只能説成"彈劾"、"譏彈"，不能獨用。粵語的例子有：

（1）你噉做，冇人讚你㗎。	你這樣做，沒人會誇你。
（2）唔好亂咁彈人哋啦。	不要亂批評人家嘛。
（3）佢做嘅嘢真係冇得彈。	他做的（事），沒什麼可挑剔的 / 沒法挑出毛病。
（4）大家對呢次活動，有彈有讚。	大家對這次活動，有褒有貶。

（五）"預"的用法

"預"在普通話也不能獨用，粵語裏"預"有"留（空）"、"計劃之內"、"早已預計"等意思。

（1）預三個位畀我。	給我留三個位子。
（2）你哋去旅行唔好唔記得預埋我（嗰份）。	你們去旅行別忘了把我算進去。
（3）喺報館做嘢就預咗要開夜㗎啦。	在報館工作，對上夜班應該早有心理準備。

五　講解

（一）語音講解：關於 êu 韻母

1. êu 韻母發音複習：

êu 這個韻母，普通話中沒有。ê 是圓唇音，發音時可以先發 é 音，然後改變唇形，就成為 ê 了。êu 韻母的 u，實際發 yu 音。如連讀“水魚”二字，則容易保持 êu 韻圓唇的特點。

水魚 sêu^{2}—yu^{2}

韻母為 êu 的常用字舉例如下：

（1）雷　雷雨 lêu^{4}yu^{5}　　行雷 hang^{4}lêu^{4}

（2）最　最瘀 zêu^{3} yu^{5}　　世界之最 sei^{3}gai^{3} ji^{1} zêu^{3}

（3）隨　隨遇 cêu^{4}yu^{6}　　隨和 cêu^{4}wo^{4}

（4）去　去如黃鶴 hêu^{3} yu^{4} wong^{4}hog^{6}　　入去 yeb^{6}hêu^{3}

（5）舉　舉隅 gêu^{2}yu^{6}　　舉辦 gêu^{2}ban^{6}

2. 哪些字是含 êu 韻母的字？

在粵語中，韻母為 êu 的，主要是普通話中含 ü 韻和 ui 韻的字：

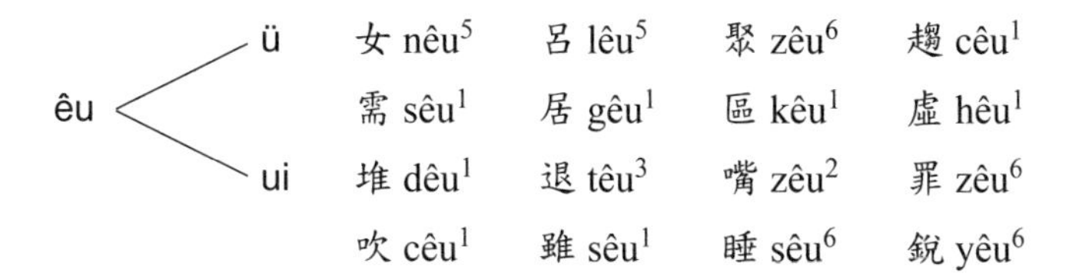

要特別注意，下面這幾組字，在普通話裏，聲母、韻母都不相同，而在粵語中，它們都是同音字：

（1）罪—聚—序　　罪行 zêu^{6}heng^{6}—聚會 zêu^{6}wui^{6}—序幕 zêu^{6}mog^{6}

（2） 吹—催—趨　　吹漲 cêu¹zêng³—催促 cêu¹cug¹—趨勢 cêu¹sei³

（3） 隨—徐　　隨便 cêu⁴bin²—徐先生 Cêu⁴ xin¹sang¹

（4） 雖—需　　雖然 sêu¹yin⁴—需要 sêu¹yiu³

另外，êu 韻母有部分字是普通話 ei 韻母的字，也要小心認記：

雷 lêu⁴　　壘—蕾—儡 lêu⁵　　累—類—淚 lêu⁶

（二）語法講解：關聯詞語

關聯詞語的主要作用，是把複句中的各個分句連接起來，從而顯示分句間的結構關係。主要的關聯詞語一般可分為八類，即：並列、承接、遞進、選擇、轉折、因果、假設、條件。下面，我們粗略地按類介紹粵語最常用的關聯詞語。

類別	關聯詞語	例釋
並列	亦／都	• 我有今日嘅報紙，亦有琴日嘅報紙。 • 你哋去睇電視，我哋都去嚹。
承接	……先，然後……	• 行落去灣仔道先，然後轉左。
遞進	越……，越……	• 天氣越嚟越熱。
選擇	或者……，或者…… 一係……，一係……	• 我或者今日，或者聽日嚟搵你。 • 一係今日，一係聽日你要嚟搵我。
轉折	但係	• 我哋本來想去行山，但係天落雨。

因果	因為……，所以…… 事關……， ……至……	• 因為天落雨，所以我哋唔出街。 • 事關天落雨，我哋至唔出街。
假設	就算……，照樣……	• 就算天落雨，我哋照樣出街。
條件	唔理……，都……	• 唔理邊日去，我哋都贊成。

（三）粵語趣談

“法”的特殊用法。一般用於“點……法”的追問句中，中間填補的成分可以是動詞、形容詞、副詞，表示希望得到前述內容的進一步説明。

詞類	例詞	前述內容	追問句	後續信息
動	去	執齊行李就去嘞。 （收拾好行李就走吧）	點去法？ （怎麼去）	坐機場快線啦。 （乘機場快線吧）
	生食	呢啲嘢可以生食。 （這些東西可以生吃）	點生食法？ （怎麼生吃）	加啲檸檬汁就食得。 （擱點兒檸檬汁就可以吃）
形	肥	佢真係好肥。 （他真的很胖）	點肥法？ （有多胖）	身高一米五， 重一百一十公斤。
	薄	啲肉切薄啲。 （肉切薄一點兒）	點薄法？ （有多薄）	嗱，我切畀你睇。 （瞧，我切給你看）
副	間中	佢間中嚟睇下我。 （他偶爾來看看我）	點間中法？ （偶爾？什麼意思）	一個月兩三次度啦。 （一個月就兩三回）
	急	佢急住要嗰筆錢。 （他急着要那筆錢）	點急法？ （有多急）	聽日就想攞到手。 （想明天就拿到手）

六　傳意項目介紹：謝意

傳意用語	例句
1. 一般的感謝	
（1）多謝 / 唔該	• 多謝大家嚟捧場。
（2）多謝晒 / 唔該晒	• 你同我準備好晒啲文件，唔該晒喎。
（3）有心	• 你咁遠都嚟，真係有心嘞。
（4）麻煩晒	• 今次麻煩晒你嘞。
（5）打攪晒	• 我哋都坐咗好耐嘞，要走嘞。打攪晒！
2. 較深的感謝	
（1）真係多謝晒 / 唔該晒	• 你哋個個送咁多嘢嚟，真係多謝晒！
（2）多得你 *	• 上次都係多得你幫我，唔係都唔知點收科。

七　練習

（一）請選出適當的答案。（√）

（1）今晚	gam^1man^5（　）	gem^1man^5（　）
	gam^1men^5（　）	gem^1men^5（　）
（2）打錯	da^2co^3（　）	daa^2co^3（　）
	da^2cuo^3（　）	da^2cou^3（　）

*　若在“多得你”此語之後加“唔少”，則並非感謝語，相反是埋怨別人給自己添麻煩。

（3）幾點	gei2 dim3（　）	géi2 dim2（　）
	géi2 din2（　）	gei2 din2（　）
（4）自己	ji1géi2（　）	ji3géi2（　）
	ji4gei2（　）	ji6géi2（　）
（5）坐車	zo6cé1（　）	co5cé1（　）
	cho3cé1（　）	cho5cé1（　）

（二）下列句子中，用粵語拼音寫出的詞語是什麼？請準確讀出，並寫上漢字。

（1）琴日下晝 log6 dai6 yu5。

（2）你想去邊度，wa6 béi2 ngo5 ji1。

（3）我要睇下 bun2 géi3xi6bou2 先。

（4）等佢 fan1lei4 我叫佢嚟 wen2 你。

（5）M4goi1 zé3mé2.

（三）請認讀下列粵語拼音，學習幾個新詞語。

（1）合和中心　Heb6wo2 Zung1sem1

（2）中環廣場　Zung1wan4 Guang2cêng4

（3）裁判法院　Coi4pun3 fad3yun2

（4）維多利亞公園　Wei4do1léi6a3 Gung1yun2

（四）請回答下列問題。

（1）你知唔知道“晨運”係乜嘢意思？

（2）你有冇晨運嘅習慣？

（3）你鍾唔鍾意去行山？

（4）香港嘅天氣適唔適合行山？

（5）你去過邊個郊野公園？

（6）你鍾唔鍾意去燒烤？

（7）你行過水塘未？

（8）你個影相機係乜嘢牌子㗎？

（9）你鍾唔鍾意影相？

（10）你鍾意用邊隻菲林？

八　短文朗讀 17-4

香港人好鍾意晨運，尤其係禮拜日，大大細細，全家出動去行山。事關晨運好多時就等於去行山。香港島山唔少，天氣一年四季都咁好。除咗翻風落雨之外，唔理邊日都可以去行山。山呢，點行都得，你唔想行咁攰（gui⁶），少少地行個零鐘頭又得，你想練下腳骨力，行佢幾個鐘頭，爬上爬落又得。約埋成班人去郊野公園燒烤作樂，影相留念都幾好玩㗎。你唔信就試下啦。安排好行程，包你滿意而歸。

18

Wen2 gung1 tiu3 cou4

搵工跳槽

Bou3ji2 gé3 "keo4jig1 guong2cêng4" yed6yed6 dou1 yeo5
報紙 嘅 "求職 廣場" 日日 都 有
hou2 do1 céng2yen4 gé3 guong2gou3.
好 多 請人 嘅 廣告。

一　課文 18-1

（1）Hei2 Hêng1gong2 yiu3 wen2gung1 tei2 lei4 hou2 yung4yi6,
喺　香港　要　搵工　睇嚟好　容易，
bou3ji2 gé3 "keo4jig1 guong2cêng4" yed6yed6 dou1 yeo5 hou2
報紙嘅　"求職　廣場"　日日　都　有　好
do1 céng2 yen4 gé3 guong2gou3.
多　請　人　嘅　廣告。

（2）Gung1xi1 kuog3dai6 yib6mou6 la1, yen4yun4 leo4dung6 la1,
公司　擴大　業務　啦，人員　流動　啦，
hou2 do1 xi4 dou1 wui5 yeo5 hung1küd3.
好　多　時　都　會　有　空缺。

（3）Ngo5 dou1 sêng2 jun3gung1, néi5déi6 gung1xi1 céng2 m4 céng2
我　都　想　轉工，你哋　公司　請　唔　請
yen4 a3 ?
人　呀？

（4）Néi5 sêng2 yeb6 ngo5déi6 ni1 hong4 a4 ? Kéi4sed6, néi5 gem3 yeo5
你　想　入　我哋　呢　行　呀？其實，你　咁　有
ging1yim6, dai6ba2 gung1xi1 zang1ju6 yiu3, zou2 zeo6 ying1goi1
經驗，大把　公司　爭住　要，早　就　應該
tiu3cou4 la1.
跳槽　啦。

（5）Ji3bei6 ngo5 hog6lig6 m4 keb6 deg1 yen4 né1.
至嘢　我　學歷　唔　及　得　人　呢。

（6）Néi5dou1 dug6zo2 go3 yiu4kêu5 hog6wei2 la1. Fong3cé2, hou2
你　都　讀咗　個　遙距　學位　啦。況且，好
do1 gung1xi1 céng2 yen4 dou1 hou2 tei2cung5 ging1yim6tung4
多　公司　請　人　都　好　睇重　經驗　同
sed6zei1 neng4lig6 ga3.
實際　能力　㗎。

（7）Yi4ga1 hou2 do1 gung1xi1 dou1 fad3jin2 noi6déi6 xi5cêng4,
而家 好 多 公司 都 發展 內地 市場，
kêu5déi6 dou1 yiu3 céng2 ju3 noi6déi6 gé3 yen4yun4.
佢哋 都 要 請 駐 內地 嘅 人員。

（8）Yu4guo2 yeo5 heng4jing3 gun2léi5 coi4neng4, yeo6 yeo5 noi6déi6
如果 有 行政 管理 才能，又 有 內地
ging1sêng1 ging1yim6, yeo6 xig1 pou2tung1wa2, …… ni1di1
經商 經驗，又 識 普通話，…… 呢啲
yen4coi4 zeo6 hou2 cêng2seo2.
人才 就 好 搶手。

（9）Yiu3 cêng4kéi4 léi4hoi1 ug1kéi2, hou2 do1 yen4 dou1 m4 yun6 zou6.
要 長期 離開 屋企，好 多 人 都 唔 願 做。

（10）So2yi5 ni1di1 jig1wei6, tung1sêng4 sen1ceo4 dou1 gou1 hou2 do1.
所以 呢啲 職位， 通常 薪酬 都 高 好 多。

（11）Hou2 do1 ying4yib6 doi6biu2 wag6zé2 Zung1guog3bou3 ju2gun2
好 多 營業 代表 或者 中國部 主管
ji1lêu6 gé3 jig1wei6, tiu4gin2 dou1 hou2 keb1yen5.
之類 嘅 職位， 條件 都 好 吸引。

（12）Yeo5 ngag6ngoi6 gé3 sen1gem1 zên1tib3, ga3kéi4 yeo6 wui5 do1
有 額外 嘅 薪金 津貼，假期 又 會 多
di1, gung1xi1 yeo6 bao1 xig6-ju6 tung4 Hêng1gong2, noi6déi6
啲，公司 又 包 食住 同 香港、 內地
loi4wui4 gao1tung1fei3, zung6 yeo5 kéi4ta1 hou2 do1 fug1léi6,
來回 交通費， 仲 有 其他 好 多 福利，
dou1 m4 co1 ga3.
都 唔 錯 㗎。

（13）Gong2 dou3 ngo5 dou1 sem1yug1yug1 tim1.
講 到 我 都 心郁郁 㖭。

（14）Néi5 yeo6 méi6 gid3fen1, mou5 gu3lêu6, di1 lou5ban2 dou1
你 又 未 結婚，無 顧慮，啲 老闆 都

deg⁶bid⁶ zung¹yi³ di¹ la¹, néi⁵ nem²ha⁵ hei⁶ m⁴ hei⁶ lag³ ?
特別　鍾意　啲啦，你　諗下　係　唔　係　嘞？

（15）Yeo⁶ hei⁶ bo³. Hou², yed¹yu¹ fan¹hêu³ sé² keo⁴jig¹sên³ xin¹.
又　係　嗰。好，一於　返去　寫　求職信　先。

普通話對譯

（1）在香港要找工作看來很容易，報紙上的“求職廣場”天天都有很多廣告。

（2）公司擴大業務啦，人員流動啦，常常都會有空缺。

（3）我也想換個工作，你們公司請人嗎？

（4）你想入我們這一行啊？其實，你那麼有經驗，找工作根本不用愁，早就應該換個新的工作。

（5）可是我的學歷不如人哪。

（6）你不是拿了個遙距學位嗎？況且，很多公司請人都很看重經驗和實際能力。

（7）現在很多公司都發展內地市場，他們都要請駐內地的人員。

（8）如果有行政管理才能，又有內地經商經驗，又會説普通話，……這些人才就很吃香。

（9）要長期離開家庭，很多人都不願意。

（10）所以這些職位，工資一般都相當高。

（11）很多營業代表或者中國部主管這一類職位，待遇都很好。

（12）有額外的工資津貼，假期又比別人多，吃住跟香港、內地來回交通費也是由公司包了，還有其他很多福利挺不錯的。

（13）看你説的我心都怪癢癢的。

（14）你又還沒結婚，沒顧慮，做老闆的都特別愛用這種人，你説對不對？

（15）有道理，好，我這就回去寫求職信。

二　重點詞彙 18-2

（1）搵工	wen2gung1	找工作；求職
（2）轉工	jun3gung1	轉換新的工作
（3）跳槽	tiu3cou4	轉行
（4）至嘢	ji3bei6	最糟 / 最吃虧 / 最麻煩
（5）唔及得人	m4 keb6 deg1 yen4	比不上別人
（6）睇重	tei2cung5	看重
（7）唔願	m4 yun6	不願意
（8）薪酬	sen1ceo4	工資待遇
（9）心郁郁	sem1yug1yug1	動心
（10）又係噃	yeo6 hei6 bo3	倒也是

三　補充語彙 18-3

（一）詞語

申請表 sen1qing2biu2　　個人履歷 go3yen4 léi5lig6

資歷 ji1lig6　　見工 gin3gung1　　合約雇員 heb6yêg3 gu3yun4

挖角 wad3gog3（想辦法使對方的雇員到自己手下工作）

職業介紹 jig1yib6 gai3xiu6　　公積金 gung1jig1gem1

房屋津貼 fong4ug1 zên1tib3　　醫療保險 yi1liu4 bou2him2

（二）句子

（1）Qiu4leo4 hing1 tiu3cou4.

潮流　與　跳槽。

潮流興跳槽。

（2） Bed1guo3 nem5 qing1co2 ji6géi2 gé3 tiu4gin2 tung4 hing3cêu3 xin1.

不過　諗　清楚　自己　嘅　條件　同　興趣　先。

不過先要考慮清楚自己的條件和興趣。

（3） M4 hou2 yi5wei4 dung1ga1 m4 da2 da2 sei1ga1, sed6 dim6.

唔　好　以為　東家　唔　打　打　西家，實　掂。

別以為東家不打打西家，準行。

（4） Fong3cé2, tiu3lei4 tiu3hêu3, ji6géi2 mou5sai3 jig1lêu6.

況且，跳嚟　跳去，自己　冇晒　積累。

何況工作換來換去，自己就沒有什麼積累。

（5） Mou5 jig1lêu6 jig1hei6 mou5 sed6lig6, mou5 yeo1sei3.

冇　積累　即係　冇　實力，冇　優勢。

沒積累就等於沒實力，沒優勢。

四　重點理解

（一）疑問助詞“呀”的異調異義

“呀”作為疑問助詞有兩個聲調，第三聲純粹表示詢問，第四聲的“呀”還具推測及驚奇的意念，並期待確認的答案，試比較：

（1）你想不想去呀（第三聲）？　　你想不想去呀？

（2）你唔想去呀（第四聲）？　　你不想去嗎？

（3）你去邊度呀（第三聲）？　　你去哪兒？

（4）你去灣仔呀（第四聲）？　　你去灣仔呀？

（二）“跳槽”

“跳槽”的意思是“轉換到新的公司 / 機構工作”，也即“另找新的工作”，常常跟“搵工”一起用。“槽”原意為盛載飼料的長條容器，“跳槽”是借用“到別的槽找吃的”來比喻“到新的環境謀生”。

(1) 你早就應該搵工跳槽。 你早就應該換個工作。

(2) 佢上個月已經跳槽去咗第二個電視台。 她上個月已經轉到另一個電視台工作。

(三)"至……"

"至……"相當於"最……"。粵語也用"最……"的格式,但"至……"較接近傳統的粵語。

(1) 至弊我學歷唔及得人呢。 最糟的是我的學歷比不上人家。

(2) 咁多人之中,至/最肥嗰個係佢。 這麼多人之中,最胖的就是他。

(四)名詞+重疊襯字:"心郁郁"

粵語"名詞+重疊襯字"的格式中,重疊的襯字多是動詞或形容詞,起說明的作用,如:"心郁郁",襯字"郁(動)"是動詞,說明"心"的狀態,這種格式多用於人體各部。

(1) 心郁郁 動心

(2) 眼金金 目不轉睛地盯着

(3) 口多多 多嘴多舌

(4) 頭耷耷 耷拉着腦袋

(5) 面紅紅 紅着臉

(五)"又係嚁"

表示領悟某一種想法比自己原來的想法更合理,相當於普通話的"說來倒是"。

(1) 你噉講,佢實唔鍾意啦,你諗下係唔係嘞。 你這樣說,他當然不高興了,你想這對不對。
—— 又係嚁。 ——倒也是。

(2) 你點解唔星期三去啲? 你為什麼不星期三去?
—— 又係嚁。 ——說的倒是。

五　講解

（一）語音講解：關於 êng 韻母

1. êng 韻母發音複習：

êng 韻母在普通話裏是沒有的。同練習 êu 韻母一樣，發音時先要拿準 ê 音。例如：要說 “香 hêng^{1}” 字，可先發 “靴 hê^{1}” 音，這樣 êng 韻母較容易讀準。

靴—香　　hê^{1} —hêng^{1}

韻母為 êng 的常用字舉例如下：

（1）量　　份量 fen^{6}lêng^{6}　　數量 sou^{3}lêng^{6}

（2）張　　一張 yed^{1} zêng^{1}　　開張 hoi^{1}zêng^{1}

（3）常　　常用 sêng^{4}yung^{6}　　常見 sêng^{4}gin^{3}

（4）香　　香港 Hêng^{1}gong^{2}　　檀香 tan^{4}hêng^{1}

（5）樣　　樣貌 yêng^{6}mao^{6}　　一樣 yed^{1}yêng^{6}

2. 哪些字是 êng 韻母的字？

在粵語中，韻母為 êng 的字，主要是普通話中含 iang 韻和 ang 韻的字：

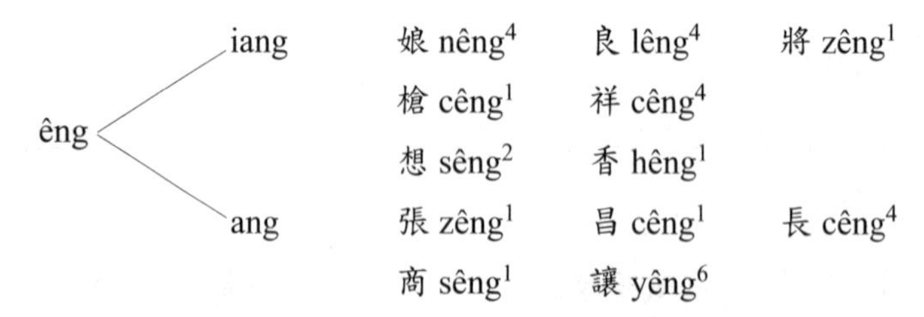

要特別注意，下面這幾組字，在普通話中，其聲母、韻母都不相同，而在粵語中都是同音字：

（1）將—張　　將來 zêng^{1}loi^{4}—張開 zêng^{1}hoi^{1}

（2）匠—象—丈　石匠 ség^{6}zêng^{6}—大象 dai^{6}zêng^{6}—一丈 yed^{1} zêng^{6}

（3）長—牆—詳　長短 cêng^{4}dün^{2}—牆紙 cêng^{4}ji^{2}—詳細 cêng^{4}sei^{3}

（4）商—相　　商量 sêng^{1}lêng^{4}—相信 sêng^{1}sên^{3}

（5）讓—樣　　禮讓 lei^{5}yêng^{6}—樣本 yêng^{6}bun^{2}

另外，有個別含 êng 韻的字是普通話中含 uang 韻的字，也要小心認記：窗 cêng^{1}　雙 sêng^{1}

試練習下面兩句：

（1）Ngo^{5}déi^{6} ni^{1} ban^{1} yen^{4}, yeo^{5} xing^{3} Zêng^{1},
我哋　呢　班　人，有　姓　張，
xing^{3} Yêng^{4}, xing^{3} Lêng^{4}, xing^{3} Zêng^{2}, mou^{5}
姓　楊，姓　梁，姓　蔣，冇
xing^{3} Sêng^{4}, xing^{3} Hêng^{3}, xing^{3} Hêng^{1},
姓　常，姓　向，姓　香，
xing^{3} Gêng^{1}.
姓　姜。

（2）Gêng^{1} dou^{6}yin^{2} gong^{2}, din^{6}ying^{2} *Cêng^{4}Gong^{1}*
姜　導演　講，電影　《長江》
deg^{1}zo^{2} lêng^{5} hong^{6} Gem^{1}zêng^{6}zêng^{2}.
得咗　兩　項　金像獎。

（二）語法講解：表示強調的格式

粵語中的強調格式往往把命題置於句子的前部，而把強調詞置於後部，以加強語勢。常用的強調格式有：

1.“（乜）…… 都係假”

（1）佢唔應承（ying^{1}sing^{4}：答應）就乜都係假。　　他不答應，別的都免談。

（2）我攰（gui^{6}）到死，去邊度都係假。
我累得夠嗆，哪兒都不想去。

2. "……都似"

（1）而家都七點三個字嘞，我睇佢唔嚟都似。
現在已經七點十五分了，我看他沒準不來了。

（2）幾日都唔見佢，我睇佢病咗都似。
幾天沒看見他，我看他準是病了。

3. "……都話唔定"

（1）個天變晒，一陣間落雨都話唔定。
變天了，待會說不好會下雨。

（2）我聽日先至返嚟都話唔定。
沒準兒我明天才回來。

（三）粵語趣談

香港是個自由的商業城市。有關搵工跳槽的習語特別多，如：

習語	注釋	示例
出糧	發工資	你哋邊日出糧㗎？ 你們哪天發工資？
劈炮	憤而辭職	估唔到佢真係劈炮喎。 想不到他竟然甩手不幹。
人工	工資	一個月得萬鬆啲人工咋。 一個月工資才萬把塊錢。
出嚟捞	幹活兒糊口	出嚟捞話咁易咩。 在外工作，可不簡單。
打份牛工	形容十分勞累的工作	讀書少，打份牛工啫。 學歷低，只能幹粗重 / 繁雜的活兒。

騎牛搵馬	暫且安於現狀，伺機轉換工作	做住呢份工先，騎牛搵馬吖嘛。 先幹上再說，有機會就跳槽。
做到踢晒腳	（工作）忙得團團轉	一個人打理咁多嘢，做到踢晒腳。 一個人料理那麼些事，忙得團團轉。
做到索晒氣	（工作）忙得喘不過氣來	一做做咗十個鐘，做到索晒氣。 一幹幹了十個小時，忙得喘不過氣來。
炒老闆魷魚	自動辭職（自謔說法）	係老闆炒你魷魚，定係你炒老闆魷魚呀？ 是老闆解僱你，還是你自動辭職啊？

六　傳意項目介紹：同意

傳意用語	例句
1. 充分同意	
（1）好 / 好呃	• 畀我睇下。—— 好呃。
（2）係 / 係呀	• 呢齣戲真係好睇。—— 係呀。
（3）得	• 你聽日準時七點到。—— 得。
（4）我都係噉話	• 搵佢去實輸啦。—— 我都係噉話嘞。
2. 勉強同意	
（1）又好	• 我哋去，你留喺度吖。—— 又好。
（2）噉又係	• 你唔去又見唔到佢啫。—— 噉又係。
3. 不同意	
我就話唔係嘞	• 佢話今日實落雨，我就話唔係嘞。

七　練習

（一）請選出適當的答案。（√）

（1）濕碎　seb^{1}sêu^3（　）　sab^{1}sêu^5（　）
　　　　　seb^{1}sêu^5（　）　sab^{1}sêu^3（　）

（2）的骰　did^{1}sid^1（　）　dig^{1}xig^1（　）
　　　　　ded^{1}sed^1（　）　di^{1}séi^1（　）

（3）穿煲　cu^{1}bou^1（　）　cyu^{1}bou^1（　）
　　　　　cün^{1}bou^1（　）　cun^{1}bou^1（　）

（4）黐線　qi^{1}xin^3（　）　ci^{1}xin^3（　）
　　　　　chi^{1}xin^3（　）　chyi^{1}xin^3（　）

（5）晒士　sei^{1}xi^1（　）　sai^{1}xi^2（　）
　　　　　sei^{1}xi^2（　）　sai^{1}xi^1（　）

注：上面各項普通話的意思分別為：（1）零碎；（2）小巧玲瓏；（3）露餡兒；（4）電話線交搭在一起；神經病；（5）尺寸。

（二）下列句子中，用粵語拼音寫出的詞語是什麼？請準確讀出，並寫上漢字。

（1）呢架 wén^{1}zei^2 係去 Tung^{4}lo^{4}wan^4 嘅。

（2）呢個天時 wa^6 bin^3 zeo^6 bin^3。

（3）佢 ngam^{1}ngam^1 hang^{4}hoi^1 咗。

（4）Deng^2 yed^{1}zen^6 你再打嚟啦。

（三）請順序讀出下面的音標。

da　dai　dei　tei　ten　tem　zem　zeb　keb　heb
leb　lib　lid　yid　yin　yiu　yi　qi　xi　séi　séng
sing　song　sung　gung　gug　kug　pug　pud　pui　pun

wun wu wa wan can cao ceo qiu coi o
u yu xu xun xud xin xid sên sêd zên
zêu zêg zêng

（四）請回答下列問題。

（1）如果想搵工，你會點樣做？
（2）喺香港搵工係唔係好容易？
（3）你試過搵工未？你有乜經驗？
（4）喺香港搵工，你覺得學歷緊要定係經驗緊要？
（5）你認為自己邊樣好啲？
（6）長駐內地嘅工作，有冇吸引人嘅地方？
（7）點解唔係咁多人肯做？
（8）你而家份工有乜嘢福利？
（9）你最希望有乜嘢福利？
（10）申請一份工有乜嘢手續？

八　短文朗讀 18-4

香港嘅報紙，好多都有請人嘅廣告，有的報紙嘅"求職廣場"或者"招聘（jiu¹ping³）金頁"有十幾版咁多。要搵工嘅話，打開份報紙睇下就得嘞，真係好方便。好多公司都有人員流失嘅問題，成日都有職位空缺。而啲打工仔，又興時不時轉下工，有好啲嘅職位，就跳槽過去。喺香港搵工，經驗同學歷都好緊要，所以，好多人一便做嘢，一便都去讀番個學位，攞番張文憑（men⁴peng⁴），噉以後搵工身價（sen¹ga³）就會高一皮。

19

Da² "geo²-geo²-geo²"
打"九九九"

"Geo²-geo²-geo²" hei⁶ gen²geb³ geo³wun⁴ din⁶wa²,
"九九九" 係 緊急 救援 電話，
kêu⁵ jib³bog³ hêu³ hou² do¹ déi⁶fong¹ gé².
佢 接駁 去 好 多 地方 嘅。

一　課文

(1) Ai^{1}nin^4-gen^{6}man^5, néi^5 yeo^6 co^1 lei^4 bou^6 dou^3, cêd^1 gai^1 yiu^3
挨年 近晚，你 又 初 嚟 埗 到，出 街 要
xiu^{2}sem^1 coi^{4}med^6 a^3.
小心 財物 呀。

(2) Hei^6 a^3, téng^{1}gong^2 Hêng^{1}gong^2 di^1 pa^{4}seo^2 fan^{6}on^3 seo^{2}fad^3
係 呀，聽講 香港 啲 扒手 犯案 手法
dou^1 hou^2 sei^{1}léi^6.
都 好 犀利。

(3) Néi^5 yu^{4}guo^2 zen^{1}hei^6 béi^2 yen^4 da^{2}zo^2 ho^{4}bao^1, néi^5 zeo^6 yiu^3
你 如果 真係 畀 人 打咗 荷包，你 就 要
jig^{1}heg^1 bou^{3}ging^2 la^3.
即刻 報警 喇。

(4) Hei^6 m^4 hei^6 yiu^3 hêu^3 ging^{2}qu^2 bou^{3}ging^2 a^3 ?
係 唔 係 要 去 警署 報警 呀？

(5) Néi^5 ho^{2}yi^5 da^2 "geo^2-geo^2-geo^2", gong^2 qing^{1}co^2 med^{1}yé^6 xi^6
你 可以 打 "九九九"*，講 清楚 乜嘢 事
tung^{4}mai^4 cêd^{1}xi^6 déi^{6}dim^2, dai^{6}yêg^3 lêng^5-sam^1 fen^{1}zung^1,
同埋 出事 地點，大約 兩三 分鐘，
ging^{2}cad^3 zeo^6 wui^5 dou^3 ga^{3}la^3.
警察 就 會 到 㗎喇。

(6) "Geo^2-geo^2-geo^2" hei^6 m^4 hei^6 jig^{6}tung^1 hêu^3 ging^{2}qu^5 ga^3 ?
"九九九" 係 唔 係 直通 去 警署 㗎？

(7) "Geo^2-geo^2-geo^2" hei^6 gen^{2}geb^3 geo^{3}wun^4 din^{6}wa^2, kêu^5
"九九九" 係 緊急 救援 電話，佢
jib^{3}bog^3 hêu^3 hou^2 do^1 déi^{6}fong^1 gé^2.
接駁 去 好 多 地方 嘅。

---

* 指在香港向警方報案的電話號碼，供市民如發現緊急事故或罪案（如盜竊、傷人、火災等）時致電報案。

（8）Hei^{6} wo^{3}, yu^{4}guo^{2} hei^{6} gao^{1}tung^{1} yi^{3}ngoi^{6}, zeo^{6} yiu^{3} giu^{3}mai^{4}
係 喎，如果 係 交通 意外，就 要 叫埋
geo^{3}sêng^{1}cé^{1} lag^{3}.
救傷車 嘞。

（9）Hou^{2}qi^{5} fo^{2}zug^{1} la^{1}, san^{1}nei^{4} king^{1}sé^{3} la^{1}, lem^{3}leo^{2} la^{1}, fan^{4}hei^{6}
好似 火燭 啦，山泥 傾瀉 啦，冧樓 啦，凡係
yeo^{5} yen^{4} yiu^{3} geo^{3}, dou^{1} yiu^{3} cêd^{1}dung^{6} xiu^{1}fong^{4}yun^{4}.
有 人 要 救，都 要 出動 消防員。

（10）Dan^{6}hei^{6}, da^{2} tung^{4}yêng^{6} yed^{1} go^{3} din^{6}wa^{2}, yeo^{6} dim^{2}yêng^{2}
但係，打 同樣 一 個 電話，又 點樣
ho^{2}yi^{5} tung^{1}ji^{1} dou^{2} m^{4} tung^{4} gé^{3} yen^{4} né^{1} ?
可以 通知 到 唔 同 嘅 人 呢？

（11）Jib^{6}téng^{1} "geo^{2}-geo^{2}-geo^{2}" gé^{3}, kéi^{4}sed^{6} hei^{6} yed^{1} go^{3}
接聽 "九九九" 嘅，其實 係 一 個
din^{6}wa^{2} hung^{3}zei^{3} zung^{1}sem^{1}, kêu^{5}déi^{6} ji^{1}dou^{3} fad^{3}seng^{1}
電話 控制 中心， 佢哋 知道 發生
med^{1}yé^{5} xi^{6} heo^{6}, zeo^{6} wui^{5} jig^{1}heg^{1} zêng^{1} din^{6}wa^{2} jun^{2} hêu^{3}
乜嘢 事 後，就 會 即刻 將 電話 轉 去
zêu^{3} ken^{2} cêd^{1}xi^{6} déi^{6}dim^{2} gé^{3} ging^{2}qu^{2} la^{1}, yi^{1}yun^{2} la^{1},
最 近 出事 地點 嘅 警署 啦，醫院 啦，
xiu^{1}fong^{4}gug^{2} la^{1}. Gem^{2}, kêu^{5}déi^{6}dei^{6}-yed^{1} xi^{4}gan^{3} zeo^{6} wui^{5}
消防局 啦。噉， 佢哋 第一 時間 就 會
pai^{3} yen^{4} pai^{3} cé^{1} gon^{2}hêu^{3} yin^{6}cêng^{4}.
派 人 派 車 趕去 現場。

（12）Yu^{4}guo^{2} yeo^{5} yen^{4} lün^{6} da^{2} "geo^{2}-geo^{2}-geo^{2}" , héi^{2}bed^{1}xi^{6}
如果 有 人 亂 打 "九九九"， 豈不是
wui^{5} long^{4}fei^{3} hou^{2} do^{1} yen^{4}lig^{6} ?
會 浪費 好 多 人力？

（13）Hei^{6} a^{3}. Ni^{1}go^{3} din^{6}wa^{2} gong^{2}ming^{4} hei^{6} yiu^{3} yeo^{5} sêu^{1}yiu^{3}
係 呀。呢個 電話 講明 係 要 有 需要

ji3 ho2yi5 da2 ga3. So2yi5, yu4guo2 bou3 ga2on3 yiu3 co2gam1
至 可以 打 㗎。所以，如果 報 假案 要 坐監
tung4 fed6fun2.
同 罰款。

（14）Yu4guo2 ngo5 yiu3 teo4sou3 leo4sêng6 da2 tung1xiu1 ma4zêg2
如果 我 要 投訴 樓上 打 通宵 麻雀
hei6 gem2 cou4, yeo6 wag6zé2 gêu2bou3 gag3léi4 xi1nai1
係 噉 嘈，又 或者 舉報 隔籬 師奶
yêg6doi6 go3 zei2, ho2 m4 ho2yi5 da2 "geo2-geo2-geo2"？
虐待 個 仔，可 唔 可以 打 "九九九"？

（15）Ho2yi5 gé2, lin4 dai6tou5po2 sang1zei2 dou1 ho2yi5 da2
可以 嘅，連 大肚婆 生仔 都 可以 打
"geo2-geo2-geo2" giu3 seb6ji6cé1.
"九九九" 叫 十字車。

（16）Yi2, med1 néi5 tai3tai2 go3 yêng2 gem3 sen1fu2 gé2？Hei6 m4
咦，乜 你 太太 個 樣 咁 辛苦 嘅？係 唔
hei6 sang1 deg1 la3？
係 生 得 喇？

（17）Hei6 a3, hei6 a3, fai3di1 da2 "geo2-geo2-geo2" la1！
係呀，係呀，快啲 打 "九九九" 啦！

普通話對譯

（1）快過年了，你又是剛到這裏，在街上要小心自己的錢包。
（2）對呀，聽說香港的小偷做案手法也很厲害。
（3）你如果真的給人掏了腰包，你就要馬上報警。
（4）是不是要到警察局去報警啊？
（5）你可以打"九九九"，講清楚什麼事情和出事地點。大約兩三分鐘，警察就會到。
（6）"九九九"是不是直通警察局的呢？
（7）"九九九"是緊急救援電話，它接通很多地方。

（8）對，對，如果是交通意外，也要通知救護車一起來。

（9）就像火災啦，塌方啦，房子塌啦，凡是要救人的，都要出動消防員。

（10）但是，打同一個電話，又怎麼能讓不同的人知道呢？

（11）接聽"九九九"的，其實是一個電話控制中心，他們知道發生的事情後，就會馬上把電話轉到離出事地點最近的警察局、醫院、消防局等等，他們馬上就會派人派車趕去現場。

（12）如果有人亂打"九九九"，那不就會浪費很多人力了嗎？

（13）對呀，這電話聲明是只能在有需要的時候才可以用。所以，虛報案件是要坐牢和罰款的。

（14）如果我要投訴樓上通宵打麻將劈哩啪啦的，又或者舉報隔壁大嫂虐待孩子，可不可以打"九九九"？

（15）可以呀，連孕婦生孩子都可以打"九九九"叫救護車。

（16）唉，怎麼你太太的臉色那麼難看？是不是臨產了？

（17）是啊，是啊，快打"九九九"！

二　重點詞彙 19-2

（1）挨年近晚	$ngai^1/ai^1nin^4$-gen^6man^5	時近年底
（2）扒手	pa^4seo^2	小偷
（3）犀利	sei^1léi^6	厲害
（4）打荷包	$da^2ho^4bao^1$	掏腰包
（5）火燭	fo^2zug^1	火災
（6）山泥傾瀉	san^1nei^4 $king^1$s$é^3$	山體滑坡 / 塌方
（7）第一時間	dei^6-yed^1 xi^4gan^3	（事情發生後）馬上；即時
（8）報假案	bou^3 ga^2on^3	虛報案件
（9）坐監	co^5gam^1	坐牢

（10）係噉嘈	hei^{6} gem^{2} cou^{4}	吵吵鬧鬧的
（11）師奶	xi^{1}nai^{1}	大嫂；大嬸兒；家庭主婦
（12）大肚婆	dai^{6}tou^{5}po^{2}	孕婦
（13）生仔	sang^{1}zei^{2}	生孩子

三　補充語彙 19-3

（一）詞語

三隻手 sam^{1}zég^{3}seo^{2}（小偷）　差人 / 差佬 cai^{1}yen^{4}/cai^{1}lou^{2}（警察）

差館 cai^{1}gun^{2}（警察局）　撲滅罪行 pog^{3}mid^{6} zêu^{6}heng^{6}

消防車 / 火燭車 xiu^{1}fong^{4}cé^{1}/fo^{2}zug^{1}cé^{1}

消防員 xiu^{1}fong^{4}yun^{4}　白車 / 救傷車 bag^{6}cé^{1}/geo^{3}sêng^{1}cé^{1}

黑箱車 heg^{1}sêng^{1}cé^{1}（運送屍體的車）

水浸 sêu^{2}zem^{3}（水災 / 水患）　冧山泥 lem^{3} san^{1}nei^{4}（塌方）

漏煤氣 leo^{6} mui^{4}héi^{3}

（二）句子

（1）Wa^{6} zeo^{6} wa^{6} Hêng^{1}gong^{2} gé^{3} ji^{6}on^{1} m^{4} co^{3}.
話 就 話 香港 嘅 治安 唔 錯。
雖說香港治安不錯。

（2）Dan^{6}hei^{6}, m^{4} pa^{3} yed^{1}man^{6}, ji^{2} pa^{3} man^{6}yed^{1}.
但係，唔 怕 一萬，只 怕 萬一。
但是，不怕一萬，只怕萬一。

（3）Hei^{2} yen^{4} do^{1} zei^{1}big^{1} gé^{3} déi^{6}fong^{1}, yiu^{3} xiu^{2}sem^{1} ji^{6}géi^{2} gé^{3}
喺 人 多 擠逼 嘅 地方，要 小心 自己 嘅
coi^{4}med^{6}.
財物。
在特別擁擠的地方，要看好自己的財物。

（4）Yu^{6}dou^{2} pa^{4}seo^{2}, zeo^{6} dei^{6}-yed^{1} xi^{4}gan^{3} da^{2} geo^{2}-geo^{2}-geo^{2}.
遇到 扒手，就 第一 時間 打 九九九。
遇上小偷兒，就儘快撥打九九九。

（5）Qin^{2} m^{4} gin^{3}zo^{2} xi^{6} xiu^{2}, jing^{3}gin^{2} m^{4} gin^{3}zo^{2} zeo^{6} dai^{6}zei^{1} lag^{3}.
錢 唔 見咗 事 小， 證件 唔 見咗 就 大劑 嘞。
錢沒了事小，證件沒了可麻煩了。

四　重點理解

（一）動補助詞："明"

"明"字在粵語及普通話裏都可以充當動詞補語，如：指明、寫明、注明、標明等等。

（1）呢個電話，寫明係有緊急事件發生嘅時候至可以用㗎。　這個電話，上面注明要在有緊急事件發生的時候才可以用。

（2）老闆指明要你去。　老闆指定要你去。

但，"聽明"在普通話中不用，而粵語可以用來表示"聽明白"，如"我聽得明"；也可以有上述用法：

佢話聽日嚟我聽得明。　我清清楚楚聽他説明天要來。

（二）"喺噉"＋動詞

"係噉……"相當於普通話的"一個勁的……"，強調動作的重複或持續。

（1）樓上成晚打牌係噉嘈，點瞓得着吖！　樓上整夜打麻將劈哩啪啦的，叫人怎麼睡！

（2）我哋係噉行，三個字就行到了。　我們不停地走，走了十五分鐘就到了。

（三）“乜咁”＋形容詞＋“嘅”

“乜咁……嘅”表示疑問或驚訝，相當於普通話的“怎麼那麼……”。

（1）佢個樣乜咁辛苦嘅， 係唔係病咗呀？	她的臉色那麼難看， 是不是病了？
（2）乜咁貴嘅，唔係減價咩？	怎麼那麼貴，不是說減價嗎？

（四）“婆”和“佬”

“婆”和“佬”是加在名詞、形容詞或動賓結構後面的詞尾；“佬”，指成年男子，“婆”，指成年女子，常用於表示職業，如：“巴士佬”、“豬肉佬”、“賣菜婆”等；有時帶貶義或輕蔑的意味，如：“鄉下佬”、“鹹濕佬”；其他例子還有：

（1）飛髮佬	理髮師
（2）泥水佬	建築工人
（3）鬼佬	老外
（4）大肚婆	孕婦
（5）事頭婆	老闆娘
（6）肥婆	胖女人

五　講解

（一）語音講解：關於 h 聲母

1. h 聲母的發音：

h 聲母是喉音，普通話的 h 部位較前，是舌根音，兩者有輕微的差別。試比較普通話“海（hǎi）”與粵語“孩（hai⁴）”兩音，普通話的 h，出氣的縫隙較窄，粵語的 h，像呵氣的樣子，發音時舌根放鬆。聲母為 h 的常用字舉例如下：

（1）行　行街 hang4gai1　行運 hang4wen6
（2）開　開胃 hoi1wei6　開刀 hoi1dou1
（3）香　香梘 hêng1gan2　香蕉 hêng1jiu1
（4）空　空氣 hung1héi3　太空 tai3hung1

2. 哪些字是 h 聲母的字？

在粵語中聲母為 h 的字，主要是普通話 x 聲母及 h 聲母的字，而以 x 聲母的字為多：

h → x：蝦 ha1　鞋 hai4　校 hao6　閒 han4　係 hei6　瞎 hed6　喜 héi2　獻 hin3　兄 hing1　巷 hong6　香 hêng1　雄 hung4

h → h：孩 hai4　喊 ham3　候 heo6　含 hem4　恆 heng4　好 hou2　何 ho4　漢 hon3　紅 hung4

要特別注意，下面這幾組字在粵語裏是同音字：

（1）孩—鞋　女孩 nêu5hai4—皮鞋 péi4hai4
（2）航—降　航海 hong4hoi2—投降 teo4hong4
（3）紅—雄　紅布 hung4bou3—英雄 ying1hung4
（4）函—鹹　公函 gung1ham4—鹹味 ham4méi6
（5）鶴—學　仙鶴 xin1hog6—同學 tung4hog6

有少部分字，在普通話不是 x 或 h 聲母，這些字要小心認記：

在普通話為 k 聲母	開 hoi1	看 hon3	肯 heng2
	哭 hug1	康 hong1	
在普通話為 q 聲母	欠 him3	欺 héi1	輕 hing1
	去 hêu3	腔 hong1	
在普通話為 j 聲母	酵 hao1		
在普通話為 ch 聲母	吃 hég3		

（二）語法講解：量詞小結（粵語與普通話對比）

1. 詞形不同，但意義的使用範圍大致相同。

（1）一嚿牛肉	一塊牛肉
（2）一翕樹	一棵樹
（3）一啖飯	一口飯

2. 詞形相同，但意義不同。

（1）一執頭髮	一綹頭髮
（2）一單生意	一筆生意
（3）一道門	一扇門

3. 詞形、詞義相同，但使用範圍不完全相同。

（1）一張蓆	一張蓆子
兩張被	兩條被子 / 兩床被子
（2）一隻手錶	一隻手錶
你飲開邊隻茶	你習慣喝哪種茶
（3）一條香煙	一條香煙
一條棍	一根棍子

4. 粵語有“量 + 名”結構，相當於普通話“數 + 量 + 名”結構。

（1）條魚幾重？	那條魚多重？
（2）買份報紙	買一份報紙

也有：“人稱代詞 + 量”結構。

（3）我本唔好， 借你本睇睇。	我那本書不好， 借你那本（給我）看看。

5. 粵語量詞重疊，表示“每一”。

（1）條條魚都咁大。	每一條魚都那麼大。
（2）架架車都咁靚。	每一輛車都很漂亮。

（3）張張枱都擺滿晒嘢。　每一張桌子都放滿了東西。

（三）粵語趣談

1. 讓我們熟悉一下香港報刊上常見的罪案名稱。

械劫	綁票	非禮	打黑工	非法聚賭
爆竊	藏毒	虐兒	逼良為娼	高空擲物
爆格	啪丸	虐畜	刑事毀壞	逾期逗留
受賄	襲警	放貴利	阻差辦公	街頭詐騙

當中的：

（1）非禮，涵蓋強姦和性騷擾。

（2）打黑工，指旅遊者無工作許可證而從事有報酬活動。

（3）放貴利，指高利貸。

（4）阻差辦公，"差"為"差人"，即警察，指妨礙警察執行公務。

（5）逾期居留，指居港或旅遊者不按批核日期離港而非法逗留。

2. 社會上常見的事故名稱。

火燭（火災）	漏煤氣（煤氣洩漏）	爆水管（地下水管爆裂）
水浸街（街道淹沒）	冧山泥（塌方）	車輛翻側（汽車側倒）

六　傳意項目介紹：懊悔

傳意用語	例句
（1）好後悔……	• 我好後悔冇打電話話你知。
（2）早知係咁就……	• 早知係咁就唔畀佢啦。
（3）早知問下人	• 早知問下人就唔會蕩失路啦。
（4）都係自己衰	• 都係自己衰，貪平買埋啲流嘢。

（5）都係我唔好	• 都係我唔好，累你遲到㗎。
（6）我真係懵嘅	• 我真係懵嘅，少咗成百文都唔知。
（7）仲估……點知	• 我仲估佢晏晝至到，點知佢一早就嚟咗等我。

七　練習

（一）請選出適當的答案。（√）

（1）想像　sêng^{2}sêng^6（　）　sêng^{2}hêng^3（　）
　　hêng^{2}zêng^6（　）　sêng^{2}zêng^6（　）

（2）幸運　xing^{6}wen^6（　）　xing^{6}yun^6（　）
　　hing^{6}wen^6（　）　heng^{6}wen^6（　）

（3）鄉下　sêng^{1}ha（　）　hêng^{1}ha^2（　）
　　sêng^{1}sa^6（　）　hêng^{1}sa^6（　）

（4）危險　wei^{4}xin^2（　）　wei^{4}hin^2（　）
　　wei^{4}him^2（　）　ngei^{4}him^2（　）

（5）威脅　wai^{1}hib^3（　）　wéi^{1}hib^3（　）
　　wai^{1}hid^3（　）　wei^{1}xib^3（　）

（二）下列句子中，用粵語拼音寫出的詞語是什麼？請準確讀出，並寫上漢字。

（1）我哋坐 cêng^{1}heo^2 go^2 zêng^1 toi^2，好唔好？

（2）佢嘅電話係 yi^6-ced^1-séi^3-bad^3-ced^1-lug^6-yi^6-geo^2。

（3）Dei^{6}yi^{6}xi^4 先啦。

（4）你哋有冇 yu^{6}xin^1 déng^{6}wei^2？

（5）朝早 zung^6 yeo^5 yed^{6}teo^2，而且 sai^{1}dou^3 séi^2。

（三）**請認讀下列粵語拼音，學習這些名稱怎麼讀。**

（1）基督教　Géi^{1}dug^{1}gao^{3}

（2）公益金　Gung^{1}yig^{1}gem^{1}

（3）鄉議局　Hêng^{1}yi^{5}gug^{2}

（4）家計會　Ga^{1}gei^{3}wui^{2}

（四）**請回答下列問題。**

（1）你有冇試過打“九九九”？

（2）“九九九”係接駁去邊度㗎？

（3）你有冇遇到過劫案？

（4）你有冇遇到過意外？你當時點應付？

（5）你去過警署未？你對香港嘅警察印象點樣？

（6）消防員嘅職責係乜嘢？

（7）你有冇見過消防員執行職務？你覺得佢哋點樣？

（8）你知唔知救傷車又叫做乜嘢車？

（9）投訴啲乜嘢事可以打“九九九”？

（10）仲有係啲乜嘢情形底下，你會打“九九九”？

八　短文朗讀 19-4

年晚嘅時候，通常啲劫案（gib^{3}on^{3}）都會多啲。遇到劫案嘅話，就應該即刻報警。報警可以親身去警署報，亦都可以打“九九九”。“九九九”係緊急救援電話，佢接駁去好多處地方：警署啦，消防局啦，仲有醫院。如果接到“九九九”嘅電話，有關嘅部門就會第一時間派車派人趕去意外現場。平時無論遇到乜嘢意外，譬如：漏煤氣（leo^{6} mui^{4}héi^{3}）啦，遇到可疑（ho^{2}yi^{4}）人物啦，或者投訴噪音（cou^{3}yem^{1}），甚至老婆生仔，都可以打“九九九”。不過，報假案係要坐監同罰款㗎。

20

Hêng^1 gong^2 wa^2
香港話

Hêng^{1}gong^{2}yen^4 gong^{2}yé^5 séng^{4}yed^6 dou^1
香港人 講嘢 成日 都
zung^1-sei^1 heb^6 big^1, hou^2 do^1 ying^{1}men^2
中 西 合 璧，好 多 英文
qi^{4}yu^5 dou^1 yud^{6}yu^{5}fa^3.
詞語 都 粵語化。

一　課文 20-1

（1）Néi^{5} xig^{1} m^{4} xig^{1} gong^{2} Guong^{2}zeo^{1}wa^{2} ?

你 識 唔 識 講 廣州話 ？

（2）Ngo^{5} lei^{4} Hêng^{1}gong^{2} ji^{1}qin^{4}, hei^{2} Guong^{2}zeo^{1} zou^{6}guo^{3} yé^{5},

我 嚟 香港 之前，喺 廣州 做過 嘢，

so^{2}yi^{5} xig^{1} gong^{2}.

所以 識 講。

（3）Kéi^{4}sed^{6} hei^{2} Hêng^{1}gong^{2} dou^{1} yeo^{5} hou^{2} do^{1} yen^{4} gong^{2} m^{4}

其實 喺 香港 都 有 好 多 人 講 唔

zéng^{3} bun^{2}déi^{6}wa^{2} ga^{3}.

正 本地話 㗎。

（4）Di^{1} ngoi^{6}sang^{2}yen^{4} yiu^{3} gong^{2} deg^{1} hou^{2} biu^{1}zên^{2} zeo^{6} hou^{2}

啲 外省人 要 講 得 好 標準 就 好

nan^{4} ga^{3}la^{3}.

難 㗎喇。

（5）Zeo^{6}xun^{3} hei^{6} Guong^{2}dung^{1}yen^{4}, lou^{5} yed^{1} bui^{3} go^{2}di^{1} gong^{2}

就算 係 廣東人， 老 一 輩 嗰啲 講

guan^{3} ji^{6}géi^{2} di^{1} hêng^{1}ha^{2}wa^{2}, heo^{2}yem^{1} dou^{1} hou^{2} nan^{4} goi^{2}.

慣 自己 啲 鄉下話， 口音 都 好 難 改。

（6）Ngo^{5} co^{1} lei^{4} Hêng^{1}gong^{2} go^{2}zen^{2}, gog^{3}deg^{1} Hêng^{1}gong^{2}yen^{4}

我 初 嚟 香港 嗰陣， 覺得 香港人

gong^{2} gé^{3} Guong^{2}zeo^{1}wa^{2}, hou^{2}qi^{5} hei^{6} ling^{6} yed^{1} zung^{2} wa^{2}

講 嘅 廣州話， 好似 係 另 一 種 話

gem^{2}, tung^{4} Guong^{2}zeo^{1} gé^{3} ngang^{2}hei^{6} m^{4} do^{1} yed^{1}yêng^{6}.

噉，同 廣州 嘅 硬係 唔多 一樣。

（7）Hêng^{1}gong^{2}yen^{4} gong^{2} gé^{3} jid^{3}zeo^{3} fai^{3} di^{1}, xing^{1}diu^{6}, yu^{5}diu^{6}

香港人 講 嘅 節奏 快 啲，聲調、語調

dou^{1} yeo^{5} di^{1} m^{4} tung^{4}.

都 有 啲 唔 同。

（8）Bed^{1}guo^3, ju^{2}yiu^3 dou^1 hei^6 yung^{6}qi^4 gé^3 men^{6}tei^4,
不過， 主要 都 係 用詞 嘅 問題，
Guong^{2}zeo^{1}wa^2 gé^3 qi^{4}yu^5 hou^2 do^1 dou^1 gen^{1}zo^2 Pou^{2}tung^{1}wa^2,
廣州話 嘅 詞語 好 多 都 跟咗 普通話，
hou^{2}qi^5 “sêng^{2}ban^1” , “da^{2}keo^4” zeo^6 hei^6 la^1, néi^{5}déi^6 dou^1
好似 “上班”、 “打球” 就 係 啦，你哋 都
hei^6 gong^2 “fan^{1}gung^1” , “da^{2}bo^1” .
係 講 “返工”、 “打波”。

（9）Hei^6 a^3, Hêng^{1}gong^{2}yen^4 gong^{2}yé^5 séng^{4}yed^6 dou^1 zung^1-sei^1
係呀， 香港人 講嘢 成日 都 中西
heb^{6}big^1, hou^2 do^1 ying^{1}men^2 qi^{4}yu^5 dou^1 yud^{6}yu^{5}fa^3,
合璧， 好 多 英文 詞語 都 粵語化，
Hêng^{1}gong^{2}yen^4 yung^{6}guan^{3}sai^3 zeo^6 m^4 do^1 yung^6 yun^{4}loi^4 gé^3
香港人 用慣晒 就 唔 多 用 原來 嘅
zung^{1}men^{2}qi^4, hou^{2}qi^5 “cég^{3}ma^5” zeo^6 gong^2 “sai^{1}xi^2” ,
中文詞， 好似 “尺碼” 就 講 “晒士”，
“heo^{6}béi^6” zeo^6 gong^2 “xi^{6}bé^1” .
“後備” 就 講 “士啤”。

（10）Yeo^5 hou^2 do^1 qi^4 hei^6 biu^{2}xi^6 sen^1 gé^3 xi^{6}med^6, hou^{2}qi^5
有 好 多 詞 係 表示 新 嘅 事物， 好似
“din^{6}ji^2 fo^{3}bei^6” , “lêu^{4}sé^6 ying^{2}dib^2” , ni^{1}di^1 qi^4 dong^{1}co^1 dou^1
“電子 貨幣”、“鐳射 影碟”，呢啲 詞 當初 都
m^4 ji^1 hei^6 med^1.
唔 知 係 乜。

（11）Ni^{1}di^1 yé^5, dei^{6}yi^{6}dou^6 lei^4 gé^3 yen^4 m^4 xig^1, zeo^{6}xun^3 hei^6
呢啲 嘢， 第二度 嚟 嘅 人 唔 識， 就算 係
ngo^{5}déi^6 fu^{6}mou^5 go^2 bui^3, dou^1 yed^{1}yêng^6 hei^6 m^4 xig^1 ga^{3}za^3.
我哋 父母 嗰 輩，都 一樣 係 唔 識 㗎咋。

（12）Zeo^6 lin^4 “sé^{2}ji^{6}leo^4” , “yeo^{4}xun^{4}ho^2” , zung^6 yeo^5 med^{1}yé^5
就 連“寫字樓”、 “遊船河”， 仲 有 乜嘢

"da2géi1", "da2bou2", ni1di1 qi4 yi5qin4 hei2 Guong2zeo1 dou1
"打機"、"打簿"，呢啲 詞 以前 喺 廣州 都
m4 wui5 yung6dou3.
唔 會 用到。

(13) Hou2 do1 Hêng1gong2 qi4yu5 dou1 man6man2 qun4yeb6zo2
好 多 香港 詞語 都 慢慢 傳入咗
noi6déi6.
內地。

(14) Yi4ga1 qun4bo3 kêu4dou6 do1, hei2 noi6déi6, hou2 do1 yen4
而家 傳播 渠道 多，喺 內地，好 多 人
dou1 wui5 xig1 fan1 di1 Hêng1gong2 qi4yu5.
都 會 識 番 啲 香港 詞語。

(15) Hêng1gong2 qi4yu5 yeo5 di1 dou1 wui5 nab6yeb6 kuei1fan6,
香港 詞語 有 啲 都 會 納入 規範，
bin3xing4 gung6tung4yu5 gé3 yed1 bou6fen6, hou2qi5
變成 共同語 嘅 一 部分，好似
"bao3pang4", "doi6keo1" gem2, hei2 yeo5 di1 sen1 cêd1ban2
"爆棚"、"代溝" 噉，喺 有 啲 新 出版
gé3 qi4din2 dou6 dou1 ho2yi5 ca4 deg1 dou2.
嘅 詞典 度 都 可以 查 得 到。

普通話對譯

(1) 你會不會說廣州話？

(2) 我來香港之前，在廣州工作過，所以會說。

(3) 其實在香港，也有很多人說不好本地話。

(4) 外省人要說得很標準當然很難。

(5) 就是廣東人，老一輩的說慣了自己的家鄉話，口音都很難改。

(6) 我剛來香港的時候，覺得香港人說的廣州話，好像是另一種話那樣，跟廣州的就不怎麼一樣。

（7）香港人說話節奏快，聲調、語調都有點兒不同。

（8）不過，主要都是用詞的問題，廣州話的詞語很多都變得跟普通話一樣同化，好像“上班”、“打球”就是，你們還說“返工”、“打波”。

（9）是啊，香港人說話常常是中西合璧，很多英文詞語都粵語化了，香港人用慣了就不怎麼用原來的中文詞了，好像“尺碼”就說成“晒士”，“後備”就說成“士啤”。

（10）有很多詞是表示新的事物，好像“電子貨幣”、“鐳射影碟”，這些詞，剛接觸時完全不明白它們的意思。

（11）這些東西，不僅別的地方來的人不明白，就是我們父母那一輩，也一樣不懂。

（12）就連“寫字樓”、“遊船河”，還有什麼“打機”、“打簿”，這些詞以前在廣州都不會用到。

（13）很多香港的詞語都慢慢傳入了內地。

（14）現在傳播渠道多，在內地，很多人都會一點兒香港詞語。

（15）香港詞語有的會納入規範，變成共同語的一部分，好像“爆棚”、“代溝”那樣，在有些新出版的詞典裏都可以查得到。

二　重點詞彙　20-2

（1）識	xig¹	懂 / 會 / 認識
（2）講唔正	gong² m⁴ zéng³	說不準 / 不地道
（3）硬係	ngang²hei⁶	就是
（4）成日	séng⁴yed⁶	整天 / 常常
（5）用慣晒	yung⁶guan³sai³	都習慣了
（6）唔多……	m⁴ do¹……	不怎麼……
（7）第二度	dei⁶yi⁶dou⁶	別的地方

（8）電子貨幣	din^{6}ji^2 fo^{3}bei^6	通過電子系統結賬所使用的卡
（9）鐳射影碟（LD）	lêu^{4}sé^6 ying^{2}dib^2	激光錄像片
（10）寫字樓	sé^{2}ji^{6}leo^4	辦公室 / 辦公樓
（11）遊船河	yeo^{4}xun^{4}ho^2	坐船遊玩
（12）打機	da^{2}géi^1	玩電子遊戲機
（13）打簿	da^{2}bou^2	拿活期存摺到銀行 / 櫃員機查賬
（14）爆棚	bao^{3}pang^4	過分擁擠 / 賣座
（15）代溝	doi^{6}keo^1	兩代人的隔閡

三　補充語彙 20-3

（一）詞語

廣州話 Guong^{2}zeo^{1}wa^2　　上海話 Sêng^{6}hoi^{2}wa^2

福建話 Fug^{1}gin^{3}wa^2　　潮州話 Qiu^{4}zeo^{1}wa^2

中英夾雜 Zung^1-Ying^1 gab^{3}zab^6

半唐番 bun^{3}tong^{4}fan^1（混血兒 / 説話半中半西）

母語 mou^{5}yu^5　　重英輕中 zung^6 Ying^1 hing^1 Zung^1

移民 yi^{4}men^4　　官方語言 gun^{1}fong^1 yu^{5}yin^4

（二）句子

（1）Yin^{6}doi^6 yud^{6}yu^5 yeo^5 lêng^5 go^3 doi^{6}biu^2 fong^{1}yin^4.
現代　粵語　有　兩　個　代表　方言。
現代粵語有兩個代表方言。

（2）Yed^1 go^3 hei^6 Guang^{2}zeo^{1}wa^2, yed^1 go^3 hei^6 Hêng^{1}gong^{2}wa^2.
一　個　係　廣州話，　一　個　係　香港話。
一個是廣州話，一個是香港話。

（3） Lêng^5 zé^2 wu^{6}tung^1 qing^{4}dou^6 géi^2 gou^1 ha^5.

兩 者 互通 程度 幾 高 下。

兩者互通程度相當高。

（4） Dan^{6}hei^6 néi^5 yed^1 hoi^{1}heo^2, yen^{4}déi^6 jig^{1}heg^1 ji^{1}dou^3 néi^5

但係 你 一 開口， 人哋 即刻 知道 你

hei^6 med^{1}sêu^2 da^2 med^{1}sêu^2.

係 乜誰 打 乜誰。

但是你一張嘴說話，人家馬上知道你是誰誰。

（5） Zeo^2 m^4 led^1 ga^3.

走 唔 甩 㗎。

錯不了的。

四　重點理解

（一）“晒”

“晒”字的基本義為“全部”，一般相當於普通話的“全部……”，它的用法主要是：

1. 本身作為動詞補語，意思涉及施事者名詞。

個個都食晒， 淨番你未食。	他們全都 / 人人都吃完了， 就差你沒吃。

2. 本身作為動詞補語，意思涉及受事者名詞。

樣樣都食晒，連湯都冇得剩。	東西 / 菜全吃光了，連湯都沒剩。

3. “晒”的一種特別的用法，是放在動詞補語後面。“去過晒”、“着埋晒”、“睇實晒”，意思並不一定是“全部”：

（1）我樣樣食匀晒最好食 仲係呢樣。	我每一種都 / 全都吃過，最好吃 的還是這一種。

（2）佢哋用慣晒英文，　　他們習慣了用英文，
而家都唔識講中文嘞。　　現在都不會講中文了。

（二）“好似……噉”

這是粵語的一種比況句式，中嵌名詞的話，相當於普通話“好像……那樣”；中嵌動詞 / 形容詞的話，相當於普通話的“好像……似的”。

（1）佢着成好似個男仔噉。　　她穿得像個男孩。
（2）佢好似講緊另一種話噉。　　他好像在說另一種話似的。

（三）“乜”的用法

1.“乜”是“乜嘢”的省略，即“什麼”；“乜嘢”快速連讀可讀作 mé，寫作“咩”字。

（1）食乜（嘢）？　　吃什麼？
（2）玩乜（嘢）？　　玩什麼？
（3）傾乜（嘢）？　　談什麼？
（4）做乜（嘢）？　　做什麼？

“做乜（咩）”、“為乜（咩）”常作為一種固定的疑問形式，相當於普通話的“為什麼”。

你做乜唔叫埋我？　　你為什麼不把我叫上？

2.“乜”可以作疑問詞，這種用法不跟“嘢”連用，相當於普通話的“怎麼”。

（1）乜你而家先至嚟㗎？　　你怎麼現在才來？
（2）乜要交咗錢先嘅咩？　　怎麼要先付錢呀？

（四）“硬係”

粵語的“硬係”強調“係”的語氣，相當於普通話的“就是”、

“偏偏”。

（1）香港話同廣州話 硬係唔多一樣。	香港話跟廣州話 就是不太一樣。
（2）佢硬係唔肯聽我講。	他偏偏不肯聽我的話。

五　講解

（一）語音講解：關於入聲韻母

1. 入聲韻母的發音：

粵語的入聲韻母有 17 個，分為收 -b、收 -d、收 -g 三類，普通話沒有以這三個音為韻尾的韻母，練習這些入聲韻母的時候，可以選擇以 b, d, g 為聲母的字，放在入聲字後面連讀。請練習下面的例子：

（1）合	合拍 heb^{6}pag^3	組合 zou^{2}heb^6
（2）十	十倍 seb^6 pui^5	十歲 seb^{6}sêu^3
（3）出	出頭 cêd^{1}teo^4	出發 cêd^{1}fad^3
（4）月	月台 yud^{6}toi^4	月尾 yud^{6}méi^5
（5）足	足球 zug^{1}keo^4	手足 seo^{2}zug^1
（6）國	國球 guog^{3}keo^4	中國 Zung^{1}guog^3

試練習下面兩句，其中黑體字是入聲韻母的字，請特別注意：

（1）Ni^1 bun^2 xib^{3}ying^{2}zab^6 lug^6 jid^3, yig^1 dug^{6}zé^2, mou^5 gei^3 la^1.
呢 本 攝影集 六 折，益 讀者，冇 計 啦。

（2）Meg^6 xin^{1}sang^1 yung^3 yed^{1}bag^{3}man^3 hei^2 pag^{3}mai^{6}hong^2
麥 先生 用 一百萬 喺 拍賣行
mai^{5}zo^2 ni^{1}go^3 jiu^{1}pai^4.
買咗 呢個 招牌。

2. 哪些字是入聲韻母的字？

粵語入聲韻母，主要是普通話的單韻母和 ai, ie, uo, üe 等韻母的字：

粵語	普通話					
入聲韻母	ɑ	答 dab^3	雜 zab^6	法 fad^3	殺 sad^3	達 dad^6
	ɑi	百 bag^3	摘 zag^6	拆 cag^3		
	e	責 zag^3	冊 cag^3	客 hag^3	得 deg^1	測 cag^1
		特 deg^6	折 jid^3	喝 hod^3	樂 log^6	合 heb^6
	o	脖 bud^6	潑 pud^3	末 mud^6		
	i	習 zab^6	立 lap^6	緝 ceb^1	十 seb^6	
		筆 bed^1	日 yed^6	碧 big^1	績 jig^1	式 xig^1
		億 yig^1	力 lig^6	食 xig^6		
	ie	貼 tib^3	疊 dib^6	頁 yib^6	鐵 tid^3	節 jid^3
		結 gid^3	別 bid^6			
	ü, u	律 lêd^6	恤 sêd^3	出 cêd^1	術 sêd^6	
		木 mug^6	獨 dug^6	陸 lug^6	祝 zug^1	叔 sug^1
		族 zug^6	續 zug^6	玉 yug^6	局 gug^6	
	uo,üe	托 tog^3	昨 zog^6	國 guog^3	岳 ngog^6	確 kog^3
		弱 yêg^6	卓 cêg^3	削 sêg^3	約 yêg^3	
		奪 düd^6	說 xud^3	絕 jud^6	月 yud^6	決 küd^3

下面這幾組字，在粵語中是同音字：

（1）習—雜—集　　習慣 zab^{6}guan^3—雜務 zab^{6}mou^6—集體 zab^{6}tei^2

（2）澤—宅—摘　　沼澤 jiu^{2}zag^6—住宅 ju^{6}zag^2—摘要 zag^{6}yiu^3

（3）密—物—襪　　秘密 béi^{3}med^6—人物 yen^{4}med^6—絲襪 xi^{1}med^6

（4）節—折—浙　　節目 jid^{3}mug^6—折扣 jid^{3}keo^3—浙江 Jid^{3}gong^1

（5）切—撤—設　　切開 qid^{3}hoi^1—撤退 qid^{3}tui^3—設計 qid^{3}gei^3

（6）寂—席—值　　寂寞 jig^{6}mog^6—主席 ju^{2}jig^6—價值 ga^{3}jig^6

（7）色—飾—息　　色彩 xig^{1}coi^2—粉飾 fen^{2}xig^1—休息 yeo^{1}xig^1

（8）角—各—覺　　北角 Beg^{1}gog^3—各位 gog^{3}wei^2—錯覺 co^{3}gog^3

（9）觸—燭—粥　　接觸 jib^{3}zug^1—蠟燭 lab^{6}zug^1—白粥 bag^{6}zug^1

（10）肉—辱—玉　　豬肉 ju^{1}yug^6—恥辱 qi^{2}yug^6—玉石 yug^{6}ség^6

（二）語法講解：熟語單位

所謂“熟語”，一般有兩個鑒別原則：一是知其字面義，而不知其整體義；二是知其整體義而不知其如何運用（尤指感情色彩）。下面粗略地介紹常見於粵語口語中的熟語單位：

（1）卸膊　　撂挑子

（2）諗縮數　　打小算盤

（3）跌眼鏡　　判斷錯誤，走了眼

（4）捉字蝨　　摳字眼兒

（5）唔啱牙　　合不來

（6）唔過得骨　　過不了關

（7）砌生豬肉　　　　栽贓嫁禍

（8）兩頭唔到岸　　　　上下夠不着

（9）捉到鹿唔識脫角　　　　不會利用大好時機

（10）見高就拜見低就踩　　　　軟的欺負硬的怕

（三）　粵語趣談

1. 飯桌上的忌諱。設宴款待親朋好友，得注意忌諱。

喜慶筵席忌上七道菜式，習俗上後人祭奠設宴才"食七"。

婚宴筵席忌上雀巢菜式，否則大家起筷戳破"愛巢"，大煞風景。

壽宴滿月酒忌上"冬瓜盅"，因為香港話"死"俗稱"瓜"。

紀律部隊（如海關、警察）宴餐忌上冬菇（香菇）菜式，俗語"燉冬菇"含有"降職"之意。

2. 香港潮語，在青少年中出現率相當高。

"O 晒嘴"，表示驚訝、詫異：佢着成噉行出嚟，個個都 O 晒嘴（她穿成這樣走出來，人人都顯得非常驚訝）。

"上腦"，表示沉迷於某事物：我個仔唔讀書，打機打上腦（我兒子不唸書，整天沉迷網上遊戲）。

"潛水"，表示刻意躲藏：你借咗我兩嚿水唔還啫，噉都要潛水（你只借了我二百塊還沒還，用不着躲起來吧）？

"升呢"，源自英語 level，表示等級提高：系統升咗呢，好用好多（系統升格，非常好用）。

六　傳意項目介紹：猜測

傳意用語	例句
1. 一般性估計	
（1）我估	• 我估而家十點度。
（2）睇個樣	• 睇個樣晏晝會好天囉噃。
（3）話唔定	• 話唔定仲有飛賣。
（4）似乎	• 佢似乎聽唔明你講乜。
2. 意想不到	
（1）估唔到	• 估唔到呢次考試咁難。
（2）點知	• 點知我搭車仲慢過你行路。
（3）居然	• 佢平時好守時，今日居然遲到。

七　練習

（一）請選出適當的答案。（√）

（1）巴閉	ba^{1}béi^3（　）	ba^{1}bei^3（　）
	ba^{1}bai^3（　）	ba^{1}bai^6（　）
（2）大嘥	dai^{6}sei^1（　）	dai^{3}sei^1（　）
	dai^{6}sai^1（　）	dai^{3}sai^1（　）
（3）爹哋	dé^{1}déi^4（　）	dé^{1}di^4（　）
	dé^{1}dee^4（　）	dé^{1}dêu^4（　）
（4）師奶	xi^{1}néi^1（　）	xi^{1}nei^1（　）
	xi^{1}nai^1（　）	xi^{1}nai^5（　）
（5）攦攦拎	leb^{6}leb^{6}ling^3（　）	lab^{6}lab^{6}ling^3（　）
	leb^{3}leb^{3}ling^3（　）	léb^{3}lab^{3}ling^3（　）

注：上面各項普通話的意思分別為：（1）形容事情嚴重或排場大；（2）浪費；（3）爸爸；（4）中年家庭婦女；（5）鋥亮。

（二）下列句子中，用粵語拼音寫出的詞語是什麼？請準確讀出，並寫上漢字。

（1）呢餐 ca^4 我 yem^{2}zo^2 yed^{1}bag^3 sa^{1}a^4 men^1。

（2）香港 déi^{6}léi^5 tiu^{4}gin^2 好好。

（3）Ni^{1}go^3 lei^{5}bai^{3}yed^6 得唔得閒呀？

（4）我想 yêg^3 néi^5 hêu^3 大會堂 téng^1 yem^{1}ngog^6。

（5）Néi^5 gong^2 deg^1 ngam^1，我唔可以 sêu^1 log^{6}hêu^3。

（三）請順序讀出下面幾組音標。

ei bei pei mei fei dei tei nei lei wei

eo zeo ceo seo yeo ngeo heo

em zem cem sem gem kem hem

éng zéng céng séng yéng géng héng

ong dong tong nong long zong cong song yong

êu dêu têu nêu lêu gêu kêu hêu

ên zên cên sên dên lên

êng zêng cêng sêng yêng gêng kêng hêng

（四）請回答下列問題。

（1）你識唔識講香港話？

（2）除咗母語之外，你仲識講邊啲方言？

（3）香港人講嘅方言主要有邊啲？

（4）你對香港話嘅感覺點樣？

（5）學粵語難唔難？你覺得最難係乜嘢？

（6）學粵語，係唔係仲難過廣東人學普通話？

（7）香港話嘅詞語有乜嘢特點？

（8）你講嘢會唔會中西合璧？

（9）點解香港人咁鍾意中英夾雜？

（10）有邊啲香港詞語，你認為值得推廣到共同語？

八　短文朗讀 20-4

喺香港，大多數人講嘅係廣州話，又即係粵語；不過一般人都話自己講嘅係廣東話。廣東話其實應該係包括晒廣東省之內嘅嗰啲地方方言，譬如：東莞話、汕頭話、台山話、順德（Sên^{6}deg^1）話呀噉。我哋父母嗰輩，好多以前喺鄉下，講慣鄉下話，就算嚟咗香港幾呀（géi^{2}a^6）年，啲口音都好難改。外省人講粵語要講得正都係好唔容易。好多外地人，啱啱嚟到香港，都話好似去到另一個世界，語言完全唔可以溝通（keo^{1}tung^1）。就算係廣州人，都會有啲唔習慣。香港人講嘢鍾意中西合璧，又講得快，要好用心至聽得明。

下編

21

Bou^{3} ji^{2}

報紙

Ngam^{1}xin^{1} lei^{4} Hêng^{1}gong^{2} gé^{3} yen^{4},
啱先 嚟 香港 嘅 人，
yed^{1}bun^{1} dou^{1} wui^{5} tung^{4}yi^{3} gem^{2} gé^{3} tei^{2}fad^{3}：
一般 都 會 同意 噉 嘅 睇法：
Hêng^{1}gong^{2} bou^{3}ji^{2} deg^{1} go^{3} "do^{1}" ji^{6}.
香港 報紙 得 個"多"字。

一　課文 21-1

（1）Zug6yu5 wa6zai1: yed1bag3 sêu3 m4 séi2 dou1 yeo5 sen1men2.
俗語 話齋：一百 歲 唔 死 都 有 新聞。

（2）Yi3xi1 hei6 gong2: yi4ga1 gé3 sé5wui2 yin6zêng6, yen4zei3
意思 係 講：而家 嘅 社會 現象、人際
guan1hei6 fug1zab6 dou3 gig6,
關係 複雜 到 極，

（3）yi5ji3yu1 fad3seng1 med1 xi6 dou1 yeo5 ho2neng4.
以至於 發生 乜 事 都 有 可能。

（4）Fad3seng1 med1 xi6, ju2yiu3 hei6 tung1guo3 dai6zung3 mui4gai3
發生 乜 事，主要 係 通過 大眾 媒介
hêu3 qun4bo3, péi3yu4 gong2, bou3ji2.
去 傳播，譬如 講，報紙。

（5）Ngam1xin1 lei4 Hêng1gong2 gé3 yen4, yed1bun3 dou1 wui5 tung4yi3
啱先˙ 嚟 香港 嘅 人，一般 都 會 同意
gem2 gé3 tei2fad3: Hêng1gong2 bou3ji2 deg1 go3 "do1" ji6.
噉 嘅 睇法： 香港 報紙 得 個“多”字。

（6）Yed1 do1, hei6 ji2 zung2lêu6 do1.
一 多，係指 種類 多。
Zung1men4, Sei1men4 gog3 zung2 bou3ji2 dai6dai6-wa6wa6 dou1
中文、 西文 各 種 報紙 大大 話話 都
qiu1guo3 bun3 bag3.
超過 半 百。

（7）Yi6 do1, zêng1sou3 do1.
二 多， 張數 多。
Hou2qi5 go2 di1 zung1heb6xing3 dai6bou3, mui5 yed6 cêd1 séng4
好似 嗰 啲 綜合性 大報，每 日 出 成
séi3-ng5seb6 zêng1 ji2 m4 hei6 mou5 gem2 gé3 ho2neng4 ga3.
四五十 張 紙唔 係 冇 噉 嘅 可能 㗎。

（8）Cung^4 teo^4 tei^2 dou^3 log^6 méi^5, mou^5 lêng^5 go^3 zung^1 dou^1

從 頭 睇 到 落 尾，冇 兩 個 鐘 都

m^4 dim^6.

唔 掂。

（9）Sam^1 do^1, ban^{2}min^2 do^1, bao^{1}hem^4 sên^{3}xig^{1}lêng^6 dai^6.

三 多，版面 多，包含 信息量 大。

（10）Bun^{2}déi^6 sen^{1}men^4, noi^{6}déi^6 sen^{1}men^4, guog^{3}zei^3 sen^{1}men^4,

本地 新聞、內地 新聞、國際 新聞，

gu^{3}yin^4 m^4 zoi^6 gong^2.

固然 唔 在 講。

（11）Xi^{4}xi^6 ping^{4}lên^6, fung^{1}sêu^2 ma^{5}ging^1, yu^{4}log^6 ying^{2}xi^6,

時事 評論、風水 馬經、娛樂 影視，

bed^{1}yed^{1}yi^{4}zug^1.

不一而足。

（12）Séi^3 do^1, noi^{6}yung^4 do^1.

四 多，內容 多。

Deg^{6}bid^6 yiu^3 gong^2 gé^3 hei^6 fen^{1}san^3 hei^2 bou^{3}ji^2 gog^3 go^3

特別 要 講 嘅 係 分散 喺 報紙 各 個

ban^{2}min^2 lêu^{5}teo^4 gé^3 jun^{1}lan^4 men^{4}fa^3.

版面 裏頭 嘅 專欄 文化。

（13）Jun^{1}lan^4 men^{4}fa^3 géi^{1}bun^{2}sêng^6 sug^6 xiu^{1}fei^3 men^{4}fa^3.

專欄 文化 基本上 屬 消費 文化。

（14）Cung^4 yem^{2}xig^6 men^{4}fa^3 dou^3 qing^{4}oi^3 men^{4}fa^3, cung^4

從 飲食 文化 到 情愛 文化，從

mou^{5}heb^6 men^{4}fa^3 dou^3 bad^{3}gua^3 sen^{1}men^4,

武俠 文化 到 八卦 新聞，

（15）Hêng^{1}gong^2 sé^{5}wui^2 gé^3 seng^{1}wud^6 deg^{6}jing^1 hem^{6}bang^{6}lang^6

香港 社會 嘅 生活 特徵 冚唪唥

dou^1 bao^{1}yung^4 hei^2 ni^{1}dou^6.

都 包容 喺 呢度。

(16) Ng5 do1, gun1dim2 do1.
五 多，觀點 多。
Hêng1gong2 jing3fu2 yung4yen2 bed1 tung4 lêu6ying4 bou3ji2 gé3
香港 政府 容忍 不 同 類型 報紙 嘅
qun4zoi6, géi3 bed1 gon1yu6 yeo6 bed1 ji1wun4.
存在，既 不 干預 又 不 支援。

(17) Gem2 zeo6 ying4xing4zo2 xiu2 yeo5 gé3 “bag3 ga1 zeng1ming4”
噉 就 形成咗 少 有 嘅“百 家 爭鳴”
gé3 gug6min6.
嘅 局面。

(18) Lug6 do1, guong2gou3 do1.
六 多，廣告 多。
Wen2gung1-tiu3cou4, lêu5heng4 xiu1hin2,
搵工 跳槽、旅行 消遣、

(19) zou1seo6 jun2yêng6, jing1geo3 gung1ying3, mou4 so2
租售 轉讓、徵購 供應，無 所
bed1 bao1.
不 包。

(20) Fan2jing3, bou3ji2 hei6 sêng1ben2, dug6zé2 hei6 gu3hag3:
反正，報紙 係 商品，讀者 係 顧客：
bin1go3 mun5zug1 m4 dou2 gu3hag3 gé3 yiu1keo4 zeo6 hou2
邊個 滿足 唔 到 顧客 嘅 要求 就 好
nan4 yeo5 seng1qun4 gé3 hung1gan1.
難 有 生存 嘅 空間。

普通話對譯

(1) 俗語説：活到一百歲也會碰上新鮮事。

(2) 意思是説，現在的社會現象、人際關係複雜極了，

(3) 以至於發生什麼事情都有可能。

(4) 所發生的事，主要是通過大眾媒介去傳播，譬如説，報紙。

（5）剛到香港的人，一般都會同意這樣的看法：香港報紙多得是。
（6）一多，是指種類多。中文、外文各種報紙少説也超過半百。
（7）二多，張數多。好像那些綜合性大報，每天印行四五十張紙一份並不是沒有可能。
（8）從頭到尾看一遍，沒有兩個小時時間是不行的。
（9）三多，版面多，包含信息量大。
（10）本地新聞、內地新聞、國際新聞，固然不用説。
（11）時事評論、風水馬經、娛樂影視，不一而足。
（12）四多，內容多。特別要講的是分散在報紙各個版面裏面的專欄文化。
（13）專欄文化基本上屬消費文化。
（14）從飲食文化到情愛文化，從武俠文化到逸事風聞，
（15）香港社會的生活特徵統統包容於此。
（16）五多，觀點多。香港政府容忍不同類型報紙的存在，既不干預也不支援。
（17）這樣就形成了少有的“百家爭鳴”的局面。
（18）六多，廣告多。求職改行、旅行消遣、
（19）租售轉讓、徵購供應，無所不包。
（20）反正，報紙是商品，讀者是顧客：誰滿足不了顧客的要求就很難有生存的空間。

二　重點詞彙 21-2

（1）俗語話齋　zug^6yu^5 wa^6zai^1　俗話説
（2）……到極　…… dou^3 gig^6　……極了
（3）啱先　$ngam^1xin^1$　剛才
（4）得個“多”字　deg^1 go^3 “do^1” ji^6　數量可觀

（5）西文	Sei^{1}men^{4}	外文
（6）大大話話	dai^{6}dai^{6}-wa^{6}wa^{6}	少説（有）
（7）從頭睇到落尾	cung^{6} teo^{4} tei^{2} dou^{3} log^{6} méi^{5}	從頭到尾看一遍
（8）冇……（都）唔掂	mou^{5}…… (dou^{1}) m^{4} dim^{6}	沒有……不行
（9）馬經	ma^{5}ging^{1}	賽馬資料
（10）八卦新聞	bad^{3}gua^{3} sen^{1}men^{4}	逸事風聞
（11）冚唪唥	hem^{6}bang^{6}lang^{6}	統統
（12）搵工跳槽	wen^{2}gung^{1}-tiu^{3}cou^{4}	求職改行

三　補充語彙 21-3

（一）詞語

通訊社 tung^{1}sên^{3}sé^{5}　報攤 bou^{3}tan^{1}　報販 bou^{3}fan^{2}

訂報紙 déng^{6} bou^{3}ji^{2}　登廣告 deng^{1} guong^{2}gou^{3}　投稿 teo^{4}gou^{2}

編輯 pin^{1}ceb^{1}　專欄作家 jun^{1}lan^{4} zog^{3}ga^{1}

新聞人物 sen^{1}men^{4} yen^{4}med^{2}　政經論壇 jing^{3}ging^{1} lên^{6}tan^{4}

金融透視 gem^{1}yung^{4} teo^{3}xi^{6}　社會動向 sé^{5}wui^{2} dung^{6}hêng^{3}

（二）句子

（1）Yeo^{5} yen^{4} gei^{3} guo^{3}, Hêng^{1}gong^{2} bou^{3}ji^{2} dai^{6}yêg^{3} yeo^{5} xing^{4}
有　人　計　過，　香港　報紙　大約　有　成
qin^{1} do^{1} go^{3} jun^{1}lan^{4}.
千　多個　專欄。

（2）M^{4} hou^{2} tei^{2} xiu^{2} ni^{1}di^{1} deo^{6}fu^{6}yên^{2} gem^{3} dai^{6} gé^{3} jun^{1}lan^{4}
唔　好　睇小　呢啲　豆腐膶　咁　大　嘅　專欄

men^{4}zêng^1 a^3.

文章 呀。

（3）Yeo^{5}gem^{2}yi^{4}fad^3 gé^3 yé^5 m^4 sei^2 sé^2 deg^1 gem^3 fug^{1}zab^6 gé^3.

有感而發 嘅 嘢 唔 使 寫 得 咁 複雜 嘅。

（4）Men^{4}zêng^1 yig^6 m^4 sei^2 yeo^5 teo^4 yeo^5 méi^5, yeo^5 ji^{6}géi^2 gé^3

文章 亦 唔 使 有 頭 有 尾，有 自己 嘅

gin^{3}gai^2 zeo^6 deg^1 ga^{3}la^3.

見解 就 得 㗎喇。

（5）Ji^{2}yiu^3 neng^{4}geo^3 yen^{5}héi^2 gung^{6}ming^4, dug^{6}zé^2 zeo^6 wui^5

只要 能夠 引起 共鳴， 讀者 就 會

fun^{1}ying^4.

歡迎。

四　重點理解

（一）“俗語話齋”

“俗語話齋”：正如俗語所說。“正如……話齋”用於句首，表示引用某種說法或某人的說話。

正如阿陳話齋，……　　　正如小（老）陳所說的，……

（二）“啱先”

“啱先”：剛才。副詞。

（1）啱先邊個打電話嚟呀？　　　剛才（是）誰打電話來呀？

（2）佢啱先仲喺度，　　　他剛才還在這裏，

而家唔知去咗邊？　　　現在不知上哪兒去了？

普通話的“剛才”可以修飾名詞，“啱先”不行，要用“頭先”。

佢唔記得頭先嘅事喇。　　　　他把剛才的事忘了。

（三）"大大話話"

"大大話話"：表示約數。

大大話話都使咗成千文。　　　　粗略地算，也花了上千塊錢。

（四）"滿足唔到"

"滿足唔到"：滿足不了。動詞 + "得到" / "唔到" 表示動作和結果可能與否。

（1）照顧得到 / 照顧唔到（咁多人）。　　　　照顧得了 / 照顧不了（那麼多人）。

（2）聯繫得到 / 聯繫唔到（佢哋）。　　　　聯繫得上 / 聯繫不上（他們）。

五　特有詞講解

（一）語素詞

語素詞，指在粵語裏可以單用而在普通話裏不可單用的那些詞。如："話"，名詞用法，指"話兒"，動詞用法，指"說"。

（1）佢嘅話你都信？　　　　他的話兒你也相信？

（2）佢話唔得。　　　　他說不行。

又如"忍"，指"憋、忍受"。

（1）忍住啖氣，昧落水。　　　　憋着一口氣，潛入水中。

（2）你咁都忍得佢嘅？　　　　你竟然能忍受他這樣幹？

相反，有一些詞在普通話裏可以單用而在粵語裏不可單用。如普通話表示高興可用"樂"：

他心裏樂得開了花。　　　　　　　　**佢高興到不得了。**

（二）粵語趣談：髀

相信步入中年的廣州人還會記得這樣一首兒歌：

拍大髀，	拍大腿，
唱山歌，	唱山歌，
人人話我冇老婆，	人人説我沒老婆，
的起心肝娶番個。	下定決心娶一個。

這裏的“髀”正是存留在廣州的一個古漢語詞。漢代的《説文解字》説：“髀，股也”。“股”就是指大腿。秦朝任宰相的李斯就寫下這樣的語句：“彈箏搏髀而歌”（撥弄箏器擊拍大腿而唱）。這種用法仍然保留在今日的粵語。“髀”可指人的腿，如：**我隻大髀抽筋**（我的大腿抽筋）。關乎坐相，我們可以説：**女仔人家坐低唔好扠開隻髀**（女孩子坐着別叉開大腿）。注意，粵語的髀僅指大腿，小腿叫腳骨，如：打出腳骨（露出小腿）。“髀”也可以指動物的腿，如精於飲食之道的廣州人就有：“大魚頭，鯇魚尾，塘蝨中間蛤乸髀”（鱅魚頭，草魚尾，鯰魚中段田雞腿）一説。“雞髀”、“鴨髀”更是常見，甚至有“雙髀飯”（雞、鴨腿雙拼的蓋飯）。意義引申出去，還可以指像腿一樣的支撐部分，如“眼鏡髀”（眼鏡腿兒）及“狗髀架”（裝在牆壁、櫃壁上的三角形支架）。另外，由“髀”構成的熟語，常見的有：

雞髀打人牙骹軟：吃了別人的嘴軟（牙骹，指口腔的頜）。

蚊髀黠同牛髀比：實力相差懸殊，不可相提並論。

六　傳意項目介紹：可能

（一）表示可能

傳意用語	例句
1. 表示一般可能性	
（1）有可能	• 三句鐘做齊晒啲嘢，有可能。
（2）唔係冇嘅嘅可能㗎	• 啲人等到最後一分鐘先決定， 唔係冇嘅嘅可能㗎。
2. 表示較大的可能性	
（1）可能性都幾大下	• 個會八月份開嘅可能性都幾大下。
（2）極之可能	• 個會延期開，極之可能。
3. 表示較小的可能性	
（1）可能性唔大	• 個會提前開嘅可能性唔大。
（2）話唔埋	• 個會能唔能夠如期開，都話唔埋。
（3）好難	• 經已決定嘅嘢好難話改就改嘅。

（二）表示不可能

傳意用語	例句
（1）冇乜可能	• 咁短時間約齊晒啲人， 冇乜可能嘅嚡。
（2）你就想	• 五百文就搞掂呢條數， 你就想。
（3）講笑搵第樣	• 臨時又變，講笑搵第樣。

七　會話聆聽練習 21-4

甲：你睇開乜嘢報紙㗎？

乙：《成報》，你呢？

甲：《明報》。點解你鍾意睇《成報》嘅？

乙：追佢啲專欄小說囉。你又點解鍾意睇《明報》嘅？

甲：佢逢星期三有"時事追擊"。我好鍾意呢個版㗎。

乙：哦，"時事追擊"，我耐唔中會眥下，都幾好㗎。

甲：係呀。我鍾意睇啲有深度嘅現實報導，從中可以形成自己嘅觀點。

乙：噉又係。

甲：我成盤生意喺內地，梗係睇《文匯報》。

乙：貼士多呀？

甲：冇錯。大嘅唔講，後日有冇直通車飛上廣州呀，你睇"文匯"咪知囉。

乙：真係乜都有？

甲：我唔敢講乜都有，但係，你知啦，同內地做生意，資料動態掌握得越多梗係越好㗎。

乙：唔係淨係睇"文匯"咪呀？

甲：除咗"文匯"，我每日仲要睇多三兩份報紙㖭。

乙：香港就勝在信息靈通。

八　短文朗讀 21-5

香港到底有幾多間報紙，各方统計不一。而且，點先至算係份報紙，講法亦不一。譬如講，馬經影視之類，你話係唔係報紙吖？總之，綜合各方嘅講法，香港每日嘅報紙發行量係喺二百萬至三百萬份之間。即係話，兩三個人就有份報紙。噉嚟睇，報業嘅競爭咪話唔激烈。激烈競爭嘅最大目標就係爭取最大嘅發行量。道理好簡單，發行量越大就越有人幫襯（bong¹cen³）你賣廣告，廣告賣得越多，利潤（léi⁶yên⁶）就越大。而香港報紙嘅收入，廣告一般要佔一半以上。擴大發行量，主要係靠內容吸引讀者，尤其係靠啲同讀者嘅品味相符合、同讀者嘅生活息息相關嘅內容。於是乎，為咗搲料（wé²liu²），為咗搶先（cêng²xin¹）登出獨家新聞，啲記者夠晒辛苦，左撲右撲（zo² pog¹ yeo⁶ pog¹），由早撲到晚。無他，喺香港，報紙係商品，報館係企業，佢只能夠喺競爭中求生存，求發展。

九　討論

（1）講講你睇開邊份報紙？

（2）你鍾意睇佢裏頭嘅邊版？

（3）點解呢？

22

Gao^{1} tung^{1} wen^{6} xu^{1}

交通運輸

Hêng^{1}gong^{2} gé^{3} gung^{1}gung^{6} gao^{1}tung^{1} ju^{2}yiu^{3} kao^{3} déi^{6}tid^{3}
香港 嘅 公共 交通 主要 靠 地鐵
tung^{4}mai^{4} ba^{1}xi^{2}, zung^{6} yeo^{5} din^{6}cé^{1} tung^{4} dou^{6}hoi^{2} xiu^{2}lên^{4}
同埋 巴士，仲 有 電車 同 渡海 小輪。

一　課文

（1）Hêng1gong2 hei6 dan6yun2ji1déi6.
香港 係 彈丸之地。

（2）Za1 ga3 cé1 hei2 gong2dou2 deo1 go3 kuag1 dou1 m4 sei2 yed1
揸 架 車 喺 港島 兜 個 嚹 都 唔 使 一
go3 zung1.
個 鐘。

（3）Ji1bed1guo3, qun4 gong2 yen4heo2 med6dou6 mui5 ping4fong1
之不過， 全 港 人口 密度 每 平方
gung1léi5 lai1 wen4 lei4 gei3 yeo5 xing4 ced1-bad3 qin1 yen4.
公里 拉 匀 嚟 計 有 成 七八 千 人。

（4）Zoi3 ga1sêng5 Hêng1gong2yen4 sou3 yi5 jid3zeo3 fai3 gin3qing1,
再 加上 香港人 素 以 節奏 快 見稱，

（5）kêu5déi6 dêu3 gao1tung1 wen6xu1 gé3 sêu1keo4 zeo6 deg6bid6 gou1.
佢哋 對 交通 運輸 嘅 需求 就 特別 高。

（6）Cêu4zo2 si1ga1cé1 ji1ngoi6, gung1gung6 gao1tung1 ju2yiu3
除咗 私家車 之外， 公共 交通 主要
kao3 géi1fu4 sen1jin2 dou3 qun4 gong2 mui5 go3 gog3log1 gé3
靠 幾乎 伸展 到 全 港 每 個 角落 嘅
déi6tid3 tung4mai4 ba1xi2.
地鐵 同埋 巴士。

（7）Zung6 yeo5 din6cé1 tung4 dou6hoi2 xiu2lên4, sêu1yin4 man6di1,
仲 有 電車 同 渡海 小輪，雖然 慢啲，
dan6 dou1 hou2 fong1bin6 ga3.
但 都 好 方便 㗎。

（8）Dan6hei6, fong1bin6 deg1 lei4 yig6 men6tei4 do1 do1.
但係， 方便 得 嚟 亦 問題 多 多。

（9）Kéi4zung1 zêu3 ded6cêd1 gé3 zeo6 hei6 seg1cé1.
其中 最 突出 嘅 就 係 塞車。

(10) Mui5 yed6 fan1gung1 fong3gung1 gé3 gou1fung1 xi4gan3, hou2 do1
每 日 返工 放工 嘅 高峰 時間，好 多
déi6fong1 gé3 cé1 jig6qing4 hou2qi5 ngei5lan1 gem2 hang4.
地方 嘅 車 直情 好似 蟻躝 噉 行。

(11) Yu4guo2 zong6ngam1 yeo5 med1 gao1tung1 yi3ngoi6, sem6ji3fu4
如果 撞啱 有 乜 交通 意外，甚至乎
tin1yu5-lou6wad6 go2 zen2,
天雨 路滑 嗰 陣，

(12) séng4 go3 déi6kêu1 zeo6 da2sai3 kuen3lung2, gan2jig6 yug1 bed1
成 個 地區 就 打晒 困籠，簡直 郁 不
deg1 kéi4 jing3.
得 其 正。

(13) Dêu3ngoi6 gé3 gao1tung1, gong2 héi2 sêng5lei4 zeo6 ga3sei3 lo3.
對外 嘅 交通，講 起 上嚟 就 架勢 咯。

(14) Peng4jig6ju6 yeo1lêng4 gé3 déi6léi5 wei6ji3, Hêng1gong2 gé3
憑藉住 優良 嘅 地理 位置，香港 嘅
hoi2wen6, lug6wen6, hung1wen6, dou1 féi1sêng4 ji1 fad3dad6.
海運、陸運、空運，都 非常 之 發達。

(15) Hoi2-wen6 lei4 gong2, Hêng1gong2 fo3guei6 ma5teo4 gé3
海運 嚟 講，香港 貨櫃 碼頭 嘅
ten1tou3lêng6 lin4 nin4 sei3gai3 dei6-yed1.
吞吐量 連 年 世界 第一。

(16) Lug6-wen6 lei4 gong2, bun2gong2 wong5 fan2 Sem1zen3,
陸運 嚟 講，本港 往 返 深圳、
Guong2zeo1 gé3 jig1tung1 fo2cé1, jig1tung1 ba1xi2 yed6yed6
廣州 嘅 直通 火車、直通 巴士 日日
dou1 hoi1 séng4 beg3 géi2 ban1.
都 開 成 百 幾 班。

(17) Hung1-wen6 lei4 gong2, Hêng1gong2 sêu1yin4 jing6hei6 deg1
空運 嚟 講，香港 雖然 淨係 得

yed^{1} go^{3} géi^{1}cêng^{4},
一 個 機場，

（18）ping^{4}guen^{1} mui^{5} go^{3} zung^{1}teo^{4} dou^{1} yeo^{5} géi^{2} seb^{6} go^{3}
平均 每 個 鐘頭 都 有 幾 十 個
hong^{4}ban^{1} xing^{1}-gong^{3}.
航班 升降。

（19）Tung^{4} qun^{4} sei^{3}gai^{3} ca^{1}m^{4}do^{1} lêng^{5} beg^{3} go^{3} xing^{4}xi^{2} bou^{2}qi^{4}
同 全 世界 差唔多 兩 百 個 城市 保持
jig^{6}jib^{3} gé^{3} lün^{4}hei^{6}.
直接 嘅 聯繫。

（20）Ho^{2}yi^{5} gong^{2}, Hêng^{1}gong^{2} gé^{3} xing^{4}gong^{1} tung^{4} kêu^{5} gou^{1}
可以 講， 香港 嘅 成功 同 佢 高
hao^{6}lêd^{2} gé^{3} gao^{1}tung^{1} wen^{6}xu^{1} hei^{6} fen^{1} m^{4} hoi^{1} gé^{3}.
效率 嘅 交通 運輸 係 分 唔 開 嘅。

▶ 普通話對譯

（1）香港是彈丸之地。

（2）駕車在港島兜個圈子用不了一個小時。

（3）不過，全港人口密度每平方公里平均就有七八千人。

（4）再加上香港人素以節奏快見稱，

（5）他們對交通運輸的需求就特別高。

（6）除了私人小轎車之外，公共交通主要靠差不多伸展到全港每一個角落的地鐵和公共汽車。

（7）還有電車和渡海小輪，雖然速度慢點兒，卻相當方便。

（8）可是，方便之餘也造成諸多問題。

（9）其中最突出的就是堵車。

（10）每天上下班的高峰時間，許多地方的車子簡直像螞蟻般爬行。

（11）如果碰上發生什麼交通事故，甚至在雨天路滑的時候，

（12）整個地區就嚴重堵塞，車子簡直動彈不得。

（13）對外的交通，看起來真了不起。

（14）憑藉着優良的地理位置，香港的海運、陸運、空運都非常發達。

（15）海運來講，香港貨櫃碼頭的吞吐量連年世界第一。

（16）陸運來説，本港往返深圳、廣州的直通火車、直通巴士天天都有百多個班次。

（17）空運來説，香港雖然只有一個機場，

（18）平均每個小時卻有幾十個航班升降。

（19）跟全世界差不多二百個城市保持直接的聯繫。

（20）可以說，香港的成功跟她高效率的交通運輸是分不開的。

二　重點詞彙 22-2

（1）揸車	za^{1}cé^1	駕駛（汽車）
（2）兜個𠾴	deo^1 go^3 kuag^1	兜個圈子
（3）唔使	m^4 sei^2	不用；用不了
（4）之不過	ji^{1}bed^{1}guo^3	不過
（5）私家車	xi^{1}ga^{1}cé^1	私人小轎車
（6）角落頭	gog^{3}log^{6}teo^2	角落
（7）三鐵	sam^1-tid^3	指地下鐵路、輕便鐵路和電氣化火車
（8）（……）得嚟	(……) deg^{1}lei^4	（……）之餘
（9）直情	jig^{6}qing^4	簡直（表示強調）
（10）好似蟻躝噉行	hou^{2}qi^5 ngei^{5}lan^1 gem^2 hang^4	像螞蟻般爬行
（11）撞啱	zong^{6}ngam^1	碰上

（12）天雨路滑	tin1yu5-lou6wad6	雨天路滑
（13）打困籠	da2 kuen3lung2	嚴重堵塞（指交通）
（14）郁不得其正	yug1 bed1 deg1 kéi4 jing3	動彈不得
（15）架勢	ga3sei3	了不起

三　補充語彙 22-3

（一）詞語

紅燈 hung4deng1　綠燈 lug6deng1　衝紅燈 cung1 hung4deng1

路障 lou6zêng3　泊車 pag3cé1　雪糕筒 xud3gou1tung2

交通警 gao1tung1ging2　救傷車 geo3sêng1cé1

行人路 hang4yen4lou6　紅色小巴 hung4xig1 xiu2ba1

綠色小巴 lug6xig1 xiu2ba1　冷氣巴 lang5héi3ba1

（二）句子

（1）San1déng2 lam6cé1 hei6 loi4wong5 san1déng2 tung4 Zung1kêu1
山頂 纜車 係 來往 山頂 同 中區
gé3 yeo5 guei2 lam6cé1.
嘅 有 軌 纜車。

（2）Hei2 yed1-bad3-bad3-bad3 nin4 hoi1qi2 tung1cé1, dou3 yi4ga1
喺 一 八 八 八 年 開始 通車，到 而家
yed1bag3 sêu3 yeo2 do1 lo3.
一百 歲 有 多 咯。

（3）Kêu5 yed6yed6 yeo4 jiu1 dou3 man5 zoi3ju6 yed1 pei1 pei1
佢 日日 由 朝 到 晚 載住 一 批 批
xing4hag3 sêng5 san1 log6 san1.
乘客 上 山 落 山。

(4) Yeo⁴ ha⁶min⁶ gé³ Zung¹kêu¹ Fa¹yun⁴ Dou⁶ yed¹jig⁶ sêng⁵

由 下面 嘅 中區 花園 道 一直 上

dou³ san¹déng².

到 山頂。

(5) Qun⁴ qing⁴ seb⁶ géi² gung¹léi⁵, hang⁴cé¹ seb⁶ léng⁴ fen¹zung¹,

全 程 十 幾 公里， 行車 十 零 分鐘，

zung¹tou⁴ fen¹ ng⁵-lug⁶ go³ zam⁶.

中途 分 五六 個 站。

四　重點理解

(一)"問題多多"

"問題多多"：問題成堆。"多多"後隨各詞表示數量大，而且各種各樣。

佢每次遲到都係理由多多。　　他每次遲到都有大堆理由的。

(二)"撞啱"

"撞啱"：十分湊巧地(發生某事)。

(1) 琴晚佢撞啱出咗街，接唔到我嘅電話。　　不巧他昨晚出了門，沒接到我的電話。

(2) 我去到佢哋屋企，撞啱佢哋喺度食飯，真係唔好意思。　　我上他們那兒去，碰上他們正吃飯，真是有點兒尷尬。

(三)"甚至乎"

"甚至乎"：甚至。粵語中保留着某些古漢語虛化成分，此為一例。

(1) 佢乜都食，甚至乎蝸牛都食。　他什麼都吃，連蝸牛也吃。

（2）琴晚我哋成班人唱卡拉 OK，甚至乎平日唔多出聲嘅阿娟都唱埋一份。	昨晚我們一夥兒唱卡拉 OK，連平時不愛作聲的阿娟都來湊熱鬧。

（四）“郁不得其正”

“郁不得其正”：怎麼努力也動彈不得。

（1）佢畀度門夾住，郁不得其正。	他被那道門夾住，動彈不得。
（2）咁多人逼喺架巴士度，個個都郁不得其正。	那麼多人擠在公共汽車裏面，誰也動彈不了。

（五）“得”

“得”：只有。用作限制事物的數量。

（1）屋企得佢一個人。	家裏只有他一個人。
（2）我個袋得三百文。	我口袋裏只有三百塊。

五　特有詞講解

（一）南北詞

“南北詞”，指那些由同義單音字構成的並列式雙音詞在具體運用中分拆單用時，粵語跟普通話所選用的不同。如在“AB”式當中，一種情況是粵語取 A，而普通話取 B；另一種情況則相反。前者如：“驚慌”。

定啲嚟，唔好驚。	沉住氣，不要慌。

屬於此類的還有“溶化”。

後者如：“躲避”。

啲人企晒喺度避雨。	人們都站在那兒躲雨。

屬於此類的還有“堵塞”。有些雙音詞雖然不能跟分拆開的單義字互相替換使用，但這種南北方言各取一字的現象是明顯的。如：“計算”，粵語取前一字。

計下條數睇下啱唔啱。　　算算這筆賬看看對不對。

又如：“碰撞”，粵語取後一字。

我琴日就喺呢度撞到佢。　　我昨天就是在這兒碰見他。

（二）粵語趣談：“有冇搞錯”

粵語十分傳神。之所以這樣說，是因為粵語相當數量的句子都少不了種種話語成分。要麼體現為語氣詞，要麼體現為話語標記。它們的內涵，離開了特定的情景往往不好對譯成恰當、得體的共同語。譬如說，“有冇搞錯”在大多數的情況下並不跟“弄錯了吧”對等。直譯只能令人摸不着頭腦，影響有效的溝通。可這個話語標記在粵語的語流中出現頻率相當高。很難就“有冇搞錯”給出一個一刀切的定義，我們姑且把其語用內容分成六項言域，以供參考。

言域	示例	對譯
善意提示	個會九點先開，你咁早就到，有冇搞錯。	會議九點才開，你那麼早就到，沒必要吧。
輕度不滿	約好九點㗎啦，你而家成十點至到，有冇搞錯。	都約好九點，你現在差不多十點才到，你幹嗎呢？
中度不滿	大家都到齊，得你一個冇到，有冇搞錯。	大家都來了，就你沒來，真寒磣。
嚴重不滿	我同你講過幾多次啦，你仲係遲到，有冇搞錯！	我跟你說過多少次了，你還是遲到，什麼毛病！

嘲諷口吻	佢咁嘅水準去參加選美，有冇搞錯。	她這樣的水平也參加選美，不害臊。
嚴厲批評	咁嘅說話都講得出口，有冇搞錯！	這樣的話也能說出來，去你的！

六　傳意項目介紹：必須及無須

(一) 表示必須

傳意用語	例句
1. 表示事實上、情理上的必要	
(1) 一定要	• 你一定要喺四點鐘之前返嚟。
(2) 應該	• 你應該回番封信畀佢。
2. 表示較強的必要性	
(1) 唔好唔 (……)	• 你唔好唔記得打個電話畀我呀。
(2) 有咁嘅必要	• 趁未認真塞車嗰陣走人，實在有咁嘅必要。
3. 表示任何選擇都同樣必要	
(1) 點 (……) 都	• 你點都要睇下醫生至好呀。
(2) 唔理 (……) 都	• 唔理坐車定坐船，佢都要喺聽朝早趕番香港。
4. 表示沒有選擇的餘地	
(1) 惟有	• 今日嘅車飛賣晒，惟有買聽日嘅。
(2) 冇法子至 (……)	• 前面塞車塞到冚晒，我冇法子至揀呢條路行啫。

（二）表示無須

傳意用語	例句
1. 表示事實上、情理上的必要	
（1）唔使	• 你唔使親自嚟嘅，搵人代辦都可以。
（2）冇咁嘅必要	• 仲有成個月先去，咁早就買定晒啲飛冇咁嘅必要。
2. 表示不必加以干涉和限制	
（1）隨便	• 隨便去邊度都得。
（2）由得（你）	• 去唔去，由得你（佢）。

七　會話聆聽練習

22-4

甲：考牌考成點呀？

乙：得咗，算係夠運喇。

甲：噉咪係要賀一賀？

乙：冇問題，預咗你㗎嘞。

甲：買咗車未呀？

乙：買咗架二手車揸下先。

甲：喏，揸車唔難，但係要揸熟架車，有道路意識就唔容易㗎。

乙：我知嘞，安全第一吖嘛。

甲：你張機票搞掂未呀？

乙：去程就有，回程候補。

甲：嘩，噉你走唔走得成㗎。

乙：連我自己都唔知。

甲：第次你要早啲攞機位至得呀。

乙：點鬼知咁爆棚㗎。

甲：去澳洲幾時都係咁爆棚㗎啦。

乙：而家冇計（mou⁵ gei²）嘞，惟有一個“等”字。

八　短文朗讀 22-5

香港係東南亞最大嘅貿易港口。工商金融嘅活動十分之頻繁（pen⁴fan⁴）、活躍（wud⁶yêg¹），而香港人又素以節奏快、效率高見稱，因此對於交通運輸嘅需求特別高。事實上，香港無論對內同對外嘅交通都好發達，交通設施相當先進。市內公共交通四通八達，服務手段之多、服務時間之長、服務費用之低廉（dei¹lim⁴）、服務管理之有效，連世界上好多先進國家都及唔上。對外交通，海運又好、陸運又好、空運又好，都日見頻繁。香港喺全世界貨櫃港中高踞首位。往返中國內地嘅陸運有增無減，而航空嘅直航航線連接住世界七十幾個大城市。可以噉講，香港嘅地理位置同經濟模式（mou⁴xig¹）決定咗佢必須大力發展交通運輸先至能夠生存落去。

九　討論

（1）你返工嗰陣坐開邊種交通工具㗎？

（2）你鍾意坐巴士定係地鐵？

（3）塞車大家都怕怕，你有乜嘢改善嘅意見呢？

23

Hoi² yêng⁴ gung¹ yun²

海洋公園

Hoi²yêng⁴ Gung¹yun² hei² ced¹seb⁶
海洋 公園 喺 七十
nin⁴doi⁶ zung¹ hoi¹fong³ ying⁴yib⁶.
年代 中 開放 營業。

一 課文 23-1

（1）Lei^{4} Hêng^{1}gong^{2} gé^{3} yeo^{4}hag^{3} mou^{4}lên^{6} hei^{6} lei^{4} dou^{6}ga^{3}
嚟 香港 嘅 遊客 無論 係 嚟 度假
ding^{6}hei^{6} lei^{4} gung^{1}gon^{3},
定係 嚟 公幹，

（2）dou^{1} wui^{5} béi^{2} ni^{1}dou^{6} yeo^{1}méi^{5} gé^{3} lêu^{5}yeo^{4} wan^{4}ging^{2} so^{2}
都 會 畀 呢度 優美 嘅 旅遊 環境 所
keb^{1}yen^{5}.
吸引。

（3）Ca^{4}sed^{6} Hêng^{1}gong^{2} gé^{3} lêu^{5}yeo^{4} wan^{4}ging^{2} dai^{6}ji^{3}sêng^{6} ho^{2}
查實 香港 嘅 旅遊 環境 大致上 可
fen^{1}wei^{4} gong^{2}xi^{5} fung^{1}qing^{4},
分為 港市 風情，

（4）ming^{4}xing^{3} gu^{2}jig^{1}, men^{4}fa^{3} lêu^{5}yeo^{4}, hoi^{2}wan^{1} wing^{6}tan^{1},
名勝 古蹟， 文化 旅遊， 海灣 泳灘，

（5）gao^{1}yé^{5} fung^{1}guong^{1} tung^{4}mai^{4} léi^{4}dou^{2} yeo^{4}zung^{1} deng^{2}
郊野 風光 同埋 離島 遊蹤 等
fong^{1}min^{6}.
方面。

（6）Péi^{3}yu^{4} gong^{2}, noi^{6}déi^{6} ji^{6}yeo^{4}heng^{4} yig^{1}wag^{6} gen^{1} tün^{4} gé^{3}
譬如 講， 內地 自由行 抑或 跟 團 嘅
yen^{4}xi^{6},
人士，

（7）Sed^{6} wui^{5} yeo^{5} xun^{2}zag^{6} gem^{2} tei^{2}wen^{4}sai^{3} ni^{1} lug^{6} go^{3}
實 會 有 選擇 噉 睇勻晒 呢 六 個
fong^{1}min^{6}.
方面。

（8）Kéi^{4}zung^{1}, Hoi^{2}yêng^{4} Gung^{1}yun^{2}, Qin^{2}sêu^{2} Wan^{1}, Dai^{6}yu^{4}
其中， 海洋 公園、 淺水 灣、 大嶼

San1 Bou2lin4 Ji2 gé3 Tin1tan4dai6fed6 geng3ga1 hei6 bid1 yeo4
山　寶蓮　寺　嘅　天壇大佛　更加　係　必　遊
ji1 déi6.
之　地。

（9）Hoi2yêng4 Gung1yun2 hei2 ced1seb6 nin4doi6 zung1 hoi1fong3
海洋　公園　喺　七十　年代　中　開放
ying4yib6,
營業，

（10）mug6dig1 hei6: yed1 lei4 hêng3 yeo4hag3 tei4gung1 yed1 go3
目的　係：一　嚟　向　遊客　提供　一　個
gêu6yeo5 yun4lem4 xing3ging2 gé3 yu4log6 tin1déi6,
具有　園林　勝景　嘅　娛樂　天地，

（11）yi6 lei4 hei6 hêng3 kêu5déi6 jin2xi6 wan4ging2 bou2wu6 tung4
二　嚟　係　向　佢哋　展示　環境　保護　同
dung6med6 bou2yug6 gé3 qu3méi6xing3.
動物　保育　嘅　趣味性。

（12）Hoi2yêng4 Gung1yun2 wan4 san1 yi4 gin3, fen1 san1sêng6,
海洋　公園　環　山　而　建，分　山上、
san1ha6 lêng5 bou6fen6.
山下　兩　部分。

（13）Lêng5 bou6fen6 ji1gan1 yeo4hag3 ho2yi5 co5 gou1hung1 diu3cé1
兩　部分　之間　遊客　可以　坐　高空　吊車
wong5fan2, seb6fen1 guo3yen5.
往返，　十分　過癮。

（14）San1sêng6 jig6deg1 yed1 yeo4 gé3 bao1kud3 yi5 hoi2yêng4
山上　值得　一　遊　嘅　包括　以　海洋
dung6med6 wei4 ju2tei4 gé3 hoi2yêng4 tin1déi6.
動物　為　主題　嘅　海洋　天地。

（15）Go2dou6 m4dan1ji2 yeo5 hoi2yêng4 kég6cêng4,
嗰度　唔單止　有　海洋　劇場，

yed^1 ga^1 dai^{6}sei^3 cei^{4}cei^4 tei^2 hoi^{2}tün^4 biu^{2}yin^5,
一 家 大細 齊齊 睇 海豚 表演，

(16) Zung^6 yeo^5 géi^{1}dung^6 yeo^{4}héi^3 ho^{2}yi^5 wan^2.
仲 有 機動 遊戲 可以 玩。

(17) Néi^5 geo^3 dam^2 mei^6 co^{5}sêng^5 fung^{1}kuong^4 guo^{3}san^{1}cé^1,
你 夠 膽 咪 坐上 瘋狂 過山車，
hag^3 ji^{6}géi^2 yed^1 can^1 sé^2.
嚇 自己 一 餐 死。

(18) San^{1}ha^6 yeb^{6}heo^{2}qu^3 yeo^5 Hoi^{2}yêng^4 Kéi^{4}gun^1 Sêu^{2}zug^{6}gun^2,
山下 入口處 有 海洋 奇觀 水族館，
yêng^{5}yêng^5-mai^{4}mai^4 ng^{5}qin^1 tiu^4 ng^{5}ngan^{4}lug^{6}xig^1 gé^3 yu^2.
養養 埋埋 5000 條 五顏六色 嘅 魚。

(19) Yeo^{4}hag^3 ho^{2}yi^5 teo^{3}guo^3 gêu^{6}ying^4 gé^3 gun^{1}sêng^{2}ping^4
遊客 可以 透過 巨型 嘅 觀賞屏
zên^{6}qing^4 yen^{1}sêng^2.
盡情 欣賞。

(20) San^{1}ha^6 ling^6 yed^1 teo^4 hei^6 wai^{4}geo^6 "Hêng^{1}gong^2 Lou^5 Dai^6 Gai^1",
山下 另 一 頭 係 懷舊 "香港 老 大 街"，
doi^{6}biu^{2}ju^6 ng^{5}seb^6 nin^4 qin^4 Hêng^{1}gong^{2}yen^4 gé^3 zab^{6}tei^2 wui^{4}yig^1.
代表住 五十 年 前 香港人 嘅 集體 回憶。

普通話對譯

(1) 到香港來的遊客，無論是來度假還是辦理公事，
(2) 都會給這裏優美的旅遊環境所吸引。
(3) 其實，香港的旅遊環境大致上可分為港市風情、
(4) 名勝古蹟、文化旅遊、海濱浴場、
(5) 郊野風光和離島遊蹤等方面。
(6) 譬如説，內地自由行或者跟團的人士，
(7) 一定會有選擇地領略一番這六個方面的風味。

(8) 其中，海洋公園、淺水灣、大嶼山寶蓮寺的天壇大佛更是必遊之地。

(9) 海洋公園在七十年代中開放營業，

(10) 目的是：一來向遊客提供一個具有園林勝景的娛樂天地，

(11) 二來是向他們展示環境保護和動物保育的趣味性。

(12) 海洋公園環山而建，分山上、山下兩部分。

(13) 兩部分之間遊客可以乘高空吊車往返，十分刺激。

(14) 山上值得一遊的包括以海洋動物為主題的海洋天地。

(15) 那裏不僅有海洋劇場，一家大小一起看海豚表演，

(16) 還有機動遊戲可以玩兒。

(17) 你膽子大可以登上瘋狂過山車，嚇自己半死。

(18) 山下入口處有海洋奇觀水族館，一共養了近 5000 條五顏六色的魚。

(19) 遊客可以透過巨型的觀賞屏盡情欣賞。

(20) 山下另一端是懷舊"香港老大街"，代表着五十年前香港人的集體回憶。

二　重點詞彙 23-2

(1)	公幹	$gung^1gon^3$	出差
(2)	查實	ca^4sed^6	其實
(3)	遊樂	yeo^4log^6	遊覽與娛樂相結合的活動
(4)	泳灘	$wing^6tan^1$	海濱浴場
(5)	離島	léi^{4}dou^2	指行政上港島、九龍、新界以外的島嶼
(6)	實	sed^6	〔副詞〕一定
(7)	有選擇噉	yeo^5 xun^2zag^6 gem^2	有選擇地
(8)	睇勻晒	$tei^2wen^4sai^3$	瀏覽一遍

（9）一嚟（……）	yed1 lei4 (……)	一來（……）
二嚟（……）	yi6 lei4 (……)	二來（……）
（10）夠晒刺激	geo3sai3 qi3gig1	無比刺激
（11）啱玩	ngam1 wan2	適於（某人）玩耍
（12）海洋館	hoi2yêng4gun2	水族館
（13）養養埋埋	yêng5yêng5-mai4mai4	總共養着（……）
（14）雀仔	zêg3zei2	小鳥

三　補充語彙 23-3

（一）詞語

游水 yeo4sêu2　　踩單車 cai2 dan1cé1　　赤柱 Cég3qu5

太平山 Tai3ping4 San1　　老襯亭 Lou5cen1ting4

黃大仙 Wong4dai6xin1　　飛鵝山 Féi1ngo4 San1

郊野公園 gao1yé5 gung1yun2　　虎豹別墅 Fu2pao3 bid6sêu6

旋轉餐廳 xun4jun2 can1téng1　　平民夜總會 ping4men4 yé6zung2wui2

（二）句子

（1）Qin1sêu2 Wan1 hei6 Hêng1gong2 gé3 xiu1xu2 xing3déi6.

淺水　灣　係　香港　嘅　消暑　勝地。

（2）Léi4 xi5kêu1 dab3 seb6 léng4 ya6 fen1zung1 ba1xi2 zeo6 dou3.

離　市區　搭　十　零　廿　分鐘　巴士　就　到。

（3）Go2dou6 yeo5 qing1san1-lug6sêu2, wan6ging2 hou2 léng3.

嗰度　有　青山　綠水，環境　好　靚。

（4）Yed1 dou3 ha6tin1, di1 yen4 sam1ng5-xing4kuen4 gem2 yung5 lei4.

一　到　夏天，啲　人　三五　成群　噉　湧　嚟。

（5）Yeo4sêu2 la1, sai3 tai3yêng4 la1, yed1ga1 dai6 sei3 ji3 ngam1 wan2.

游水　啦，曬　太陽　啦，一　家　大　細　至　啱　玩。

四 重點理解

（一）“查實”

“查實”：其實。副詞表示所説的情況屬實，常用於引出與上文相反的意思，進行修正或補充。

（1）啲啲花睇落好似真嘅噉，查實係塑膠做嘅。	那些花看上去好像真的那樣，其實是塑料做的。
（2）聽人話揸車去要半個鐘頭，查實我哋用咗兩個字咋。	聽人説開車去得半個小時，可我們才用了十分鐘就到了。

（二）“實”；“夠”

副詞。“實”表示肯定無疑：

（1）邊個嚟過？	誰來過？
（2）仲使問嘅，實係佢啦。	這還要問，肯定是他。

“實”有時也説成“一實”，兩者意思和用法相同。“夠”一般跟“晒”字連用，強調某種性狀達相當的程度。

（1）夠晒冷。	可冷了。
（2）夠晒快。	可快了。

（三）“匀”

形容詞。表示周遍、全部的意義。一般跟動詞連用，充當補語。

（1）搵匀晒個櫃桶都搵唔到。	把抽屜翻了個兒，也沒找着。
（2）拉匀嚟計，每人出三百文。	平均計算，每人出三百塊。

（四）“唔單止”

表示遞加。連詞。通常跟“仲”、“而且”、“而且仲”等詞語配合使用。

（1）唔單止我想去，佢都想去。 不光我想去，他也想去。

（2）佢唔單止識英文，仲識埋德文㖭。 他不但會英文，而且也會德文。

“唔單止”也可以説成為“唔淨止”，意思和用法相同。

（五）“AA 埋埋”

“AA 埋埋”格式中，AA 是單音動詞重疊。表示多項的合計。習用語。

（1）呢餐飯，連酒水，加加埋埋兩千文度啦。 這頓飯，連酒水，加起來總共兩千塊左右。

（2）佢鍾意藏書，結果收收埋埋成萬冊咁多。 他喜歡藏書，結果搜集起來有上萬冊那麼多。

五　特有詞講解

（一）誤導詞（甲）

誤導詞，指在粵語跟普通話之間，那些形態相同，但由於意義、用法、色彩有別而會引致誤解誤用的詞語。如本課文出現的“公幹”，粵語用作動詞，意謂“出差”：“去北京公幹”；而普通話用作名詞，意謂“公事”，如：“有何公幹？”下面列舉一些形態相同、詞性相同而意義不同的詞語，以供參考。

例詞	粵語的意義	普通話的意義
節目	消遣活動的項目	文藝演出或廣播電台、電視台播送的項目

醒目	機靈（指人）	形象明顯、容易看清（指文字、圖畫等）
密實	（收藏得）嚴密或嚴守秘密	（針線活兒做得）細密
巡行	群眾遊行	按一定路線到各處（活動）

（二）粵語趣談：生性

"生性"一詞，顧名思義，指的是"生之所以然者謂之性"，即養成的習性。如：小孩兒生性好動，成年人生性耿直。粵語同樣有近似的用法。所不同者，粵語添加另一義項，強調特定的社會環境下的要求。如，表示小孩兒懂事：

阿敏好生性，媽咪唔開心嗰陣，佢會氹媽咪（小敏很懂事，媽咪不開心的時候，會安慰媽咪）。這裏指的是家庭環境帶出的要求。

佢兩個仔女都好生性，讀書好勤力，好主動，唔識就問（他兩個小孩兒都很懂事，唸書很努力很主動，不懂就問）。這裏指的是學習壓力帶出的要求。

又如，表示年輕人爭氣，有出息：

你啱啱出嚟做嘢，要生生性性（你剛參加工作，要好好幹，要爭氣）。

讀書唔成唔緊要，但係要生性做人（成績不好不要緊，但是一定要做個規規矩矩的人）。

佢真係唔生性嘅啫，成日群埋啲咁嘅人（他真沒出息，整天跟那些人瞎混）。

再如，以物作主語，表示希望某種行為、事件對自己有利：

望啲馬仔今晚生性啲啦（但願我下了賭注的賽馬今晚能贏）。

六　傳意項目介紹：囑咐

傳意用語	例句
1. 帶提醒語氣	
（1）快啲	• 你快啲去快啲返至好呀。
（2）因住	• 你因住落雨嗜，拎番把遮啦。 • 你因住時間嗜，差唔多夠鐘㗎嘞。
2. 帶期望語氣	
（1）要（……）就快啲（……）	• 要去就快啲去啦，唔係就咪去。
（2）好（……）囉嗜，唔係（……）	• 好瞓囉嗜，唔係聽朝唔知醒都似。

七　會話聆聽練習 23-4

甲：你話香港遊，邊度最好玩吖？

乙：呢啲睇心水嘅啫。

甲：你好似唔係第一次參加香港遊囉喎。

乙：我呢次係第二次嚟嘞，上次走馬看花噉都叫做睇匀哂。

甲：呢次呢？

乙：呢次時間上他條（“他條”指工作清閒、生活寫意、環境好等，這裏指時間充裕）咗，最鍾意係去郊野公園。

甲：哈，點解？

乙：冇乜點解，年輕一族梗係鍾意空氣清新、無拘無束嘅大自然環境㗎啦。

甲：乜香港咁多節嘅？乜嘢美食節、藝術節又盛。

乙：哦，香港嘅天然景點唔多，旅遊協會唔度定啲橋（“度橋”dog^{6}kiu^{2}，這裏指設計或謀算新花樣、新招兒）點會吸引到多啲外地遊客吖。

甲：噉又係。照計本地旅遊係應該儘量突出香港所具有嘅中西文化結合嘅特點嘅。

乙：梗係喇，呢點無烟工業賺大錢㗎。

甲：噉，嚟緊呢個六月又有乜嘢花臣（“花臣”音譯自英語fashion，這裏指花樣）呀？

乙：諗都諗到啦，國際龍舟邀請賽吖嘛。

甲：國際龍舟邀請賽？

乙：使乜講。你未見過番鬼佬扒龍船咩？

八　短文朗讀 23-5

維多利亞港係個繁華嘅港口，船隻穿梭（qun^{1}so^{1}）往來，兩岸商廈林立，五光十色，別具風格。可供觀光、飲食、購物嘅旅遊點唔少。先講講九龍嗰便。首先有傍海（bong^{6}hoi^{2}）築欄而成嘅尖東海濱公園。長長嘅散步走廊（zeo^{2}long^{4}），雅靜開敞（hoi^{1}cong^{2}），係觀賞海港活動及港島容貌最理想嘅地方之一。海濱公園嘅一頭係原來象徵九龍嘅尖沙咀火車站鐘樓，隔籬（gag^{3}léi^{4}）冇幾遠就係天星碼頭同埋海洋中心。嗰度有度好：靜得嚟有動感。香港呢便呢，由東望去西，有銅鑼灣嘅鬧市，有坐落喺灣仔，樓高七十八層嘅智能大廈——中環廣場，然後係中環中銀大廈以及上環港澳碼頭。太平山就正正喺佢哋嘅上面。你同你嗰位朋友喺海拔380米嘅山頂餐廳蹚（yang^{3}）過枱腳未？未就第日快啲去新落成嘅山頂餐廳卜位（bug^{1}wei^{2}），食完晚飯，居高臨下（gêu^{1}gou^{1}-lem^{4}ha^{6}）欣賞香港之夜嘅迷人景色真係邊度都唔使去咯。

九 討論

（1）你至鍾意行邊個山？去邊個沙灘游水？

（2）你朋友嚟香港兩日，你準備帶佢去邊度玩？

（3）澳門有乜嘢好玩？廣州呢？

24

Wong4 dai6 xin1
黃大仙

Hei2 Hêng1gong2, Hêng1fo2 zêu3 xing6 gé3 hei6
喺　香港，　香火　最　盛　嘅係
Geo2lung4 gé3 Wong4dai6xin1 Miu2.
九龍　嘅　黃大仙　廟。

一 課文 24-1

（1）“Mou^4 xi^6 bed^1 deng^1 sam^{1}bou^{2}din^6” , ni^1 gêu^3 xud^{3}wa^6 hei^6
“無 事 不 登 三寶殿”，呢 句 說話 係
yen^4 dou^1 xig^1 gong^2 la^1.
人 都 識 講 啦。

（2）Ji^{1}so^{2}wei^6 “sam^{1}bou^2” hei^6 ji^2 fed^{6}bou^2, fad^{3}bou^2 tung^4
之所謂 “三寶” 係 指 佛寶、 法寶 同
zeng^{1}bou^2 sam^1 wei^2,
僧寶 三 位，

（3）fen^{1}bid^6 zêng^{6}jing^1 guo^{3}hêu^3, yin^{6}zoi^6 tung^4 zêng^{1}loi^4 gem^2 wa^6 wo^5.
分別 象徵 過去、現在 同 將來 噉 話 喎。

（4）Fan^{2}jing^3 sei^{3}gan^1 yu^{6}sêng^5 yi^{4}nan^{4}xi^6, di^1 yen^4 dou^1 wui^5
反正 世間 遇上 疑難事，啲 人 都 會
deng^1 din^6 cam^{1}bai^3.
登 殿 參拜。

（5）Yeo^5 xi^6 bid^1 keo^4 sen^4, mou^4 xi^6 keo^4 bou^{2}yeo^6 a^{1}ma^3.
有 事 必 求 神，無 事 求 保佑 吖嘛。

（6）Hei^2 Hêng^{1}gong^{2}yen^4 seng^{1}wud^6 dong^{1}zung^1, zung^{1}gao^3
喺 香港人 生活 當中， 宗教
wud^{6}dung^6 qi^{2}zung^1 jim^{3}gêu^{3}ju^6 zung^{6}yiu^3 déi^{6}wei^6.
活動 始終 佔據住 重要 地位。

（7）Gung^{1}fung^6 pou^{4}sad^3 gé^3 miu^{6}yu^5 zeo^6 yeo^5 séng^4 qin^1 zo^6,
供奉 菩薩 嘅 廟宇 就 有 成 千 座，
ming^{4}mug^6 do^{1}bed^{1}xing^{1}sou^2.
名目 多不勝數。

（8）Hêng^{1}fo^2 zêu^3 xing^6 gé^3 hei^6 Geo^{2}lung^4 gé^3 Wong^{4}dai^{6}xin^1 Miu^2.
香火 最 盛 嘅 係 九龍 嘅 黃大仙 廟。

（9）Mui^5 nin^4 gé^3 hêng^{1}yeo^{4}qin^2 seo^{1}yeb^6 dad^6 bad^3 wei^2 sou^{3}ji^6.
每 年 嘅 香油錢 收入 達 八 位 數字。

（10）Fung4 nin4 guo3jid3, qin4lei4 cam1bai3 gé3 xin6nam4-sên3nêu5
逢 年 過節，前嚟 參拜 嘅 善男 信女
big1dou3 hem6sai3.
逼到 冚晒。

（11）Kêu5déi6 go3go3 lig1ju6 di1 hêng1zug1, sang1guo2, gai1ngao4,
佢哋 個個 搦住 啲 香燭、 生果、 佳餚，
sem6ji3fu4 séng4 zég3 xiu1ju1,
甚至乎 成 隻 燒豬，

（12）bai2 hei2 miu2 qin4 gé3 hung1déi6 dou6 sêng5hêng1 guei6bai3.
擺 喺 廟 前 嘅 空地 度 上香 跪拜。

（13）Geo2yi4geo2ji1, “yeo5keo4bid1ying3 Wong4dai6xin1” gé3 méng2
久而久之，“有求必應 黃大仙” 嘅 名
zeo6 bed1ging3yi4zeo2.
就 不脛而走。

（14）Gem2, di1 yen4 keo4 med1yé5 né1 ?
噉，啲 人 求 乜嘢 呢？

（15）Dai6lou5ban2 keo4 fad3 dai6coi4, xiu2xi5men4 keo4 fad3 wang4coi4,
大老闆 求 發 大財，小市民 求 發 橫財，

（16）hog6sang1go1 keo4 xing1yeb6 ming4hao6, ging2cad3 dai6lou2
學生哥 求 升入 名校，警察 大佬
keo4 fung4hung1-fa3ged1, lab6gung1 seo6zêng2.
求 逢凶 化吉、立功 受獎。

（17）Sêng5hêng1 mou4bai3 ji1heo6, lei6pai2 hêu3 keo4qim1.
上香 膜拜 之後，例牌 去 求籤。

（18）Hou2coi2 gé3, keo4 dou2 sêng6sêng6qim1.
好彩 嘅，求 到 上上籤。

（19）Wen6hei3 him3 gai1 gé3, ho2neng4 keo4 dou2 ha6ha6qim1.
運氣 欠 佳 嘅，可能 求 到 下下籤。

（20）Ling4 m4 ling4yin6, dai6ga1 hei6 sem1ji1-tou5ming4 gé2.
靈 唔 靈驗，大家 係 心知 肚明 嘅。

普通話對譯

（1）“無事不登三寶殿”，這句話是誰都知曉的。
（2）所謂“三寶”是指佛寶、法寶和僧寶三位，
（3）據説分別象徵過去、現在和將來。
（4）反正，世間遇上疑難事，人們都會登殿參拜。
（5）那是有事必求神，無事求保佑。
（6）在香港人的生活中，宗教活動畢竟佔據着重要地位。
（7）供佛敬神的廟宇就有上千座，名目多不勝數。
（8）香火鼎盛的是九龍的黃大仙廟。
（9）每年售賣出去的香和燈油所帶來的收入高達千萬元。
（10）逢年過節，前來參拜的善男信女擠得水泄不通。
（11）他們人人提着香燭、水果、佳餚，甚至整隻烤豬，
（12）在廟前的空地上擺開，然後上香跪拜。
（13）久而久之，“有求必應黃大仙”的名稱就不脛而走。
（14）那麼，人們求些什麼呢？
（15）大老闆求發大財，小市民求發橫財，
（16）學生求考上名校，警察求逢凶化吉、立功受獎。
（17）上香膜拜之後，慣常去求籤。
（18）幸運的話，可求得上上籤。
（19）運氣欠佳的，可能求得下下籤。
（20）是否靈驗，大家心裏明白就是了。

二　重點詞彙 24-2

（1）之所謂	ji¹so²wei⁶	所謂
（2）噉話喎	gem² wa⁶ wo⁵	據説（用於句末）
（3）香港地	Hêng¹gong²déi²	香港這個地方（尤其指人文意義）

（4）香油錢	hêng^{1}yeo^{4}qin^2	花費在祭祀神佛用的香燭和燈油的金錢
（5）八位數字	bad^3 wei^2 sou^{3}ji^6	指多於一千萬塊錢
（6）逼到冚晒	big^1 dou^3 hem^{6}sai^3	擠得水泄不通
（7）搦	lig^1	提、拿
（8）生果	sang^{1}guo^2	水果
（9）燒豬	xiu^{1}ju^1	烤豬
（10）（……）度	dou^6	處、地方（處所詞綴）
（11）横財	wang^{4}coi^4	意外得來的錢財（並不意味着用不正當的手段獲得）
（12）學生哥	hog^{6}sang^{1}go^1	學生（昵稱）
（13）警察大佬	ging^{2}cad^3 dai^{6}lou^2	警察（畏稱）
（14）例牌	lei^{6}pai^2	一向的做法、老例
（15）好彩	hou^{2}coi^2	幸虧；走運
（16）隔籬	gag^{3}léi^4	隔壁；附近
（17）解神籤	gai^2 sen^{4}qim^1	解說神賜的籤
（18）心知肚明	sem^{1}ji^1-tou^{5}ming^4	心中有數

三　補充語彙　24-3

（一）詞語

神仙 sen^{4}xin^1　　還神 wan^{4}sen^4　　頭炷香 teo^{4}ju^{6}hêng^1

道教 Dou^6 Gao^3　　佛教 Fed^6 Gao^3　　儒教 Yu^4 Gao^3

睇相 tei^{2}sêng^3　　算命 xun^{3}méng^6　　天后廟 Tin^{1}heo^6 Miu^2

車公廟 Cé^{1}gung^1 Miu^2　　蓮花宮 Lin^{4}fa^1 Gung^1

觀音廟 Gun^{1}yem^1 Miu^2

（二）句子

（1）Tin^{1}tan^{4}dai^{6}fed^{6} hei^{6} hei^{2} Dai^{6}yu^{4} San^{1} gé^{3} Mug^{6}yu^{4} Fung^{1} sêng^{6} gou^{1}.

天壇大佛 係 喺 大嶼山 嘅 木魚 峰 上 高。

（2）Fed^{6}zêng^{6} gou^{1} yi^{1}seb^{6}sam^{1} mei^{5}, hei^{6} dong^{1}gem^{1} sei^{3}gai^{3} sêng^{6}

佛像 高 二十三 米，係 當今 世界 上

zêu^{3} dai^{6} gé^{3} lou^{6}tin^{1} qing^{1}tung^{4} zo^{6}zêng^{6}.

最 大 嘅 露天 青銅 坐像。

（3）Yed^{1}-geo^{2}-geo^{2}-sam^{1} nin^{4} gêu^{2}heng^{4} hoi^{1}guong^{1} dai^{6}din^{2}.

一 九 九 三 年 舉行 開光 大典。

（4）Dai^{6}fed^{6} dei^{2}zo^{6} yeo^{5} go^{3} dai^{6}zung^{1}, mui^{5} yed^{6} hao^{1}

大佛 底座 有 個 大鐘，每 日 敲

yed^{1}bag^{3} ling^{4} bad^{3} ha^{5},

一百 零 八 下，

（5）gung^{1} yen^{4} “Xiu^{1}cêu^{4} yed^{1}bag^{3} ling^{4} bad^{3} zung^{2} fan^{4}nou^{5}” .

供 人 “消除 一百 零 八 種 煩惱”。

四　重點理解

（一）“係人都識”

習用語。更常用的為“係人都知”，表示對某些人和事很熟悉。

（1）係人都知佢上慣電視㗎啦。　誰都知道他經常上電視。

（2）佢結過三次婚，又離過三次婚，係人都知啦。　她結過三次婚，又離過三次婚，誰不知道。

（二）“之（不過）”

“之”是個連詞，表示轉折，只用於連接句子，不連接詞語。又可與“所謂”、“不過”連用。

（1）我夠想去旅行咯，　　　　我也挺想去旅行，
之我冇晒啲假期咋嘛。　　可是我的假期用光了。
（2）香港話好有用㗎，　　　　香港話挺有用的，
之不過唔容易學。　　　　但是不容易學。

（三）**“噉話喎”**

用於句末。以提醒對方或傳達別人的說話。

（1）年初三去車公廟買個風車係　　年初三上車公廟買個風車據
求轉運噉話喎。　　　　　　　說是為了轉轉運。
（2）佢返嚟就打電話畀你噉話喎。　他說他回來就給你打電話。

（四）**“× 位數字”**

“× 位數字”是對款項數額的一種婉稱。

佢哋咁嘅薪級，　　　　　　按他們的工資級別，
年薪都有成六位數字嘅。　　一年能拿上幾十萬塊吧。

（五）**“例牌”**

表示一向的做法。

（1）食完飯，例牌睇睇電視。　　吃完飯，慣常看看電視。
（2）啲啲建議，例牌菜嚟啫。　　那些建議，純屬老例。

五　特有詞講解

（一）　**誤導詞（乙）**

誤導詞不光牽涉到詞的指稱義不同（見第二十三課），形態相同的粵語詞和普通話詞在詞義寬窄方面、色彩方面乃至功能方面都有差別。如：本課出現的“逼”字，普通話有的三個常用義（即：逼迫，

強迫、逼近），粵語不但都有，而且添加了一個“擠塞”義：常用搭配為“逼車”、“逼𨋢”等。這就是詞義寬窄的問題。又如：“橫財”，指意外得來的錢財，普通話暗含貶義，即“多指用不正當的手段得來”，但在粵語裏卻是中性的，如通過合法的博彩和中獎得來。這就是色彩方面的問題。至於功能方面，主要指詞性，如“夜”，在普通話只能作名詞，指“從天黑到天亮的一段時間”，而粵語也可充當形容詞用，如：“咁夜仲出街？”，即普通話的“那麼晚還出去？”

（二）粵語趣談：“沙塵”的演變

共同語裏，“沙塵”指在空氣中懸浮的沙粒和塵土。粵語也有這個意義，如：汽車經過，沙塵滾滾。但是，早在上世紀三四十年代，“沙塵”已出現由“輕”和“浮”的具體義轉化成“好出風頭”的比喻義。有意思的是，當時的“沙塵”往往跟“白醭”（beg⁶fog³）（俗寫為“白霍”）組成四言格以示強調：“沙塵”浮於空中而“白醭”則附於液體之表面，相輔相成而給人一種誇張的壓迫感。

五十年代，**“沙塵白醭”**逐漸淡出，讓位給**“牙擦”**，強調格式為**“牙擦擦”**；如：**咪喺度牙擦擦，做出嚟睇過至知**（別吹，做出來看看）。而某人驕傲輕浮、趾高氣揚則被謔稱為**“牙擦友”**。六十年代，**“招積”**（jiu¹jig¹）取代了“牙擦”，指某人自大囂張。七十年代，**“大鼻”**（dai⁶béi⁶）登場。何以為“大鼻”？當時香港經濟起飛，不少人開始發跡，對任何不順眼的人和事傲氣十足，嗤之以鼻。這個“鼻”可不是普通的鼻子，而是**“獅子咁大個鼻”**（像獅子的鼻子那麼大的鼻子）。至此為止，從“沙塵”到“大鼻”，僅僅表露說話人的處世態度，瞧不起別人而已，對別人並無侵犯性。

八十年代就不同了。逐鹿名利的人多了，社會心態變得越來越膚淺、虛浮、脆弱，並且多了一份惹事生非的意圖。年輕人開始用**“串”**（cün³）：**串到飛起**（驕氣十足）！

六　傳意項目介紹：安慰

傳意用語	例句
1. 對失敗者的安慰	
（1）唔好灰心	• 唔理做乜，有失敗點有成功吖，最緊要係唔好灰心。
（2）睇開啲	• 睇開啲啦，呢次唔得，第次再嚟過。
2. 對失戀者的安慰	
（1）唔使傷心	• 唔使咁傷心，你仲後生，慌冇人追你咩？!
（2）緣份未到	• 你同佢緣份未到，呢個唔成，點知第日冇個更加好嘅等住你呀。
3. 對病人的安慰	
（1）唔使擔心	• 中西醫結合，醫好嘅把握好大，你唔使咁擔心嘅。
（2）既來之，則安之	• 既來之，則安之；靜心調養，慢慢（man^{6}man^2）會好番嘅。

七　會話聆聽練習 24-4

甲：琴日初三"赤口"冇喺車公廟撞見你嘅？

乙：哦，我一家大細費事去沙田同人逼，咪去咗濠涌嗰間車公廟囉。

甲：點解會諗到去到天腳底咁遠嚟？

乙：嗰度唔錯吖，照樣可以轉風車行大運。

甲：噉又係。

乙：嗰度雖然靜局啲，但勝在環境優美，成家人寓拜神於旅行之中……

甲：哈，你又諗得到嘅。

乙：仲有啲度簡樸得多，拜神祈福講誠意咋嘛，唔使下下搶住買“大炷香”嘅。

甲：你識唔識睇相㗎？

乙：你睇我個樣似唔似識睇相吖。

甲：琴晚我無意中去咗油麻地嗰條“相命街”度。

乙：係咩？

甲：同啲人傾下發覺香港地嘅相命市場都幾可觀下。

乙：講嚟聽下吖。

甲：分上中下三種，上有“相命大亨”要卜定位㗎，中有“相館”，下就係相命攤檔嘞。

乙：哦，冇嘢嘅，正所謂“大廟有靈，細廟有準”吖嘛。

八　短文朗讀 24-5

政府登記註冊顯示（hin²xi⁶），香港廟宇有六百幾座，再加上未登記嘅“私家廟”，大大話話有近千座。以七百萬人口嚟計，呢個數字足以説明拜神喺市民生活中所佔據（jim³gêu³）嘅位置。喺名目繁多嘅廟宇中，數量最多嘅就係“天后廟”，差唔多遍佈港九各地。廟齡近則百年，年代最久遠嘅有成七百幾年，係喺赤柱嗰度。供奉嘅天后娘娘據講係福建省莆田縣（Pou⁴tin⁴ Yun²）人氏，專門保佑出海漁民漁獲豐收，平安歸來。以愛民護民嘅傳記人物為名興建嘅廟宇仲有“車公廟”。相傳宋朝有位車大元帥，不特（只）平賊（cag⁶）有功，而且仲會鎮疫症（zen³ yig⁶jing³）。喺明末嗰陣，新界疫症流行，為害鄉人。大家於是集資興建車公廟，而廟成之日，疫症絕跡（jud⁶jig¹）。從此，為保平安、免疾病（zed⁶béng⁶）嘅人士都會擇吉造訪（zag⁶ged¹ cou³fong²），許願求福。

九　討論

（1）你興唔興去黃大仙求籤㗎？點解？

（2）試用十句說話描寫一下新蒲崗嗰間黃大仙或者赤柱嗰間天后廟。

（3）你知唔知"打小人"嘅習俗？問下人然後同大家講講。

25

Din6 xi6 men4 fa3

電視文化

Din6xi6 ying4yin4 hei6 mug6qin4 Hêng1gong2 gêu1men4 gé3
電視 仍然 係 目前 香港 居民 嘅
zung6yiu3 men4fa3 seng1wud6 tung4 xiu1hin2.
重要 文化 生活 同 消遣。

一　課文

（1）Hêng1gong2 sêng1ban6 din6xi6toi4 sou3mug6 hou2 xiu2,
香港　商辦　電視台　數目　好　少，
min5fei3 din6xi6toi4 yed1jid6 ji2 yeo5 lêng5 gan1,
免費　電視台　一直　只　有　兩　間，
yeo5 géi2 gan1 hei6 yeo5xin3 guong2bo3 gé3, dou1 yiu3 seo1fei3.
有　幾　間　係　有線　廣播　嘅，都　要　收費。

（2）Zêu3 ju2yiu3 gé3 lêng5 go3 toi4 "Mou4xin3" tung4 "A3xi6" dou1
最　主要　嘅　兩　個　台　"無線"　同　"亞視"*　都
qid3yeo5 Zung1-Ying1men4 toi4, "Mou4xin3" gé3 fen1bid6 qing1wei4
設有　中　英文　台，"無線"　嘅　分別　稱為
"Féi2cêu3toi4" tung4 "Ming4ju1toi4",
"翡翠台"　同　"明珠台"，

（3）"A3xi6" gé3 fen1bid6 qing1wei4 "Bun2gong2toi4" tung4
"亞視"嘅　分別　稱為　"本港台"　同
"Guog3zei3toi4".
"國際台"。

（4）Ni1 lêng5 go3 dai6 toi4 zeo6 keb1nab6zo2 dai6 bou6fen6 gé3
呢　兩　個　大　台　就　吸納咗　大　部分　嘅
din6xi6 gun1zung3.
電視　觀眾。

（5）Bed1guo3, yi4ga1 di1 gun1zung3 do1sou3 m4 hei6 heo6sang1 zei2nêu5.
不過，而家啲　觀眾　多數　唔　係　後生　仔女。

（6）Gam2yêng6 gong2 yed1di1 dou1 m4 cêd1kéi4, xi6guan1 kêu5déi6
噉樣　講　一啲　都　唔　出奇，事關　佢哋
sêng5mong5 xing4fung1, m4 deg1han4 yeo6 mou5 hing3cêu3
上網　成風，唔　得閒　又　冇　興趣
zoi3 tei2 med1yé5 din6xi6 lag3.
再　睇　乜嘢　電視　嘞。

---

* 2015年4月1日，亞視的本地免費電視牌照未獲續期。

（7）Dan6 din6xi6 ying4yin4 hei6 mug6qin4 Hêng1gong2 gêu1men4
但 電視 仍然 係 目前 香港 居民
gé3 zung6yiu3 men4fa3 seng1wud6 tung4 xiu1hin2.
嘅 重要 文化 生活 同 消遣。

（8）Dong1yin2, héi2 yed1 go3 sêng1yib6 sé5wui2 lêu5teo4, ha5ha5
當然， 喺 一 個 商業 社會 裏頭，下下
dou1 jiu1gu3 cei4 gem3 do1 yen4 gé3 gun1dim2, ben2méi6,
都 照顧 齊 咁 多 人 嘅 觀點、 品味、
sêu1keo4 hei6 mou5 med1 ho2neng4.
需求 係 冇 乜 可能。

（9）Dan6hei6 dai6ga1 dou1 hou2 nan4 sêng2zêng6 yed1ha5gan1
但係 大家 都 好 難 想像 一下間
mou5zo2 din6xi6, séng4 go3 sé5wui2 wui5 bin3 sêng4 dim2.
冇咗 電視，成 個 社會 會 變 成 點。

（10）Seo2xin1 hei6 ngoi6bou6 sên3xig1 gé3 sêu1keo4, Zung1guog3
首先 係 外部 信息 嘅 需求， 中國
sen1men4, guog3zei3 sen1men4, dai6ga1 dou1 wui5
新聞、 國際 新聞，大家 都 會
leo4sem1 tei2.
留心 睇。

（11）Kéi4qi3 hei6 noi6bou6 sên3xig1 gé3 sêu1keo4, fan4hei6
其次 係 內部 信息 嘅 需求， 凡係
bun2gong2 xi5men4 guan1ju3 gé3 men4seng1 men6tei4,
本港 市民 關注 嘅 民生 問題，

（12）gog3 toi4 dou1 yi5 sen1men4 jid3mug6, xi4xi6 lên6tan4,
各 台 都 以 新聞 節目、 時事 論壇、
jun1tei4 fong2men6 deng2 ying4xig1 dei6-yed1 xi4gan3
專題 訪問 等 形式 第一 時間
bou3dou6.
報導。

（13）Péi3yu4 wa6, gu2xi5 hong4qing4, med6ga3 xing1did3, ji6on1

譬如 話，股市 行情、 物價 升跌、治安

did6zêu6, gao1tung1 qing4fong3, deng2deng2.

秩序、 交通 情況 等等。

（14）Ling6ngoi6, xiu1han4 jid3mug6, hou2qi5 tei2yug6 jid3mug6,

另外， 消閒 節目，好似 體育 節目、

dung6med6 sei3gai3 , yi6guog3 fung1qing4, xi4zong1 biu2yin5 deng2,

動物 世界、異國 風情、 時裝 表演 等，

（15）géi3 zeng1zêng2 ji3xig1, yeo6 tou4yé5 sem1ging2, sem1deg1

既 增長 知識，又 陶冶 心境， 深得

gun1zung3 gé3 seo6log6.

觀眾 嘅 受落。

（16）Zêu3heo6 jig6deg1 yed1 tei4 gé3 hei6 din6xi6 guong2gou3,

最後 值得 一 提 嘅 係 電視 廣告，

（17）ying4xig1 fan4do1: tou3zong1 guong2gou3 la1, guong2gou2

形式 繁多： 套裝 廣告 啦、 廣告

zab6ji3 la1, geo3med6 yid3xin3 la1,

雜誌 啦、購物 熱線 啦，

（18）yi4cé2 yi3nim6 sen1wing6, yed1 gêu3 “bed1 zoi6fu4 tin1cêng4-

而且 意念 新穎， 一 句“不 在乎 天長

déi6geo2, ji2 zoi6fu4 ceng4ging1 yung2yeo5” fung1mo1

地久，只 在乎 曾經 擁有” 風魔

qun4gong2.

全港。

（19）Ho2 gin3 xing4gung1 gé3 din6xi6 guong2gou3 hei6 tung4

可 見 成功 嘅 電視 廣告 係 同

seo1xi6lêd2 xig1xig1sêng1guan1.

收視率 息息相關。

（20）Yi4 seo1xi6lêd2 gou1dei1 zeo6 hei6 yed1 gan1 din6xi6toi4 ban6

而 收視率 高低 就 係 一 間 電視台 辦

deg[1] xi[6] feo[2] xing[4]gung[1] gé[3] ju[2]yiu[3] biu[1]ji[3].
得 是否 成功 嘅 主要 標誌。

普通話對譯

（1）香港商辦電視台數目很少，免費電視台一直只有兩家，有幾家是有線廣播的，都要收費。

（2）最主要的兩個台"無線"和"亞視"都設有中、英文節目台，"無線"的分別稱為"翡翠台"和"明珠台"，

（3）"亞視"的分別稱為"本港台"和"國際台"。

（4）這兩個大台就吸納了大部分的電視觀眾。

（5）不過，現在的觀眾大多不是年輕人。

（6）這樣說沒有什麼可奇怪的，因為他們上網成風，沒時間也沒興趣再看什麼電視了。

（7）但電視仍然是目前香港居民的重要文化生活和消遣。

（8）當然，在一個商業社會裏面，事事處處都照顧上那麼些人的觀點、品味、需求是不大可能的。

（9）但是，大家都很難想像一下子沒有電視的時候，整個社會會變成怎麼樣。

（10）首先是外部信息的需求，中國新聞、國際新聞，大家都會留心看。

（11）其次是內部信息的需求，凡是本港市民關注的民生問題，

（12）各台都以新聞節目、時事論壇、專題訪問等形式第一時間報導。

（13）譬如說，股市行情、物價升跌、治安秩序、交通情況等等。

（14）另外，消閒節目，如：體育節目、動物世界、異國風情、時裝表演等，

（15）既增長知識，又陶冶心境，深得觀眾的歡迎。

（16）最後值得一提的是電視廣告，

（17）形式繁多：套裝廣告啦、廣告雜誌啦、購物熱線啦，

（18）而且意念新穎，一句“不在乎天長地久，只在乎曾經擁有”風靡全港。

（19）可見成功的電視廣告是跟收視率息息相關。

（20）而收視率高低就是一家電視台辦得是否成功的主要標誌。

二　重點詞彙 25-2

（1）商辦　sêng^{1}ban^{6}　商業化經營（指牟利機構）

（2）收睇　seo^{1}tei^{2}　收看

（3）出奇　cêd^{1}kéi^{4}　奇怪；奇異

（4）事關　xi^{6}guan^{1}　因為

（5）下下（都）　ha^{5}ha^{5} (dou^{1})　事事處處（都）

（6）冇乜可能　mou^{5} med^{1} ho^{2}neng^{4}　不大可能

（7）一下間　yed^{1}ha^{5}gan^{1}　一下子

（8）第一時間　dei^{6}-yed^{1} xi^{4}gan^{3}　即時；儘可能快地

（9）升跌　xing^{1}did^{3}　上漲和下跌（指物價）

（10）受落　seo^{6}log^{6}　接受、歡迎

（11）套裝廣告　tou^{3}zong^{1} guong^{2}gou^{3}　系列化廣告

（12）熱線　yid^{6}xin^{3}　服務性行業設立的、旨在方便顧客的專線電話

三　補充語彙 25-3

（一）詞語

閂機 san^{1}géi^{1}　轉台 jun^{3}toi^{4}　錄影 lug^{6}ying^{2}

放帶 / 影碟 fong^{3}dai^{2}/ying^{2}dib^{6}　倒帶 dou^{3}dai^{2}

翻帶 fan1dai2　　電視劇集 din6xi6 kég6zab6

追（劇集）zeu1 (kég6zab6)

中（英）文字幕 Zung1 (Ying1) men4 ji6mog6

武打片 mou5da2pin2　　科幻片 fo1wan6pin2　　紀錄片 géi2lug6pin2

（二）句子

（1）"Hêng1gong2 xiu2zé2" hei6 ji2 hei2 xun2méi5 wud6dung6 zung1
　　"香港　小姐" 係 指 喺 選美　活動　中
　　deg1 gun3guen1 wing4ham4 gé3 gai1lei6.
　　得　冠軍　榮銜　嘅　佳麗。

（2）Hêng1gong2 xun2méi5 wud6dung1 yeo4 yed1-geo2-sei3-lug6 nin4
　　香港　選美　活動　由　一　九　四　六　年
　　hoi1qi2, dou3 yi4ga1 dou1 ging1yi5 yeo5 séng4 lug6-ced1seb6 gai3 lag3.
　　開始，到　而家　都　經已　有　成　六七十　屆　嘞。

（3）Xun2méi5 ca4sed6 hei6 méi5mao6 tung4 ji3wei3 bing6zung6.
　　選美　查實　係　美貌　同　智慧　並重。

（4）Méi5mao6 bao1kud3 min6mao6, ngoi6ying4 béi2lei6 tung4 yi4tai3,
　　美貌　包括　面貌，　外形　比例　同　儀態，

（5）yi4 ji3wei3 zeo6 bao1kud3 tam4tou3 dêu3ying3, péi4xing3 ben2gag2,
　　而 智慧 就　包括　談吐　對應，　脾性　品格，
　　zung6 yiu3 yeo5mai4 di1 yeo1meg6gem2 tim1.
　　仲　要　有埋　啲　幽默感　㖭。

四　重點理解

（一）"出奇"

奇怪，奇異。多用來指罕見或始料不及的現象。

(1) 真係出奇嘞，隻杯係噉跌落地都唔爛喎。 真奇怪了，那隻杯子就這樣掉在地上也沒破。

(2) 踩單車唔扶住車把，有乜出奇啫。 蹬自行車不用把把兒，算什麼新鮮事兒？

(二)"事關"

因為，表示原因或理由。

(1) 我冇打電話過嚟，事關我一下間搵唔到公共電話。 我沒有打電話過來，因為我一下子找不到公共電話。

(2) 我哋架車兜咗過大嘥先至入到新界，事關屯門嗰度大塞車。 我們的車子兜了個大圈兒才進入新界，因為屯門那邊堵車堵得慌。

(三)"下下"

泛指事事、處處、任何時候，或表示動作行為的經常性。

(1) 自己要親自郁手做下，唔好下下都求人。 自己要動手試試，別事事處處都求人。

(2) 要預早啲買飛，旅遊旺季下下都買唔到㗎。 要早點買票，旅遊旺季買不到票是常有的事。

(四)"受落"

接受、歡迎。指觀眾或聽眾接受、認同某種新的事物（如：節目的品味、球隊的打法、演員的風格、廣告的噱頭、報刊報導的手法乃至社會各方面新人的出現及其形象）。一般用於被動語式，如：

球隊嘅外援球員開始畀球迷受落。 球隊裏的外援球員開始為球迷接受、讚賞。

（五）“一下間”

一時，表示臨時性或偶然性。

（1）我一下間諗唔起佢係邊個。　我一時想不起他是誰。
（2）佢一下間醒起有個電話要打。　他突然想起有一個電話要打。

五　特有詞講解

（一）文化詞（甲）

文化詞，是指那些在特定的社會或社區環境中使用的詞語。兩種不同的語言（方言）之間往往會由於經濟發展的程度、社會對某種現象的態度或文化習慣的不同而出現指稱意義上的缺項。關乎經濟發展程度的，香港話有“轆爆咭”，指由於信用卡的信用額已超過，持有者無法再通過自動櫃員機取款或到商店購物。關乎社會態度的，有“混合語”現象，指學校授課夾雜使用中、英雙語，或者採用英文課本而用中文教授。而關乎文化習慣的，有“手信”，專指外遊者從旅遊地帶回的土特產，以作為饋贈親友的禮品。一種語言的文化詞在另一種語言當中，往往不存在等值詞語，要麼整個兒吸收進自己的詞彙體系，要麼加以適當的説明。

（二）粵語趣談：阿燦

香港話是充滿活力的語言，無時無刻從社會各行業各階層吸取養料。譬如説，影視界就是一個重要的來源。“阿燦”可以説是從影視層面借移到，乃至滲透到社會層面的一個代表，是百分之百的香港土特產。話説，上世紀六十年代末，內地的政治形勢使得大批的同胞進入香港而與此同時，香港的經濟開始擺脱低迷的困境，開始起飛。剛從內地來的年輕人突然發現自己處身於一個陌生的環境裏，面對陌生的人、陌生的文化、陌生的價值觀，自然而然地產生種種的不協調。

這種不協調，在香港無線電視台拍攝的長篇劇集“網中人”（1979 年）中得到了淋漓盡致的描寫。劇中的主角由廖偉雄飾演，取名受到粵語“喳撐篤撐”（$ca^4cang^3dug^1cang^3$）、“程程撐撐”（$qing^4qing^1cang^4cang^4$）的喜劇型音響效果的啟發而定於“程燦”，昵稱“阿燦”。由於該劇集收視率甚高，“阿燦”就從劇中的一個悲喜劇人物變成了當時社會對新移民的泛稱，甚至衍生出“燦哥”、“燦妹”的仿稱，與品位稍高的“表哥”、“表妹”相對。不過，事過境遷，在當今“人仔（人民幣）大過港紙（港幣）”的新形勢下，出現了充滿調侃、揶揄意味的“港燦”，而從加拿大、美國回流香港的則被反譏為“加燦”、“美燦”。

六　傳意項目介紹：責備

傳意用語	例句
1. 直接的責備	
（1）點搞㗎	• 點搞㗎，我明明叫你琴日搞掂晒啲嘢嚕，而家至做咗一半！
（2）乜咁烏龍㗎	• 乜咁烏龍㗎，叫你買十二號嘅車飛，你買咗十一號。
（3）點解咁……㗎	• 點解咁漏氣㗎，架車都開走咗咯。
2. 委婉的責備	
（1）有冇搞錯呀	• 有冇搞錯呀，遲到咗成個鐘頭。
（2）我都唔明你點搞嘅	• 我都唔明你點搞嘅，借本書畀你又會唔見咗嘅。
（3）噉似乎唔係幾好喎	• 明明係你唔啱，仲理由多多，噉似乎唔係幾好嘞。

七　會話聆聽練習 25-4

甲：電視你睇邊個台多？

乙：我不嘍睇開“亞視”嘅，不過，耐唔耐都轉下台。

甲：我都係。

乙：噉你鍾意睇邊啲節目多啲㗎？

甲：足球啦，英國足球、意大利足球……

乙：我鍾意睇動物世界，覺得佢哋好可愛。

甲：舊時我都追下《包青天》嘅，而家都睇到厭晒。

乙：我奉旨唔追劇，成日唔係打打殺殺，就係又喊又笑，無厘頭。

甲：我睇電視鍾意睇廣告。

乙：噉都好睇嘅。

甲：幾好㗎。香港電視嘅廣告有番一定水準㗎。

乙：你鍾意睇邊停廣告呢？

甲：啱睇就睇，睇佢哋嘅意念囉、手法囉……

乙：哈，有隻啤酒廣告畀人鋤，話歧視女性喎。

甲：歧視女性幾時都唔啱，但係人哋廣告有冇真係歧視就好難講。

乙：動機與效果問題，好多時都係見仁見智嘅啫。

八　短文朗讀 25-5

而家香港幾家電視台嘅收視率（seo¹xi⁶lêd¹），都唔係自己調查公佈嘅，都係委託專業嘅市場調查機構去調查。呢啲機構頗有聲譽（xing¹yu⁶），唔會立亂發佈虛假（hêu¹ga²）結果。佢哋會堅持循（cên⁴）正途賺錢，斷斷唔會為咗些少收買錢而使自己今後喺同行中永遠無法立足。電視收視率通常係一個季度調查一次。調查辦法係將全香港劃分成幾個大區，然後根據各區人口嘅密度比例計出每區嘅被訪人數，再按照被調查者嘅性別、年齡、文化程度、職業、愛好、家庭收入、家居環境等因素作適當嘅調整。調查嘅內容主要係：你琴日有冇收睇電視節目？睇嘅係邊個台嘅節目？睇咗幾耐？睇咗邊啲節目？間中有冇轉下台睇第啲節目？等等。咁樣嘅調查係有其可信度嘅。

九　討論

（1）呢排邊隻電視廣告你至鍾意㗎？
（2）你有冇試過追劇集㗎？係追邊套呀？
（3）試比較一下本港幾家電視台。

26

Xig^{6} zoi^{6} Hêng^{1} gong^{2}

食在香港

Jiu^{1}zou^{2} yeo^{5} zou^{2}ca^{4},
朝早　有　早茶，
an^{3}zeo^{3} yeo^{5} fan^{6}xi^{5},
晏晝　有　飯市，
sam^{1} dim^{2} yi^{5}heo^{6} ha^{6}ng^{5}ca^{4},
三　點　以後　下午茶，
séi^{3} dim^{2} hoi^{1}qi^{2} qid^{3} zêg^{3}gug^{6},
四　點　開始　設　雀局，
lug^{6} dim^{2} man^{5}fan^{6}-xiu^{2}coi^{3},
六　點　晚飯　小菜，
jig^{6}log^{6} dou^{3} sam^{1}gang^{1}-bun^{3}yé^{6}.
直落　到　三更　半夜。

一　課文　26-1

（1）Zug^{6}yu^5 yeo^5 wa^6: "men^4 yi^5 xig^6 wei^4 tin^1."

俗語 有 話："民 以 食 為 天。"

（2）Hêng^{1}gong^{2}yen^4 deg^{6}bid^6 gong^{2}geo^3 heo^{2}fug^1.

香港人 特別 講究 口福。

（3）Seo^{2}xin^1 gong^{2}geo^3 xig^6 deg^1 hou^2.

首先 講究 食 得 好。

（4）Hei^2 Hêng^{1}gong^2 ju^{2}yiu^3 hei^6 yud^{6}coi^3, coi^{3}xig^1 heo^{2}mei^6 yed^{1}bun^1

喺 香港 主要 係 粵菜，菜式 口味 一般

yi^5 qing^1, xin^1, nün^6, wad^6, song^2 wei^4 ju^2.

以 清、鮮、嫩、滑、爽 為 主。

（5）Pao^{3}zei^3 go^{2}zen^6 yeo^6 gong^{2}geo^3 xig^1, hêng^1, méi^6, ying^4,

炮製 嗰陣 又 講究 色、香、味、形，

mou^5 fa^1 mou^5 ga^2.

冇 花 冇 假。

（6）Mou^{6}keo^4 jing^2 cêd^{1}lei^4 gé^3 coi^3 yeo^6 hou^2 tei^2 yeo^6 hou^2 xig^6,

務求 整 出嚟 嘅 菜 又 好 睇 又 好 食，

yed^{1}di^1 dou^1 m^4 féi^{4}néi^6.

一啲 都 唔 肥膩。

（7）Gong^{2}dou^3 tong^{1}sêu^2, geng^{3}ga^1 mou^5 deg^1 tan^4.

講到 湯水，更加 冇 得 彈。

（8）Cên^1-ha^6 yi^5 qing^{1}yên^6 wei^4 ju^2, ceo^1-dung^1 zeo^6 zung^6 ji^{1}bou^2.

春夏 以 清潤 為 主，秋冬 就 重 滋補。

（9）Kéi^{4}qi^3, zeo^6 hei^6 yiu^3 xig^6 deg^1 ji^{6}zoi^6, xig^6 deg^1 fong^{1}bin^6.

其次，就 係 要 食 得 自在，食 得 方便。

（10）Tung^{1}gai^1 di^1 zeo^{2}leo^4 zong^{1}seo^1 deg^1 guei^{2}fo^2 gem^3 léng^3,

通街 啲 酒樓 裝修 得 鬼火 咁 靚，

（11）mou^{4}féi^1 hei^6 ying^{4}heb^6 Hêng^{1}gong^{2}yen^4 xig^6 "qing^{4}diu^6"

無非 係 迎合 香港人 食 "情調"

gé3 men4fa3 yiu1keo4 zé1.
嘅 文化 要求 啫。

（12）Xig6xi3 tung1sêng4 mui5 yed6 ying4yib6 seb6ng5-lug6 go3 zung1.
食肆 通常 每 日 營業 十五六 個 鐘。

（13）Jiu1zou2 yeo5 zou2ca4, an3zeo3 yeo5 fan6xi5, sam1 dim2 yi5heo6
朝早 有 早茶，晏晝 有 飯市，三 點 以後
ha6ng5ca4, séi3 dim2 hoi1qi2 qid3 zêg3gug6, lug6 dim2
下午茶，四 點 開始 設 雀局， 六 點
man5fan6-xiu2coi3, jig6log6 dou3 sam1gang1-bun3yé6.
晚飯 小菜， 直落 到 三更 半夜。

（14）Zong6ngam1 bai2zeo2, cêng4min2 ji1 hêu1hem6 béi2 yen4 gé3
撞啱 擺酒， 場面 之 墟冚 畀 人 嘅
yen3zêng6 hei6 Hêng1gong2yen4 jing3 yed1 hei6 xig1 yem2
印象 係 香港人 正 一 係 識 飲
xig1 xig6 géi3 yed1 zug6.
識 食 嘅 一 族。

（15）Zêu3heo6 zeo6 hei6 med1yé5 coi3xig1 hei2 Hêng1gong2 dou1
最後 就 係 乜嘢 菜式 喺 香港 都
wui5 xig6 deg1 dou2.
會 食 得 到。

（16）Zung1can1 lei4 gong2, cêu4zo2 yud6coi3, zung6 yeo5 jing3zung1
中餐 嚟 講，除咗 粵菜， 仲 有 正宗
gé3 ging1, wu6, qun1, qiu4 ni1di1 déi6fong1coi3.
嘅 京、滬、川、潮 呢的 地方菜。

（17）Sei1can1 lei4 gong2 zeo6 do1 lo3, zung2ji1 ying4yung4 Hêng1gong2
西餐 嚟 講 就 多 咯，總之 形容 香港
wei4 "guog3zei3 xig6gai1" zeo6 ngam1 dou3 gig6.
為 "國際 食街" 就 啱 到 極。

（18）Méi5guog3 Meg6dong1lou4 hon3bou2bao1 tung4 Yi3dai6léi6
美國 麥當勞 漢堡包 同 意大利

bog⁶béng² m⁴ zoi⁶ gong²,

薄餅 唔 在 講，

（19）hei² Hêng¹gong² dai⁶heng⁴kéi⁴dou⁶ gé³, zung⁶ yeo⁵

喺 香港 大行其道 嘅，仲 有

Yed⁶bun²coi³, Hon⁴guog³coi³, Tai³guog³coi³ deng²deng².

日本菜， 韓國菜， 泰國菜 等等。

（20）Yi⁴ Eo¹zeo¹coi³ngao⁴ go²di¹ Fad³guog³coi³, Yi³dai⁶léi⁶coi³

而 歐洲 菜餚 嗰啲 法國菜、 意大利菜

gé³ sêu²zên² yed¹di¹ dou¹ m⁴ xu¹xid⁶ guo³ "zou²ga¹".

嘅 水準 一啲 都 唔 輸蝕 過 "祖家"。

普通話對譯

（1）俗話説："民以食為天。"

（2）香港人特別講究口福。

（3）首先講究吃得好。

（4）香港流行的主要是粵菜，菜式口味一般以清、鮮、嫩、滑和爽口為主。

（5）製作的時候又講究色、香、味、形，沒有半點虛假。

（6）務求做出來的菜又好看又好吃，一點兒也不膩。

（7）説到湯水，更是美味無窮，無可挑剔。

（8）春夏以清潤為主，秋冬則重滋補。

（9）其次，就是要吃得自在，吃得方便。

（10）不管在哪兒的飯館都裝修得非常漂亮，

（11）這無非為了迎合香港人吃"情調"的文化要求罷了。

（12）茶樓酒肆通常每天營業十五六個小時。

（13）早上有早茶，中午有正餐，三點以後下午茶，四點開始有麻將供消遣，六點晚飯炒菜，一直盡興到午夜。

（14）遇上宴會，場面之熱鬧給人的印象是香港人不愧為美食一族。

（15）最後就是什麼菜式在香港都會嚐得到。

（16）中餐來説，除了粵菜，還有正宗的京、滬、川、潮這些地方菜。

（17）西餐來説，種類可多了；總之，形容香港為“國際食街”就一點沒錯。

（18）美國麥當勞漢堡包和意大利比薩餅自不待言，

（19）在香港大行其道的，還有日本菜、韓國菜、泰國菜，等等。

（20）而（本地所見的）歐洲菜餚中那些法國菜、意大利菜的水平並不遜色於其“原產地”的。

二　重點詞彙 26-2

（1）爽	song^{2}	爽口（指食物）
（2）炮製	pao^{3}zei^{3}	製作（不含貶義）
（3）冇花冇假	mou^{5} fa^{1} mou^{5} ga^{2}	真實的；沒有半點虛假
（4）整	jing^{2}	弄；做
（5）肥膩	féi^{4}néi^{6}	油膩
（6）通街	tung^{1}gai^{1}	到處；滿街
（7）酒樓	zeo^{2}leo^{4}	大飯館
（8）鬼火咁靚	guei^{2}fo^{2} gem^{3} léng^{3}	非常漂亮
（9）啫	zé^{1}	〔助詞〕罷了
（10）食肆	xig^{6}xi^{3}	茶樓酒肆
（11）飯市	fan^{6}xi^{5}	飯館中午供應主食的服務
（12）雀局	zêg^{3}gug^{6}	大飯館設立的有麻將娛樂的飯局
（13）直落	jig^{6}log^{6}	延續下去（指活動）
（14）擺酒	bai^{2}zeo^{2}	設宴
（15）墟冚	hêu^{1}hem^{6}	盛大（指場面）

（16）正一	jing3yed1	真正的；名副其實
（17）識飲識食	xig1 yem2 xig1 xig6	會吃會喝
（18）一族	yed1 zug6	興趣、習慣相近的一群人
（19）啱到極	ngam1 dou3 gig6	一點兒沒錯
（20）意大利薄餅	Yi3dai6léi6 bog6béng2	比薩餅（pizza）
（21）唔在講	m4 zoi6 gong2	自不待言
（22）水準	sêu2zên2	水平
（23）輸蝕	xu1xid6	遜色；比不上
（24）祖家	zou2ga1	原產地；原出處

三　補充語彙 26-3

（一）詞語

加一 ga1yed1　　貼士 tib1xi2　　埋單 mai4dan1

卡位 ka1wei2　　鋸扒 gêu3pa2　　蹚枱腳 yang3 toi2gêg3

下午茶 ha6ng5ca4　　食"蒲飛（buffet）" xig6 "bou6féi1"

打邊爐 da2 bin1lou4　　茶餐廳 ca4can1téng1

大排檔 dai6pai4dong3　　快餐店 fai3can1dim3

（二）句子

（1）Hêng1gong2 tung1gai1 dou1 hei6 xig6xi3, hou2 nan4 wen2dou2
香港 通街 都 係 食肆，好 難 搵到
yed1 tiu4 gai1 hei6 mou5 gé3 .
一 條 街 係 冇 嘅。

（2）Ca4leo4-fan6dim3, can1sed1-zeo2long4, tong4sêu2ug1, ga3féi1gun2,
茶樓 飯店、 餐室 酒廊、 糖水屋、 咖啡館，
lem4lem4-zung2zung2.
林林 總總。

（3）Yi4 xig6ben2 fung1fu3, ga1gung1 gong2geo3, fug6mou6 zeo1dou3,
而 食品 豐富， 加工 講究， 服務 周到，
fung1gim6 yeo4yen4.
豐儉 由人。

（4）Jing3 so2wei6 med1 dou1 yeo5 deg1 xig6, dim2 xig6fa3 dou1 deg1;
正 所謂 乜 都 有 得 食，點 食法 都 得；
yi4cé2 med1yé5 ga3qin4, med1yé5 xi4gan3 dou1 yeo5 deg1 xig6.
而且 乜嘢 價錢， 乜嘢 時間 都 有 得 食。

（5）Yêg6 zêng1 Hêng1gong2 giu3 zou6 dai6xig6gai1, sed1 bed1 wei4 guo3.
若 將 香港 叫 做 大食街， 實 不 為 過。

四　重點理解

（一）"俗語有話"

用於引用俗語來強調自己的看法。

（1）着番件靚衫啦，俗語有話，"人要衣裝，佛要金裝"嘛。
穿套漂亮的衣服吧，俗語說，"人要衣裝，佛要金裝"。

（2）俗語有話，"一人計短二人計長"，大家諗下計。
俗話說，"一人計短二人計長"，大家出出主意吧。

（二）"冇花冇假"

沒有半點作偽虛假的成分。

（1）呢套茶具冇崩冇爛、冇花冇假。
這套茶具，完整無缺，絕對是真品。

（2）佢點講我就點話你知，冇花冇假。
他怎麼說我就怎麼說給你聽，沒有半點摻假。

（三）"爽"

普通話的"爽"有三個意思：一、清亮，如：秋高氣爽；二、率直，如：(性格)直爽；三、舒服，如：身體不爽。頭兩個為常用義，第三個意思不常用。粵語裏以上三個均為常用義。

做完嘢沖個涼， 真係夠晒爽。	工作完了洗個澡， 那個美勁兒就別提啦。

上例的"爽"表"舒服"義。而粵語還有第四個意義，即"爽口"義。

呢碌蔗食落真係爽。	這根甘蔗吃着很爽口。

（四）"啫"

語氣助詞。表示事物的性質、程度、數量等的低限，即"僅此而已"的意思，相當於普通話的"罷了"。可跟"先至、無非"等詞前後呼應。

（1）佢有啲感冒啫， 唔緊要。	他不過有點兒感冒罷了， 不要緊的。(表示性質)
（2）對皮鞋唔算貴， 三百零文啫。	那對皮鞋不算貴， 才三百來塊而已。(表示數量)

（五）"輸蝕"

比不上。常用於表示比較的句子裏。

（1）佢咁高，你咁矮， 打籃球肯定你輸蝕啦。	他那麼高，你那麼矮， 打籃球肯定你輸。
（2）你以為唱歌我會輸蝕過 你咩？	你以為唱歌我會比不上 你嗎？

五　特有詞講解

（一）文化詞（乙）

香港話裏的“飯市”和“雀局”所代表的指稱在內地飲食業中是不存在的，因此也沒有一個相應的等值詞語來加以表達。這就是我們所説的“文化詞”。“飯市”一般指飯館從上午十一時至下午三時，那段服務時間內基本上只供應點心（如：蝦餃、燒賣等）和廉價的粥粉麵飯（“飯”尤指“盅頭飯”，即蓋飯及“碟飯”），當然顧客也可以點菜喝酒。“雀局”則指飯館從下午四時至九時或更晚的那段服務時間，把部分廳堂隔開成大小不一的房間，以供顧客吃飯前後有麻將消遣。

另外，本課文出現的“祖家”屬引申義，指“來源地”。本義為“宗主國”，即回歸之前的香港對英國的代稱。由此，“回祖家去”則表示英國人離港回英國。這也是文化詞的一類。

（二）粵語趣談：鑊

共同語的“鍋”，注釋為“炊事用具，圓形中凹”。這是統稱。粵語則視其形狀不同而細分為二。有壁底平的叫“煲”；無壁底圓的叫“鑊”。古代類似的炊事用具叫什麼呢？《淮南子・説山訓》注：“有足曰鼎，無足曰鑊”。由此，我們斷定“鑊”為另一存留在粵語的古漢語詞。眾所周知，二百多年前，由於歷史和地緣因素，廣東沿海見證了一批又一批往赴海外的移民，他們的足跡遍及美國西岸。他們扎根於當地，但並沒有遺忘祖籍文化。上世紀七十年代以前，一般的美國人把廣東話（Cantonese）乾脆等同於中國話（Chinese），而“鑊”在彼岸飲食文化中就堂而皇之變成了最有公認性的中國炊事用具代表了，而且直接音譯為 wok。直到 21 世紀的今天，英、美、加、澳出版的任何一本像樣的英語辭典都給它保留了一個詞條的位置。

傳統的鑊一定是生鐵鑄成的，而且夠大夠深，因為用這樣的鑊炒菜才能炒出“鑊氣”，即大火炒菜時，菜肉中所帶出的油香氣味，吃起來才夠“香口”。夠鑊氣與唔夠鑊氣，天壤之別。

既是工具，可以配套。如鑊鏟、鑊蓋。又如大鑊細鑊。但是，注意“大鑊”一詞，字面上有歧義。具體義指的是大號的鑊，而比喻義則指棘手的麻煩事。可單用，作獨詞句：**大鑊！**（糟極了！），也可以作謂語：**呢件事好大鑊！**（這件事情非常棘手），凸顯事態不妙，大禍臨頭的嚴重性。當今潮語“鑊”多具負面的比喻義，下面略舉數例：

孭鑊，指背黑鍋：**畀個鑊佢孭**（讓他背上黑鍋）。

補鑊，指亡羊補牢：**佢知道衰咗，諗計補鑊**（他知道糟了，趕緊想辦法補救）。

炒鑊，指吵架：**唉，琴日同老婆炒鑊勁嘅**（唉，昨天跟太太吵架吵得很厲害）。

六　傳意項目介紹：讚賞

傳意用語	例句
1. 對人的讚賞	
（1）真係得人鍾意	• 你個女好趣致，真係得人鍾意。
（2）確實人見人愛	• 你個女好趣致，確實人見人愛。
（3）夠晒威水	• 你着起呢件衫，夠晒威水。
（4）零舍有型有款	• 你着起呢件衫，零舍有型有款。
2. 對事物的讚賞	
（1）好食到飛起	• 嗰間酒樓啲菜，好食到飛起。
（2）零舍唔同過人	• 嗰間酒樓啲菜，零舍唔同過人。
（3）一流	• 嗰度啲風景一流。
（4）冇得彈	• 嗰度啲風景冇得彈。

3. 對讚賞的應答	
（1）唔敢當	•——你香港話講得幾好噃。 ——唔敢當。
（2）過獎	•——你整啲餸真係好味道嘞。 ——你過獎啫。
（3）乜說話	•——冇見咁耐，你仲喺咁後生噃。 ——乜說話吖。

七　會話聆聽練習 26-4

甲：嘩，呢度又開多間“阿二靚湯”。

乙：咦，係噃。早幾日我淨係見啲工人喺度裝修。當時唔在意，亦冇打探係咪。

甲：而家興開專門店，你睇連湯水都可以搞專門店嘅。

乙：“民以食為天”吖嘛。

甲：話時話，“阿二靚湯”喺香港地都約莫開咗十零間分店㗎喇。

乙：聽講仲開到上廣州㖭。

甲：呢啲就係叫做生意眼嘞。

乙：品質從佳、管理從嚴、經營有方，抵佢發嘅。

甲：聽日老細請飲，究竟去邊度食？

乙：咪去西貢食海鮮囉。

甲：嘩，海鮮膽固醇好高個噃。

乙：怕膽固醇高咪飲啲酒囉。

甲：酒可以解膽固醇，你係喺邊度聽返嚟㗎？

乙：報紙囉。嗱，呢份報紙嘅飲食版有介紹。

甲：哈，以前真係未諗過呢樣嘢噃。

乙：聽講聽日提早一句鐘放工，自己揸車去，喺西貢公路迴旋處度等。

八　短文朗讀 26-5

香港人興（hing[1]）飲茶，平日返工之前上茶樓"一盅兩件"兼夾嘆冷氣睇報紙。節日假日更帶埋一家大細歡聚一堂，敍下天倫之樂。其實香港飲茶嘅人幾時都咁多，親朋相聚、商務活動、工作午餐、午後消閒，都好興約埋一齊去飲茶。講到飲乜嘢茶，香港人以前一路都係飲開紅茶，有一排興飲"菊普"，即係普洱茶摳（keo[1]）埋啲杭菊落去。早市飲茶以點心為主，品種多多。鹹點心有蝦餃、燒賣、鳳爪，等等；甜點心有蓮蓉包、馬蹄糕、芒果布甸，等等。總之，多到你唔知揀乜。之外，仲有腸粉同粥品，皮蛋瘦肉粥呀，柴魚花生粥呀，叫一碗滾熱辣嘅粥，糝（sem[2]）啲薄脆同胡椒粉落去，食起上嚟唔知幾和味（wo[1]mei[6]）。午市除咗有點心供應之外，仲有粉、麵、飯。幾個人叫三兩籠點心，整個窩麵或者炒碟飯就夠晒皮，又經濟又實惠。所以話啫，飲茶呢樣嘢經已成咗香港人飲食習慣嘅一部分。

九　討論

（1）你晚黑係出街食飯定係自己煮呀？

（2）香港前一輪興素菜館，你試過未呀？

（3）你有冇話去開邊間茶樓飲茶㗎？

27

"Nêu^5 yen^2 gai^1"
"女人街"

"Nêu^{5}yen^{2}gai^1" jig^{6}dou^3 yi^{4}ga^1 zung^6 hei^6
"女人街" 直到 而家 仲 係
Tung^{1}coi^3 Gai^1 go^2 dün^6 zêu^3 wong^6.
通菜 街 嗰 段 最 旺。

一　課文

（1）Hêng^{1}gong^2 hei^6 sêng^{1}ben^2 gig^6 ji^1 fung^{1}fu^3 gé^3 xiu^{1}fei^3 xing^{4}xi^5,
香港 係 商品 極 之 豐富 嘅 消費 城市，
yeo^5 "geo^{3}med^6 tin^{1}tong^4" ji^1 qing^1.
有 "購物 天堂" 之 稱。

（2）Dai^6 sêng^{1}cêng^4, xiu^2 sêng^{1}dim^3 ga^{2}ga^{2}déi^2 dou^1 guo^3 man^6 gan^1.
大 商場、 小 商店 假假地 都 過 萬 間。

（3）Gog^{3}xig^1-gog^{3}yêng^6 gé^3 jiu^{1}pai^4 géi^{1}fu^4 zé^{1}tin^1-bei^{3}yed^6.
各式 各樣 嘅 招牌 幾乎 遮天 蔽日。

（4）Dim^{3}pou^3 cêd^{1}seo^6 gé^3 fo^{3}med^6 lei^4 ji^6 qun^4 sei^{3}gai^3,
店舖 出售 嘅 貨物 嚟 自 全 世界，

（5）ben^{2}zung^2 fan^{4}do^1, xig^{1}coi^{2}ban^{1}lan^6, ling^6 yen^4 ngan^{5}fa^1-
品種 繁多、 色彩斑爛， 令 人 眼花
liu^{4}lün^6, mug^{6}bed^{1}ha^{4}jib^3.
繚亂， 目不暇接。

（6）Hei^2 nao^{6}xi^5, yeo^5 wei^6 fu^{3}yu^6 gai^{1}ceng^4 hoi^{1}qid^3 gé^3 hou^{4}wa^4
喺 鬧市，有 為 富裕 階層 開設 嘅 豪華
sêng^{1}cêng^4.
商場。

（7）Yig^6 yeo^5 min^{6}hêng^3 yed^{1}bun^1 xi^{5}men^4 gé^3 ga^{3}lim^4-med^{6}méi^5
亦 有 面向 一般 市民 嘅 價廉 物美
gé^3 lou^{6}tin^1 tan^{1}dong^3, péi^{3}yu^4 gong^2, "Nêu^{5}yen^{2}gai^1".
嘅 露天 攤檔， 譬如 講， "女人街"。

（8）Da^{2}hoi^1 Geo^{2}lung^4 déi^{6}tou^4, néi^5 hei^6 wen^2 m^4 dou^2 "Nêu^{5}yen^{2}gai^1"
打開 九龍 地圖，你 係 搵 唔 到 "女人街"
ni^1 go^3 gai^{1}méng^2 gé^3.
呢 個 街名 嘅。

（9）Xi^{6}guan^1 ni^{1}go^3 méng^2 hei^6 fan^{3}ji^2 Tung^{1}coi^3 Gai^1 zo^{2}gen^2 gé^3
事關 呢個 名 係 泛指 通菜 街 左近 嘅

lou^{6}tin^{1} xi^{5}cêng^{4}.
露天　市場。

（10）Yeo^{4}yu^{1} co^{1}co^{1} dai^{6} bou^{6}fen^{6} gé^{3} tan^{1}dong^{3} dou^{1} hei^{6} mai^{6}
由於　初初　大　部分　嘅　攤檔　都　係　賣
nêu^{5}xing^{3} yung^{6}ben^{2}, yi^{1}med^{6}, fug^{6}xig^{1} wei^{4} ju^{2},
女性　用品、衣物、服飾　為　主，

（11）"Nêu^{5}yen^{2}gai^{1}" ni^{1}go^{3} méng^{2} zeo^{6} bed^{1}ging^{3}yi^{4}zeo^{2}.
"女人街"　呢個　名　就　不脛而走。

（12）Bed^{1} xiu^{2} ngoi^{6}déi^{6} yeo^{4}hag^{3} sem^{6}ji^{3} mou^{6}ming^{4}yi^{4}loi^{4}.
不　少　外地　遊客　甚至　慕名而來。

（13）"Nêu^{5}yen^{2}gai^{1}" gé^{3} "gai^{1}teo^{4}" kao^{3}gen^{6} A^{3}gai^{1}lou^{5} Gai^{1},
"女人街"　嘅　"街頭"　靠近　亞皆老　街，
"gai^{1}méi^{5}" log^{6} dou^{3} hêu^{3} Deng^{1}da^{2}xi^{6} Gai^{1}.
"街尾"　落　到　去　登打士　街。

（14）Jig^{6}dou^{3} yi^{4}ga^{1} zung^{6} hei^{6} Tung^{1}coi^{3} Gai^{1} go^{2} dün^{6} zêu^{3} wong^{6}.
直到　而家　仲　係　通菜　街　嗰　段　最　旺。

（15）Zung^{2}gung^{6} yeo^{5} tan^{1}dong^{3} séi^{3}bag^{3} géi^{2} go^{3}, yi^{4} dim^{3}pou^{3}
總共　有　攤檔　四百　幾　個，而　店舖
zeo^{6} yeo^{5} bag^{3} géi^{2} gan^{1}.
就　有　百　幾　間。

（16）Di^{1} tan^{1}dong^{3} yed^{1}bun^{1} zung^{1}ng^{5} seb^{6}yi^{6} dim^{2}zung^{1} xin^{1}ji^{3} hoi^{1},
啲　攤檔　一般　中午　十二　點鐘　先至　開，
yed^{1}jig^{6} dou^{6} ng^{5}yé^{6} guo^{3}heo^{6} zung^{6} dai^{6}yeo^{5} "dong^{3}" zoi^{6}.
一直　到　午夜　過後　仲　大有　"檔"　在。

（17）Kêu^{5}déi^{6} mai^{6} gé^{3} yé^{5}, xing^{3} zoi^{6} yed^{1} go^{3} "péng^{4}" ji^{6},
佢哋　賣　嘅　嘢，勝　在　一　個　"平"　字，
yi^{4}cé^{2} yeo^{5} ga^{3} gong^{2}.
而且　有　價　講。

（18）Gen^{6} géi^{2} nin^{4} lei^{4}, "Nêu^{5}yen^{2}gai^{1}" hoi^{1}qi^{2} yi^{5} seo^{6}mai^{6}
近　幾　年　嚟，"女人街"　開始　以　售賣

xig^{1}heb^6 yu^1 heo^{6}sang^1 zei^{2}nêu^2 gé^3 péng^{4}ga^3 fug^{6}zong^1
適合 於 後生 仔女 嘅 平價 服裝
wei^4 ju^2.
為 主。

(19) Mou^{4}lên^6 hei^6 fug^{6}zung^1 ding^{6}hei^6 xig^{1}med^6, dou^1 biu^{1}bong^2
無論 係 服裝 定係 飾物， 都 標榜
sen^{1}qiu^4.
新潮。

(20) Ling^6 dou^3 gem^3 noi^6 lig^{6}xi^2 gé^3 "Nêu^{5}yen^{2}gai^1" yi^{1}yin^4
令 到 咁 耐 歷史 嘅 "女人街" 依然
jiu^{1}héi^3-bud^{6}bud^6.
朝氣 勃勃。

普通話對譯

(1) 香港是商品十分豐富的消費城市，有"購物天堂"之稱。

(2) 大商場、小商店少說也超過一萬家。

(3) 各式各樣的招牌幾乎遮天蔽日。

(4) 店舖出售的貨物來自全世界，

(5) 品種繁多、色彩斑斕，使人眼花繚亂，目不暇接。

(6) 在鬧市，有為富裕階層開設的豪華商場。

(7) 也有面向一般市民的、價廉物美的露天攤市，譬如說，"女人街"。

(8) 打開九龍地圖，你是找不到"女人街"這個街名的。

(9) 因為這個名稱是泛指通菜街附近的露天市場。

(10) 由於大部分的攤檔初期都是賣女性用品、衣物服飾為主，

(11) "女人街"這個名稱就不脛而走。

(12) 不少外地遊客甚至慕名而來。

(13) "女人街"的"街頭"靠近亞皆老街，"街尾"一直到登打士街。

（14）直到現在，還是通菜街那一段最興盛。

（15）總共有攤檔四百多個，而商店則有一百來家。

（16）攤檔一般中午十二點鐘才開始營業，一直過了午夜還大有“檔”在。

（17）他們售賣的東西，以“便宜”取勝，而且可以討價還價。

（18）近年來，“女人街”開始以售賣適合於年青人的廉價衣服為主。

（19）無論是服裝還是飾物，都標榜新潮。

（20）使得歷史那麼久的“女人街”依然朝氣勃勃。

二　重點詞彙 27-2

（1）極之	gig^{6} ji^{1}	十分；非常
（2）假假地	ga^{2}ga^{2}déi^{2}	少說
（3）攤檔	tan^{1}dong^{3}	攤子；攤市
（4）左近	zo^{2}gen^{2}	附近
（5）初初	co^{1}co^{1}	初期
（6）落到去	log^{6} dou^{3} hêu^{3}	一直到
（7）旺	wong^{6}	興盛；火紅
（8）開	hoi^{1}	開始營業
（9）勝在	xing^{3} zoi^{6}	以（……）取勝；優點在於（……）
（10）有價講	yeo^{5} ga^{3} gong^{2}	可以討價還價
（11）後生仔女	heo^{6}sang^{1} zei^{2}nêu^{2}	青年男女；晚輩
（12）平價	péng^{4}ga^{3}	廉價

三　補充語彙 (27-3)

（一）詞語

呃稱 ngag1qing3　　折頭 jid1teo4　　找錢 zao2qin2

收順啲 seo1sên6 di1　　買貴咗 mai5 guei3 zo2　　走鬼 zeo2guei2

大減價 dai6gam2ga3　　優惠價 yeo1wei6ga3

特價發售 deg6ga3 fad3seo6　　公司貨 gung1xi1fo3

街邊貨 gai1bin1fo3　　購物中心 geo3med6 zung1sem1

（二）句子

（1）So2wei6 "cag6dim3" hei6 ji2 go2di1 guan3sêng4 ngag1 gu3hag3
所謂 "賊店" 係 指 嗰啲 慣常 呃 顧客
gé3 pou3teo2.
嘅 舖頭。

（2）Kêu5dei6 yed1bun1 hei6 mai6 yem1hêng2, xib3ying2 héi3coi4
佢哋 一般 係 賣 音響、 攝影 器材
tung4 din6héi3 wei4 ju2.
同 電器 為 主。

（3）Ngag1yen4 gé3 seo2fad3 gig6 ji1 béi1péi2, yu4tung4 cêng2qin2.
呃人 嘅 手法 極 之 卑鄙， 如同 搶錢。

（4）Xi5men4 yu4 fad3yin4 béi6 pin3, ying1goi1 lab6jig1 hêng1
市民 如 發現 被 騙， 應該 立即 向
xiu1wei2wui2 gêu2bou3,
消委會 舉報，

（5）yi5 bou2wu6 Hêng1gong2 "geo3med6 tin1tong4" gé3 xing1yu6.
以 保護 香港 "購物 天堂" 嘅 聲譽。

四 重點理解

（一）"極之"

副詞。表示程度很高，用在形容詞和心理動詞之前。相當於普通話的"很、非常"。

（1）嗰日大家玩得極之開心。	那天大家玩得非常開心。
（2）等極你都唔嚟， 大家極之失望。	等了半天你也不來， 大家非常失望。

（二）"假假地"

副詞。含"往少裏説"、"最低限度"、"至少"等意思，常用作狀語。

（1）而家一層樓假假地都賣成 二三百萬㗎。	現在一個住宅單位少説也賣 二三百萬。
（2）佢假假地都叫做留過學， 唔憂搵唔到嘢做嘅。	不管怎麼説，他也算留過學，不 愁找不到工作。

（三）"旺"

形容詞。普通話的基本義為"旺盛"。粵語的"旺"，用法較多，除了"火燒得很旺"的意思之外，常見用法多指"營業旺盛"，如"旺月"，"旺舖"，"生意好旺"（相對於"淡"），"做旺個市"（相對於"衰"）。

嗰度唔就腳，一直旺唔起嚟。	那兒交通不方便，生意一直沒起色。

（四）"勝在……"

謂詞性短語。表示"雙方比較之下，一方獲勝或成功的主要原因之所在"。

（1）佢見成呢份工， 係勝在資歷高啲。	他獲聘的主要因素是資歷高些。
（2）佢間公司生意幾旺， 勝在售後服務好。	他的公司生意不錯， 主要原因在於售後服務好。

（五）"令到"

連詞。用於説明事情所產生的結果，後面只能跟句子。相當於普通話的"使得"。

（1）佢冇嚟到，令到我哋開會都開唔成。	他沒有來，結果我們開不成會。
（2）佢哋出便嘈喧巴閉，令到我想睇書都睇唔落去。	他們在外面吵吵鬧鬧的，使得我想看書都看不下去。

五　特有詞講解

（一）外來詞

外來詞指的是從他種語言裏吸收過來的詞語。一般分為音譯和意譯兩種吸收方式。香港話裏的外來詞比普通話為多，常見的類別分述如下（本節舉例中，香港詞在前，普通話詞在後）：

1. 香港話用音譯

（1）普通話也用音譯，但用詞不同。

❶〔英〕sofa—梳化　　沙發

❷〔英〕ounce—安士　　盎司

（2）普通話用意譯。

❶ 哩（英美制長度單位，香港慣用，英里舊稱）　　英里

❷〔英〕postcard—甫士咭　　明信片

2. 香港話用意譯

（1）普通話也用意譯，但用詞不同。

❶ 家庭計劃	計劃生育（漢語詞）
❷ 唱片騎師	唱片節目播音員

（2）普通話用音譯。

❶ 一罐咖啡	一聽（〔英〕tin）咖啡
❷ 紙皮石	馬賽克（〔英〕mosaic）

（二）粵語趣談：八卦

"八卦"者，共同語標注為形容詞，曰：（1）沒有根據的（如：八卦新聞）；（2）荒誕低俗的（如：這個說法太八卦）。這些說法恐怕都不符合香港人使用的心理習慣。就"沒有根據的"而言，"八卦"是憑某些蛛絲馬跡進行推理，可能純乎主觀臆斷，但也完全可能"無風不起浪"。其實，"八卦"側重於信息的傳播方式，而並非強調其內容的真實性。另外，"荒誕"和"低俗"並不處於同一層面。"荒誕"否定信息的真實性而"低俗"指的是道德標準。據此，我們認為，所謂"八卦"指的是以"捕風捉影"的方式來傳遞信息而已。延伸出來，包含多層的意味，如作形容詞用：

唔使你咁八卦（用不着你多管閒事）。

最好就乜嘢都唔同佢講，你都知佢幾八卦（最好別跟她說些什麼，她總愛說人閒話）。

又如作動詞用：

佢開始八卦起嚟，想知道我點解鍾意李小姐（她開始問這問那，想知道我為什麼喜歡李小姐）。

佢點解會離婚？我唔想八卦問人（她怎麼會離婚？我不想探聽人家的私事）。

重疊式用法：

佢成日八八卦卦，整到人哋好唔自在（她就愛搬弄是非，令人感覺很不舒服）。

“八卦”作動詞用時，可縮略為“八”，意謂：

（1）瞎聊

有冇時間呀？八兩句咧（有沒有時間？聊兩句，怎麼樣）？

（2）打聽

有冇同佢八到啲乜嘢呀（有沒有從她那裏打聽到什麼）？

六　傳意項目介紹：道歉

傳意用語	例句
1. 一般性道歉	
（1）對唔住	• 對唔住，我出一出去就返嚟。
（2）唔好意思	• 唔好意思，我嚟遲咗。
2. 說話人感到有所不周而表示歉意	
（1）唔好見怪	• 招呼唔到，你唔好見怪嗜。
（2）多多包涵	• 你咁賞面嚟食飯，冇乜好餸，請你多多包涵。
3. 做錯事或引起誤會而表示歉意	
（1）請你原諒	• 我琴日唔記得打電話畀你，阻咗你好多時間喺度等我，請你原諒。
（2）請你唔好介意	• 啯日我講啲說話係冇心嘅，請你唔好介意。

4. 事後表示歉意	
（1）麻煩晒	• 我成日嚟問問題，真係麻煩晒。
（2）滚攪晒	• 我哋本來想坐一坐就走，結果一坐就坐咗咁耐，真係滚攪晒。
5. 對道歉的應答	
（1）咪客氣啦	• 你使乜買咁多嘢嚟呀，咪咁客氣啦。
（2）唔緊要	• ——唔見咗你支筆，對唔住。 ——唔緊要。

七　會話聆聽練習 27-4

甲：都咁夜咯，去邊度買啫？

乙：啤，"七·十一"吖嘛。

甲：講係噉講，呢度左近有冇先？

乙："梗有一間喺左近"啦。

甲：喂，真係有冇啫？

乙：有呀！我同你一齊去吖，好唔好？

甲：好，好。等我開定張購物清單先。

乙：行喇，嗰度乜都有。

甲：哈，你個泳鏡幾好睇噃，同你前幾日嗰個唔同嘅。

乙：哦，呢個我琴日先買之嘛。

甲：睇睇點好法先。

乙：我貪佢防霧功能好。

甲：即係點呀？可以吸收晒個鏡裏頭嘅水氣呀？

乙：係呀，我試過㗎喇，咪喺游水嗰陣睇嘢睇清楚啲囉。

甲：我呢個唔好，游得兩游就入水，入咗水就正一係矇查查嘞。

乙：呢隻係新嘢嚟㗎，一於去買番隻啦。

八　短文朗讀 27-5

1981 年，香港出現咗第一間“七・十一”便利店。時至今日，佢已經超過二百卅呀間分店，遍及港九。呢類廿四小時營業嘅商店啱啱出現嗰陣，香港唔少人對佢嘅發展都唔樂觀。首先，由於間舖頭要維持廿四小時服務，皮費肯定比較高，貨品售價相應亦會貴一啲。其次，半夜三更舂（zung¹）去買啲零碎嘢嘅人有幾多，大家心中都冇乜數。不過事實終於説明一切，便利店好快企穩腳跟，而且有得賺。分店不斷增加就印證咗佢哋自己嘅宣傳口號：梗有一間喺左近。便利店嘅成功，原因固然係多方面嘅，但最重要嗰條就係佢哋能夠自始至終貫徹（gun³qid¹）“顧客第一”嘅原則。從選址靠近繁盛街道到從不間斷嘅服務都令到一般市民對佢哋產生親切感。另外，佢哋仲設有其他零售商店冇嘅服務，譬如：買咖啡可以自斟自飲，買公仔點心亦可以自己加溫調味食用，方便得嚟又夠晒梳乎（so¹fu⁴）。

九　討論

（1）人哋話，香港係“購物天堂”，你同唔同意吖？

（2）香港嘅女人街你行勻未呀？

（3）近你屋企嗰間“七・十一”便利店你有冇幫襯過？你會向佢哋提啲乜嘢意見改善一下服務呢？

28

"Gêu1 zé2 yeo5 kéi4 ug1"
"居者有其屋"

Yi4ga1 Hêng1gong2yen4 dai6koi3 yeo5 yed1 bun3
而家　香港人　大概　有　一　半
yeb6ju6 jing3fu2 gé3 gung1ug1.
入住　政府　嘅　公屋。

一　課文 (28-1)

（1）"Gêu1zé2 yeo5 kéi4 ug1" hei6 dai6ga1 dou1 xig1 gé3 Hêng1gong2
"居者 有 其 屋" 係 大家 都 識 嘅 香港
men4fa3qi4.
文化詞。

（2）Ca4sed6 kêu5 hei6 loi4yun4yu1 Xun1 Zung1san1 xin1sang1 gé3
查實 佢 係 來源於 孫 中山 先生 嘅
"gang1zé2 yeo5 kéi4 tin4, gêu1zé2 yeo5 kéi4 ug1" gé3 dai6tung4
"耕者 有 其 田，居者 有 其 屋" 嘅 大同
xi1sêng2.
思想。

（3）hêng1gong2 yen4heo2 ceo4med6,
香港 人口 稠密，

（4）hei2 yed1qin1 ling4 ced1seb6séi3 ping4fong1 gung1léi5 gé3 tou2déi6
喺 一千 零 七十四 平方 公里 嘅 土地
sêng6, sêng4 ju6 yen4heo2 gou1 dad6 bad3bag3 géi2 man6.
上，常 住 人口 高 達 八百 幾 萬。

（5）Fong4ug1 gen2küd3 zong6fong3 yed1jig6 sêng1dong1 yim4zung6,
房屋 緊缺 狀況 一直 相當 嚴重，

（6）zoi3 ga1sêng5 leo4ga3 yed1jig6 gou1 kéi2 bed1 ha6,
再 加上 樓價 一直 高 企 不 下，

（7）dêu3yu1 yed1bun1 da2gung1zei2 lei4gong2, jing6hei6 kao3 go3yen4
對於 一般 打工仔 嚟講，淨係 靠 個人
so2 deg1 lei4 mai5 leo2,
所 得 嚟 買 樓，

（8）sed6zoi6 hei6 gêu1zé2 nan4 yeo5 kéi4 ug1.
實在 係 居者 難 有 其 屋。

（9）Yeo4 yed1-geo2-ced1-bad3 nin4 hoi1qi2, jing3fu2 hog6 Sen1ga3bo1,
由 一 九 七 八 年 開始，政府 學 新加坡，

（10）man^{6}man^{2}gem^2 ying^{4}xing^{4}zo^2 yed^1 tou^3 gao^{3}wei^4 yun^{4}xin^6
慢慢噉 形成咗 一 套 較為 完善
gé^3 gung^{1}ug^1 zei^{3}dou^6.
嘅 公屋 制度。

（11）Yi^{4}ga^1 Hêng^{1}gong^{2}yen^4 dai^{6}koi^3 yeo^5 yed^1 bun^3 yeb^{6}ju^6
而家 香港人 大概 有 一 半 入住
jing^{3}fu^2 gé^3 gung^{1}ug^1.
政府 嘅 公屋。

（12）Ji^{3}yu^1 xi^{1}yen^4 leo^2, pou^{2}tung^1 da^{2}gung^{1}zei^2 zen^1 hei^6 hou^2
至於 私人 樓， 普通 打工仔 真 係 好
nan^4 mai^5 deg^1 héi^2.
難 買 得 起。

（13）Xi^{6}guan^1 leo^{4}ga^3 guei^3 deg^1 gao^{1}guan^1.
事關 樓價 貴 得 交關。

（14）Yi^{4}cé^2 guei^3 dou^3 tung^4 yed^{1}bun^1 xi^{5}men^4 gé^3 geo^{3}mai^5
而且 貴 到 同 一般 市民 嘅 購買
neng^{4}lig^6 tüd^{3}zo^2 jid^3.
能力 脫咗 節。

（15）Fong^{3}cé^2 ngen^{4}hong^4 on^{3}kid^3 gig^{6}kéi^{4}han^6 deg^1 ced^1 xing^4,
況且 銀行 按揭 極其限 得 七 成，

（16）jing^{6}dei^1 sam^{1}xing^4 gé^3 qin^2, zoi^3 ga^{1}sêng^5 lêd^{6}xi^{1}fei^3 yeo^6
剩低 三成 嘅 錢，再 加上 律師費 又
xing^6, néi^5 fen^{1}fen^{1}zung^1 yiu^3 jig^{1}heg^1 lo^2 deg^1 cêd^1 yed^1 dai^6
盛， 你 分分鐘 要 即刻 攞 得 出 一 大
bed^1 gé^3 yin^{6}gem^1.
筆 嘅 現金。

（17）Deng^{2}dou^3 néi^5 lo^{2}dou^2 so^{2}xi^4 go^{2}zen^2, néi^5 zeo^6 yiu^3 zên^{2}béi^6
等到 你 攞到 鎖匙 嗰陣，你 就 要 準備
jid^{3}yi^1-sug^{1}xig^6 hêu^3 gung^{1}leo^2.
節衣 縮食 去 供樓。

（18）Yed^{1}bun^1 ga^{1}ting^4 yed^1 go^3 yud^6 han^{4}han^{2}déi^2 dou^1 yiu^3 lo^2
一般 家庭 一 個 月 閒閒地 都 要 攞

cêd1 séng4 bun3 gé3 sen1sêu2,
出 成 半 嘅 薪水，

（19）ngai4lêu4zei2 dou1 yiu3 ga3lag3, zung6 yiu3 hou2 bog3 tim1 a3.
捱騾仔 都 要 喍嘞，仲 要 好 搏 㖭 呀。

（20）Gung1 m4 héi2 leo2 gé3 wa6, ngen4hong4 seo1leo2, meo1gai1
供 唔 起 樓 嘅 話， 銀行 收樓， 踎街
dou1 yeo5 fen2.
都 有 份。

普通話對譯

（1）“居者有其屋”是大家都懂的香港文化詞。

（2）其實它是來源於孫中山的“耕者有其田，居者有其屋”的大同思想。

（3）香港人口稠密，

（4）在一千零七十四平方公里的土地上，常住人口高達八百多萬。

（5）房屋緊缺狀況一直相當嚴重，

（6）再加上樓價一直居高不下，

（7）對於一般工薪階層來説，光靠個人收入來買房子，

（8）實在是居者難有其屋。

（9）自一九七八年開始，政府向新加坡學習，

（10）慢慢形成了一套較為完善的公屋制度。

（11）現在大概有一半香港人入住政府的公屋。

（12）至於私人樓宇，普通打工仔實在負擔不起。

（13）因為樓價貴得厲害，

（14）而且貴得跟一般市民的購買能力脱了節。

（15）況且銀行的抵押充其量只有七成，

（16）餘下三成的錢，再加上律師費什麼的，你隨時要立刻掏得出一大筆現金。

（17）待到你拿了鑰匙那會兒，你就要準備節衣縮食去供樓。

（18）一般家庭一個月拿出一半的收入不為多，

（19）辛辛苦苦地去掙錢不在説，還要有股拚勁兒才成呀。

（20）萬一供不起樓，銀行收樓，那時連窩也沒有一個。

二　重點詞彙　28-2

（1）飆升	biu6xing1	急升（價格）
（2）打工仔	da2gung1zei2	工薪階層
（3）淨係	jing6hei6	光是
（4）貴得交關	guei3 deg1 gao1guan1	貴得厲害
（5）按揭	on3kid3	抵押
（6）分分鐘	fen1fen1zung1	隨時
（7）攞	lo2	拿、取
（8）鎖匙	so2xi4	鑰匙
（9）供樓	gung1leo2	用分期付款方式買房子
（10）閒閒地	han4han2déi2	隨便；不為多
（11）捱騾仔	ngai4lêu4zei2	辛辛苦苦地謀生
（12）搏	bog3	拚命（幹活兒）
（13）收樓	seo1leo2	收回業權
（14）踎街	meo1gai1	露宿
（15）（……）都有份	dou1 yeo5 fen2	可能

三　補充語彙　28-3

（一）詞語

租住 zou1ju6　　交租 gao1zou1　　差餉 cai1hêng2

物業 med6yib6　　田土廳 tin4tou2téng1

地產經紀 déi6can2 ging1géi2　　管理費 gun2léi5fei3

釐印費 léi4yen1fei3　　手續費 seo2zug6fei3

居住環境 gêu1ju6 wan4ging2　　房屋津貼 fong4ug1 zên1tib3

自置居屋 ji6ji3 gêu1ug1

（二）句子

（1）Gung1leo2 yeo5 tim4 yeo5 fu2.

供樓　有　甜　有　苦。

（2）Tim4 gé3 zeo6 hei6 m4ji2 yeo5 nga5 zé1 teo4 gem3 gan2dan1,

甜　嘅　就　係　唔止　有　瓦　遮　頭　咁　簡單，

（3）sen1fen2 zêng6jing1 la1, sé5wui2 déi6wei6 la1, cen1yeo5 zan3sêng2

身份　象徵　啦，社會　地位　啦，親友　讚賞

la1, deng2deng2 .

啦，　等等。

（4）Fu2 gé3 zeo6 hei6 mé1sêng5 yed1 sen1 zai3, yi4cé2 zai3kéi4 cêng4,

苦　嘅　就　係　孭上　一　身　債，而且　債期　長，

（5）di1 qin2 yed1ha5 zeo1jun2 m4 dou2 zeo6 yu4tung4 did3 log6

啲　錢　一下　周轉　唔　到　就　如同　跌　落

tem5 dou6 zem6 séi2.

氹　度　浸　死。

四　重點理解

（一）"交關"

表示負面程度高，帶誇張色彩，一般由"得"字引出作程度補語。相當於普通話的"得很"：

（1）熱得交關	熱得很
（2）惡得（好）交關	兇極了
（3）懵得（咁）交關	糊塗到了極點

（二）"分分鐘"

副詞。表示隨時有意想不到的負面的事情發生。

（1）你煙酒過量， 身體分分鐘會唔掂㗎。	你煙酒過量， 當心身體隨時會垮。
（2）你咁聽佢嘅説話， 分分鐘領嘢。	你盡聽他説的， 沒準上了他的當也不知道哩。
（3）近排股市唔明朗， 價格分分鐘會下瀉。	這幾天股市不明朗， 價格隨時會下瀉。

（三）"閒閒地"

副詞。表示在當事人沒有察覺的情況下花費金錢或時間。相當於普通話的"不經意"。

（1）而家啲嘢咁貴，食餐飯 閒閒地都要三幾百文喇。	現在東西那麼貴， 上一次館子也得三百來塊錢。
（2）呢單嘢好棘手㗎，閒閒地㗎 你兩三日都唔一定做得完。	這活兒挺麻煩的，你泡上兩三 天工夫也不見得能把它幹完。

（四）"搏"

動詞。表示希望得到更佳結果而拚命去做或嘗試去做。

（1）我諗住趁後生搏一搏。	我想趁年青時候闖練闖練。
（2）因住下，唔好搏到咁盡， 搏壞身體嚊。	當心點兒，不要透支過度， 弄壞身體。

（五）"……都有份"

口頭習用語，用在短語或小句之後強調預設的、負面的可能性。

（1）**仲唔走，遲到都有份。**	還不走，要遲到啦。
（2）**咁樣經營法，**	這樣經營下去，
佢哋間公司執笠都有份。	他們那家公司不倒閉才怪呢。

五　特有詞講解

（一）口語詞

口語詞指口頭交際使用的語言形式。這些簡短靈活的語言形式，人們在交際中每時每刻都在使用，以至於習以為常，然而真要説一説它們的含義、功能，也還不是一下子就能説得很準確、清楚的。這是因為這些語句的意義，一般不能憑構成成分的語義和語法上的邏輯義推導出來，在學習上往往構成難點。例如："有冇搞錯"，其含義要比字面上的"有沒有弄錯"豐富得多。

（1）**咁早去排隊，有冇搞錯？**這是表示規勸，即往往抱有善意，委婉地表示懷疑行為的必要性或合理性，相當於普通話的"不至於吧"、"沒有必要"、"犯不着"等。

（2）**咁夜仲去街，有冇搞錯？**這是表示不贊成，即明白地表示不贊成，但可以是一種"不介入"的中立態度，相當於普通話的"我才不會呢"、"沒頭腦"、"幹嗎？！"等。

（3）**咁嘅嘢都講得出口，有冇搞錯？！**這是表示不滿，或者是反感，或者是指責，甚至是喝罵，相當於普通話的"討厭"、"缺德"、"去你的"等。

（二）粵語趣談：執生

眾所周知，香港成功之經驗有三：法制基礎、廉潔而高效的公務員隊伍以及香港人的拚搏精神。

談"拚搏"，似乎應該還得談談"執生"。"執生"，原是戲班術語。由於戲班多是現場演出，臨場突變之事，時有發生而無法預料，惟有靠前線人員隨機應變。"執"就是把持；"生"就是生機。合起來就是"在被動的情況下，不放過任何機會，爭取主動"，即以"有危就有機"的積極態度擺脱困境，衝出險地，祈求重生。所以，"拚搏"代表進取意識而"執生"代表危機意識。折射到語言運用上，有三層意思。

（1）告誡義：**呢件事冇人幫到你，你自己執生啦**（這件事情沒人能夠幫得上你，好自為之吧）。

（2）警告義：**車站人多秩序亂，大家注意執生**（提高警覺，不要讓小偷有機可乘）。

（3）應變義：**你有壓力，我有壓力，大家執生啦**（靈活應付，自謀生路）| **呢個課程冇人教過，而家畀你去教，自己執生嘞**（隨機應變，完成任務）| **條數點還，問銀行借又好，問私人借又好，自己執生嘞**（這筆賬怎麼償還，向銀行借還是向私人借，自己決定好了）。

六　傳意項目介紹：催促

傳意用語	例句
1. 帶提醒語氣 （1）快啲 （2）因住時間嚁	• 要買就快啲買，舖頭就嚟閂門嘞。 • 你因住時間嚁，爭一個字夠鐘喫嘞。
2. 帶期望語氣	

（1）要……就快啲……	• 要去就快啲去，唔去就咪去。
（2）好……囉嗜，唔係……	• 好瞓覺囉嗜，唔係聽朝起唔到身都似。
3. 帶埋怨語氣	
（1）乜咁漏氣㗎	• 乜你咁漏氣㗎，過晒鐘至嚟。
（2）唔好再抌時間嘞	• 人哋等住你嘅報告個喎，唔好再抌時間嘞。
4. 帶委婉語氣	
（1）當然係快啲好啦	• 當然係快啲好啦，噉大家都方便吖嘛。
（2）大家等緊你嘅嗜	• 大家等緊你嘅嗜，唔該快手啲。

七　會話聆聽練習 28-4

甲：你而家住嗰層樓係租定係買㗎？

乙：買嘅，而家咪供緊囉。

甲：月供幾多呀？

乙：我嗰層樓實用面積七百呎唔到，月供要成萬三銀㗎。

甲：唔係嘢少嗜，噉唔係使咗你成半薪水？

乙：唔係你估。

甲：你點搞掂條數呀？

乙：開 O.T. 囉。（O.T. 係英語 overtime 的簡稱，意指超時工作、加班。）

甲：嚟緊呢個禮拜六有冇時間呀？嚟我新搬嗰度坐坐吖。

乙：好呃。你嗰度環境點呀？

甲：大啲囉。不過對住個商場，嘈啲。

乙：噉你又搬？

甲：我係貪佢近個女嘅學校之嘛。

乙：你頭先話地方大啲，係點大法呀。

甲：建築面積爭啲九百呎，一廳三房。

乙：你哋一家四口住都唔錯嘞。

八　短文朗讀 28-5

香港人口稠密（ceo4med6）住屋緊缺。長期以嚟，冇人過問。直到 1953 年九龍石硤尾一場大火先至使到香港政府開始正視同埋着手解決呢個社會民生問題。佢首先致力幫助最困難嘅家庭，建造咗一批批嘅“廉租屋”，然後開始有計劃噉興建新型屋邨。設計嘅要求係：（一）每個家庭擁有自己嘅單位；（二）全部單位都係獨立式，即水、電、廁、廚齊備；（三）每個人居住面積唔少於 32 呎半。不過，申請入住呢類公屋，一般都有入息同人口嘅限制。到咗七十年代末，政府提出“居者有其屋”嘅規劃，目標係滿足嗰啲入息超過申請公屋標準而又無力購買私人樓宇嘅中下層人士嘅需求。過咗十年之後，政府又公佈“長遠房屋政策”，主動鼓勵自置居所，希望喺廿一世紀基本上解決居民嘅住屋問題。當然，香港嘅公屋政策仲有不盡人意嘅地方，但係取得嘅成績係有目共睹嘅。

九　討論

（1）你鍾意點嘅居住環境呀？

（2）畀你揀嘅話，買樓好定係租樓住好？

（3）時下唔少人返內地買樓，你點睇？

29

Tam[1] ji[6] bin[3] pen[4] ji[6]
貪字變貧字

Pao[2]ma[5] go[2] yed[6], ma[5]mei[4] yed[1] yeb[6] dou[3] ma[5]cêng[4],
跑馬 嗰 日，馬迷 一 入 到 馬場，
zeo[6] ma[5]sêng[6] pai[4]dêu[2] log[6]ju[3] mai[5] fan[1] zég[3] yid[6]mun[5] ma[5].
就 馬上 排隊 落注 買 番 隻 熱門 馬。

一　課文 29-1

（1）Hêng1gong2 pao2ma5, cêu4zo2 ha6guei3 teo2xu2 ji1ngoi6,
香港　跑馬，除咗　夏季　唞暑　之外，

（2）yed1 nin4 sam1 guei3, mui5 zeo1 lêng5 qi3, jig1 mui5 fung4
一 年 三 季，每 周 兩 次，即 每 逢
lei5bai3sam1, lug6, wag6 lei5bai3yed6 dou1 yeo5 ma5 pao2.
禮拜三、六，或　禮拜日　都 有 馬 跑。

（3）Pao2ma5 go2 yed6, ma5mei4 yed1zug6 dou1 zam6xi4 pao1hoi1
跑馬 嗰 日，馬迷　一族　都 暫時　拋開
yed1cei3, yung2 hêu3 ma5cêng4, héi1mong6 coi4sen4 jiu3gu3,
一切，湧　去　馬場，希望　財神　照顧，
gued6 fan1 di1 “cou2 péi4” .
掘　番　啲 “草皮”。

（4）Yed1 yeb6 dou3 hêu3, zeo6 ma5sêng6 pai4dêu2 log6ju3 mai5 fan1
一　入　到 去，就　馬上　排隊　落注 買　番
zég3 yid6mun5 ma5.
隻　熱門　馬。

（5）Deng2dou3 zab6mun4 yed1 hoi1, kuen4 ma5 féi1ben1 hêng3qin4,
等到　閘門　一　開，群　馬　飛奔　向前，

（6）ma5mei4 gé3 sem1, zeo6 gen1ju6 ma5tei4 dig1deg1séng1 yed1cei4
馬迷 嘅 心，就　跟住　馬蹄　的得聲　一齊
tiu3 dung6,
跳　動，

（7）ngan5 dou1 m4 zam2 yed1 ha2 gem2 mong6sed6 ji6géi2 zég3
眼　都 唔 眨　一 下　噉　望實　自己 隻
sem1sêu2ma5,
心水馬，

（8）go3go3 dou1 kuong4yid6 deng2doi6ju6 ming6wen6 gé3 gün3gu3,
個個　都　狂熱　等待住　命運　嘅　眷顧，

（9）déng^{2}doi^{6}ju^{6} yi^{5}xiu^{2}-bog^{3}dai^{6} gé^{3} sed^{6}yin^{6}.

等待住　以小　博大　嘅　實現。

（10）Mong^{4}ying^{4} ji^{1} xi^{4} zen^{1} hei^{6} lou^{5}deo^{6} xing^{3} med^{1} dou^{1} m^{4} ji^{1}.

忘形　之時 真　係　老豆　姓　乜　都　唔知。

（11）Zung^{2}ji^{1} , ma^{5}guei^{3} yed^{1} hoi^{1}lo^{4} , ca^{1}m^{4}do^{1} séng^{4} go^{3} Hêng^{1}gong^{2}

總之，　馬季　一　開鑼，差唔多 成 個　香港

dou^{1} béi^{2} “yeo^{5} ma^{5} zeg^{1} sang^{1} , mou^{5} ma^{5} zeg^{1} séi^{2}” gé^{3}

都　畀“有　馬　則　生，冇　馬　則　死”嘅

sem^{1}tai^{3} so^{2} ma^{4}zêu^{3} .

心態　所　麻醉。

（12）Yed^{1} cêng^{4} coi^{3}xi^{6} ji^{1}heo^{6} , dong^{1}yin^{4} yeo^{5} xu^{1} yeo^{5} yéng^{4} .

一　場　賽事 之後，　當然　有　輸 有　贏。

（13）Dan^{6}hei^{6} jing^{3}so^{2}wei^{6} xiu^{2} sou^{3} pa^{3} cêng^{4} gei^{3}, xing^{4}nin^{4}

但係　　正所謂　小　數 怕　長　計，成年

lêu^{6}yud^{6} gem^{2} gei^{3}, zeg^{1} sed^{6} hei^{6} xu^{1} do^{1} yéng^{4} xiu^{2} .

累月　噉　計，則　實　係 輸 多　贏　少。

（14）Lei^{4} “gued^{6} cou^{2}péi^{4} ” gé^{3} ma^{5}mei^{4} geng^{3} do^{1} gé^{3} hei^{6} lei^{4}

嚟　“掘　草皮”　嘅　馬迷　更　多 嘅 係　嚟

“pou^{1} cou^{2}péi^{4} ” zeo^{6} zen^{1} .

“鋪　草皮”　就　真。

（15）“Hai^{4} ! Yeo^{6} wui^{5} gem^{3} mung^{2} gé^{2} , hou^{2} mai^{5} m^{4} mai^{5} mai^{5}zo^{2}

“嚡！　又　會　咁　懵　嘅，好　買　唔　買　買咗

go^{2} zég^{3} yei^{5} ma^{5} , gao^{2} dou^{3} ni^{1} pou^{1} yeo^{6} xu^{1} mai^{4} .”

嗰 隻　曳 馬，搞　到　呢 鋪　又　輸　埋。”

（16）Ni^{1}di^{1} gem^{2} gé^{3} xud^{3}wa^{6} , gong^{2}zo^{2} deng^{2}yu^{1} mou^{5} gong^{2} .

呢啲　噉　嘅　說話，　講咗　　等於　冇　講。

（17）Xi^{6}guan^{1} dêu^{3}yu^{1} di^{1} dou^{2}zei^{2} lei^{4} gong^{2} , gem^{1} qi^{3} xu^{1}zo^{2},

事關　對於 啲　賭仔　嚟　講，　今　次　輸咗，

ha^{6} qi^{3} zoi^{3} lei^{4} guo^{3} .

下 次 再　嚟　過。

（18）Ji2 yiu3 kêu5déi6 yed1 yed6 nem2ju6 "zung2wui5 yeo5 yed1 qi3
只 要 佢哋 一 日 諗住 "總會 有 一 次
zung3 gua3 , wa6 m4 mai4 zeo6 hei6 ni1 qi3 tim1 " ,
中 啩，話 唔 埋 就 係 呢 次㖭"，

（19）gem2 , keo4coi4yêg6hod3 gé3 Hêng1gong2yen4 zeo6 léi4 m4 hoi1
噉， 求財若渴 嘅 香港人 就 離 唔 開
pao2ma5 .
跑馬。

（20）Jing3so2wei6 "ma5 jiu3 pao2" , zeo6 geo3xing4 Hêng1gong2
正所謂 "馬 照 跑"，就 構成 香港
men4fa3 gé3 yed1 go3 zung6yiu3 bou1fen6 .
文化 嘅 一 個 重要 部分。

普通話對譯

（1）香港賽馬，除了夏季歇伏之外，

（2）一年三季，每周兩次，即每逢星期三、六，或者星期日都有賽事。

（3）比賽那天，馬迷一族都暫時拋開一切，紛紛到賽馬場去，希望財神照顧，發點橫財。

（4）一進去，就馬上排隊下賭注，賭一賭熱門馬。

（5）等到閘門一開，群馬飛奔向前，

（6）馬迷的心就隨着響亮的馬蹄聲一齊跳動，

（7）眼睛也不眨一眨，死巴巴地盯着自己選定的馬，

（8）每個人都狂熱地等待着命運的眷顧，

（9）等待着以一本而圖萬利的實現。

（10）忘形之時真是老爹姓什麼都忘了。

（11）總之，賽馬季節一開始，差不多整個香港都被"有馬則生，無馬則死"的心態所麻醉。

（12）一場賽事之後，當然有輸有贏。

（13）但是，小數目加起來就成大數目，成年累月地算起來，那肯定是輸多贏少。

（14）夢想贏錢的馬迷其實往往更多的是來輸錢。

（15）唉，怎麼會那麼糊塗的呢，偏偏買上了那匹次馬，弄得這回又輸掉。

（16）這樣的話，説了等於沒説。

（17）因為對於那些賭徒來説，這次輸了，下次再賭。

（18）只要他們一天老想着“總會有一次中吧，説不定就是這一回呢”，

（19）那麼，求財若渴的香港人就離不開賽馬。

（20）所謂“馬照跑”，就構成香港文化的一個重要部分。

二　重點詞彙 29-2

（1）跑馬	pao2ma5	賽馬
（2）唞暑	teo2xu2	歇伏
（3）湧去	yung2hêu3	紛紛去
（4）掘草皮	gued6 cou2péi4	〔慣用語〕指在賭馬中贏錢
（5）落注	log6ju3	下賭注
（6）的得聲	dig1deg1séng1	〔象聲詞〕嘚（形容馬蹄踏地的聲音）
（7）望實	mong6sed6	（眼睛）盯着
（8）心水	sem1sêu2	符合自己心意的
（9）以小博大	yi5xiu2-bog3dai6	以一本而圖萬利
（10）老豆姓乜都唔知	lou5deo6 xing3 med1 dou1 m4 ji1	〔習用語〕“老豆（竇）”即爸爸，此語形容因沉迷於某事，以至於忘記一切，帶有誇張的意味。

（11）開鑼	hoi^{1}lo^{4}	開始（活動）
（12）正所謂	jing^{3}so^{2}wei^{6}	〔開首語〕用來引出諺俗語，指出言之有理。
（13）小數怕長計	xiu^{2} sou^{3} pa^{3} cêng^{4} gei^{3}	〔習用語〕小數目加起來就成大數目
（14）鋪草皮	pou^{1} cou^{2}péi^{4}	〔慣用語〕在賭馬中輸錢
（15）（……）就真	zeo^{6} zen^{1}	才對（用於小句後説明小句內容的真確性）
（16）嚡	hai^{4}	〔感嘆詞〕唉
（17）懵	mung^{2}	糊塗
（18）説話	xud^{3}wa^{6}	〔名詞〕話
（19）賭仔	dou^{2}zei^{2}	賭徒
（20）再嚟過	zoi^{3} lei^{4} guo^{3}	再嘗試一次
（21）諗住	nem^{2}ju^{6}	想着；以為
（22）啩	gua^{3}	〔語氣詞〕表示猜測
（23）話唔埋	wa^{6} m^{4} mai^{4}	説不定
（24）照	jiu^{3}	按照慣例或情理（做某事）

三　補充語彙 29-3

（一）詞語

六合彩 lug^{6}heb^{6}coi^{2}　投注站 teo^{4}ju^{3}zam^{6}　中獎 zung^{3}zêng^{2}

多寶獎金 do^{1}bou^{2} zêng^{2}gem^{1}　爛賭 lan^{6}dou^{2}

戒賭 gai^{3}dou^{2}　非法聚賭 féi^{1}fad^{3} zêu^{6}dou^{2}

打麻雀 da^{2} ma^{4}zêg^{3}　（麻雀）腳 (ma^{4}zêg^{3}) gêg^{3}

打四圈 da^{2} séi^{3} hün^{1}　食糊 xig^{6}wu^{2}　食詐糊 xig^{6} za^{6}wu^{2}

（二）句子

（1）Hêng1gong2déi2 yeo5 "ma4zêg3yen5" gé3, dai6 yeo5 yen4 zoi6.

香港地 有 麻雀癮 嘅，大 有 人 在。

（2）Wag6zé2 hei2 ug1kéi2 da2, yêg3mai4 cen1peng4-qig1yeo5,

或者 喺 屋企 打， 約埋 親朋 戚友，

mong4lêu5teo1han4, bei3 mun4 zug1jin3.

忙裏偷閒， 閉 門 竹戰。

（3）Wag6zé2 hei2 lün4yi4wui2 hoi1fong2 da2, "pig1lig1pag1lag1"

或者 喺 聯誼會 開房 打，"劈噼啪□"

da2 go3 tung1xiu1 .

打 個 通宵。

（4）Zeo2leo4 gé3 héi2hing3 yin3wui6 yig6 m4 xiu2 deg1 yed1 fan1

酒樓 嘅 喜慶 宴會 亦 唔 少 得 一 番

ma4zêg3 sa2log6 .

麻雀 耍樂。

（5）Gong2 dou3 ming4 hei6 "ng5 xi4 gung1heo6, geo2 xi4 yeb6jig6" a1ma3.

講 到 明 係"五 時 恭候，九 時 入席"吖嘛。

四 重點理解

（一）"AA 聲"

粵語中，"AA 聲" 構成的形容詞，多是描述情狀、聲狀等。"蹬蹬聲"（deng4deng2 séng1），表示人行走時速度較快的情狀；"嗱嗱聲"（la4la2 séng1），表示動作迅速、快捷的情狀；"媽媽聲"（ma1ma1 séng1），表示用粗言穢語大聲罵人的聲狀；"哽哽聲"（ngeng4ngeng2 séng1），表示人在病中呻吟或發牢騷時的聲狀。如：

（1）爭兩個字就夠鐘，你仲唔嗱嗱聲去？ 差十分鐘就到點了，你還不趕緊去？

（2）佢琴晚痛到哽哽聲，咪即刻同佢去醫院睇睇囉。 他昨晚痛得不斷呻吟，就馬上陪他到醫院看看唄。

（二）“心水”

形容詞。表示符合自己心意。

電台啱啱播緊我隻心水歌。 電台正播送我喜愛的歌曲。

也可作名詞，表示心意或思考能力。

（1）嗰架車有型有款，啱晒你心水啦啩。 那部車外形優美，稱你的心了吧。

（2）佢心水清，呃唔到佢㗎。 他心中有數，騙不了他的。

（三）“啩”

語氣助詞。表示懷疑、猜測，不十分肯定。

（1）嗰日係禮拜三啩。 那天恐怕是星期三。

（2）聽日唔會落雨啩。 看起來明天不會下雨吧。

（四）“好A唔A”

口語裏這種“好A唔A”格式中的A往往是單音節，不帶賓語的動詞，表示不應該做的事情倒做了或者不應該選擇的倒選擇了。

（1）好請唔請，請到個噉嘅人返嚟做嘢。 居然會請了這樣的人回來幹活。

（2）好點唔點，點埋晒啲咁辣嘅菜嚟食。 怎麼點的竟都是那麼辣的菜。

（五）名詞＋“照”＋動詞

這種名詞＋“照”＋動詞的格式中的“照”，表示某種活動照常進行，不受別的因素影響：

“馬照跑”、“病假人工照發”、“唔理人事點變動，工作照做”，相當於普通話的“照”+動詞+“不誤”的格式。

五　特有詞講解

（一）慣用語

慣用語由於其產生的社會文化背景以及其明顯的口語風格，往往也會構成學習上的困難。如本課文出現的“掘草皮”、“鋪草皮”就是典型的例子。香港以前的賽馬場鋪設的都是草皮，人們即以“草皮”為喻體，用“掘”表示“取走”，即贏錢；用“鋪”表示“拿出”，即輸錢。這些都是香港社會特有的慣用語。以“食”為例：

（1）食腦	以腦力勞動謀生
（2）食死貓	吃啞巴虧
（3）食貓麵	捱呲兒
（4）食穀種	吃老本兒
（5）食塞米	窩囊廢

另有一些跟普通話相仿，只是用詞不同而已，如：呷醋→吃醋。當然也有一些是內地特有環境的產物，香港人一般不理解，如：吃大鍋飯。

（二）粵語趣談：颱風

美國《華盛頓郵報》2013 年 2 月 7 日撰文談及已融入美國文化而具有中華色彩的詞語，當中提到了“颱風”（typhoon）。經查究，漢語典籍並無相關記載，倒是“大風”一詞作為熱帶風暴而屢屢出現。《新唐書》：唐貞元十四年（798 年）就提到嶺南地區“大風，壞屋覆舟”。明正德十一年（1516 年），文獻明指廣州府“夏四月，大風，大水（鬧水災）”。現代粵語沿用至今，說“打大風”而不說“* 打颱風”。

其實這個似外非外的外來詞是英國人摹擬粵語的“大風”，經由 tai fung 之音譯，再定於 typhoon 進入英語的，國人又再把 typhoon 譯作“颱風”吸收到漢語來；詳見第一位來華的英國傳教士羅伯特·馬禮遜（Robert Morrison）於 1828 年出版的《廣東省土話字彙》。英語借用粵語的“大風”完全符合歷史的邏輯。滿清乾隆二十二年（1757 年）實行廣州一口通商，全國的對外貿易集中於廣州一地。當時的對外貿易以海運為主，而海運中又以英國商船佔多數。廣州瀕臨南海，初夏至仲秋經常發生熱帶海洋風暴，對海上運輸構成極大威脅，人們不得不關心天氣。因此，雙方在貿易交往中借用粵語的“大風”一詞是很自然的事。

跟“鑊”（wok）一樣，任何像樣的英語辭典都給“颱風”（typhoon）保留一個詞條的位置。倒是其讀音、字形都異化了，其來源（“大風”）也就變得模糊了。

六　傳意項目介紹：抱怨

（一）抱怨別人

傳意用語	例句
1. 一般的抱怨	
（1）乜咁……㗎	• 乜咁遲先至嚟㗎，都成十點鐘咯。
（2）都冇解嘅	• 都冇解嘅，等咗成半個鐘頭都冇架車嚟。
2. 強烈的抱怨	
（1）……到乜嘢噉	• 佢寫嘅報告亂到乜嘢噉，冇厘條理，睇極唔明。
（2）鬼死咁……	• 佢做嘢鬼死咁拖拉，到而家都未做好一半。

（二）埋怨自己

傳意用語	例句
1. 自己做錯事而自責 都係自己衰啦	• 都係自己衰啦，好揀唔揀揀咗啲咁嘅流嘢。
2. 因估計錯誤而自責 又會咁懵嘅	• 吓，又會咁懵嘅，條數計少咗成百文喎。
3. 感到對不起別人而自責 都怪我唔好	• 都怪我唔好，唔記得打電話話畀你知個會改咗期。

七　會話聆聽練習 29-4

甲：你買唔買六合彩㗎？

乙：一時時啦。大賭傷財，小賭怡情噉解啦。

甲：我都係噉話。逢係有金多寶嗰陣，我就去買佢幾張電腦飛試試。

乙：乜唔係你自己揀冧巴嘅咩？

甲：六合彩嘅嘢，跑馬射蚊鬚啫，我就唔信嗰啲乜嘢旺碼乜嘢衰碼嘞。

乙：我淨係信我自己嘅心水碼，買親都係嗰幾個冧巴。

甲：噉你試過中未吖？

乙：精誠所至，神靈保佑，梗有中獎嗰一日嘅。

甲：又去澳門搏殺呀？

乙：嗤，又係全軍覆沒……

甲：你噉樣唔係辦法個嚸，賭親就輸，輸咗又借錢去賭過。

乙："人無橫財不富" 吖嘛。

甲：富貴榮華，身外物啫。成日信埋晒"小富由儉、大富由天"嘅道理唔得嘅。

乙：唔得又點？做人嘅嘢得個"搏"字。

甲：因住"貪字得個貧"呀。

乙：好嘞，好嘞，借住幾嚿水嚟開飯，得唔得呀？

八　短文朗讀 29-5

舊底有句老話：香港嘅權力機構三位一體，即馬會、滙豐同埋港督。滙豐銀行代表經濟勢力，港督代表政治勢力，噉馬會又代表乜嘢以至於放喺第一位咁巴閉呢？本來香港法例禁賭，但係賭馬卻係惟一合法嘅賭博。既然合法，大家都可以去賭。當然唔係話香港地個個都去賭，但係喺七百萬人嘅香港，假假地都有成百幾萬馬迷。呢啲馬迷抱住發財加埋求刺激嘅心理，喺一九九〇年至一九九一年度總共落咗四百七十幾億港紙嘅賭注。當中香港政府抽咗差唔多六十幾億港紙嘅博彩稅，佔咗當年政府稅收總額嘅百分之八。噉，你話唔巴閉就假。馬會唔單止係全港最大嘅納稅人，又係除港府之外全港最大嘅雇主，全職同兼職員工約莫有成二萬人。馬會仲係全港最大嘅慈善家，成億成億噉捐出嚟起乜起物。最後，馬會係求財若渴嘅香港人嘅精神支柱之一。噉樣睇馬會，上面嗰句講馬會、滙豐同港督嘅說話，就一啲都唔奇嘞。

九　討論

（1）講講"小賭怡情，大賭傷財"嘅心得。

（2）由於爛賭而造成種種悲劇，香港無日無之，試講出一兩個最近發生嘅例子。

（3）舉例說明一下"貪字變貧字"點解。

30

Wa6 xud3 yi4 men4

話說移民

Dêu3yu1 Hêng1gong2yen4, yi4men4 dim2 gong2 dou1
對於　香港人，　移民 點 講 都
hei6 yed1 zung2 bog3 deg1 zeo6 bog3 gé3 xun2zag6.
係 一 種 搏 得 就 搏 嘅 選擇。

一 課文 30-1

(1) Hêng1gong2 hei6 go3 sen4kéi4 gé3 déi6fong1 , séng4yed6 yeo5 yen4
香港 係 個 神奇 嘅 地方， 成日 有 人
hei6 gem2 qin1 cêd1 qin1 yed6 .
係 噉 遷 出 遷 入。

(2) Jing3hei6 ni1 zung2 yun4yun4bed1dün6 gé3 yen4heo2 do1hêng3
正係 呢 種 源源不斷 嘅 人口 多向
qin1yi4 , ling6dou3 Hêng1gong2 bou2qi4 wud6lig6 tung4 hing1wong6.
遷移， 令到 香港 保持 活力 同 興旺。

(3) Hei2 guo3hêu3 , Hêng1gong2 gé3 lig6xi2 léi4 m4 hoi1 yi4men4xi2;
喺 過去， 香港 嘅 歷史 離 唔 開 移民史；
hei2 zêng1loi4 , yi4men4 ying4yin4 wui5 hei6 Hêng1gong2 sé5wui2
喺 將來， 移民 仍然 會 係 香港 社會
seng1wud6 gé3 zung6yiu3 wa6tei4 .
生活 嘅 重要 話題。

(4) Bad3seb6 nin4doi6 mud6kéi4, Hêng1gong2 yen4heo2 hoi1qi2 yeo5zo2
八十 年代 末期， 香港 人口 開始 有咗
geb1kég6 gé3 bin3fa3.
急劇 嘅 變化。

(5) Dou1 ngoi6guog3 gé3 "hoi2ngoi6 yi4men4" yen4sou3 zug6 nin4
到 外國 嘅 "海外 移民" 人數 逐 年
sêng6xing1: yed1-geo2-bad3-ced1 nin4 hei6 sam1man6 yen4,
上升： 一 九 八 七 年 係 三萬 人，
dou3 yed1-geo2-geo2-yed1 nin4 zeo6 yeo5 lug6man6 yen4.
到 一 九 九 一 年 就 有 六萬 人。

(6) Yun4yen1 né1 , béi2gao3 fug1zab6 , cou1lêg6 gei3 héi2 sêng5léi4
原因 呢， 比較 複雜， 粗略 計 起 上嚟
mou4féi1 yeo5 lêng5 tiu4 .
無非 有 兩 條。

(7) Yed^1 tiu^4 hei^6 Hêng^{1}gong^{2}yen^4 xig^{1}ying^{3}xing^3 kêng^4, sou^{3}yeo^5
一 條 係 香港人 適應性 強，素有
dou^3 guog^{3}ngoi^6 wen^{2}xig^6 gé^3 qun^{4}tung^2 ;
到 國外 搵食 嘅 傳統；

(8) ling^6 yed^1 tiu^4 hei^6 yeo^{5}di^1 yen^4 dêu^3 yed^1-geo^2-geo^2-ced^1 nin^4
另 一 條 係 有啲 人 對 一 九 九 七 年
Hêng^{1}gong^2 wui^{4}guei^1 yeo^5 yeo^{1}lêu^6, sêng^2 hei^2 guog^{3}ngoi^6
香港 回歸 有 憂慮，想 喺 國外
wen^2 go^3 “tai^{3}ping^{4}mun^4” .
搵 個 “太平門”。

(9) Yeo^{4}yu^1 zeo^2 gé^3 do^{1}sou^3 hei^6 zung^1-qing^{1}nin^4 jun^{1}yib^6 yen^{4}xi^6,
由於 走 嘅 多數 係 中青年 專業 人士，

(10) dêu^3 Hêng^{1}gong^2 sé^{5}wui^2 dai^{3}lei^4 gé^3 biu^{2}min^6 ying^{2}hêng^2
對 香港 社會 帶嚟 嘅 表面 影響
zeo^6 hei^6 yen^{4}heo^2 lou^{5}fa^3 tung^4 lou^{4}dung^{6}lig^6 dün^{2}küd^3 .
就 係 人口 老化 同 勞動力 短缺。

(11) Yi^4 sem^1 yed^1 ceng^4 gé^3 ying^{2}hêng^2 zeo^6 guan^{1}fu^4 sé^{5}wui^2
而 深 一 層 嘅 影響 就 關乎 社會
gid^{3}geo^3, sem^{6}ji^3 hei^6 ga^{3}jig^6 gun^{1}nim^6 lag^3.
結構，甚至 係 價值 觀念 嘞。

(12) Péi^{3}yu^4 gong^2 , yi^{4}ga^1 yeo^{5}di^1 heo^{6}sang^1 gé^3 fu^{1}fu^5 , yeo^{4}yu^1
譬如 講，而家 有啲 後生 嘅 夫婦，由於
gu^{3}lêu^6 dou^3 yi^{4}men^4 heo^6 gé^3 xig^{1}ying^3 men^{6}tei^4 , jig^{6}qing^4
顧慮 到 移民 後 嘅 適應 問題，直情
m^4 sêng^2 sang^1 zei^2 .
唔 想 生 仔。

(13) Dêu^{3}yu^1 “seng^1 yu^1 xi^1 zêng^2 yu^1 xi^1” gé^3 Hêng^{1}gong^{2}yen^4,
對於 “生 於 斯 長 於 斯” 嘅 香港人，
yi^{4}men^4 dim^2 gong^2 dou^1 hei^6 yed^1 zung^2 bog^3 deg^1 zeo^6 bog^3
移民 點 講 都 係 一 種 搏 得 就 搏

gé^{3} xun^{2}zag^{6} .
嘅 選擇。

（14）Dan^{6}hei^{6}, zug^{6}yu^{5} yeo^{5} wa^{6}: “med^{6} léi^{4} hêng^{1} guei^{3}, yen^{4} léi^{4}
但係，俗語 有 話：“物 離 鄉 貴，人 離
hêng^{1} jin^{6} ” ,
鄉 賤”，

（15）dou^{3}zo^{2} béi^{2} guog^{3} , hou^{2} do^{1} xi^{4} ji^{2} yeo^{5} gin^{3} bou^{6} hang^{4} bou^{6},
到咗 彼 國， 好 多時只 有 見 步 行 步，
jing^{3}so^{2}wei^{6} : “ma^{5} séi^{2} log^{6} déi^{6} hang^{4} ” .
正所謂： “馬 死 落 地 行”。

（16）Zong^{6}ngam^{1} ging^{1}zei^{3} bed^{1} ging^{2}héi^{3} , wei^{4} yeo^{5} wui^{4}leo^{4} fan^{1}
撞啱 經濟 不 景氣，惟 有 回流 返
Hêng^{1}gong^{2} .
香港。

（17）Ji^{3}yu^{1} qin^{1}yeb^{6} gé^{3} “sen^{1}yi^{4}men^{4} ” , ced^{1}seb^{6} nin^{4}doi^{6} yi^{5}heo^{6}
至於 遷入 嘅 “新移民”， 七十 年代 以後
lei^{4} dou^{3} Hêng^{1}gong^{2} gé^{3} zeo^{6} qiu^{1}guo^{3} bag^{3}man^{6} .
嚟 到 香港 嘅 就 超過 百萬。

（18）Jig^{6}dou^{3} yi^{4}ga^{1} , ced^{6}bag^{3}man^{6} yen^{4}heo^{2} ji^{1}zung^{1} , zeo^{6} yeo^{5}
直到 而家， 七百萬 人口 之中，就 有
séi^{3}xing^{1} géi^{2} m^{4} hei^{6} hei^{2} Hêng^{1}gong^{2} cêd^{1}seng^{1} gé^{3} .
四成 幾 唔 係 喺 香港 出生 嘅。

（19）Yiu^{3} ni^{1}di^{1} sen^{1}yi^{4}men^{4} xig^{1}ying^{3} Hêng^{1}gong^{2} ge^{3} sé^{5}wui^{2}
要 呢啲 新移民 適應 香港 嘅 社會
seng^{1}wud^{6} , mou^{4}yi^{4} sêu^{1}yiu^{3} xi^{4}gan^{3}, noi^{6}sem^{1} tung^{4} bong^{1}zo^{6}.
生活， 無疑 需要 時間、 耐心 同 幫助。

（20）Jing^{3}fu^{2} jig^{1}gig^{6} zei^{3}ding^{6} sêng^{1}ying^{3} gé^{3} jing^{3}cag^{3} ,
政府 積極 制定 相應 嘅 政策，
jing^{3} hei^{6} gai^{2}küd^{3} men^{6}tei^{4} gé^{3} guan^{1}gin^{6} .
正 係 解決 問題 嘅 關鍵。

普通話對譯

（1）香港是一個神奇的地方，整天有人忙於遷出遷入。

（2）正是這種源源不斷的人口多向遷移，使得香港保持活力和興盛。

（3）在過去，香港的歷史離不開移民史；在將來，移民仍然是香港社會生活的重要話題。

（4）八十年代末期，香港人口開始有了急劇的變化。

（5）到外國的"海外移民"人數逐年上升：一九八七年是三萬人，到了一九九一年就有六萬人。

（6）原因呢，比較複雜，粗略地算起來無非有兩條。

（7）一條是香港人適應性強，素有到國外謀生的傳統；

（8）另一條是有些人對一九九七年香港回歸有所憂慮，想在國外找個"太平門"。

（9）由於走的大多是中青年專業人士，

（10）對香港社會帶來的表面影響就是人口老化和勞動力短缺。

（11）而深一層的影響就關乎社會結構，甚至是價值觀念了。

（12）譬如説，現在有些青年夫婦，由於顧慮到移民後的適應問題，乾脆不想生小孩。

（13）對於"生於斯長於斯"的香港人，移民無論怎麼説還是一種心存僥倖的選擇。

（14）但是，正如俗語所説，"物離鄉貴，人離鄉賤"，

（15）到了彼國，很多時候只能見步走步，屈從於現實環境。

（16）碰上經濟不景氣，只好回流返回香港。

（17）至於遷入的"新移民"，七十年代以後到達香港的就超過一百萬。

（18）直到現在，七百萬人口之中，就有四成多不是在香港出生的。

（19）要使這些新移民適應香港的社會生活，無疑需要時間、耐心和幫助。

（20）政府積極制定相應的政策，正是解決問題的關鍵。

二　重點詞彙 30-2

（1）搵食	wen2xig6	謀生
（2）太平門	tai3ping4mun4	（供緊急情況下使用的）出口、出路
（3）後生	heo6sang1	年青
（4）直情	jig6qing4	乾脆
（5）點講	dim2 gong2	不管怎麼説
（6）生仔	sang1 zei2	生小孩
（7）搏得就搏	bog3 deg1 zeo6 bog3	心存僥倖而嘗試（做某事）
（8）俗語有話	zug6yu5 yeo5 wa6	正如俗語所説
（9）好多時	hou2 do1 xi4	經常
（10）馬死落地行	ma5 séi2 log6 déi6 hang4	〔俗語〕屈從於現實環境

三　補充語彙 30-3

（一）詞語

歸化 guei1fa3　　護照 wu6jiu3　　居留權 gêu1leo4kün4

華裔 wa4yêu6　　華僑 wa4kiu4　　太空人 tai3hung1yen4

坐移民監 co5 yi4men4 gam1　　歸屬感 guei1sug3gem2

單程證 dan1qing4jing3　　雙程證 sêng1qing4jing3

偷渡 teo1dou6　　人蛇 yen4sé4

（二）句子

（1）Dim2gai2 yiu3 yi4men4, ni1go3 hei6 “yen4 gog1 yeo5 ji3” gé3

點解　要　移民，呢個　係　“人　各　有　志”　嘅

men^{6}tei^{4}.

問題。

（2）Kéi^{4}sed^{6} hou^{2} do^{1} yen^{4} dou^{1} hei^{6} pou^{5}ju^{6} jiu^{3}gu^{3} ha^{6} yed^{1} doi^{6}

其實 好 多 人 都 係 抱住 照顧 下 一 代

gé^{3} sem^{1}léi^{5} lei^{4} hao^{2}lêu^{6} men^{6}tei^{4}.

嘅 心理 嚟 考慮 問題。

（3）Ji^{1}bed^{1}guo^{3} dou^{3}teo^{4}loi^{4} ha^{6} yed^{1} doi^{6} ling^{5} m^{4} ling^{5}qing^{4},

之不過 到頭來 下 一 代 領 唔 領情，

ni^{1} ceng^{4} zeo^{4} mou^{5} yen^{4} ji^{1} lag^{3}.

呢 層 就 冇 人 知 嘞。

（4）Zog^{3}wei^{4} Yim^{4}-Wong^{4} ji^{2}xun^{1}, dai^{6}ga^{1} dou^{1} héi^{1}mong^{6} zou^{2}guog^{3}

作為 炎黃 子孫，大家 都 希望 祖國

on^{1}ding^{6} fu^{3}kêng^{4}.

安定 富強。

（5）Yen^{1}wei^{6} gem^{2}yêng^{2}, hei^{2} ngoi^{6}guog^{3} seng^{1}wud^{6} hang^{4} bou^{6}

因為 噉樣，喺 外國 生活 行 步

lou^{6} dou^{1} léi^{5}jig^{1}-héi^{3}zong^{1} yed^{1}di^{1}.

路 都 理直 氣壯 一啲。

四　重點理解

（一）"係噉"＋動詞

習用格式。表示動作的持續。

（1）佢係噉噏， 噏咗成半個鐘頭。	他在那裏喋喋不休， 說了有半個小時。
（2）佢係噉瞓係噉瞓， 瞓足一日。	他在那裏死睡， 足足睡了一整天。

（二）“計起上嚟”

插入語。表示估計或着眼於某方面的意思，可置於句子之前或之中。此類插入語還有：“睇起上嚟”、“計起上嚟”、“諗起上嚟”等。

（1）計起上嚟，要用成萬幾文至得。	算起來得花上萬把塊錢。
（2）嗰件事講起上嚟係我唔啱嘅。	那件事說起來是我不對。

（三）“直情”

副詞。表示不必懷疑，有加強語氣的作用。

（1）學講香港話唔多啲練習直情唔得啦。	學講香港話不多加練習當然不行嘍。
（2）仲爭半個鐘頭就開車嘞，直情趕唔到啦。	離開車時間只有半個小時，敢情趕不上啦。

（四）“點講”

習用語。用來承接上文的事實不論條件或情況不同，結論不變：

（1）你噉樣做，點講都唔通。	你這樣做，無論如何不合情理。
（2）呢種辦法亦有缺點，但係點講都不失為一種應變辦法。	這種辦法也有缺點，但不管怎樣仍不失為一種應變辦法。

（五）“見步行步”

表示做事沒有長遠計劃和安排，只能一步一步做着看。

（1）計劃未完全落實，而家只能夠見步行步。	計劃還沒有完全落實，現在只能走一步看一步
（2）而家啲嘢成日都改嘅，見步行步算嘞。	現在的安排經常改動，只能看着辦吧。

五　特有詞講解

（一）四言格

“四言格”，即成語。粵語四言格的構成大體與現代漢語普通話相仿，但在造詞、搭配、修辭功能以及特定格式的使用頻率上往往有所不同。在選詞方面，以“食”為例則有：

（1）**食西北風**	喝西北風
（2）**食人隻車**（gêu[1]）	要人家老命
（3）**食正條水**	（經營方面）措置得宜

在搭配方面，粵語四言格中以單音動詞或形容詞配上由“咁”或“到”引出修飾語的格式為普通話所沒有的：

（1）**一字咁淺**	淺顯易懂
（2）**七國咁亂**	亂作一團
（3）**豆丁咁大**	形容面積、體型之小
（4）**做到氣咳**	忙得喘不過氣來
（5）**平到飛起**	便宜得很
（6）**激到彈起**	勃然大怒

在修飾方面，粵語運用雙音墊字格式也為普通話所沒有的：

（1）**老友鬼鬼**，形容老朋友的交情。

（2）**新年流流**，“流流”即“正當……的時候”；“新年流流”是指“現正新年”。

（3）**官仔骨骨**，形容男士衣着講究，舉止文雅的樣子。

在使用頻率上，粵語的“有 A 有 B”的格式頗為突出：

（4）**有時有候**，表示準時（做某事）。

（5）**有規有矩**，循規蹈矩。

（6）**有毛有翼**，羽毛已豐，即成長壯大。

以上數點在學習上應予足夠的注意。

（二）粵語趣談：辛苦

“辛苦”，共同語標注為形容詞，表示“身心勞苦”。那“勞苦”又作何解？“勞累辛苦”。這樣處理還是沒有把“辛苦”說清楚。我們先把定義擱一邊，看看粵語怎麼用。有兩條結構特殊但很生動的口頭習用語：

辛苦搵嚟自在食（工作之餘，要懂得享受生活）。
有自唔在，攞苦嚟辛（不懂得自我享受，自找苦吃）。

原來，粵語的“辛苦”與“自在（安閒舒適）”相對。也就是說，“辛苦”指的是“勞累”、“難受”、“不舒服”。

（1）勞累義：差唔多晚晚加班，做得好辛苦（差不多每天晚上都加班，工作得很辛苦）｜要一個鐘頭做好晒啲嘢，辛苦死我嘞（得一個小時內把這些活全幹完，真夠嗆）。

（2）難受義：食咗藥，冇咁辛苦嘞（吃了藥，沒那麼難受了）｜頭痛發燒，覺得好辛苦（頭疼腦熱，真難受）｜冷氣壞咗，熱得好辛苦（空調壞了，熱死人了）。

（3）不舒服義：張凳太矮，坐到我好辛苦（很不舒服）｜隻鞋夾腳，着住行好辛苦（鞋子夾腳，穿着走很不舒服）｜啲字咁細，睇得好辛苦（字太小，看得很吃力）。

六　傳意項目介紹：懷疑

傳意用語	例句
1. 直接表示懷疑 （1）我懷疑	• 呢排佢成日咳，心口又痛。我懷疑佢個肺有問題。

（2）我唔係幾信	• 佢咁快搞掂晒啲嘢？我唔係幾信。
2. 表示保留懷疑的態度	
（1）我睇未必	• 咁晏都未見佢人影，我睇佢未必會嚟㗎嘞。
（2）我唔係噉諗嗰	• 呢個辦法就一定得？我唔係噉諗嗰。
3. 略帶驚訝語氣的懷疑	
（1）唔係啩？	• 佢聽日就返嚟，唔係啩？
（2）有冇呃我呀？	• 呢件衫要成七百文，有冇呃我呀？

七　會話聆聽練習 30-4

甲：琴晚打電話去你屋企，搵你唔到嘅？

乙：哦，琴晚去咗飲，我老婆嗰便有人移民吖嘛。

甲：又移民，我就冇諗住移民嘞。

乙：唻，呢個環境，移又唔係，唔移又唔係。

甲：移乜鬼民吖。香港仲有大把機會㗎。

乙：望係噉望啦。

甲：望係冇用嘅，要大家同心協力去做至得㗎。

乙：噉又係嘅。

甲：嚟咗香港幾耐喇？

乙：半年咁上下啦。

甲：你嘅廣州話唔錯嗰。喺邊度學返嚟㗎？

乙：先排咪參加咗個新移民適應課程囉。

甲：學啲乜嘢㗎？

乙：首先係要補廣州話啦，然後係瞭解一下香港社會生活各個方面嘅有關知識。

甲：你覺得自己適應咗香港嘅環境未呀？

乙：而家仲未講得上完全適應，但係我好有信心好快就會適應㗎嘞。

八　短文朗讀 30-5

近幾年嚟，香港產生咗唔少反映人口外流嘅新名詞。比如："內在美"啦（即係內子喺美國噉解）、"太空人"啦（即係老婆仔女去晒外國，自己留喺香港打工，靠搭飛機往返聯繫）、"坐移民監"啦（即係要喺外國住一排先攞到護照自由離開），等等。呢啲詞語生動噉反映出啲香港移民嘅處境同心態。八十年代末期以來，香港人口外流問題引起咗社會各界嘅廣泛關注。事關嗰個時期嘅移民唔單止數量多，而且走嘅多數係中青年專業人士。所以亦都可以講係人才外流。呢股人才外流潮對香港社會嘅影響可謂廣泛而深刻。表面上睇係人口老化同勞動力不足。深一層嚟睇會影響到香港嘅社會結構，包括埋價值觀念。而家啲香港人唔鍾意生仔。鍾意生仔嘅反而係啲新移民。由七十年代開始，嚟到香港嘅新移民超過百萬。佢哋無疑係建設未來香港嘅新嘅勞動大軍。

九　討論

（1）假設你係一個新移民，你最鍾意香港嘅係乜嘢？最唔鍾意香港嘅又係乜嘢？

（2）新移民點樣先至可以儘快融入香港呢個社會裏頭呢？

（3）畀着你移民海外，你首選係邊個國家？點解？

附錄

一　常見姓氏粵語音節表

B

包 Bao^{1}
鮑 Bao^{3}

C

陳 Cen^{4}
秦 Cên^{4}
崔 Cêu^{1}
徐 Cêu^{4}
蔡 Coi^{3}
曹 Cou^{4}

D

戴 Dai^{3}
鄧 Deng^{6}
丁 Ding^{1}
杜 Dou^{6}
董 Dung^{2}

E

區 Eo^{1}
歐 Eo^{1}

F

范 Fan^{6}
霍 Fog^{3}
方 Fong^{1}
馮 Fung^{4}

G

金 Gem^{1}
姜 Gêng^{1}
江 Gong^{1}
高 Gou^{1}
顧 Gu^{3}
關 Guan^{1}
郭 Guog^{3}
龔 Gung^{1}

H

侯 Heo^{4}
許 Hêu^{2}
何 Ho^{4}
賀 Ho^{6}
韓 Hon^{4}
孔 Hung^{2}
洪 Hung^{4}

J

趙 Jiu^{6}
朱 Ju^{1}

L

黎 Lei^{4}
林 Lem^{4}
劉 Leo^{4}
柳 Leo^{5}
李 Léi^{5}
梁 Lêng^{4}
廖 Liu^{6}
羅 Lo^{4}
駱 Log^{6}
盧 Lou^{4}
魯 Lou^{5}
陸 Lug^{6}
龍 Lung^{4}

M

馬 Ma^{5}
萬 Man^{6}
孟 Mang^{6}
毛 Mou^{4}
梅 Mui^{4}

N

吳 Ng^{4}
伍 Ng^{5}
顏 Ngan^{4}
倪 Ngei^{4}
魏 Ngei^{6}
聶 Nip^{6}

O

安 On^{1}

P

彭 Pang^{4}
潘 Pun^{1}

Q

戚 Oig^{1}
錢 Qin^{4}

S

沈 Sem^{2}
岑 Sem^{4}
蘇 Sou^{1}
宋 Sung^{3}

T

譚 Tam^{4}
田 Tin^{4}
湯 Tong^{1}
唐 Tong^{4}
陶 Tou^{4}
屠 Tou^{4}

W

屈 Wed^{1}
汪 Wong^{1}
王 Wong^{4}
黃 Wong^{4}
胡 Wu^{4}

X

施 Xi^{1}
薛 Xid^{3}
冼 Xin^{2}
蕭 Xiu^{1}
孫 Xun^{1}

Y

任 Yem^{4}
楊 Yêng^{4}
閻 Yim^{4}
嚴 Yim^{4}
葉 Yib^{6}
姚 Yiu^{4}
饒 Yiu^{4}
余 Yu^{4}

Z

曾 Zeng^{1}
謝 Zé^{6}
鄭 Zéng^{6}
張 Zêng^{1}
蔣 Zêng^{2}
周 Zeo^{1}
鄒 Zeo^{1}
鍾 Zung^{1}

二　粵語多音字舉例

例字	讀音	例詞
被	béi6	被動
	péi5	棉被
傍	bong6	依傍
	pong4	傍晚
檔	dong2	檔案
	dong3	大牌檔
勁	ging3	幹勁
	ging6	勁量、好勁（很厲害）
更	geng1	更改
	gang1	夜更
行	hang4	行路
	heng4	行騙
	hong4	行業
核	hed6	核實
	wed6	無核（水果去核）
淨	jing6	潔淨
	zéng6	乾淨
切	cei3	一切
	qid3	切開
使	xi3	大使館
	xi2	使用
	sei2	使錢、大使（花錢大手大腳）
彈	tan4	彈琴
	dan6	彈跳、彈弓

例字	讀音	例詞
聽	ting3	聆聽
	téng1	聽話
上	sêng6	上面
	sêng5	上車
玩	wun6	玩具
	wan2	玩水
淡	dan6	清淡
	tan5	淡水魚（河魚）
斷	dün6	斷章取義
	tün5	折斷
正	jing1	正月
	jing3	正式
	zéng3	遇正（正好遇上）
靈	ling4	失靈
	léng4	好靈（很靈驗）
命	ming6	命名
	méng6	人命
名	ming4	姓名
	méng2	人名
平	ping4	平地
	péng4	平價（廉價）
重	zung6	重視
	cung5	重量
生	sang1	先生
	seng1	醫生

三　本書練習答案

第一課　介紹 / 六　練習

（一）（1）沙田　（2）眼鏡　（3）奇怪　（4）驕傲　（5）前途　（6）掛號

（二）（y）（g）（d）（s）（l）（d）（m）（ng）（gu）（t）（ng）

而　家　啲　細　路　都　未　捱　過　肚　餓　。

第二課　問候 / 六　練習

（一）（1）買賣　（2）奔走　（3）優秀　（4）歐洲　（5）身體　（6）洗頭

（二）（1）Néi^5 men^6 mai^{6}cang^2 go^2 go^3 xiu^{2}fan^2 la^1.

（2）Teo^{4}ji^1 yi^{4}men^4 zêu^{3}gen^6 dai^{6}lêng^6 zeng^{1}ga^1.

問 men^6　橙 cang^2　販 fan^2　投 teo^4　近 gen^6　增 zeng^1

第三課　打電話 / 六　練習

（一）（1）理由　（2）優秀　（3）意志　（4）利誘　（5）右手　（6）醫治

（二）（1）紅^{4}磡^3　（2）普^{2}通^1、廣^{2}州^1、香^{1}港^2

第四課　約會 / 六　練習

（一）（1）法國　（2）蠟燭　（3）缺席　（4）熱血　（5）藥物　（6）日曆

（二）入 yeb^6　息 xig^1　億 yig^1　特 deg^6　率 lêd^6　揭 kid^3　八 bad^3

第五課　問路 / 六　練習

（一）（1）清楚　（2）宵夜　（3）鯨魚　（4）鄭重　（5）開放　（6）漢語

（二）浪 long^6　勁 ging^6　驚 géng^1　刊 hon^1　面 min^2　靚 léng^3

第六課　購物 / 六　練習

（一）（1）冠軍　（2）陪伴　（3）准許　（4）丈夫　（5）兩倍　（6）歡聚

（二）Kêu^5 wei^6 Hêng^{1}gong^2 men^{4}fa^3 zung^{1}sem^1 kui^{2}zei^3 mou^{5}toi^4 bui^{3}ging^2.

第七課　交通／六　練習

（二）（1）約束　（2）福氣　（3）衣食　（4）虐畜　（5）服氣　（6）意識

（三）（1）“Ced^{1}seb^{6}yed^{1} bin^{6}léi^{6}dim^{3}” jig^{1}zêng^{1} hoi^{1}mog^{6}.

第八課　天氣／六　練習

（二）（1）朋友　（2）禽獸　（3）行人　（4）走雞　（5）口臭　（6）枕頭

（三）鞋 hai^{4}　細 sei^{3}　啱 ngam^{1}　胃 wei^{6}　口 heo^{2}　差 ca^{1}

第九課　飲食／六　練習

（二）（1）小姐　（2）港台　（3）火車　（4）試驗　（5）鯪魚　（6）工廠

（三）（1）大家 dai^{6}ga^{1}　（2）英文 ying^{1}men^{4}　（3）中國 Zung^{1}guog^{3}

（4）離譜 léi^{4}pou^{2}　（5）推遲 têu^{1}qi^{4}　（6）日本 Yed^{6}bun^{2}

第十課　香港／六　練習

（二）（1）風趣　（2）進攻　（3）婦女　（4）漿糊　（5）巨款　（6）張揚

（三）（1）Ngo^{5} gem^{1}nin^{4} yi^{6}seb^{6}sam^{1} sêu^{3}, hei^{6} béi^{3}xu^{1}.

（2）Ngo^{5} fan^{1} jiu^{1}geo^{2}-man^{5}ng^{5}, xing^{1}kéi^{4}lug^{6} yeo^{1}xig^{1}.

第十一課　開戶口／七　練習

（一）（1）din^{6}wa^{2}　（2）xing^{3} Zêng^{1}　（3）go^{2}dou^{6}

（4）deg^{1}han^{4}　（5）sam^{1} go^{2}

（二）（1）陳　（2）天星　（3）定係　（4）六呀零　（5）猛，的士

第十二課　買餸／七　練習

（一）（1）seo^{2}ling^{5}　（2）eo^{1}yeo^{4}　（3）keo^{4}geo^{3}　（4）tou^{4}zeo^{2}

（二）（1）地鐵，碼頭　（2）打攪　（3）啤酒，熱茶

（4）出街，遮　（5）八折，零文

第十三課　外出旅遊 / 七　練習

（一）（1）qing^{2}men^{6} （2）ma^{5}teo^{4} （3）kêu^{5}dei^{6}

（4）gung^{1}xi^{1} （5）tei^{2}ha^{5}

（二）（1）好天 （2）戲院，遠 （3）爬山 （4）套餐 （5）有落

第十四課　睇醫生 / 七　練習

（一）（1）ku^{1}géng^{2} （2）kiu^{2}miu^{6} （3）lab^{6}zab^{6}

（4）léng^{1}mui^{1} （5）lai^{1}méi^{1}

（二）（1）件衫，邊度 （2）隧道，塞車 （3）攰樹

（4）初次見面 （5）有問題

第十五課　清潔香港 / 七　練習

（一）（1）cou^{1}bou^{6} （2）bou^{3}gou^{3} （3）gou^{3}sou^{3}

（4）gao^{2}hou^{2} （5）zou^{1}mou^{6}

（二）（1）撳機攞錢 （2）冷氣，調個位 （3）總共五位

（4）電話亭，等 （5）周，經理

第十六課　搵學校 / 七　練習

（一）（1）long^{1}lei^{2} （2）lug^{1}yeo^{2} （3）lün^{1}mou^{1}

（4）med^{6}zem^{1} （5）néi^{1}mai^{4}

（二）（1）李，木子李 （2）赤柱，的士 （3）崇光，大減價

（4）我哋，姓麥 （5）音樂會，開始

第十七課　晨運 / 七　練習

（一）（1）gem^{1}man^{5} （2）da^{2}co^{3} （3）géi^{2} dim^{2}

（4）ji^{6}géi^{2} （5）co^{5}cé^{1}

（二）（1）落大雨 （2）話畀我知 （3）本記事簿

（4）返嚟，搵 （5）唔該借歪

第十八課　搵工跳槽 / 七　練習

（一）（1）seb^{1}sêu^3　（2）dig^{1}xig^1　（3）cün^{1}bou^1

（4）qi^{1}xin^3　（5）sai^{1}xi^2

（二）（1）軚仔，銅鑼灣　（2）話變就變　（3）啱啱行開　（4）等一陣

第十九課　打"九九九" / 七　練習

（一）（1）sêng^{2}zêng^6　（2）heng^{6}wen^6　（3）hêng^{1}ha^2

（4）ngei^{4}him^2　（5）wai^{1}hib^3

（二）（1）窗口嗰張枱　（2）27487629　（3）第二時

（4）預先訂位　（5）仲有日頭，曬到死

第二十課　香港話 / 七　練習

（一）（1）ba^{1}bei^3　（2）dai^{6}sai^1　（3）dé^{1}di^4

（4）xi^{1}nai^1　（5）lab^{6}lab^{6}ling^3

（二）（1）茶，飲咗一百卅呀文　（2）地理條件　（3）呢個禮拜日

（4）約你去，聽音樂　（5）你講得啱，衰落去

四　本書詞彙音序索引

粵語注音	粵語	普通話	課次
a^{1}	吖	〔語氣詞〕吧（表建議）	2
a^{1}ma^{3}	吖嘛	〔句末助詞〕表示事態	14
a^{3}	呀？	〔疑問助詞〕	2
bad^{3}gua^{3} sen^{1}men^{4}	八卦新聞	逸事風聞	21
bad^{3} wei^{2} sou^{3}ji^{6}	八位數字	指多於一千萬塊錢	24
bai^{2}zeo^{2}	擺酒	設宴	26
ban^{1}	班	〔量詞〕群；夥；幫	17
bao^{3}pang^{4}	爆棚	過分擁擠 / 賣座	20
bed^{1}yu^{4}……a^{1}	不如……吖	呼應結構，用於句子首尾，表示建議	6
béi^{2}	畀 / 俾	給	3
bei^{6} lag^{3}	弊嘞	〔嘆詞〕糟糕	7
big^{1} dou^{3} hem^{6}sai^{3}	逼到冚晒	擠得水泄不通	24
bin^{1} (go^{3})	邊（個）	哪（個）；誰	1
bin^{1}dou^{6}	邊度	哪裏（詢問地點）	4
biu^{6}xing^{1}	飈升	急升（價格）	28
bo^{3}	噃	〔語氣詞〕表示強調	8
bog^{3}	搏	拚命（幹活兒）	28
bog^{3} deg^{1} zeo^{6} bog^{3}	搏得就搏	心存僥倖而嘗試（做某事）	30
bong^{1}	幫	〔介詞〕替	2
bou^{3} ga^{2}on^{3}	報假案	虛報案件	19
ca^{4}sed^{6}	查實	其實	23
cêd^{1}gai^{1}	出街	出門	8
cêd^{1}kéi^{4}	出奇	奇怪；奇異	25
cêd^{1}nin^{2}	出年	明年	4, 16

粵語注音	粵語	普通話	課次
cêng^{1}heo^{2}	窗口	窗	9
cêu^{4}zo^{2} ji^{1}ngoi^{6}	除咗……之外	除了……之外	17
ceo^{1}	揪	〔量詞〕串；嘟嚕	12
co^{1}co^{1}	初初	初期	27
co^{5}gam^{1}	坐監	坐牢	19
cung^{6} teo^{4} tei^{2} dou^{3} log^{6}méi^{5}	從頭睇到落尾	從頭到尾看一遍	21
da^{2}bou^{2}	打簿	拿活期存摺到銀行／櫃員機查賬	20
da^{2}gao^{2} sai^{3}	打攪晒	打擾了	3
da^{2}géi^{1}	打機	玩電子遊戲機	20
da^{2} go^{3} lang^{1}	打個呤	外面走走；溜達溜達	15
da^{2}gung^{1}zei^{2}	打工仔	工薪階層	28
da^{2} ho^{4}bao^{1}	打荷包	掏腰包	19
da^{2} kuen^{3}lung^{2}	打困籠	嚴重堵塞（指交通）	22
dab^{3}co^{3} cé^{1}	搭錯車	坐錯車	7
dab^{3}geo^{3}	搭夠	湊夠	12
dai^{6}dai^{6}-wa^{6}wa^{6}	大大話話	少說（有）	21
dai^{6}lig^{6}	大力	使勁；用力	11
dai^{6}tou^{5}po^{2}	大肚婆	孕婦	19
deg^{1}	得	〔結構助詞〕相當於"既然能夠"；行；可以	4, 11
deg^{1} go^{3} "do^{1}" ji^{6}	得個"多"字	數量可觀	21
(……) deg^{1} lei^{4}	（……）得嚟	（……）之餘	22
deg^{1} m^{4} deg^{1}	得唔得？	行不行？（詢問可行性）	4
deg^{1}han^{4}	得閒	有空兒	4

粵語注音	粵語	普通話	課次
deg^{6}deng^{1}	特登	〔副詞〕特意	6
dei^{2}	抵	值	6
dei^{6}-yed^{1} xi^{4}gan^{3}	第一時間	（事情發生後）馬上；即時；儘可能快地	19, 25
dei^{6}yi^{6}dou^{6}	第二度	別的地方	20
dei^{6}yi^{6}xi^{6}	第二時	改天	4
deng^{2} yed^{1}zen^{6}	等一陣	待一會兒	3
deng^{2}……ji^{3}deg^{1}	等……至得	呼應結構，用於句子首尾，表示需要做某事	6
deng^{2}……xin^{1}	等……先	讓……吧（表示委婉請求）	4
deo^{1} go^{3} kuag^{1}	兜個嚹	兜個圈子	22
dêu^{3}m^{4}ju^{6}	對唔住	對不起	3
di^{1}	啲	點兒（表少量）	2
dig^{1}deg^{1}séng^{1}	的得聲	〔象聲詞〕嘚（形容馬蹄踏地的聲音）	29
dig^{1}yi^{4}cé^{2}kok^{3}	的而且確	的的確確	15
dim^{2} ban^{6}？	點辦？	怎麼辦？	16
dim^{2} gei^{3} fad^{3}	點計法？	怎麼計算的？	13
dim^{2} gong^{2}	點講	不管怎麼說	30
dim^{2} (yêng^{2})	點（樣）	〔疑問詞〕怎樣	5
dim^{2}gai^{2}	點解？	為什麼？	14
dim^{6}	掂	好；沒事；順利；沒問題	14, 17
din^{6}ji^{2} fo^{3}bei^{6}	電子貨幣	通過電子系統結賬所使用的卡	20
ding^{6}hei^{6}	定係	〔疑問詞〕還是	5
diu^{6}wei^{2}	調位	換座	9
doi^{6}keo^{1}	代溝	兩代人的隔閡	20

粵語注音	粵語	普通話	課次
dou^{1} deg^{1}	都得	用於句末，表示某動作行為可行	6
……dou^{3} gig^{6}	……到極	……極了	21
dou^{1} yeo^{5} fen^{2}	（……）都有份	可能	28
dou^{1} méi^{6}	都未……	還沒……	16
dou^{2}zei^{2}	賭仔	賭徒	29
dou^{6}	（……）度	處、地方（處所詞綴）	24
éi^{1}éi^{1}zei^{3}	AA 制	平均分攤費用	9
fan^{1}	番	〔體貌助詞〕表示回復	8
fan^{1}lei^{4}	返嚟	回來	3
fan^{6}xi^{5}	飯市	飯館中午供應主食的服務	26
féi^{4}	肥	胖（指人）	2
féi^{4}néi^{6}	肥膩	油膩	26
féi^{4}ten^{4}ten^{4}	肥騰騰	肥實（指脂肪多）	12
fen^{1}fen^{1}zung^{1}	分分鐘	隨時	28
fen^{3} (gao^{3})	瞓（覺）	睡（覺）	14
fo^{2}zug^{1}	火燭	火災	19
fong^{1}gung^{1}	放工	下班	6
ga^{2}ga^{2}déi^{2}	假假地	少説	27
ga^{3}	㗎	〔語氣詞〕用於句末，表示肯定	6
ga^{3}	架	〔量詞〕輛	7
ga^{3}sei^{3}	架勢	了不起	22
gag^{3}léi^{4}	隔籬	隔壁；附近	24
gai^{1}heo^{2}	街口	路口	5
gai^{2} sen^{4}qim^{1}	解神籤	解説神賜的籤	24
gé^{3}	嘅	的	1

粵語注音	粵語	普通話	課次
gé^{3}mé^{1} ?	嘅咩？	〔疑問詞〕表示對以為肯定了的事情提出質疑，相當於普通話的“不是……嗎？”	16
géi^{2}xi^{6}	幾時	什麼時候	4
géi^{2}do^{1}	幾多	多少	3
géi^{3}xi^{6}bou^{2}	記事簿	記事本兒	4
gem^{2}	噉	〔連詞〕那（表示順應）	4
gem^{2} m^{4} hei^{6}	噉唔係	可不是嗎	16
gem^{2} wa^{6} wo^{5}	噉話喎	據説（用於句末）	24
gem^{3}	咁	〔副詞〕這麼、那麼（表示程度）	6
gem^{3} ngam^{1} deg^{1} gem^{3} kiu^{2}	咁啱得咁蹻	恰巧這時候	15
gem^{6}zung^{1}	撳鐘	按鈴	7
gen^{1}ju^{6}	跟住	跟着	9
gen^{2}	緊	〔體貌助詞〕表示進行	7
gen^{2}yiu^{3}	緊要	要緊	10
geng^{2}hei^{6}	梗係	當然（是）	12
geo^{3} sai^{3} qi^{3}gig^{1}	夠晒刺激	無比刺激	23
geo^{6}	嚿	〔量詞〕塊	12
gig^{6} ji^{1}	極之	十分；非常	27
ging^{2}cad^{3} dai^{6}lou^{2}	警察大佬	警察（畏稱）	24
go^{1}zei^{2}	歌仔	歌曲（帶“仔”後綴，表親切）	10
go^{2} (wei^{2})	嗰（位）	那（位）	1
go^{2}bin^{6}	嗰便	那邊	11

粵語注音	粵語	普通話	課次
go^{2}zen^6	嗰陣	那時候	13
go^{3}lo^{3}bo^3	個囉嚤	〔語氣詞〕用於提醒，帶有叮囑的口吻	16
gog^{3}log^{6}teo^2	角落頭	角落	22
gong^2 m^4 zéng^3	講唔正	說不準 / 不地道	20
gua^3	啩	〔語氣詞〕表示猜測	29
guan^3	慣	習慣	2
gued^6 cou^{2}péi^4	掘草皮	〔慣用語〕指在賭馬中贏錢	29
guei^{2}fo^2 gem^3 léng^3	鬼火咁靚	非常漂亮	26
guei^3 deg^1 gao^{1}guan^1	貴得交關	貴得厲害	28
gui^6	攰 / 癐	累；疲倦	17
gung^{1}gon^3	公幹	出差	23
gung^{1}leo^2	供樓	用分期付款方式買房子	28
guo^3	過	〔比較助詞〕	2
guo^3	過（雨又落過）	〔體貌助詞〕表示繼續	8
ha^1	吓	〔嘆詞〕瞧；喲（表示驚訝）	7
ha^{5}ha^5 (dou^1)	下下（都）	事事處處（都）	25
ha^{6}zeo^3	下晝	下午	4, 8
hai^4	嚡	〔嘆詞〕唉	14, 29
han^{4}han^{2}déi^2	閒閒地	隨便；不為多	28
hang^4	行	走	5
hang^4 sêu^{2}tong^4	行水塘	到蓄水庫周圍走走	17
hang^{4}cêd^1 di^1	行出啲	往外走走、往外挪挪；靠外一點	5
hang^4 fan^1 jun^{3}teo^4	行番轉頭	往回走	7
hang^{4}hoi^{1}zo^2	行開咗	出去了	3
hang^{4}san^1	行山	登山；步行上山走走	17

粵語注音	粵語	普通話	課次
hei2	喺	〔介詞〕在（與處所詞連用）；打；從（表示處所的起點）	4, 7
hei2 dou6	喺度	在這	11
hei6	係	是	1
hei6 gem2 cou4	係噉嘈	吵吵鬧鬧的	19
(hei6)……ji3 ngam1	（係）……至啱	……才對	11
hei6 lé1	係咧	對了（話題轉折語）	2
hei6 zeo6 hei6	係就係	話雖如此（表示讓步）	6
hem6bang6lang6	冚唪唥	統統	21
Hêng1gong2déi2	香港地	香港這個地方（尤其指人文意義）	24
hêng1yeo4qin2	香油錢	花費在祭祀神佛用的香燭和燈油的金錢	24
hêng3	向	〔介詞〕向、朝、往	5
heo6sang1	後生	年青	30
heo6sang1-zei2nêu2	後生仔女	青年男女；晚輩	27
hêu1hem6	墟冚	盛大（指場面）	26
hêu3 deg1 guo3	去得過	值得去	13
hog6sang1go1	學生哥	學生（昵稱）	24
hoi1	開	開始營業	27
hoi1bin6	開便	外邊	9
hoi1feo3	開埠	指發展為商業城市	10
hoi1lo4	開鑼	開始（活動）	29
hoi2yêng4gun2	海洋館	水族館	23
hou2	好	〔副詞〕很	1
hou2coi2	好彩	幸虧；走運	24

粵語注音	粵語	普通話	課次
hou^{2} do^{1} xi^{4}	好多時	很多時候；經常	17, 30
hou^{2} hou^{2}do^{1}	好好多	好很多；好得多	2, 14
hou^{2} noi^{6} mou^{5}……la^{3}	好耐冇……喇	好久沒有……了	2
hou^{2}qi^{5} ngei^{5} lan^{1} gem^{2} hang^{4}	好似蟻躝噉行	像螞蟻般爬行	22
hou^{2}qi^{5}……gem^{2}	好似……噉	好像……一樣	8
hou^{6}	號	路（指公共交通路線）	7
ji^{1} lag^{3}	知嘞	知道了（應答語）	2
ji^{1}bed^{1}guo^{3}	之不過	不過（“之”為古漢語殘留，粵語通用）	6, 22
ji^{1}so^{2}wei^{6}	之所謂	所謂	24
ji^{3}bei^{6}	至弊	最糟／最吃虧／最麻煩	18
jig^{6}log^{6}	直落	延續下去（指活動）	26
jig^{6}qing^{4}	直情	簡直（表示強調）；乾脆	22, 30
jing^{2}	整	弄；做	26
jing^{3}jing^{3} hei^{6}	正正係	正是（“正正”重疊，表強調）	10
jing^{3}so^{2}wei^{6}	正所謂	〔開首語〕用來引出諺俗語，指出言之有理	29
jing^{3}yed^{1}	正一	真正的；名稱與事實相符的	26
jing^{6}hei^{6}	淨係	光是	28
jiu^{1} zou^{2}	朝早	早上	8
jiu^{3}	照	按照慣例或情理（做某事）	29
ju^{1}yên^{2}	豬膶	豬肝	12
jun^{3}gung^{1}	轉工	轉換新的工作	18
kêu^{5}	佢	他；她	1
king^{1} (gei$^{6-2}$)	傾（偈）	聊天	15

粵語注音	粵語	普通話	課次
la^{1}	啦	吧	1
lab^{6}sab^{3}	垃圾	垃圾	15
lei^{4}	嚟	來	1
lei^{4} ni^{1}dou^{6}	嚟呢度	來這兒 / 到這兒來	2
léi^{4}dou^{2}	離島	指行政上港島、九龍、新界以外的島嶼	23
lei^{5}bai^{3}yed^{6}	禮拜日	星期天	4
lei^{6}pai^{2}	例牌	一向的做法、老例	24
léng^{4}	零	〔約數詞〕左右	5
leo^{4}dei^{1}	留低	留下	3
lêu^{4}sé^{6} ying^{2}dib^{2}	鐳射影碟（LD）	激光錄像片	20
lig^{1}	搦	提、拿	24
lo^{2}	攞	拿、取	28
lo^{2}ju^{6}	攞住	拿	11
log^{3}cé^{1}	落車	下車	7
log^{6} dou^{3} hêu^{3}	落到去	一直到	27
log^{6} héi^{2} yu^{5} lei^{4}	落起雨嚟	下起雨來	8
log^{6}ding^{6} di^{1} déng^{6}	落定啲訂	預先付點定金	13
log^{6}hêu^{3}	落去	〔複合趨向補語〕下去	10
log^{6}ju^{3}	落注	下賭注	29
lou^{5}deo^{6} xing^{3} med^{1} dou^{1} m^{4} ji^{1}	老豆姓乜都唔知	〔習用語〕“老豆（竇）”即爸爸，此語形容因沉迷於某事，以至於忘記一切，帶有誇張的意味	29
lou^{5}yeo^{5}	老友	好朋友	17
m^{4} do^{1} ……	唔多 ……	不怎麼……	20
m^{4}goi^{1}	唔該	勞駕	7

粵語注音	粵語	普通話	課次
m^{4}guai^3 (ji^1) deg^1	唔怪之得	難怪	14
m^{4}hei^6	唔係	要不然	9
m^{4}hei^6 géi^2	唔係幾	不太	2
m^4 hou^2	唔好	不好；不要	12
m^4 hou^2 yi^{3}xi^3	唔好意思	真抱歉；不好意思	3, 4
m^4 ji^1 dim^{2}gai^2	唔知點解	不知為什麼	7
m^4 keb^6 deg^1 yen^4	唔及得人	比不上別人	18
m^4 léi^5	唔理	不管	17
m^4 sei^2	唔使	不用；用不了	22
m^4 yun^6	唔願	不願意	18
m^4 zoi^6 gong^2	唔在講	自不待言	26
ma^3	嗎	〔疑問助詞〕	2
ma^5 séi^2 log^6 déi^6 hang^4	馬死落地行	〔俗語〕屈從於現實環境	30
ma^{5}ging^1	馬經	賽馬資料	21
mai^{4}bin^6	埋便	裏邊	9
mai^{4}dan^1	埋單	結賬	9
mang^5	猛	猛烈	7
med^1	乜	泛指東西，為“乜嘢”的縮略詞	10
med^{1}yé^5	乜嘢	什麼	1
mei^5	咪	〔助動詞〕別（表示勸阻）	4
men^1	文 / 蚊	塊錢	6, 11
men^{6}heo^6 yed^1 séng^1	問候一聲	問個好	2
meo^1 gai^1	踎街	露宿	28
miu^1	瞄	看看（尤指快速環視）	6
mong^{6}sed^6	望實	（眼睛）盯着	29

粵語注音	粵語	普通話	課次
mou^5 deg^1 tan^4	冇得彈	棒極了；無可挑剔	17
mou^5 ⋯⋯ (dou^1)	冇⋯⋯（都）	沒有⋯⋯不行	21
m^4 dim^6	唔掂		
mou^5 fa^1 mou^5 ga^2	冇花冇假	真實的；沒有半點虛假	26
mou^5 med^1	冇乜	用於名詞前面，表示數量不足	6
mou^5 med^1 ho^2neng^4	冇乜可能	不大可能	25
mou^5 $med^1yé^5$	冇乜嘢	沒什麼	4
mou^5xi^6	冇事	沒事	14
$mung^2$	懵	糊塗	29
na^4	嗱	〔語氣詞〕表示承接	11
$néi^5$ tei^2	你睇！	你瞧！	8
nem^2gei^{3-2}	諗計	想辦法	15
nem^2ju^6	諗住	想着；以為	29
$nêu^2$	女	女兒	16
nga^4tung^3	牙痛	牙疼	14
$ngai^1$/ai^1nin^4-gen^6man^5	挨年近晚	時近年底	19
$ngai^4lêu^4zei^2$	捱騾仔	辛辛苦苦地謀生	28
$ngam^1$	啱	對，表正確	10
$ngam^1$ dou^3 gig^6	啱到極	一點兒沒錯	26
$ngam^1ngam^1$	啱啱	剛	3
$ngam^1$ wan^2	啱玩	適於（某人）玩耍	23
$ngam^1xin^1$	啱先	剛才	21
$ngang^2hei^6$	硬係	就是	20
(ngo^5) $déi^6$	（我）哋	（我）們	1
ni^1 qi^3	呢次	這次；這回	7

粵語注音	粵語	普通話	課次
ni^1/néi^1 (wei^2)	呢（位）	這（位）	1
ni^{1}pai^4	呢排	這些日子	2
on^{3}kid^3	按揭	抵押	28
pa^4 sêng^5 pa^4 log^6	爬上爬落	上山下山（登山）	17
pa^{4}seo^2	扒手	小偷	19
pai^{3}wei^2	派位	指香港特區政府每年給適齡入讀小學一年級的學生分配學校的制度	16
pao^{2}ma^5	跑馬	賽馬	29
pao^{3}zei^3	炮製	製作（不含貶義）	26
péng^{4}ga^3	平價	廉價	27
pou^1 cou^{2}péi^4	鋪草皮	〔慣用語〕在賭馬中輸錢	29
qing^3	稱	〔動詞〕稱	12
sa^{1}a^6 géi^2 men^1	卅呀幾文	三十來塊錢	7
sai^3 dou^3 séi^2	曬到死	曬得要命；曬得夠嗆	8
sam^1	衫	衣服，尤指上衣	6
sam^1-tid^3	三鐵	指地下鐵路、輕便鐵路和電氣化火車	22
san^{1}nei^4 king^{1}sé^3	山泥傾瀉	山體滑坡／塌方	19
sang^{1}guo^2	生果	水果	24
sang^{1}zei^2	生仔	生小孩	19, 30
sé^{2}ji^{6}leo^4	寫字樓	辦公室／辦公樓	20
sed^6	實	〔副詞〕準；一定	4, 23
sei^{1}léi^6	犀利	厲害	19
sei^{1}men^4	西文	外文	21
sei^2 med^1	使乜	犯不着	6
séi^3 nin^4 ban^1	四年班	四年級	16

粵語注音	粵語	普通話	課次
sei3lou6/sei3lou2go1	細路／細路哥	小孩子	13
sei3men1zei2	細蚊仔	小孩子	16
sem1ji1-tou5ming4	心知肚明	心中有數	24
sem1sêu2	心水	符合自己心意的	29
sem1yug1yug1	心郁郁	動心	18
sen1ceo4	薪酬	工資待遇	18
sen4zou2-leo4leo4	晨早流流	大清早的	17
sên6ju6	順住	〔介詞〕沿着	5
sêng1ban6	商辦	商業化經營（指牟利機構）	25
séng4	成	與數詞連用，表示差不多／略為超過	6
séng4yed6	成日	整天／常常	20
seo1 leo2	收樓	收回業權	28
seo1tei2	收睇	收看	25
seo6log6	受落	接受、歡迎	25
sêu1	衰	衰敗	10
sêu2zên2	水準	水平	26
so2xi4	鎖匙	鑰匙	28
song2	爽	爽口（指食物）	26
sung1 (di1)	鬆（啲）	稍微多一點	12
tai3ping4mun4	太平門	（供緊急情況下使用的）出口、出路	30
tan1dong3	攤檔	攤子；攤市	27
tei2cung5	睇重	看重	18
tei2 ha5	睇下	看一下	4
tei2ding6 di1	睇定啲	看準點兒；留點神	7
tei2wen4sai3	睇勻晒	瀏覽一遍	23

粵語注音	粵語	普通話	課次
tei^{4}ji^{2}	提子	葡萄	12
teo^{2}xu^{2}	唞暑	歇伏	29
tim^{1}	㖭	〔語氣詞〕呢（表示詰責）；〔語氣助詞〕指範圍擴充	7, 16
tin^{1}xi^{4}	天時	天氣	8
tin^{1}yu^{5}-lou^{6}wad^{6}	天雨路滑	雨天路滑	22
ting^{1}yed^{6}	聽日	明天	8
tiu^{3}cou^{4}	跳槽	轉行	18
toi^{2}	枱	桌子	9
tou^{3}zong^{1} guong^{2}gou^{3}	套裝廣告	系列化廣告	25
tung^{1}gai^{1}	通街	到處；滿街	26
tung^{4}	同	〔連詞〕和	10
tung^{4}⋯⋯yed^{1}yêng^{6}	同⋯⋯一樣	跟⋯⋯一樣	14
ug^{1}kéi^{2}	屋企	家	14
wa^{6} béi^{2} ngo^{5} ji^{1}	話畀我知	告訴我	9
wa^{6} m^{4} mai^{4}	話唔埋	説不好；説不定；難以預料	8, 29
wang^{4}coi^{4}	横財	意外得來的錢財（並不意味着用不正當的手段獲得）	24
wén^{1}zei^{2}	軬 /Van 仔	〔外來音譯詞〕小型公共汽車，又簡稱“小巴”	7
wen^{2}	搵	找	3
wen^{2}gung^{1}	搵工	找工作；求職	18
wen^{2}gung^{1}-tiu^{3}cou^{4}	搵工跳槽	求職改行	21
wen^{2}xig^{6}	搵食	謀生	30
wen^{2}zen^{6}	穩陣	穩當，保險	13
wing^{6}tan^{1}	泳灘	海濱浴場	23

粵語注音	粵語	普通話	課次
wo^{3}	喎	〔語氣詞〕啊（表敦促或提醒的）	2
wong^{4}wong^{2}déi^{2}	黃黃地	淺黃色	14
wong^{6}	旺	興盛；火紅	27
wu^{1}zou^{1}	污糟	髒	15
xi^{1}ga^{1}cé^{1}	私家車	私人小轎車	22
xi^{1}nai^{1}	師奶	大嫂；大嬸兒	19
xi^{3} guo^{3}	試過	〔動詞〕曾經發生	10
xi^{6}dan^{6}	是但	隨便	11
xi^{6}guan^{1}	事關	因為	17, 25
xig^{1}	識	懂／會／認識	20
xig^{1} yem^{2} xig^{1} xig^{6}	識飲識食	會吃會喝	26
xig^{6}xi^{3}	食肆	茶樓酒肆	26
xin^{1}	先	〔語助詞〕（用於緩和語氣）	4
xin^{1} yen^{4} yed^{1} bou^{6}	先人一步	"先"用作動詞，這是固定説法；（比其他人）搶先一步	10
xin^{1}ji^{3} (hou^{2})	先至（好）	〔副詞〕才	7
xing^{1}did^{3}	升跌	上漲和下跌（指物價）	25
xing^{3} zoi^{6}	勝在	以（……）取勝；優點在於（……）	27
xiu^{1}ju^{1}	燒豬	烤豬	24
xiu^{2}sou^{3} pa^{3} cêng^{4}gei^{3}	小數怕長計	〔習用語〕小數目加起來就成大數目	29
xu^{1}xid^{6}	輸蝕	遜色；比不上	26
xud^{3}wa^{6}	說話	〔名詞〕話	29
xun^{1}xun^{1}déi^{2}	酸酸地	稍微帶酸味	12

粵語注音	粵語	普通話	課次
ya6	廿	〔數詞〕二十	4
yeb6 (qin2)	入（錢）	存（錢）	11
yed1bin6…… yed1bin6	一便……一便	一邊……一邊	15
yed1cei4	一齊	一塊兒	6
yed1di1 dou1 m4	一啲都唔	一點兒也不	17
yed1ha5gan1	一下間	一下子	25
yed1hei6	一係	要麼	3
yed1 lei4 (……)	一嚟（……）	一來（……）	23
yed1yu1	一於	〔連詞〕説定了（表示作出了決定）	17
yed1 zug6	一族	興趣、習慣相近的一群人	26
yem2sêu2	飲水	喝水	14
yêng5yêng5mai4mai4	養養埋埋	總共養着（……）	23
yeo4log6	遊樂	遊覽與娛樂相結合的活動	23
yeo4xun4ho2	遊船河	坐船遊玩	20
yeo5 deg1 zeo2zan2	有得走盞	有迴旋餘地	16
yeo5 ga3 gong2	有價講	可以討價還價	27
yeo5 mou5 …… xin1	有冇……先？	反問句，表深究	10
yeo5 xun2zag6 gem2	有選擇噉	有選擇地	23
yeo6 hei6 bo3	又係嗒	倒也是	18
yeo6 (……) yeo6 xing6	又（……）又盛	又（……）怎麼的	13
yeo6seo2bin6	右手便	右邊	5
Yi3dai6léi6 bog6béng2	意大利薄餅	比薩餅（pizza）	26
yi4ga1	而家	現在	2, 11
yi5xiu2-bog3dai6	以小博大	以一本而圖萬利	29

粵語注音	粵語	普通話	課次
yi^{6} lei^{4} (……)	二嚟（……）	二來（……）	23
yid^{1}jig^{6} gem^{2}	一直噉	一直（含強調的意味）	10
yid^{6}xin^{3}	熱線	服務性行業設立的、旨在方便顧客的專線電話	25
yig^{6}	亦	〔連詞〕也	10
ying^{1}xing^{4}	應承	答應	4
ying^{2}sêng^{2}	影相	拍照	17
ying^{2}yen^{3}	影印	複印	11
ying^{2}zen^{1}	認真	的確	17
yu^{6} mai^{4} néi^{5}	預埋你	把你算作參加的一分子	17
yug^{1} bed^{1} deg^{1} kéi^{4} jing^{3}	郁不得其正	動彈不得	22
yung^{2}hêu^{3}	湧去	紛紛去	29
yung^{6}guan^{3}sai^{3}	用慣晒	都習慣了	20
za^{1}cé^{1}	揸車	駕駛（汽車）	22
za^{3}	咋	句末助詞，表示數量限制的“只”	4
zao^{2}fan^{1}	找番	找回（零錢）	12
zé^{1}	遮	雨傘	8
zé^{1}	啫	〔助詞〕罷了	26
zé^{1}teo^{4}	遮頭	遮陽	17
zé^{3}mé^{2}	借歪	〔客套語〕借光（用於請別人讓路）	7
zég^{3}	隻	〔量詞〕指商品的種類	12
zêg^{3}gug^{6}	雀局	大飯館設立的有麻將娛樂的飯局	26
zêg^{3}zei^{2}	雀仔	小鳥	23

粵語注音	粵語	普通話	課次
zei^{2}	仔	兒子	16
zên^{1}	樽	〔量詞〕瓶	9
zeo^{2}leo^{4}	酒樓	大飯館	26
zeo^{6} gem^{2}	就噉	〔句首副詞〕就這樣	10
zeo^{6} zen^{1}	（……）就真	才對（用於小句後説明小句內容的真確性）	29
zo^{2}gen^{2}	左近	附近	27
zo^{2}seo^{2}bin^{6}	左手便	左邊	5
zoi^{3} lei^{4} guo^{3}	再嚟過	再嘗試一次	29
zong^{6} ngam^{1}	撞啱	碰巧	6, 22
zou^{2}ga^{1}	祖家	原產地；原出處	26
zou^{2}sen^{4}	早晨	早上好（問候語和問候應答語）	2
zou^{6} med^{1}yé^{5} ？	做乜嘢？	幹什麼？為什麼？幹嗎？	14
zug^{6}yu^{5} wa^{6}zai^{1}	俗語話齋	俗話説	21
zug^{6}yu^{5} yeo^{5} wa^{6}	俗語有話	正如俗語所説	30
zung^{1}yi^{3}	鍾意	喜歡	9
zung^{6} yiu^{1}	仲要	還得（表示強調）	6
zung^{6} (hei^{6})	仲（係）	還（是）	8

責任編輯　鄭海檳

書籍設計　吳冠曼

排　　版　陳先英　楊　錄

插　　畫　陳嬋君　冼美妮

朗　　讀　張勵妍　高石英　田南君　張艷玲

書　　名　粵語（香港話）教程（修訂版）（錄音掃碼即聽版）

編　　者　鄭定歐　張勵妍　高石英

出　　版　三聯書店（香港）有限公司

香港北角英皇道 499 號北角工業大廈 20 樓

Joint Publishing (H.K.) Co., Ltd.

20/F., North Point Industrial Building,

499 King's Road, North Point, Hong Kong

香港發行　香港聯合書刊物流有限公司

香港新界荃灣德士古道 220-248 號 16 樓

印　　刷　美雅印刷製本有限公司

香港九龍觀塘榮業街 6 號 4 樓 A 室

版　　次　2014 年 4 月香港修訂版第一版第一次印刷

2021 年 4 月香港修訂版第二版第一次印刷

2024 年 2 月香港修訂版第二版第五次印刷

規　　格　大 32 開（140 × 210 mm）416 面

國際書號　ISBN 978-962-04-4799-0